grafit

Die niederländische Originalausgabe »De vrije man« erschien 2003 bei
Uitgeverij L.J. Veen, Amsterdam/Antwerpen

Deutsche Erstausgabe

Chemnitzer Str. 31, D-44139 Dortmund
Internet: http://www.grafit.de
E-Mail: info@grafit.de

Umschlaggestaltung: Peter Bucker
unter Verwendung eines Fotos von Marcelo Brito
Druck und Bindearbeiten: Clausen & Bosse, Leck
ISBN-13: 978-3-89425-545-9
ISBN-10: 3-89425-545-5
2. 3. 4. 5. / 2007 2006 2005

Jac. Toes

Der freie Mann

Kriminalroman

Aus dem Niederländischen von
Stefanie Schäfer

grafit

Der Autor

Jac. Toes, geb. 1950 in Den Haag, lebt seit seinem zwölften Lebensjahr in Arnheim. Nach dem Studium der niederländischen Literatur und Linguistik war er zunächst als Lehrer tätig. Er engagierte sich in Arnheim in der Hausbesetzerszene und gründete 1980 einen Radiosender. 1995 gab Toes seinen Lehrerberuf auf, um sich ganz dem Schreiben zu widmen.

Bei Grafit erschienen bisher *Auf der Strecke geblieben (2001)*, *Tief gesunken (2002)*, *Verrat (2003)* sowie der Marathon-Krimi *Fotofinish* (2004), der 1998 als bester niederländischer Kriminalroman mit dem ›Gouden Strop‹ ausgezeichnet wurde.

Como un acróbata demente saltare
sobre el abismo de tu escote
hasta sentir que enloquecí tu corazón de libertad

Balada para un loco – Horacio Ferrer

Wie ein wahnsinniger Akrobat werde ich
über den Abgrund deines Dekolletees springen,
bis ich spüre, dass ich dein Herz verrückt gemacht habe
vor Freiheit

Aus: Ballade für einen Verrückten – Horacio Ferrer

Inhalt

1

Haltlos, reglos

Liebe Luisa,
es ist, als entfliehe ich jeden Tag der Welt, wenn ich die drei Treppen zu meiner neuen Unterkunft hinaufsteige. Die Polizeisirenen, die knatternden Pizzaroller, sogar das verrückte Geschrei der Junkies, die den lieben langen Tag vor dem Supermarkt herumlungern, verstummt in diesem entlegenen Winkel. Nach einem Tag voller Termine finde ich hier zur Ruhe. Die Schüler des Lehrinstituts in den ersten drei Stockwerken sind bis dahin gottlob schon nach Hause gegangen.
Slemmen bot mir diese Wohnung an, sobald er erfuhr, dass Francien und ich uns getrennt hatten. Ich vermute, dass unser Kollege dieses Zweieinhalbzimmer-Dachgeschoss ohne Wissen der Schulleitung vermietet. Er legte mir ans Herz, mich ja ruhig zu verhalten. Etwas anderes habe ich auch gar nicht im Sinn, obwohl sich nicht leugnen lässt, dass sich die Ereignisse in meinem Leben zurzeit überstürzen.
Von meinem improvisierten Bett aus kann ich stundenlang die Wolkenlandschaft betrachten, die an meinem Kippfenster vorüberzieht. Ansonsten lebe ich so richtig unterm Dach. Auf dem Campingtisch stehen noch die Frühstücksreste von heute Morgen, meine Wäsche liegt auf einem Haufen neben der Duschzelle und niemand hat die Wasserringe auf dem Boden weggeputzt.
Natürlich fällt dieses einsame Dasein mir schwer, aber andererseits kann ich nun auf meine innere Stimme hö-

ren. Francien war ein Zwischenspiel. Ein Zwischenspiel von zwölf Jahren, aber dennoch nichts weiter. Luisa, in deinen Scheidungshandbüchern findet man den Ratschlag, eine gewisse Zeit lang zu trauern, einen Monat pro Ehejahr. Wenn ich Franciens und meine ›Verlobungszeit‹ dazurechne, würde mich das ein ganzes Jahr kosten. Doch dieser Trauerprozess muss schon irgendwann vorher seinen Anfang genommen haben, denn bislang habe ich Francien noch nicht eine Sekunde lang vermisst.
Dass ich mich vor drei Monaten mit einer Horde Verwandter, Freunde und Kollegen zum Standesamt aufmachte und sie heiratete, hat mit ihrer Zwillingsschwester Alice zu tun, die du nie kennen gelernt hast. Über Alice müsste ich dir mehr erzählen. Doch um es schon einmal vorauszuschicken: Wenn Alice die Sonne war, dann konnte Francien nichts weiter als ein Mond sein.
Es fühlt sich ein wenig gezwungen an, dir Briefe zu schicken, obwohl wir uns jeden Tag sehen. Trotzdem ist es besser, alles zu Papier zu bringen. Mir reicht es, wie viel ich mit meinen Patienten rede. Unserer Zusammenarbeit in der Praxis zuliebe erscheint es mir übrigens ratsam, meine therapeutischen Ergüsse diskret zu behandeln. Die Nachricht, dass ich Francien verlassen habe und mich von ihr scheiden lasse, ist sowieso schon eingeschlagen wie eine Bombe. Sogar du, die ja einiges gewöhnt ist, musstest kurz schlucken.

Dein Kollege Harold

2

Schattenspieler

Sein Handy brachte ihn wieder in die Realität zurück. Mit einem Knall schloss er das offene Fenster, durch das er beobachtet hatte, wie sich eine Herde Schäfchenwolken in der Nachmittagswärme auflöste. Er holte tief Luft, bevor er seinen Namen nannte.

Es war Slemmen, aber welche von Slemmens vielen Persönlichkeiten? War es Slemmen der Diätberater, sein Praxiskollege, oder Slemmen der Vermieter, der ihn vor einer Verbannung in den südlichen Stadtteil bewahrt hatte, wo ihn eine Einheitswohnung mit Aussicht auf einen Einheitspark an einem Einheitsweiher erwartet hätte?

Slemmen klang gehetzt.

»Hallo Harooo, ich bin's, Dré. Könntest du heute Abend vielleicht pfeifen? Drei Mann haben abgesagt. Grippe ...«

Es war also der Sportfunktionär Slemmen, Vorstandsmitglied des Fußballvereins Hoogte-80. Schon spielte er in seinem Limburger Dialekt auf ein feuchtfröhliches Nachspiel an, um Harolds zu erwartende Einwände im Keim zu ersticken.

»Komm schon, und danach gehen wir zwei in die Kneipe einen heben!«

Die Verbindungen zu Hoogte-80 beruhten ursprünglich auf einem aus dem Ruder gelaufenen Scherz. Die Gesundheitspraxis *De Ster* hatte sich irgendwann zum Trikotsponsor des Vereins aufgeworfen. Danach biederte sich Slemmen im Laufe der Spielsaison beim Vorstand an, mit dem Erfolg, dass er auf einer Praxiskonferenz eine Flut von Sportverletzten ankündigen konnte: »Junges Blut, sonst sitzen hier bald nur noch Greise im Wartezimmer.«

Als Gegenleistung wurde von den Praxisangestellten erwartet, dass sie regelmäßig als Schiedsrichter einsprangen, um das Vereinsleben in Gang zu halten. Jede Woche pfiffen sie eines oder mehrere Spiele. Sie mussten sogar Schiedsrichterkurse belegen. Nur Luisa hatte sich von Anfang an jeglicher sportlichen Verpflichtung entzogen. Wobei sie als Psychotherapeutin die Spielregeln sowieso lieber diskutiert als angewendet hätte.

»Vierte Schülermannschaft. Rückspiel. Kurze Partie«, drängte Slemmen. »Zweimal eine halbe Stunde. Von acht bis neun …«

Harold gab ein unartikuliertes, kehliges Geräusch von sich, was Slemmen als Ermutigung zum Fortfahren auffasste.

»Die Spielformulare liegen im Vereinsheim aus. Du würdest mir wirklich einen großen Gefallen tun.«

»Ich kann aber schlecht«, antwortete Harold. »Ich muss meine Wohnung einrichten.«

Es hörte sich ziemlich dünn an, vor allem weil es nicht stimmte.

»Natürlich, verstehe«, sagte Slemmen nachgiebig. »Wird auch Zeit, nach einer Woche. Du hast gestern auch schon auf dem Spielfeld gestanden, stimmt's?«

Und nach einem gut gespielten Zögern fügte er hinzu: »Ach nein, Unsinn, sonntags pfeifst du nie, oder? Es tut mir wirklich leid, dass ich dich so überfalle. Aber ich sitze in der Klemme, ich stehe ganz allein da und ich muss heute Abend schon bei der zweiten Damenmannschaft pfeifen. Möchtest du vielleicht mit mir tauschen?«

Ein meckerndes Lachen hallte in Harolds Ohr. Er konnte den Witz nicht parieren, stattdessen gab er nach. Slemmen hatte ihm zu der Wohnung verholfen. Diese Rechnung sollte er nicht zu lange offen stehen lassen.

Seine Schiedsrichterausrüstung! Verdammt, Hose, Hemd, Socken ... und seine Sportschuhe, die Pfeife, die Karten, alles steckte noch in Mülltüten, die er hinter der Eingangstür seines früheren Hauses zurückgelassen hatte. Nur die Umzugskartons hatte er vor genau neun Tagen mitgenommen und vor den rosaroten Fußleisten seiner neuen Behausung geparkt.

Wider besseres Wissen durchsuchte er seine Habseligkeiten und fischte auf alle Fälle schon mal seine Sonnenbrille aus einem Schwung Plastikkaffeebechern heraus.

Und einen Mantel, er musste doch auch einen Regenmantel haben. Es sah nach schlechtem Wetter aus. Zur Arbeit eines Schiedsrichters gehörte ein Rundgang über das Gelände und das Abschließen der Tore. Er kippte mehrere Kartons aus. Werkzeug fiel klappernd zu Boden und schließlich kam ein Wintermantel zum Vorschein.

Natürlich hätte er die Kartons längst auspacken können. Obwohl es zwei Riesenschränke gab, genügte ihm bisher ein einziges Regalbrett für seine Handtücher und seinen Proviant.

Er räumte die Kisten wieder ein. Auf diese Weise konnte er jederzeit innerhalb von fünf Minuten wieder aus dieser Wohnung verschwinden, eine Vorstellung, die ihm half, seine schlummernden Ängste hübsch in Schach zu halten. In den Kisten blieb das Chaos außer Sicht und zugleich in Reichweite, sodass er nach und nach Ordnung in den wie auch immer gearteten Schiffbruch seiner ersten Ehe bringen konnte.

Francien und er hatten sich schon vor seinem Auszug

über das Mein und Dein verständigt, eine einfache Aufgabe, weil er fast alles Francien überließ. Nach seinem Umzug wurden ihm per Post die zehn Umgangsgebote zugestellt, die sie aus der Broschüre einer Rechtshilfekanzlei herausgerissen hatte. Das erste lautete: Du sollst deinen Besuch stets ankündigen. Der plötzliche Anblick des Exgeliebten schien gelegentlich zu einem emotionalen Feuerwerk zu führen.

Während er die Treppen hinuntereilte, rief er seine brandneue Ex also an, um ihr zu verkünden, dass er den Rest seiner Sachen holen käme. Sie ging nicht ans Telefon und er legte rasch auf, als er seine eigene Stimme auf der Mailbox hörte.

Der Knall, mit dem er die Haustür hinter sich zufallen ließ, hatte die Gruppe von Jugendlichen aufgeschreckt, die schweigend im Gang zum Fahrradschuppen stand.

Harold fuhr zurück, als ein dunkelhäutiger Junge den Kopf um die Ecke steckte und beinahe mit ihm zusammengestoßen wäre. Er hatte gar nicht vorgehabt, mit dem Fahrrad zu fahren, war aber aus reiner Gewohnheit – jetzt schon! – in den Seitengang abgebogen.

Der Junge trug einen hellblauen Pullover und eine Lederjacke, hellbraun, in der gleichen Farbe wie seine Haut. Misstrauisch beäugte er Harold, der vor dem schmalen Eingang stehen blieb.

Zwei Jugendliche im Hintergrund inspizierten einen Roller. Harold ließ den Blick über ihre ausrasierten Schläfen, die blauschwarzen Glanzlocken und strichdünnen Schnäuzer wandern. Es konnten keine Schüler der Lehranstalt sein. Die machten sich sofort nach der Hausaufgabenbetreuung auf den Heimweg. Hätten die Jugendlichen neben seinem alten Haus gestanden, hätte er sie höflich gegrüßt und sie fortgeschickt. Hier jedoch war Überleben erste Bürgerpflicht. Er trat einen halben Schritt beiseite. Der dunkle Wachtposten folgte seiner Bewegung. Die beiden Schatten hinter ihm ließen von dem Motorroller ab und kamen auf ihn zu. Er hätte sich umdrehen und so tun können, als müsse er dringend noch zum Einkaufen in den Supermarkt. Aber er würde nicht vor den Straßenjungs in die Knie gehen. Stattdessen räusperte sich Harold und spuckte an die Wand. Der dunkle Wachtposten verfolgte den zu Boden tropfenden dunklen Speichel und flüsterte ein Schimpfwort. Harold starrte ihn noch eine Sekunde lang an, bevor er sich zurückzog.

Im Weggehen überkam ihn das Gefühl, eine Gefahrensituation gemeistert zu haben. Wieder hatte er sich einer Herausforderung gestellt, der er sich vorher nicht gewachsen gefühlt hätte.

Erst als er die Autoschlüssel hervorzog, bemerkte er den Polizeiwagen, der im Schritttempo auf dem Parkplatz seine Runden drehte. Vier Beamte behielten die Umgebung sorgfältig im Auge.

Um sicherzugehen, nicht von Nachbarn, die im Garten werkelten oder an den Briefkästen herumlungerten, mit Fragen belästigt zu werden, fuhr er zweimal durch seine alte Straße. Nichts los, alles ruhig, fast wie ausgestorben.

Im Vorüberfahren warf er einen Blick auf ihr gemeinsames Haus. Gardinen offen, Sonnenschirm aufgerollt. Er schaute auf die Uhr. Um diese Zeit saß sie normalerweise mit einem Glas Wein in ihrem Arbeitszimmer und ging die Post durch. Doch seit einer Woche war nichts mehr normal. Auch sie war gezwungen, sich an dieselbe Einsamkeit zu gewöhnen, die ihn jeden Abend erwartete. Bestimmt vergrub sie sich in ihren neuen Job, in dem sie sich noch behaupten musste. Er stellte seinen Kombi auf der anderen Straßenseite ab, in einem sicheren Abstand.

Gerade noch rechtzeitig sah er im Rückspiegel ein Auto, das er vorbeiließ, bevor er die Fahrertür öffnete. Er blieb sitzen, weil das Auto vor dem Haus anhielt. Franciens Peugeot … Ein Mann stieg aus und ging rasch den Weg zu ihrem Haus entlang. Er erkannte ihn sofort an seinen üppigen hellblonden Haaren. Es war Franciens Chef, Frans Elecom.

Gleich darauf erschien Francien selbst in der Tür, als habe sie Elecom erwartet. Sie trug einen Müllsack vor sich her … Harold beobachtete die Szene geduckt hinter dem Armaturenbrett. Elecom nahm ihr den Müllsack ab und angeregt plaudernd schlenderten sie gemeinsam zum Auto. Harold konstatierte, dass Francien Make-up aufgelegt hatte. Ihm fielen ihre entspannten Bewegungen auf, als sie mit energischen Handbewegungen zum Ende der Straße zeigte. Eine Wegbeschreibung. Ach, die hatten wohl vor, die restlichen Müllsäcke zur Kippe zu bringen?

Beim Auto angekommen, öffnete ihr Elecom ritterlich die Tür. Sie stieg lachend ein und warf den Müllsack auf den Rücksitz. Frans Elecom war Leiter der Abteilung für Steuerdelikte. Er war ihm das erste Mal auf dem letzten Neujahrsempfang von *Fennek & Weergang* begegnet. Francien hatte ihn mitgeschleift und er musste mit der halben Firma schlaffe Handschläge austauschen. Bei Elecom hatte sich Francien etwas länger aufgehalten. Sie suchte den Kontakt zu ihm, weil er gerade im so genannten *Red Room* die Leitung übernommen hatte. Sie strebte unbedingt einen Wechsel in diese Abteilung an und vor Kurzem war ihr das dank ihrer gemeinsamen Anstrengungen auch gelungen. Für Harold war Elecom einer von diesen vielen kleingeistigen Emporkömmlingen, eine Comicfigur ohne Tiefgang oder Lebensart. Großer Gott, er war gerade mal eine gute Woche weg, da spannte sie schon ihren frisch gebackenen Chef ein, um seine Sachen loszuwerden …

Er duckte sich noch tiefer, als sie losfuhren und blieb mit gesenktem Kopf sitzen, bis er sicher sein konnte, dass sie um die Ecke gebogen waren. Anschließend durchquerte er mit verhaltener Hast den Vorgarten.

Das Chaos in der Diele beruhigte ihn. Auf den ersten Blick schien noch alles dazustehen, was er zurückgelassen hatte. Vielleicht war dieser eine Sack der Anfang eines Großreinemachens, eine symbolische Handlung. Allerdings hatte sie einige Säcke umgestellt. Natürlich hatte sie in seinen Sachen herumgeschnüffelt und kontrolliert, was er mitnehmen wollte. Im Flur stand der Rest, offenbar unberührt.

Er kehrte zurück und schnupperte. Der Geruch des Hauses hatte sich verändert. Es roch bitter, nach Stille und Staub, als sei Francien lange fort gewesen. Gerüche müssen täglich gefüttert werden, sonst verselbstständigen sie sich. Lautes Hupen ließ ihn zusammenzucken und er blieb stocksteif stehen. Nach ein paar Sekunden atmete er wieder aus. Behutsam öffnete er die Haustür und spähte hinaus. Keine Menschenseele zu sehen.

Trotzdem musste er machen, dass er wegkam. In einer Dreiviertelstunde wartete ein Häuflein Neunjähriger auf seine gestrengen Pfiffe, ohne die sie sich an diesem verlorenen Montagabend gnadenlos über den Haufen rennen würden. Rasch trug er alles nach draußen, in jeder Hand immer zwei Säcke. Er klappte die Rückbank um und warf sie in den Kofferraum. Alles musste jetzt auf einmal mit.

Als er fertig war, riss er die Banderole einer Reklamebroschüre ab und schrieb darauf, dass er in der Nähe gewesen sei und seine Sachen abgeholt habe. Er schloss mit *Dein Haro.*

Er wollte *dein* schon durchstreichen, aber der Zettel flatterte ihm aus den Händen. Er ließ ihn auf dem Fußboden liegen. Sie würde das Gekritzel schon sehen.

Bevor er die Haustür aufzog, erblickte er sein Bild in dem staubigen Flurspiegel. Er sah einen Mann, der, gebeugt unter einer unsichtbaren Last, trotzig seinen Blick erwiderte. Das späte Sonnenlicht warf jedoch einen fröhlichen Lichtkranz auf seinen wirren Haarschopf. Er schnitt seinem Spiegelbild eine Grimasse und in einer plötzlichen Anwandlung hob er das barocke Ungetüm vom Haken. In der Türöffnung blies er den Staub von dem Bronzerahmen. Vorsichtig trug er den Spiegel zum Wagen, die neugierigen Blicke der Nachbarn ignorierend.

Er fand einen Parkplatz kurz vor dem Haus. Sobald er ausgestiegen war, boten ihm die herumlungernden Junkies ihre Hilfe beim Tragen an. Er murmelte eine Ablehnung. Die armen Schlucker trotteten davon, um wieder ruhelos, wie in einem unsichtbaren Käfig gefangen, vor dem Supermarkt hin- und herzuschlendern.

Schon nachdem er die Hälfte der Müllsäcke nach oben gebracht hatte, keuchte er. Seine Kondition war wirklich am Boden. Seitdem er umgezogen war, hatte er noch keine Nacht richtig geschlafen. Seine Arme dagegen waren noch nicht müde und auch in den Händen fühlte er die Anstrengung kaum. Schließlich knetete er täglich die steifen Muskeln seiner Patienten.

Er zwang sich zu einem höheren Tempo und verfluchte Slemmen, der vor Kurzem erzählt hatte, er habe die Liftschächte entfernen lassen, um neue Toilettenräume für die

Lehranstalt einzubauen. In Harolds Wohnung hatte er eine Küchenzeile und eine Duschzelle hineingezwängt.

Die letzten vier Säcke schleppte er im Laufschritt die Treppen hinauf. Bei Hoogte-80 stand auf Zuspätkommen ein Bußgeld, für die Fußballjugend ebenso wie für die Leitung. In der kleinen Küche durchsuchte er den Sack mit seiner Schiedsrichterkleidung. Er zog das Trikot hervor und stopfte sich anschließend das halbe Butterbrot in den Mund, das noch vom Morgen dalag. Er rannte die Stufen hinunter. Auf der Matte vor dem Beifahrersitz fand er noch einen Sack, in den er seine Kleider hineinsteckte. Praktisch, er hatte nämlich seine Sporttasche vergessen, die stand noch zu Hause neben Franciens Waschmaschine.

Nachdem er sich umgezogen und einen Ball aus der Materialkammer geholt hatte, eilte er zur Kantine. Dort empfing ihn dichter Zigarettenrauch, der sich mit einem Geruchscocktail aus Deo, Bodylotion, Eau de Toilette und Mundwasser vermischt hatte. An der Bar saßen etwa zwanzig Frauen in Fußballerhosen und gestreiften T-Shirts. Sie warfen ihm böse Blicke zu; ihre Tabakpäckchen lagen offen auf der Theke.

Mit einer flüchtigen Handbewegung begrüßte er Greta, die Bedienung. Bevor sie wie üblich militärisch zurückgrüßte – zwei Finger an eine blondierte Locke in ihrer Betonfrisur –, musterte sie ihn. Zu nachdrücklich für ein Montagabendspiel. Man wusste es also, auch hier: Er hatte seine Frau verlassen. Ohne eine Miene zu verziehen, schlug er die Hacken zusammen und schnappte sich die Spielformulare aus der Verwaltungsschublade.

»Wo hast du Dré Slemmen gelassen?«, fragte sie. »Er sollte um sieben Uhr hier sein.«

»Den habe ich im Park an einen Baum gebunden«, erwiderte er gleichgültig.

»Am Schwulenstrich bestimmt«, rief die Spielführerin. »Er ist jetzt schon das Bußgeld für eine halbe Stunde los. Das kann er da nie und nimmer dazuverdienen.«

Gejohle. Greta schob die Lamellen vor dem Seitenfenster auseinander.

»Ich dachte, ich hätte ihn bei der Umkleide gesehen«, sagte sie. »Nein, sein Wagen steht nicht da. Oder nicht mehr.«

»Dann trinkt doch solange was auf seine Rechnung«, regte Harold an.

Die Frauen an der Bar sprangen auf und trampelten mit den Stollen auf den Fußstützen herum. Arbeit für Greta. Wieder salutierte sie vor ihm, nun mit einem nachdenklichen Gesicht.

Auf dem Weg durch die kleine Allee zu den Plätzen klangen ihm die stampfenden Frauenfüße noch in den Ohren. *An einen Baum gebunden …* Die Weiber würden Slemmen ruinieren, würden eine Runde nach der anderen bestellen, bis er endlich auftauchte. Kaffee und Apfelkuchen und anschließend Likör und Hackbällchen. Er grinste, Slemmen ein latenter Homo und SM-Sklave? Als erotisches Kuriosum hätte er gute Marktchancen gehabt mit seinem behaarten Babykörper.

Im Park … Mannschaftssportarten brachten seine schlechtesten Seiten zum Vorschein. Nicht so sehr die Naheliegendsten, Feigheit oder Spottlust, sondern eher eine Art Übermut, der ihn unwillkürlich überfiel. Damit hatte er es bisher in jeder Gruppe geschafft, sich beliebt zu machen – bei den Wasserpfadfindern, dem Astronomieclub, der Studentenvereinigung –, doch stets richtete sich diese falsche Ausgelassenheit nach einer gewissen Zeit gegen ihn selbst.

Ein dummer Scherz, eine missglückte Pikanterie, und prompt schob man ihm die Konsequenzen in die Schuhe. Dann wurde der Einheizer zum Außenseiter. Status: geduldet, mehr nicht.

Die Plätze lagen hell erleuchtet in einem feuchten Dunst, als der Platzwart die Scheinwerfer auf den Lichtmasten einschaltete. Am Ende des Weges warteten, an den Drahtzaun gedrängt, die Schüler. Sie begrüßten ihn mit ausgelassenem Johlen. Er musste sich einen Weg durch die Jungenleiber bahnen. Nachdem er das Tor mit einem Schwung aufgedrückt hatte, wurde er von einem Strom junger Fußballer mitgerissen, die auf den Platz rannten. Während er die Anführer zur Ordnung rief, schlug ihm einer den Ball aus den Händen. In dem Gewühle sah er nicht, wer; ein anderer trat ihm in die Kniekehle, sodass er stolperte und sich auf den Schultern einiger Nachzügler abstützen musste.

»Hei, Schiri, was ist los?«

Er grinste tapfer. Die Frage würde er heute Abend öfter zu hören bekommen.

»Fünf Minuten warmspielen!«, rief er und tastete nach der Pfeife in seiner Brusttasche.

Das Spiel begann chaotisch. Die Schüler ignorierten sämtliche Regeln der Taktik und verfolgten den Ball wie ein Bienenschwarm seine Königin. Harold trabte ergeben hinter der jagenden Meute her. Selbst wenn er hätte eingreifen wollen, hätte er nicht gewusst, wie.

Erst als der Trainer der Gegenmannschaft, ein Zigarillo rauchender junger Mann, seine Spieler bei Vor- oder Nachnamen rief und ihnen Anweisungen zubrüllte, wurde die Partie übersichtlicher. Merkwürdigerweise bekehrte sich auch die Heimmannschaft zu einer rudimentären Form der Spieltaktik und nach ein paar Minuten brandeten die Angriffe in ordentlichen Linien hin und her, was Harold eine kleine Verschnaufpause gab. Seine Bewegungen wurden resoluter, seine Pfeifsignale gellten durch die Abendluft, und hätten die Eltern an den Seitenlinien zur Abwechslung mal ihre lauten Kommentare über die Spielleitung für sich behalten, hätte er seine eigene Beherztheit genossen, seine Beobachtungsgabe, seine knackigen kurzen Sprints zum Ort der Regelübertretung, kurzum, das Gefühl, dass er das Spiel beherrschte.

Erst in der zweiten Hälfte fiel ihm der kleine blonde Junge auf. Als er nach einem Aus Einwurf für die Gastmannschaft signalisierte, nahm das Kerlchen einen Anlauf, legte dann aber wie ein echter Profi den Ball auf der Seitenlinie ab, um den Einwurf einem Mitspieler zu überlassen. Eine Verzögerungstaktik, sie lagen in Führung. Anschließend sprintete der kleine Junge nach vorn, spielte sich frei, wurde aber schon gedeckt, bevor sein Mannschaftskamerad den Ball an ihn abgeben konnte. Harold verfolgte den Jungen eine Weile. Der zarte Körper krümmte sich, als er nach diesem Lauf nach Luft schnappte. Der verbissene Zug um den Mund wollte für einen Moment nicht zu dem Engelsgesicht passen.

Als ein Spieler im Strafraum von Hoogte-80 zu Boden ging, zeigte Harold routiniert auf den Elfmeterpunkt. Er wartete, bis der Mannschaftskapitän sich zum Strafstoß aufmachte. Der kräftige Junge traf jedoch den Ball nicht richtig. Obwohl sich der Torwart zuerst in die falsche Ecke geworfen hatte, fand er die Zeit, sich zu besinnen und mit einem Schliddersprung den Ball wegzutreten. Sofort rannten zwei, drei Spieler drauflos. Der kleine Blonde erreichte den Ball als Erster, sprang jedoch mit der Miene eines gewieften Stürmers darüber hinweg. Der Torwart war abgelenkt und hinter dem Blonden konnte ein Mitspieler doch noch ein Tor schießen.

Harold behielt den kleinen Spieler weiter im Auge, der enthusiastisch mit den Stürmerwellen mitrannte, sich bei einer verpassten Torchance wütend in die Hand boxte, aber sämtliche Spielzüge anderen überließ. Wenn ein Kamerad ihn anspielen wollte, rutschte er jedes Mal aus oder bückte sich rasch, um seine Schnürsenkel zuzubinden. Er gelangte nie in Ballbesitz, aber das schien ihm nichts auszumachen. Auch seine Mitspieler störten sich nicht daran oder sie bemerkten nicht, dass er sich dem Wettkampf entzog. Im Grunde war an seinem Positionsspiel und seinem Einsatz auch nichts auszusetzen. Er stand dauernd frei, war immer anspielbereit, verstand es aber jedes Mal, einen Ballkontakt zu vermeiden, auch wenn der Ball am Torpfosten oder dem Rücken eines Kameraden abprallte und auf ihn zusprang. *To be or not to be* war für diesen goldgelockten Knaben keine Frage, er war da, indem er nicht da war. Er nahm am Spiel nicht teil, er war nur anwesend. Er bewegte sich in einem Niemandsland, an der Grenze zwischen Realität und Illusion, und alle gaben sich damit zufrieden! Und trotzdem gehörte er ganz und gar dazu ... Dieser kleine Kerl schaffte wie selbstverständlich, wonach Harold sich in den letzten zwölf Jahren seines Lebens nur hatte sehnen können!

Als er das Spiel abpfiff, passte er den Jungen am Tor ab, die Schlüssel in der Hand.

»Und, war es ein gutes Spiel für dich?«, fragte er.

Auf der verschwitzten Stirn des Cherubgesichtchens bildeten sich Falten.

»Wir haben gewonnen, oder? Das ist doch immer gut«, antwortete er und schloss sich seinen Mannschaftskameraden an.

In der Kantine hielt Greta ihn zurück, nachdem er die Spielformulare ausgefüllt hatte.

»Slemmen ist nicht aufgetaucht«, sagte sie mit vor Empörung tiefer Stimme. »Ich habe hier den ganzen Abend mit zwei Mannschaften angetrunkener Weiber gesessen. Der Mistkerl hat sich nicht blicken lassen, obwohl sein Hausdrache steif und fest behauptet hat, er müsse hier sein.«

Harold kniff die Augen zu einem schmerzlichen Grinsen zusammen.

»Dré wird sich eine gute Erklärung einfallen lassen müssen«, gab er zu.

»Du siehst ihn doch morgen, oder?«

Mit einem Ruck riss sie einen Zettel vom Block neben der Kasse ab.

»Hier«, sagte sie. »Tu mir einen Gefallen und gib ihm das. Mit besten Grüßen von der zweiten Damenmannschaft. Vor dem Fünfzehnten hätte ich das gern bezahlt.«

Harold nahm das voll geschriebene Blatt und vermied es, auf den Endbetrag zu schauen.

»Und hier …« Greta tauchte unter die Bar. Eine Sporttasche plumpste ihm vor die Füße. »Nimm das mit, solange du dich noch nicht sortiert hast. Als Schiri kannst du hier nicht mit einem Müllsack antanzen. Da gibst du das Spiel schon verloren, bevor du angepfiffen hast.«

Er schüttelte unsicher den Kopf.

»Liegt schon seit Jahrzehnten in der Ecke für Fundsachen«, beruhigte sie ihn. »Nimm nur. Kein Hahn kräht danach.«

Sie drückte ihm die Tasche an die Brust und zog ihn an den Unterarmen zu sich heran. Ihre lackierten Nägel bohrten sich in seine Haut.

»Und du kannst dich jederzeit bei mir ausheulen!«

Sie ließ ihn erst los, als er sich hatte küssen lassen. In der

Umkleide riss er seine Kleider von den Haken und stopfte sie in die Tasche. Ohne sich umzuziehen, machte er, dass er wegkam.

Mutterinstinkt, hoffentlich nicht mehr.

Vor der Haustür hob er seinen Wintermantel hoch und wühlte in seinen Jackentaschen herum. Die Hausschlüssel … Dann holte er sämtliche Kleider aus der Sporttasche und durchsuchte sein Jackett, seine Hose, die Hemdentasche, er schaute sogar in den Spitzen seiner Schuhe nach. Oje, er hatte sie natürlich oben in seiner Wohnung liegen lassen! Fünfmal hatte er die Tür aufgeschlossen und hinter sich zufallen lassen, als er seine Sachen nach oben trug. Oder nein, er musste sie in der Umkleide verloren haben … Er kippte Gretas Tasche um. Nur seine Socken flatterten heraus. Verdammt, ihm blieb nichts anderes übrig, als zu Slemmen zu fahren und um die Ersatzschlüssel zu bitten.

Machtlos schaute er sich zu den Fassaden der Nachbarhäuser um, die in Schatten gehüllt waren. Weiter entfernt tauchten Laternen den befahrenen Platz in feurige Glut, doch auf seine Haustür fielen die Schatten von Eschen und Platanen.

Jetzt war der Tag doch noch im Eimer. Er schlug mit der Faust gegen die Tür.

Leises Klimpern. Die Schlüssel, baumelnd im Schloss.

Natürlich waren die Junkies drin gewesen. Wer sonst sollte die Umzugskisten umgekippt, die Müllsäcke zerrissen und Kleidungsstücke, Geschirr und Bücher überall verstreut haben? Sie hatten ihn beobachtet und ihre Chance beim Schopfe ergriffen, als er nach der letzten Ladung vergessen hatte, den Schlüssel aus dem Schloss zu ziehen.

Mit einem Fuß schob er einen Stapel Mappen beiseite und ging auf Zehenspitzen durch das Chaos in die Küche. Dort holte er eine Flasche Bier aus dem Kühlschrank und überblickte auf der Anrichte sitzend seine ausgebreitete Vergangenheit. Sogar sein Bett hatten sie auseinander genommen, den Schlafsack und das Kissen quer durchs Zimmer geschmissen. Sie mussten wütend gewesen sein. Ein so hohes Risiko, das sich letztendlich so wenig gelohnt hatte. Die Stereoanlage und den Fernseher hatte er Francien überlassen, sein Portmonee trug er in der Innentasche seiner Jacke bei sich.

Er lachte leise. In einer halben Stunde hatte er alles wieder zurück in die Kartons gepackt. Sinnlos, die Polizei zu rufen. Heutzutage bemühten sich diese Langweiler sowieso nur dann, wenn man ihnen die Täter in Handschellen und mit unterschriebenem Geständnis auf dem Silbertablett präsentierte.

Die Aufnahmen ... Nein!

Die Hand mit der Flasche Bier stockte in Brusthöhe und er sprang von der Anrichte und rannte quer durchs Zimmer zur Tür.

Nicht die Aufnahmen ...

Er rutschte auf einer CD-Hülle aus und erreichte stolpernd seine improvisierte Garderobe am Dachbalken neben der Tür, drei gebogene Sparrennägel.

Er fluchte ein paarmal voller Erleichterung.

An einem der Nägel hing eine Dokumentenmappe, zwei Pappendeckel, die von einem Band zusammengehalten wurden. Behutsam hob er sie herunter und trug sie in die Küche. Dort schaltete er die Neonröhren ein und ließ die Röntgenbilder aus der Hülle rutschen. Er hielt sie hoch und suchte den Winkel für den günstigsten Lichteinfall.

Als Erstes nahm er die Aufnahme vom Knie zur Hand. Auch heute konnte er nichts Auffälliges am Knochen entdecken. Trotzdem fuhr er mit seiner Betrachtung fort, denn es war nicht die Diagnose, die ihn beschäftigte. Die hatte er schon vor Wochen gestellt: Distorsion, vielleicht eine Zerrung des Ligamentum collaterale tibiale, sprich, ein verrenktes Knie. Sein Praxiskollege, der praktische Arzt Ruben Kaaiman, war zu demselben Schluss gekommen.

Nein, vielmehr fesselte ihn die Besitzerin des geschädigten Gelenks, Isabelle Valdo, geborene Sluizenaar.

Physiotherapeuten händigte man selten Röntgenbilder ihrer Patienten aus, weil sie diese nach Meinung der Spezialisten sowieso nicht interpretieren konnten. Um ihrer trotzdem habhaft zu werden, hatte er Ruben eine Lüge aufgetischt. Isabelle wolle eine zweite Meinung einholen, ob er die Bilder bitte im Krankenhaus anfordern könne.

Er suchte die Aufnahme des Beckens von Mevrouw Valdo heraus, auf der die Weichteile nur schemenhaft erkennbar waren. Der Übergang von Poritze zu Scheide war so vage, dass seine Fantasie sich nach Belieben ein ansprechendes Bild daraus basteln konnte.

Während er mit einer Hand die Aufnahme ins Licht hielt, setzte er sich auf den Rand der Anrichte. Mit der anderen öffnete er seinen Hosenschlitz und fummelte sein halbsteifes Glied heraus. Doch noch bevor er die Vorhaut über die Eichel gezogen hatte, unterbrach ihn das Telefon.

Er hechtete los und wühlte unter einem Haufen Hemden herum, denn gewiss war es niemand anderes als Isabelle Valdo! Sie musste sein Verlangen nach ihr intuitiv gespürt haben, obwohl er sich andererseits nicht erinnern konnte, ihr seine Handynummer gegeben zu haben.

Seine Stimme überschlug sich, als er sich meldete.

3

Verkaufsgespräche

Francien konnte nicht telefonieren. Sie geriet in Verlegenheit, wenn sie mit jemandem sprach, den sie nicht sehen konnte, nur mit einer Stimme aus einem winzigen Gitterchen. Sie brauchte ein Gesicht, Augen, die die Wahrheit sagten oder logen.

Als Harold abnahm, erkannte er sie an dem kurzen Zögern. Danach hörte er sich geduldig die Frage an, wie das Wetter bei ihm sei, ihr bewährtes Hausmittel zur Bekämpfung ihrer Telefonangst. Dabei hätte sie nur aus dem Fenster schauen müssen, denn sie wohnten höchstens einen Kilometer voneinander entfernt. Er antwortete mit der professionellen Stimme eines Wettermannes: »Windstill, laues Spätsommerwetter, in der Nacht kühlt es sich allerdings rasch ab.«

Blöder Witz, stellte er fest, als sie ihm daraufhin gespielt locker mitteilte, dass sie die Abendzeitung an seine Adresse weitergeleitet habe. Er kannte Franciens Telefonbehinderung und lenkte sie normalerweise mit seichtem Geplauder ab – ich bin's, du bist es, wir kriegen das schon zusammen hin: dasselbe Rezept wie für Patienten, die wegen eines Erstbehandlungstermins anriefen oder kein Niederländisch sprachen.

»Ab wann?«, fragte er, Interesse heuchelnd.

»Innerhalb der nächsten fünf Werktage«, antwortete sie. »Ich behalte die Lokalzeitungen, wenn es dir recht ist.«

Sie räusperte sich. Mission erfüllt. Abonnements auf der Liste der Besitzverteilung abgehakt.

»In Ordnung«, sagte er gutmütig, und, weil es ihm wirklich egal war: »Ich habe morgens sowieso keine Zeit für den so wahnsinnig wichtigen Dorfklatsch.«

»Ich hatte heute auf der Arbeit viel zu tun«, fuhr sie fort. »Man hat mir einen neuen Fall übertragen.«

Sie wollte also um jeden Preis das Gespräch in normalen Bahnen verlaufen lassen. Er legte Isabelles Röntgenaufnahmen beiseite und ließ sich von der Anrichte rutschen.

»Also ist es dir gelungen, im *Red Room* Fuß zu fassen?«, fragte er, Begeisterung heuchelnd. »Dann hat Ada Gist also grünes Licht gegeben!«

Der *Red Room* befand sich in den Kellerräumen von *Fennek & Weergang*. Die Abteilung für Steuerhinterziehung. Wer dort arbeitete, war bis ins Mark durchleuchtet worden und erhielt nur mittels eines roten Ausweises Zugang, den ein Bewacher sorgfältig kontrollierte.

»Die Festanstellung war schon lange in trockenen Tüchern, weißt du!«, sagte sie gereizt. »Schon kurz nachdem wir eine Pause eingelegt hatten, habe ich die Papiere bekommen.«

Eine Pause eingelegt ... Was sollte denn der Quatsch, als spielten sie ein Spiel, das sie jeden Moment wieder aufnehmen konnten!

»Also sind die Flitterwochen vorbei?«

Sie schwieg gequält. Ein Witz unter der Gürtellinie, diese Anspielung auf ihre kurze Ehe.

»Ob es dir da unten in den Katakomben gefällt ... meinte ich«, lenkte er ein.

»Das hängt davon ab, wie finster es dort ist und was ich vorfinde. Vorläufig beschäftige ich mich rund um die Uhr mit Geldwäschegeschäften.«

»Warum hast du angerufen?«

»Sollen wir uns mal verabreden?«

»Nein. Warum sollten wir?«

»Weil wir uns sehen wollen?«

Er zögerte so lange, dass sie fragte, ob er noch am Apparat sei. Was sollte er antworten, nun, wo sie selbst alte Wunden aufgerissen hatte? Distanziert: »Wir?« Einfühlsam: »Passt im Moment schlecht.« Oder eine Abfuhr: »Besprich das mit meinem Anwalt«?

»Vielleicht«, sagte er schließlich matt.

»Was soll ich denn anziehen?«, fragte sie mit traurigem Spott, die rituelle Frage, wenn sie ausgingen.

»Nichts«, hätte jetzt die rituelle Antwort gelautet.

Er seufzte hörbar und wurde von einem kleinen Lachen auf der anderen Seite der Leitung überrascht.

»Ich möchte wissen, wie das mit unseren Abenteurern weitergeht. Liest du mir vor? Ach bitte!«

Vorlesen! Ihr Abendgebet, ihr Betthupferl. Auf dem Nachtschränkchen lagen noch stapelweise Bücher. Jeden Abend eine Geschichte, ein Gedicht, eine Theaterszene, ein Romanfragment.

Sie waren bei Rabelais' bizarren Reiseerzählungen stehen geblieben. Über Pantagruel, der am Eismeer entlangfuhr, wo es so kalt war, dass die Worte gefroren. Er hatte seiner Besatzung ein paar von diesen verbalen Eisbrocken gegeben, die sie in ihren warmen Händen auftauten. Kurz darauf ertönten die Schreie einer blutigen Schlacht, die irgendwann einmal stattgefunden hatte.

Harold hatte an der Stelle aufgehört zu lesen, als ein Matrose um mehr von diesen gefrorenen Worten bat, was Pantagruel verweigerte, weil er fand, dass »einander Worte schenken etwas für verliebte Paare« sei.

Harold schob einen Stapel Unterhosen beiseite, bahnte

sich einen Weg durch das Chaos und gelangte zu seinem Bett.

»Nein, ich muss hier aufräumen. Ich habe heute Abend meine restlichen Sachen abgeholt. Hast du es bemerkt? Du warst nicht zu Hause.«

»Wir haben uns verpasst. Willst du mir wirklich nicht vorlesen?«

»Warum sollte ich?«

»Ich vermisse unsere Geschichten. Ich kann dich doch nicht wie einen Haufen die Toilette hinunterspülen!«

Womit sie eigentlich sagen wollte: Du kannst mich doch nicht wie einen Haufen die Toilette hinunterspülen. Ach ... ein Druck auf den Knopf, Rauschen, ein undurchsichtiger Strudel, das befreiende Saugen in Richtung Kanalisation, hochblubberndes sauberes Wasser. Sprayen gegen den Gestank. Beziehung beendet.

»Ich will dir nicht vorlesen«, sagte er entschlossen. »Es ist vorbei. Wenn du nicht schlafen kannst, musst du dir in der Blindenbibliothek ein Hörbuch ausleihen.«

Ada Gist. Nicht Isabelle Valdo und ihr kaputtes Knie hatten ihn wachgerüttelt. Nein, es war Ada Gist vom Zentralen Polizeilichen Geheimdienst CRI gewesen, die ihn auf den Fäulnisgeruch ihrer Beziehung aufmerksam gemacht hatte. Ada Gist, die Lebenslaufschnüfflerin, die Francien auf den Zahn fühlte. Wer im *Red Room* arbeiten wollte, dessen Personalakte musste sie zusammenstellen. Francien durfte zwei Informanten benennen, die Gist befragen konnte.

»Du und Anja«, hatte sie beschlossen. »Zwei Freunde.«

»Ich bin dein Mann! Nicht irgendein Freund.«

Er war sich nicht halb darüber im Klaren, wie berechtigt sein Einwand war.

Francien wollte in den *Red Room,* um jeden Preis. Sie hatte die Mittelständler satt, ihre durchsichtigen Betriebskostenaufstellungen, die Spiegelfechtereien mit dem Finanzamt und die absehbaren Kompromisse.

Die Spannung, die sie in der Abteilung ›Mittlere und kleine Betriebe‹ vermisste, fand sie im *Red Room,* beim Durchforsten beschlagnahmter Bilanzen und dem Verfolgen der Irrwege dubioser Gelder.

Eine Stelle wurde frei und sie bewarb sich. Harold vermutete, dass auch die Reisen zu den steuerfreien Inselstaaten unter subtropischer Sonne sie durchaus lockten.

»Warum kriegen eigentlich *Fennek & Weergang* solche Aufträge?«, fragte er. »Hat die Polizei immer noch zu wenig Personal?«

»Viel schlimmer, ihnen fehlt das Know-how. Wenn es mal irgendwo ein extra Betrugsdezernat gibt, haben die nicht mehr Hintergrundwissen, als sie aus dem *Financieele Dagblad* erfahren. Oft begreift überhaupt nur ein Einziger, was da drinsteht. Und das ist nie der Chef. Wir sind wenigstens ernst zu nehmende Gegner für die Kriminellen.«

Sie sprach mit einer so grimmigen Selbstsicherheit über ihre Arbeit, als glaube sie, dass er das Ganze für eine Art Edelhobby von ihr hielte. Um seinen Respekt zu demonstrieren, schaltete Harold auf Kindersprache um.

»Also ist der *Red Room* eine Art Finanzpolizei?«

»Nein, wir dürfen noch nicht mal selbstständig ermitteln. Wir liefern dem Innenministerium nur die Waffen und die Munition für den Angriff.«

»Um den Schurken das Geld abzuluchsen?«

»Ja, wir sind eine Aufklärungseinheit. Wir werden eingesetzt, um die Geldwäschepraktiken aufzudecken, wir listen die Depots mit dem unrechtmäßig erworbenen Vermögen auf und schreiben auch das Drehbuch für den Gerichtsprozess. Wir beschränken uns auf die Verwaltungsarbeit.«

»Also bin ich mit einer Papierpolizistin verheiratet?«

»Falls du Ada Gist davon überzeugen kannst, dass ich unbestechlich und zäh bin und vor allem nicht erpressbar.«

Die Befragung fand bei ihm zu Hause statt, im Wintergarten mit Aussicht auf seinen vernachlässigten Garten. Beim ersten Mal verspätete sich Mevrouw Gist um eine halbe Stunde. Sie ließ kein Wort der Entschuldigung fallen, selbst dann nicht, als er vor Verärgerung ihren Ausweis besonders sorgfältig studierte.

Gist war eine mädchenhafte Frau. Sie konnte nicht älter sein als dreißig, gab sich aber alle Mühe, älter auszusehen. Sie trug einen Hosenanzug aus solidem Karostoff und auf ihrer Hornbrille schimmerte ein Perlmuttrand. Harold verdächtigte sie, ihre geflochtenen Zöpfe mit Silbergrauspülung zu behandeln. Mit leiser Stimme stellte sie scheinbar zusammenhanglos ihre Fragen. Seine Antworten notierte sie auf einem unlinierten Block. Nach jeder Frage blickte sie ihn derart starr an, dass Harold vermutete, seine Körpersprache sei wichtiger als seine mündlichen Aussagen.

»Sie haben Francien in einem Freundeskreis kennen gelernt?«

»Ja, *DRIFT*, eine Art Studentenverbindung. Wir trafen uns regelmäßig in einem Klub. Francien war gerade mit der höheren Handelsschule fertig geworden und ich war von der Sporthochschule abgegangen und hatte an der Fachhochschule eine Ausbildung zum Physiotherapeuten angefangen. Die beiden Hochschulen waren zusammengelegt worden.«

»Sie haben eine eigene Praxis?«

Er stellte fest, dass sie nicht aufmerksam zuhörte. Die

Hast, mit der er seinen Wechsel vom Sportlehrerstudium zur Physiotherapeutenausbildung abtat, entging ihr.

»Eine Praxisgemeinschaft zusammen mit drei Kollegen aus verschiedenen medizinischen Bereichen: ein Allgemeinarzt, ein Diätberater, eine Psychotherapeutin, und ich bin für die Physiotherapie zuständig.«

»Physiotherapie ... ist das nicht ein heikler Beruf für einen verheirateten Mann?«

Die Frage war indiskret, vielleicht wollte sie damit das Eis brechen oder eine vertrauliche Atmosphäre schaffen. Damals hatte ihn Isabelle noch nicht in der Praxis aufgesucht und er konnte sich mit einem geringschätzigen Kopfschütteln begnügen.

»Das stimmt schon, aber anders, als Sie meinen. Das Tragische an meinem Beruf ist, dass ich immer an die Arbeit denken muss, wenn sich jemand auszieht, auch in meiner Freizeit.«

Sie nahm seine Antwort ohne ein Lächeln hin.

»Sie haben eine lange Verlobungszeit hinter sich. Zwölf Jahre, stimmt das?«

»Ungefähr. Wir wollten uns Zeit nehmen, uns gründlich kennen zu lernen.«

Seine Antwort hätte nicht weiter von der Wahrheit entfernt liegen können. Ihre Heirat war etwas Unvermeidliches gewesen, so wie das Wasser eines Bergbachs irgendwann ins Meer fließt.

»Trifft Francien öfter Bekannte von früher?«

»Nein, nicht sehr häufig. Alle zwei, drei Jahre findet ein Ehemaligentreffen statt, aber der Schwung ist natürlich raus, alle haben inzwischen geheiratet.«

»Und Sie beide als Letzte? Sie waren sozusagen übrig geblieben?«

»Übrig zu bleiben muss nicht ungewollt sein«, behauptete er gemessen.

Sie schrieb seine Antwort sorgfältig auf.

»Wie verhält sich Francien auf Partys?«

Auf Partys ... Wann hatte er sie zuletzt auf einer Party erlebt? Bei *Fennek & Weergang,* wo Männer von vierzig, fünfzig Jahren noch immer den Burschenschaftler heraushängen ließen. Er hatte nicht gewusst, wie er auf ihre aufgesetzte Vertraulichkeit und die Selbstzufriedenheit reagieren sollte, die sie bis ins Mark verinnerlicht hatten.

»Das hängt vom Anlass ab. Wenn getanzt wird, tanzt sie, wenn nur geredet wird, hört sie zu.«

»Geht sie denn nie aus sich heraus? So richtig hemmungslos?«

»Francien ist kein Karnevalstyp«, erwiderte er. »Sie hat sich und ihr Verhalten immer unter Kontrolle, und wenn sie sich mal gehen lässt, hat sie die Grenzen vorher genau abgesteckt.«

Er vermutete, dass diese Antwort Franciens Aussichten auf den *Red Room* vergrößerten, obwohl er sich bei einem gekränkten Unterton ertappte.

»Und wie steht es mit Alkohol?« Ada Gist hielt den Kopf zur Seite geneigt, die Augenbrauen zu provokanten Bögen hochgezogen.

Harold schüttelte den Kopf.

»Den verträgt sie nicht. Sie wird nicht betrunken, sie wird krank.«

Ada Gist hielt mit dem Schreiben inne.

»Sie muss sich übergeben, bevor der Alkohol seine Wirkung tut«, erklärte er. »Man könnte es als Allergie bezeichnen. Ein genetischer Anti-Alkohol-Chip.«

Ada Gist schrieb nicht weiter.

»Irgendwelche anderen Neigungen zu ... Ausschweifungen?«

Sie hielt den Stift auf das Papier gedrückt wie ein Amtsarzt, der eine Reihe von Krankheiten abhakte. Sollte er von dem Stripteaseabend erzählen? Er beschloss, den größten Teil zu beichten. Das mit dem Koks ließ er weg, schließlich hatte Francien an jenem Abend nicht geschnupft.

Nach dem letzten Ehemaligentreffen waren sie bei ihm zu Hause gelandet, hier im Wohnzimmer. Es war Winter, die Türen zum Wintergarten fest verschlossen. Francien wohnte noch nicht bei ihm.

Die Karten lagen griffbereit, zu der Zeit war Poker groß in Mode. Einer von Franciens ehemaligen Dozenten war mit dabei, ein älterer Mann, zusammen mit seiner jungen Frau. Harold verdächtigte sie, auf Francien zu stehen. Und noch ein anderes Paar, zwei Kommilitonen, ihre Namen hatte er vergessen, sie waren schon seit vielen Jahren zusammen, beide trugen ein Nasenpiercing.

»Wer Geld hat, spielt um Geld«, schlug irgendjemand vor. »Wer blank ist, strippt.«

Alle johlten, auch Francien, was ihn überraschte. Er gab die Karten aus und gleich in der ersten Runde legte die Dozentenfrau ihren Pulli und ihr Unterhemd auf den Tisch. Krawatten folgten, Socken und Schuhe, die meistbietend versteigert wurden. Es herrschte eine tollkühne Stimmung, niemand wollte sein Geld einsetzen.

Harold gewann zweimal hintereinander gegen Francien. Er trug seine Hosen noch und gab zum dritten Mal die Karten aus. Die ehemaligen Kommilitonen schauten sich an, steckten ihre Portmonees weg und passten. Der Dozent hing im gerippten Unterhemd nach hinten gelehnt im Sessel und winkte nach einem Blick auf seine Karten ab. Die Dozentenfrau, in Slip und BH, zögerte, ließ sich jedoch von Harolds taxierenden Blicken abschrecken. Auch sie passte und schaute gespannt hinüber zu Francien, die noch Rock und Unterwäsche trug.

»Einmal verlieren kann ich noch verkraften«, sagte sie zu Harold.

Ihr kühler Ton ärgerte ihn. Sie spielten hart auf hart. Beim Endgebot forderte er sie heraus: »Alles, was du anhast.«

Sie nickte.

Er legte seine Karten auf den Tisch.

Sie verlor.

Francien stand auf. Die Dozentenfrau griff nach ihrem Rockbund, doch plötzlich ließ Francien sämtliche Banknoten aus ihrem Portmonee herausflattern, über den Tisch, die Gläser und die Spieler.

»Sie dankte für die Ehre«, sagte er zu Ada Gist. »Auf unsere Proteste reagierte sie nicht. Sie bestellte einfach ein Taxi. Es hatte nichts mit Feigheit zu tun. Auf dem Tisch lag mindestens ein ganzes Monatsgehalt. Brutto.«

Dass sie nachts zurückgekommen war, verschwieg er. Es stellte sich heraus, dass es an der Dozentenfrau lag. Francien hatte sich vor ihrer Geilheit geekelt. Sie hatte mal eine kurze Affäre mit dem Dozenten gehabt und verdächtigte ihn, seiner Frau alles erzählt zu haben. Vielleicht wollte die mal genauer untersuchen, was ihr Mann im Bett gehabt hatte.

Ada Gist notierte ungerührt den Ausgang des Abends.

»Francien hat sich aus dem Staub gemacht«, schloss er. »Anstatt sich auszuziehen, kaufte sie sich von ihrer Nacktheit frei.«

»Raucht Francien?«, fragte Ada Gist.

Harold dachte nach. Die Frage hätte auf gefährliches Terrain führen können. Cannabis, Pillen oder die Schnupfdose.

»Einmal im Jahr, auf der Weihnachtsfeier. Einen Damenzigarillo. Sie ist da sehr konsequent. Sie will topfit bleiben.«

»Wofür?«

»Sie wandert, geradezu fanatisch. Sie besitzt sämtliche Wanderführer über die Niederlande und Belgien, sammelt Karten mit Wanderrouten. Jedes Wochenende unternimmt sie mindestens eine lange Tour.«

»Mit wem? Oder ist sie allein unterwegs?«

»Sie hat eine gute Freundin, Anja. Sie kennen sich schon seit der höheren Schule. Sie gehen zwar immer in einem Abstand von zehn Metern, weil die eine den Laufrhythmus der anderen nicht vertragen kann, und wenn Sie mich fragen, auch deren Person nicht. Aber auf diese Weise sind sie zusammen und dennoch allein.«

»Und was unternehmen Sie beide zusammen?«, fragte sie.

Blitzschnell suchte er nach einer Antwort. Nichts, müsste er zugeben, außer dass wir relativ regelmäßig dem Ruf unserer Hormone folgen, vor allem nach einem von Wein und Likör begleiteten Abendessen in einem noblen Restaurant. Wir unternehmen rührende Versuche, einander zu trösten. Aber vor allem verdrängen wir beide die Erinnerung an unsere Alice, was uns rund um die Uhr beschäftigt hält.

»Kochen und Essen«, antwortete er in einer Anwandlung. »Wir lieben beide gutes Essen.«

Und er erzählte zusätzlich, dass Francien nach ihrer Heirat wieder in alte Naschgewohnheiten zurückgefallen war.

»Sie ist süchtig nach türkischem Honig. Sie hat sich zu einer echten Kennerin entwickelt, sie schmeckt genau, wo ein Stückchen herkommt. Aber ...« Er rang sich ein vertrauliches Lächeln ab. »... vor ein paar Monaten hat sie sich zu einem Squash-Kurs angemeldet. Als Ausgleich für die Kalorien, die sie verputzt.«

Ada Gist erkundigte sich nach weiteren Beschäftigungen und Hobbys, die er je nachdem mit einer gewissen Zärtlichkeit (ihre Spieldosensammlung), Abneigung (ihre Vorliebe für Skihüttenmusik und Opern) oder Achselzucken (die Puzzles von Bildern alter Meister) beschrieb.

Vor den Fragen kurz vor Schluss, quasi schon mit der Türklinke in der Hand, hatte Francien ihn gewarnt, jene unbeachteten Augenblicke, die leicht mit Intimitäten ausgefüllt wurden. Ada Gist verstand ihr Fach. Schon im Mantel fragte sie: »Wir haben uns über die Francien unterhalten, wie sie jeder kennt, aber was sind ihre verborgenen Seiten?«

Es dauerte einen Moment, bis er begriff, dass Ada Gist nicht etwa auf Franciens erpressbare dunkle Seite anspielte, sondern auf ihr Ventil. Den Mülleimer, in den sie ihren Stress ablud.

»Sie liebt Boxkämpfe«, log er spontan und dämpfte seine Stimme auf die Lautstärke unpassender Vertraulichkeiten. »Schlimmer noch: Sie treibt sich in zwielichtigen Lokalen in abgelegenen Dörfern herum, wo regionale Kampfsportwettkämpfe stattfinden. Kickboxen, *freefighting*, Käfigkämpfe, solche Sachen.«

Ada Gist konnte ein triumphierendes Nicken nicht unterdrücken.

Das war die richtige Antwort gewesen. Danach fühlte er sich wie eine leere Hülle.

Abends erstattete er Francien Bericht. Er hatte einen Tisch in einem Fischrestaurant reserviert, zur Erinnerung an ihre Urlaube am Meer.

»Ich hab' den Job, ich spüre es«, sagte sie und legte ihm die Hand aufs Bein, unter dem Tisch. »Was wünschst du dir zum Geburtstag?«

»Eine Geliebte«, sagte er aus heiterem Himmel und stopfte sich den Mund mit Tintenfischringen voll.

»Was willst du denn mit einer Geliebten?«

Ihre Hand, unterwegs zu seinem Hosenschlitz, hielt inne. Er ertrug ihr verschmitztes Lächeln, halb verborgen hinter dem Weinglas. Etwas Wein rann den Stiel herunter und tropfte auf ihr Revers. Er wurde bockig, ernster, als er beabsichtigt hatte.

Auf dem zähen Fischfleisch herumkauend, sagte er: »Ein neues Leben anfangen.«

Francien wollte die Augen verdrehen, aber weil sie zu weinen anfing, strandete die Ironie zwischen ihren blinzelnden Lidern.

4

Die lieben Kollegen

Das Gesundheitszentrum *De Ster* lag im Süden der Stadt, südlich des Rheins, mitten im Einkaufszentrum. Es war eines jener Mietshausviertel, die man nach dem Krieg aus dem Boden gestampft hatte und die inzwischen nach einem zweiten Wiederaufbau schrien. Die verschiedenen Tante-Emma-Läden hatten sich im Laufe der Zeit zu einem Riesensupermarkt zusammengeballt, ein ewiges Rabattfestival, zwischen dem die Praxis wie eine nüchterne Enklave übrig geblieben war. Das ursprüngliche Grundprinzip – Gesundheit sollte ebenso leicht verfügbar sein wie ein Kilo Koteletts – hatte nicht darunter gelitten. Nur die Zielgruppe hatte für diesen volksnahen Ansatz weniger Verständnis: In den ersten Jahren mussten sie wieder und wieder erklären, dass sich in der Praxis kein Kraftraum, kein Schönheitssalon und auch kein Tierheim befand.

Eilig stieß Harold die Tür auf. Ruben und Luisa saßen am Esstisch. Luisa starrte, halb in Meditation versunken, auf die spiegelnde Oberfläche ihres schwarzen Kaffees, Ruben hatte einen Stapel Patientenakten vor sich.

»Ist Dré nicht da?«, fragte Harold, während er seine beschlagene Brille putzte.

Luisa blickte verstört auf.

»Er hat erst um halb zehn seinen ersten Termin«, verkündete sie. »Es hagelt Absagen. Für dich war auch eine dabei …«

Harold zwang sich, ihr nicht den Terminplaner unter den Händen wegzuziehen.

»Ach, wer denn?«

»Deine erste Patientin, Mevrouw Merksel. Sie hat auf den Anrufbeantworter gejammert.«

Er zuckte erleichtert mit den Achseln.

»Meisje Merksel?«, fragte er. »Kein Problem, ihr Knöchel ist schon seit Wochen wieder in Ordnung.«

»Warum kommt sie dann immer noch?«

»Sie kann sich nicht von ihren Krücken trennen.«

»Was fehlt ihr denn?«

»Ein guter Rechtsanwalt«, entgegnete Harold. »Ihr Mann will sie aus dem Haus werfen, aber sie weigert sich im wahrsten Sinne des Wortes, auf eigenen Beinen zu stehen.«

»Warum überweist du sie nicht zu mir?«

»Weil ich ihr noch nicht habe klarmachen können, dass ihre eigentliche Verletzung anderthalb Meter weiter oben sitzt«, sagte er.

Er tippte sich an die Schläfe.

»Nein, einen Meter! Hier«, erwiderte Luisa und schlug sich mit der Faust aufs Herz.

Sie stieß einen Seufzer aus und zeigte auf das Poster mit den Chakren, das sie an die Kühlschranktür gehängt hatte.

Ihre gerunzelte Stirn verhieß eine zähe Diskussion. Weil ihm der Schädel noch von dem alten Genever brummte, mit dem er Franciens Anruf hinuntergespült hatte, nickte er nachgiebig. Stimmt, Luisa, du entwirrst die Knoten, in die sich Gefühl und Verstand verstrickt haben, ich dagegen beschränke mich auf die Schäden, die unsere Patienten ihrer äußeren Hülle zufügen. Er nickte ihr freundlich zu, doch Luisa starrte schon wieder in ihren Kaffee.

Während er ein Glas Wasser trank, erinnerte er sich an die Rechnung für Slemmen. Er holte sie aus der Innentasche seiner Jacke und strich sie glatt. Zweiundzwanzig Stücke

Apfeltorte, ebenso viele Tassen Kaffee und sechsundsechzig Baileys ... Er überlegte, einen Zettel mit einer Erklärung beizufügen, ließ jedoch die Rechnung unkommentiert in Slemmens Briefkasten fallen. Im selben Moment legte Ruben die Patientenmappe mit einem Knall beiseite und schlug die Zeitung auf.

»Gibt's was Neues?«, erkundigte sich Harold.

Ruben schüttelte abwesend den Kopf.

»Dann gehe ich schon mal Brötchen für heute Mittag holen«, kündigte Harold an.

»Hat noch jemand einen Wunsch? Sambische Straußenpastete? Okzitanische Ziegenkäschen?«

Luisas Nasenflügel zogen sich zusammen.

»Für mich bitte Ingwermousse in Blätterteigcrêpe mit gerösteten Mandelsplittern.«

»Und du?«

Er griff in die Geldschublade und zählte die Banknoten aus der kleinen Kasse.

»Ich esse unterwegs was«, sagte Ruben und schüttelte erneut den Kopf.

Harold war schon auf dem Weg zur Tür, als Ruben mit den Fingerspitzen auf die Zeitung tippte und verächtlich meinte: »Die Regierung will endlich dem Schließen von Scheinehen einen Riegel vorschieben.«

Harold zog den Reißverschluss seiner Jacke hoch.

Also das liegt dir im Magen, dachte er, deshalb verschanzt du dich hinter Patientenakten. Ja, stimmt, ich werfe allen Ballast von Bord und schippere aus eigener Kraft weiter. Hast du ein Problem damit oder setze ich vielleicht einfach das in die Tat um, wovon du nur zu träumen wagst?

Für einen Moment blieb er kampfbereit in der Tür stehen, das Kinn vorgereckt, doch seine Kollegen reagierten nicht.

Fünfzig Meter weiter roch er den Duft von frisch gebackenem Brot. Er war erleichtert, dass es nicht Isabelle Valdo gewesen war, die abgesagt hatte. Im Anschluss an die Massage wollte er sie heute wieder per Ultraschall untersuchen. Dafür musste er die Haut mit Gel einreiben, und wenn er die glibbrige Masse auf ihrem Knie verteilte – und sie jedes Mal einen überraschten kleinen Schrei ausstieß, wenn er ihre Kniekehle berührte –, würde er sie dabei erwischen, wie sie die Augen schloss. Danach Bewegungstherapie, zehn Minuten Fahrrad fahren. Und er wollte sie zum ersten Mal auf das Kippbrett stellen. Das würde eine Slapstickstunde geben. Er würde sie auffangen und stützen müssen.

In nicht allzu langer Zeit würde sie nicht mehr in die Praxis kommen. Die Behandlung schlug gut an. Er hoffte allerdings, sich bis dahin in ihr Herz eingeschlichen zu haben. Das war, wie er ehrlich zugab, ein ehrgeiziges Ziel, wofür er unter Umständen mehr brauchte als seine knetenden Hände. Aber vorläufig ignorierte er die Realität, die nur seine Tagträume störte.

Auf dem Rückweg beeilte er sich nicht. Anstatt durch den Vordereingang hineinzugehen, schlenderte er um *De Ster* herum zu der Einbuchtung, wo das Gebäude an das Lager des Supermarktes grenzte. Zu dieser Seite lagen die Fenster seines eigenen Behandlungsraumes. Von den Bewegungsmeldern hingen nur noch die Bügel am Betonträger. Er zog den Bauch ein und trat nach vorn. In der Ecke waren die grauen Backsteine feucht, durchzogen von weißen Adern.

In den letzten Wochen überfiel ihn regelmäßig ein starkes Bedürfnis nach frischer Luft, vor allem nach der Teepause. Vergeblich hatte er versucht, das Fenster irgendwie zu öffnen. Durch einen Spalt in den Lamellen überblickte er sein Reich. Im Schatten unter seinem antiken Massagetisch sah er das Pedal, mit dem er die Höhe verstellen konnte. Das Linoleum darunter glänzte, bis auf einen Schmutzflecken unter dem Pedal. Die Kuhle darunter verriet, mit welchem Widerwillen er seine Patienten auf die richtige Arbeitshöhe hievte. Eine Lücke in seinem berühmten Gleichmut.

Er schnupperte. Uringestank. Er rümpfte die Nase. Mit der Schuhspitze schob er einen platt getretenen Slip weg. Nein, wollte er wirklich ein neues Leben beginnen, genügte es nicht, ein Fenster zu öffnen.

Slemmen war in Gedanken versunken, jedenfalls rührte er sich nicht, als Harold hereinkam. Luisa blätterte im Terminbuch.

»Morgen, Dré.«

Harold zog die Kühlschranktür auf und legte die Einkäufe in die Fächer.

»Wo bist du gestern gewesen?«, fragte Harold mit dem Rücken zu Slemmen gewandt.

»Entschuldige, ich spreche gerade mit meinem Vater.«

»Mit deinem Vater? Aber der ist doch tot.«

»Mit dem Vater hier drin.«

Harold drehte sich um. Dré hatte den Hut abgesetzt und klopfte sich auf den Kopf. Luisas Blick wanderte weiter nach unten und blieb in Höhe von Slemmens Brustbein hängen.

»Ich hatte Bruun im Auto gelassen«, erzählte Slemmen mit der Stimme eines Menschen, dessen Leben eine fatale Wendung genommen hatte. »Er hat das Lenkrad kaputtgefressen. Völlig ruiniert. Ich konnte nicht fahren, habe noch die Straßenwacht angerufen. Das war kurz vor dem Spiel …«

»Dein Leder-Sportlenkrad?«

»Kurz und klein gekaut.«

»Also deshalb bist du nicht gekommen?«

Slemmen nickte.

»Vielleicht sollte ich ihn einschläfern lassen. Oder ob ich ihm noch eine Chance geben soll?«

»Und das besprichst du mit dem toten Vater in deinem Kopf?«, fragte Luisa.

Slemmen stieß einen verzweifelten Seufzer aus, als würde er gern einen anderen Berater wählen, wenn es in dieser sterblichen Welt nur einen gäbe. Er wandte sich an Harold.

»Was würdest du tun?«, fragte er missmutig.

»Wie wär's mit Beißringen oder solchen vorgeformten Kauknochen?«, schlug Harold vor.

Das Telefon enthob Slemmen einer Antwort. Er nahm ab und drehte sich murmelnd weg. Harold setzte sich Luisa gegenüber. Sie hatte ihm geraten, Briefe zu schreiben, um seinen ›emotionalen Haushalt im Gleichgewicht zu halten‹ – ihr derzeitiger therapeutischer Lieblingsausdruck. Noch war er nicht bereit, ihr seine Geheimnisse rückhaltlos anzuvertrauen, wollte sie aber gern davon überzeugen, dass es nicht Panik, Angst oder Verzweiflung gewesen waren, die ihn zu der Trennung von Francien bewogen hatten. Leider hatte Slemmen inzwischen sein Telefongespräch beendet und legte Harold vertraulich die Hand auf die Schulter.

»Wärst du einverstanden, wenn ich mich mal mit Francien unterhalte?«, fragte er.

»Du? Wieso?«, fragte Harold verwirrt.

Er musste fast lachen. Slemmen, unter der Grasnarbe seiner Ehe wühlend ... Woher nahm er diese Unverschämtheit? Er hatte diesem Miethai nie Intimeres über sein Privatleben erzählt, als dass er unter Hämorrhoiden litt!

»Vielleicht stecken hinter eurer Trennung ja nur Kommunikationsprobleme, ein ungelöster Konflikt oder so ...«, sagte Slemmen.

»Mach dir keine Illusionen«, antwortete Harold. »Francien und ich bereiten einen ehrenvollen Rückzug vor. Wir steigen wirklich nicht zurück in den Ring.«

»Darf ich dir einen gut gemeinten Rat geben? Wirf nicht so schnell die Flinte ins Korn. Für Marjo und mich waren die Gespräche mit einem Therapeu...«

»Danke für deine Mühe, aber du hast schon genug getan, indem du mir die Wohnung vermietet hast«, fiel Harold ihm ins Wort.

Er nahm seinen weißen Kittel von der Garderobe und ließ Slemmen ins Wartezimmer vorausgehen. Drei Patienten blickten sie erwartungsvoll an.

»Ach ja! Ich wollte dir etwas wegen der Wohnung erzählen«, sagte Slemmen und legte Harold die Hand auf die Schulter. »Ich habe eine gute Nachricht für dich.«

Nach dem Gespräch arbeitete Harold den Rest des Tages seine Patienten ab, mit einer Hast, die ihm lieb war, weil die Zeit dadurch schneller zu verrinnen schien. Isabelle, Isabelle, Isabelle ... Doch wenn er am Massagetisch stand, starrte er manchmal zum Fenster, als erwarte er, sich selbst auf der anderen Seite des Gitters dabei zu erwischen, wie er obszöne Handlungen beobachtete.

5

Tanz und Paar

Liebe Luisa,
auf dem Gymnasium gab es einen Lehrer, den ich wirklich bewunderte: Mijnheer (für Schüler ab der zehnten Klasse: Fred) Bargessel, ein jugendlich wirkender Mann, der väterlich und zugleich kumpelhaft-freundlich mit den Schülern umging. Er sah nicht auf eine playboyhafte Art gut aus, sondern irgendwie Vertrauen erweckend, und er duftete immer frisch. Weil ich so sein wollte wie er, beschloss ich, Sportlehrer zu werden. Schließlich konnte ich gut Vogelnester, was doch auf eine gewisse Gelenkigkeit hinwies.
Aber auf der Sporthochschule hatte ich keinen Erfolg. Ich war kein Mannschaftssportler, und bei den Einzelsportarten fragte ich mich ständig, wofür ich mich so verausgabte. Außerdem ließ mich mein Körper oft im Stich, vor allem dann, wenn es den Dozenten zufolge ›darauf ankam‹. Ich entwickelte eine Abneigung gegen den knochigen, mageren Leib, in den ich eingeschlossen war und der nie den Anforderungen genügte. Trotzdem meldete ich mich für Winter- und Sommertrainingslager an, nahm an Wettkämpfen teil und trainierte für Staffelläufe.
Tapfer bezeichnete ich einen Muskelriss als Materialschwäche, Erschöpfungszustände nach einer Woche Übertraining hießen Metallermüdung und ein Besuch beim Sportarzt war eine Inspektion. Blind für Alternativen dachte ich, dass das alles dazugehörte.

Im Rahmen einer Kulturwoche wurde ich für den Workshop Tango und Salsa eingeteilt, zur großen Erheiterung meiner Kommilitonen. Alice nahm auch teil. Es war auffallend, wie sie sich veränderte, sobald sie die Tanzfläche betrat. Von einem kichernden Mädchen mit einem linkischen Körper wurde sie zu einer eleganten Tänzerin, die sich anmutig und geschmeidig bewegte. Sie war ein Naturtalent. Vor mir dagegen lag ein weiter Weg, das wurde rasch deutlich.

Vielleicht fügte uns die Tanzlehrerin deswegen als Paar zusammen. Mit größerem Erfolg als beabsichtigt, denn ich verliebte mich unsterblich in Alice. Und sie sich in mich, das zeigte sich auf der Semesterfete. Am Ende des Abends blieben wir als Letzte an der Bar hängen, bis die Organisatoren uns hinauskomplimentierten. Sie nahm mich mit auf ihr Zimmer und am Morgen überraschte sie mich, indem sie sich auf mich wälzte und mich blitzschnell entjungferte.

Wir wurden ein Paar. Liebesgeturtel war nichts für uns, dafür waren wir beide zu nüchtern, aber wir trugen uns für den Tango-Fortgeschrittenenkurs ein.

Die erste Stunde nach den Weihnachtsferien fand in einem Bürgerzentrum statt. Ich hatte noch nie an einem Tanzkurs teilgenommen. Schon bald faszinierte mich dieses Gefühl der synchronen Bewegungen, obwohl wir uns auf die Grundschritte beschränkten. Ich glühte vor Anstrengung, und aufgeregt verkündete ich, wir beide wären wahrhaft füreinander bestimmt. Es kam mir vor, als seien wir das perfekte Paar, eine fließende Einheit.

Die Lehrerin dachte anders darüber. In taktvollen Worten gab sie mir zu verstehen, dass ich herumhüpfte wie ein Strandball und Alice führte, als steuere ich ein Se-

gelboot. Ich tanze nicht mit meiner Partnerin, nein, ich schleife sie über das Parkett.
Ich nahm ihre Bemerkungen gelassen hin. Natürlich machte ich Anfängerfehler, das war ganz normal.
Ich sah zu, wie die Tanzlehrerin mit Alice vormachte, wie man führen konnte, ohne die Hände einzusetzen, ohne Zwang. Als Alice zurückkehrte, fragte ich sie, ob sie einen Unterschied bemerkt habe. Sie antwortete mit einiger Begeisterung, dass die Lehrerin wirklich mit ihrem ganzen Körper tanze.

Dein Patient Harold

6

Körperwissen

Isabelle sprach perfekt Niederländisch. Nicht wie eine Niederländerin, sondern als habe sie die Sprache mithilfe eines alten Grammophonplattenkurses gelernt, was mit der altertümlichen Ausdrucksweise ihrer Eltern zusammenhing. Ihr leicht singender Tonfall versetzte Harold in eines der Dörfer am Noord-Hollands-Kanaal. Später sollte sich herausstellen, dass er mit dieser Vorstellung gar nicht so weit daneben lag.

Bei jedem Termin erzählte ihm Isabelle einen Teil ihrer Lebensgeschichte, mit einer phonetischen Sorgfalt, als habe sie sie auswendig gelernt und wolle ausprobieren, ob all diese sauber geformten Klänge eine Bedeutung hätten. Also musste ihre Muttersprache eine andere sein. Es stellte sich heraus, dass sie mit Spanisch aufgewachsen war, in der lispelnden Variante, mit der die Argentinier über das Rollen und Verschlucken von Worten hinwegtäuschen. Schon beim ersten Termin erfuhr Harold, dass sie in den Pampas bei Tres Arroyos geboren war, als Tochter eines Ehepaares, das nach dem Krieg emigriert war, weg aus der Enge der kleinen Dörfer in den westfriesischen Poldern.

Er hatte sie vor einigen Monaten in einem Tango-Tanzlokal kennen gelernt. Oder besser, sie war ihm aufgefallen, als sie an ihm vorbeirauschte, mehr nicht. Sie tanzte mit einem großen Mann mit lichtem Haar, der über ihren Kopf hinweg andere Frauen im Publikum musterte, schon auf der Suche nach einer Kandidatin für die folgende Runde.

Dass sie nachdrücklich mit dem Fußrücken an seiner Wade entlangrieb, interpretierte der Mann als eine Vervollkommnung der Figur, nicht als Mahnung, sich auf das Tanzen zu konzentrieren.

In dieses herausfordernd langsame *Sandwich* verstrickt, schaute sie Harold einen Augenblick lang an. Beinahe, als kenne sie ihn von irgendwoher.

Harold beobachtete sie voller Bewunderung. Trotz der seelenlosen Führung ihres Tanzpartners gab sie sich ganz dem Spiel von Impuls und Reaktion, Führen und Folgen hin. Sie bewegte sich in einem geschmeidigen, fließenden Stil und mit einer derartigen Leidenschaft, dass jeder Muskel ihres Körpers beteiligt sein musste.

Das war Tango, ja, jetzt erinnerte er sich wieder.

Auf Franciens Betreiben waren sie in dieses Tanzlokal in der Innenstadt gegangen. Anlass: ein Versprechen in einem italienischen Restaurant am Meer. Ziel: eine gemeinsame Beschäftigung zu finden, etwas, was sie einander näher bringen würde. Er könne ihr die ersten Grundschritte beibringen, meinte sie, schließlich habe er Erfahrung … Den Wellenschlag des Meeres zu seinen Füßen, an einem Tisch bei Wein und Fisch, hatte er begeistert zugestimmt.

Harold betrachtete Franciens Vorschlag mehr als verkappte Liebeserklärung. Nach ihrer Rückkehr, wenn die Urlaubsromantik wieder verflogen war, würde der Plan gewiss in der Flut anderer Verpflichtungen untergehen. Natürlich erwähnten sie Alice nicht, unter der sirrenden italienischen Sonne war sie zu einem Schemen aus einer anderen Zeit verblasst.

Francien nahm ihn jedoch beim Wort, den Veranstaltungskalender triumphierend in der einen Hand, in der anderen ein Paar Netzstrümpfe. Sie trug ein Kleid mit Schlitz. Er heuchelte Begeisterung und zog sich um. Ein schwarzes

Smokinghemd mit verdeckter Knopfleiste, Hose mit Bügelfalte und Umschlag. Von seinen Tanzschuhen klopfte er den Staub von zwölf Jahren ab.

Auf der Fahrt zum Lokal war er schweigsam. Francien gab sich größte Mühe, Aufregung vorzutäuschen. Flüchtig hatte er einen Blick in sein Tango-Handbuch geworfen, diese belastende Reliquie aus seinen ersten Semestern an der Hochschule. Ihm wurde ganz schwindelig. Er hatte tatsächlich einmal all diese Figuren beherrscht: *Molina, Medialuna, Barrida …*

Im Lokal postierte er sich mit den Händen in den Taschen vor der Absperrung und beobachtete die Tänzer.

Francien bemächtigte sich sofort eines Handzettels mit Anmeldeformular und legte es vor ihn hin. Danach bestellte sie Weißwein, sodass er mindestens ein Glas lang bleiben musste. Er zeigte ihr ein Anfängerpaar, das sich stümperhaft an eine komplizierte Figur gewagt hatte und sich nun von anderen Tänzern abgucken musste, wie man sie zu Ende brachte. Heftig diskutierend schob das Paar weiter über die Tanzfläche.

»Wie peinlich«, flüsterte Francien. »Du weißt aber doch hoffentlich, wie das geht?«

»Wenn es auf einen Machtkampf hinausläuft, nützt dir dein Wissen gar nichts«, erwiderte er flüsternd. »Beim Tango kommt alles an die Oberfläche, alles, was sich zwischen den Partnern abspielt, mehr, als ihnen lieb ist, und mehr, als sie geahnt haben.«

Francien schüttelte ungläubig den Kopf.

»Und zwar in konzentrierter Form«, fügte er grimmig hinzu. »Der Tango ist ein Wahrheitsserum.«

»Wir fangen also eine Paartherapie an? Endlich!«

Sie kicherte ihm in den Nacken.

»Nur am Anfang, später wird es ernst«, antwortete er. »Solange wir beide zusammen tanzen, können wir uns noch gegenseitig aneinander abreagieren. Aber sobald du mit anderen Männern tanzt, musst du allein mit deinen Problemen fertig werden.«

»Und du doch auch! Falls du es wagst, andere Frauen anzufassen!«

In diesem Augenblick kam Isabelle vorbei und wieder musterte sie ihn.

»Alles, was du vor dir selbst verheimlichst, steigt unweigerlich an die Oberfläche«, fuhr er fort. »Und dazu noch all deine Schwächen, all deine Heucheleien, deine Vorsätze, die zum Scheitern verurteilt sind, das, was über deine Kräfte geht, alles kommt erbarmungslos zum Ausdruck.«

»Und was sehen wir dann dort?«

Sie zeigte mit einem kleinen Lachen auf eines der Tanzpaare. Ein großer Mann tanzte mit gekrümmtem Rücken, wodurch er einem buckligen Riesen glich. Hüpfend zerrte er seine kleine Partnerin mit sich, die ebenso hingebungsvoll mithüpfte. Auf ihrem Gesicht lag ein Lächeln, obwohl er sie wie ein Stück Pizzateig in eine endlose Reihe von *Ochos* jonglierte. Nach dem Stück dankte sie ihm und kehrte zurück an ihren Tisch, wie ein erschöpfter Boxer, der einen guten Gegner zu schätzen weiß. Dem Mann troff der Schweiß von der Stirn.

»Dieser Herr verwechselt Stil mit Anstrengung«, kommentierte Harold. »Er versucht, sich ihr zu nähern, indem er sich klein macht. Dadurch verliert er seine Schubkraft, was er wiederum kompensieren muss, indem er sie herumschleudert. Und die Frau ... na ja, die kennt einfach nicht den Unterschied zwischen Folgen und Unterwürfigkeit.«

Francien griff ihn am Ärmel.

»Aber ihr bleibt doch nichts anderes übrig, oder? Sie kann nicht anders, als ihm zu folgen!«

»Es lebe die Opferhaltung! Vielleicht signalisiert sie von vornherein, dass sie auf diese Art geführt werden will ...«

»Zwei Kapitäne auf einem Schiff, das kann nur Probleme geben!«

Franciens Stimme wurde schärfer, es ärgerte sie, dass sie sich auf einem Gebiet befand, auf dem Geben und Nehmen, Rot und Schwarz, Führen und Folgen nicht klar und deutlich voneinander abzugrenzen waren.

»Tröste dich«, sagte Harold und trat einen Schritt beiseite, um den verschwitzten Mann zur Theke durchzulassen. »Das oberste Gesetz des Tangos lautet: Der Mann hat immer Schuld. An allem.«

Auf diese Behauptung hin vertieften sich die Falten zwischen ihren Augenbrauen noch. »Jetzt soll also die Frau das Gänschen sein, das der Bauer vor sich hertreibt?«

»Nein, die Hirschkuh, die den Jäger in den Wald lockt.«

Der verschwitzte Tänzer bestellte mit vergnügtem Lächeln ein Pils, das er in einem Zug austrank. Über das Glas hinweg zwinkerte er Francien zu, die sich abwandte und auf dem Reklameflyer die Daten durchging, an denen die Kurse begannen. Der Mann sah es, berührte sie am Arm und fragte, ob sie tanze.

»Noch nicht.«

»Überlegen Sie es sich gut«, sagte er. »Es macht süchtig.«

»Wenn man empfänglich dafür ist«, erwiderte sie.

»Jeder Tango ist eine Drei-Minuten-Oper«, erklärte der Mann. »Mit allem, was dazugehört: Liebe, Tod, Verrat, theatralisches Sterben ...«

Überrascht drehte Francien sich um. Opern, damit kannte sie sich aus. Harold überließ sie dem Mann und richtete seine Aufmerksamkeit auf die Tanzfläche. Entgegen seinen Erwartungen fühlte er sich in dem Lokal zu Hause. Er schaffte es, der Musik zuzuhören und die Tänzer zu beobachten, ohne Alice heraufbeschwören und seine Ohren vor ihrer Stimme verschließen zu müssen. Er suchte nach der Frau, die sich so anmutig bewegte. Diesmal tanzte sie mit einem Mann, der ihrer würdig war. Mühelos folgte sie seinen raschen Schritten, drehte sich um ihn herum, beschrieb Schnörkel mit ihren Beinen, mal ausgreifend, mal verhalten, je nachdem wie viel Platz sie hatte oder für sich in Anspruch nahm. Manchmal ließ sie die Schulter des Mannes für einen Augenblick los, um eine schwarze Haarlocke hinter das Ohr zu streichen.

Hinter sich hörte er, wie der schwitzende Mann Francien erklärte, der Tango ermögliche es der Frau, zu tanzen wie eine Prinzessin, und Aufgabe des Mannes sei es, sie dabei zu unterstützen.

»Führen heißt, ihr Möglichkeiten zu eröffnen«, dozierte er. »Führen heißt, Raum zu schaffen, das wichtigste Ziel des Mannes. Er muss es mit Leib und Seele verfolgen und dabei alles aus sich herausholen.«

Er verstummte, als die Zwischentür aufflog und zwei Frauen eintraten, die er ausführlich musterte.

Rasch flüsterte Harold Francien ins Ohr: »Damit meint er, ein Mann müsse hauptsächlich mit seinen Eiern tanzen.«

Francien winkte gereizt ab.

»Braucht man zum Tangotanzen eine besondere Begabung?«, fragte sie die junge Frau hinter der Theke.

Die Frau blickte vom Waschbecken auf. Mechanisch fuhr sie mit dem Spülen der Gläser fort. Sie wechselte einen Blick mit Harold. Natürlich, er kannte die Antwort nur allzu gut. Tango ohne Talent war vergebene Liebesmüh.

»Kannst du laufen?«, fragte die Barfrau.

Francien nickte naiv.

»Dann kannst du auch Tango tanzen.«

Die Antwort schien Francien so weit zu beruhigen, dass sie eine Weile ein Paar beobachtete, bei dem der Mann tanzte, als steuere er einen Lkw ohne Servolenkung durch eine Reihe von Haarnadelkurven. Franciens Gesichtsausdruck verwandelte sich, die Falten über ihrer Nasenwurzel breiteten sich über ihre ganze Stirn aus. Ihre Vorfreude verschwand, die Begeisterung über das ungewöhnliche Abenteuer ebbte ab.

Harold zeigte ihr eine Frau, die ihren unbelasteten Fuß in der Ruhe nach einer *Molina* mit steigender Spannung leicht hin- und herwiegte. Doch Francien trank ihr Glas aus und zog den Rock über die Knie. Ihre Netzstrümpfe waren nutzlos, ihre Beine würden sich nicht dem Tango hingeben.

Er tippte an ihr Glas.

»Noch eins?«

Sie schüttelte den Kopf.

Nach ein paar Minuten verkündete sie, dass sie von dem Laden die Nase voll habe. Er gab nach, Widerworte machten sie nur bockig. Er schlüpfte in sein Jackett, wobei er die Tanzfläche nicht aus den Augen ließ, als wolle er etwas von den Bewegungen mit nach Hause nehmen. An der Tür blieb er stehen.

Die elegante Frau tanzte eine *Milonga* und gab sich dabei der Folge schneller Schritte und kurzer Drehungen ganz und gar hin. Ihr Knöchel peitschte einen doppelten *Voleo* durch die Luft. Über die Schulter ihres Partners hinweg sah er nur ihr linkes Auge. Es war ein großes grünes Auge, ein Smaragd, der in den Spotlights über der Tanzfläche funkelte. Er verzog den Mund zu einem ungeschickten Lächeln. Sie reagierte nicht, sie war im Nirvana, bereits wieder mitgerissen von den Wirbeln kurzer *Giros.* Für einen Moment löste sie die Hand vom Hals ihres Partners, wie um ihre Schwerelosigkeit zu unterstreichen, oder, was wahrscheinlicher war: um ihr Gleichgewicht zu halten, denn im Umdrehen hörte er ihren Schrei.

Die Frau stand jetzt an einen Pfeiler gelehnt und betastete ihr Knie. Harold fing ihren beunruhigten Blick auf, kurz bevor sie sich von ihrem Partner gestützt zu einem Stuhl am Seitenrand begleiten ließ.

Wurde deswegen ein Arzt in den Saal gerufen? Er reckte sich, um zu sehen, was mir ihr los war. Francien zupfte ihn am Ärmel. Draußen schlug ihm die schwüle Abendluft auf die Kehle.

Auf dem Rückweg ließ sich die Stille nicht durch das Autoradio vertreiben. Vor dem Haus blieb Francien sitzen und drehte am Lautstärkeregler. Sie warf einen Blick auf die Gartenhecke, die sie mit viel Mühe zu einem ordentlichen Rechteck getrimmt hatte.

Nein, sie habe doch keine Lust dazu, begann sie. Der Tango sei nichts für sie, zu ernsthaft, zu dramatisch. Sie wäre schon von Natur aus schwermütig. Und wenn der Tango nichts als Laufen sei: Das tat sie schon mit Anja, jeden Sonntag. Viele Kilometer weit.

Harold schwieg. Womöglich hatte sie die Faszination erkannt, die für ihn von dieser Welt ausging, in der die Männer die Führung übernahmen, in der Leidenschaft, Würde und Sinnlichkeit selbstverständlich waren. Vielleicht hatte sie gesehen, wie er der eleganten Frau nachgeschaut hatte, und auf der Stelle realisiert, dass sie ihr niemals das Wasser reichen könnte.

»Zu frivol, zu komplex und vor allem viel zu viel Sex«, beschloss sie.

Er konnte ihr nichts erwidern und sie fasste sein Schweigen als Zeichen der Enttäuschung auf. Gutmütig stupste sie ihn an.

»Wir finden schon ein anderes Hobby.«

»Ein Hobby ist der Korken auf einer Flasche voller Langeweile!«

»Dann lass uns einen Hund anschaffen«, beharrte sie. »Mit dem könnten wir zusammen in die Hundeschule gehen.«

Ein schalkhafter Ausdruck erschien auf ihrem Gesicht.

»Er könnte schön mit Flappe spielen.«

Sie rannte vor ihm her ins Haus, lockte ihn, sie zu fangen. In der Diele ließ sie sich erwischen.

»Mit Flappe spielen ... als Kauknochen vielleicht?«, fragte er, während sie in die Knie ging und seinen Gürtel öffnete.

Jetzt war er es, der ins Wohnzimmer flüchtete.

»Du kannst auch ruhig alleine hingehen!«, rief sie ihm versöhnlich hinterher.

Kurz darauf erschien die elegante Frau in seiner Praxis.

Das konnte kein Zufall sein. Jemand musste ihr *De Ster* empfohlen haben, wahrscheinlich die Barfrau, Desi, die ihn von früher her wiedererkannt hatte, obwohl er seit Jahren von der *Pista* weg war, dem Reich der Wagemutigen, nicht der Deserteure.

Von außen war ihrem Knie kaum etwas anzusehen, aber sie klagte über innerliche Schmerzen. Sie sei mit ihrem Pfennigabsatz in einer Ritze zwischen den Bodendielen hängen geblieben, erklärte sie. Der verhakte Fuß konnte dem Körper nicht folgen, der schon auf dem Weg zu einer *Traspie* war. Dadurch hatte sich eine alte Verletzung wieder gemeldet. Zunächst hatte sie sich den Schmerz noch verbissen und gehofft, er werde beim Weitertanzen schon von selbst vergehen. Als das Knie steif wurde, hatte sie sich bei *De Ster* gemeldet. Zuerst bei Ruben, der sie zu ihm überwiesen hatte.

»Kniebänder sind zwar elastisch, aber nicht stark«, bestätigte Harold. »Können Sie normal geradeaus laufen?«

Das konnte sie, hielt aber die Luft an, als er ihr Bein nach innen drehte.

Er fragte, wie sie schlief. Sie lächelte ironisch und er fügte hastig hinzu: in welcher Haltung?

»Auf der Seite schlafen geht nicht«, sagte sie.

»Logisch, denn dann drehen sich die Knie aufeinander.«

Ganz durchstrecken war zu schmerzhaft.

Ruhe und vorläufig kein Tango, verordnete er. Und einmal die Woche zur Massage und Krankengymnastik kommen. Er fing sofort mit einer Friktion des Kniebandes an. Sie gab keinen Mucks von sich, ließ ihn gewähren.

Auch später, als er fragte, ob es wehtue – und das musste es, denn er massierte kräftig –, antwortete sie etwas wie: Das ist es mir wert, wenn ich nur wieder tanzen kann.

Und noch etwas später: So wie Sie es machen, tut es nicht weh. Er brauchte vier Termine, bis er ihr ausgetrieben hatte, ihn zu siezen, danach duzte sie ihn jedoch mit Hingabe. Du. Du tanzt Tango? Du möchtest mal mit mir tanzen? Dann musst du mich schnell gesund machen. Du hast sanfte Hände. Du, du, du! Selten hatte ihm ein Wort fremder in den Ohren geklungen, und selten war ihm eines so kostbar erschienen.

Nach dem ersten Termin hatte sie ihn zum Abschied auf die rechte Wange geküsst. Eine nette, spontane Geste, eine argentinische Sitte, eine Anekdote für den Kollegenlunch.

Nach dem zweiten Termin hatte er den Druck ihrer Lippen noch gespürt, als seine Haut schon wieder trocken war.

Nach dem dritten Termin ergriff er von sich aus die Initiative und drückte ihr seine Lippen auf die Wangen, nahe am Mund.

Als er den letzten Patienten zur Tür brachte – einen aufgeweckten Jugendlichen, der mit seinem zerschmetterten Unterschenkel so schnell wie möglich wieder auf dem Roller durch die Stadt rasen wollte –, fiel sein Blick auf die Bank in der Mitte des Wartezimmers.

Leer.

Er drehte sich auf dem Absatz um. Niemand auf den Plastikstühlen entlang der Wände. Er blickte hoch. Die Uhr – eine Projektion an der Decke, bei der Balken die Stunden symbolisierten – zeigte acht Minuten nach fünf an.

Waren ihr die acht Minuten Wartezeit zu lange gewesen?

Er schlenderte zurück ins Behandlungszimmer. Obwohl er mit unerklärlicher Sicherheit wusste, dass sie nicht kommen würde, legte er das Balancebrett bereit und probierte es aus. Er blieb eine Minute lang reglos stehen, bis er plötzlich das Gleichgewicht verlor und böse zu Boden krachte.

Der vierte Termin hatte mit einem Zungenkuss geendet, was einen groben Verstoß gegen die *Richtlinien für Intimität am Arbeitsplatz* der Berufsgenossenschaft darstellte. Erst hatte er ihr an der Garderobe übermütig einen Kuss auf die Wange gedrückt. Er hielt sie an den Oberarmen fest, dort, wo der Deltamuskel glatt und rund war, ungefähr so, wie er sich ihre Brüste vorstellte. Sie wich nicht aus, kam aber auch nicht näher. Doch das genügte ihm. Er zog sie an sich. Sie stieß einen Seufzer aus, oder besser ein kurzes Stöhnen.

Die Tür schlug zu, sie stützte sich mit den Händen ab, ihre Wangen rieben sich aneinander, gegeneinander, mit den Lippen erkundete er ihre Augenlider, ihre Stirn, ihre Augenbrauen, bis er zu ihrem Mund gelangte. Als er sie kurz darauf losließ, flüsterte sie ihm entzückte Worte zu. Die Klänge schwebten noch eine Weile in der Sommerhitze.

Er ließ die Tür einen Spalt offen stehen, als er am Empfang das Terminbuch kontrollierte. Kein Kreuz, auch kein Pfeil zu einem anderen Datum. Sie hatte weder abgesagt noch den Termin verschoben. Er könnte sie anrufen ... Der Computer lief noch, die Patientendaten waren im Nu aufgerufen. Er tippte ihren Namen ein.

Die Telefonnummer war die eines Hotels in den nördlichen Wäldern, auf einem Hügelkamm am Rande der Veluwe. Er kannte es, ein wohlhabender Kommilitone hatte dort seine Hochzeit gefeiert. Er wählte die Nummer und fragte nach Mevrouw Valdo.

Die Empfangsdame bat ihn, den Namen zu wiederholen, bevor sie ihn in die Warteschleife schickte. Mit dem Hörer am Ohr füllte er die Patientenkartei aus.

Fünfter Termin: nichts Bemerkenswertes, keine Fortschritte, keine Übungen. Er überlegte, welche Nachricht er hinterlassen sollte, falls er sie nicht erreichte, doch die Rezeptionistin verband ihn weiter. Er sprang auf. Sie hatte den Termin vergessen, sie hatte sich nicht getraut, ihn anzurufen, sie hatte eine schwere Grippe, sie ...

Eine Männerstimme brummte ihn in schläfrigem Spanisch an. Er stotterte seinen Namen, schaltete auf Englisch um, fragte, mit wem er spreche, fragte nach Miss Valdo oder Miss Sluizenaar, nannte sich ihren Arzt, legte jedoch auf, weil der Mann etwas zu jemand anderem sagte und ihn mit einem Bye-Bye seinem Schicksal überließ. Ein paar Minuten lang trainierte er die Fingerbeuger seines Unterarms mit einem Igelball.

Als er nochmals das Terminbuch durchblätterte, klopfte ihm plötzlich Slemmen auf den Rücken.

»Die gute Nachricht ...«, begann er, doch als er Harolds gequältes Gesicht sah, fragte er höflich: »Hast du einen Moment Zeit?«

Harold klappte das Buch zu.

»Leg los«, sagte er jovial. »Für gute Nachrichten habe ich immer Zeit.«

»Wenn es wirklich ernst ist ...«, begann Slemmen herumzudrucksen. »Mit eurer Trennung, meine ich ...«

Er wartete auf ein bestätigendes Nicken, das Harold ihm freundlich gönnte.

»... könnte ich dir die Wohnung anbieten«, sagte er resolut. »Mit der Teilungserklärung gibt es keine Schwierigkeiten. Schließlich habe ich Beziehungen zur Stadtverwaltung ...«

Er neigte mit schelmisch hochgezogenen Augenbrauen den Kopf, als könne Harold sich diese Traumchance unmöglich entgehen lassen.

»Du meinst, du willst sie mir verkaufen?«

Slemmen streckte die Hände zu einer Willkommensgeste aus.

»Was willst du dafür haben?«

»Der Kaufpreis? Darum kümmert sich gerade jemand bei der Bank, der rechnet alles für mich aus.«

»Jemand von meiner Bank oder von deiner Bank?«

Slemmen ließ die Schultern hängen.

»Tut mir leid, aber mir ist wirklich sehr daran gelegen, einen guten Kollegen nicht vor die Hunde gehen zu sehen. Traust du mir nicht?«

Harold grinste, als wäre Slemmen zu allem fähig.

»Natürlich nicht, aber ich muss erst mal zur Ruhe kommen«, sagte er. »Gib mir Zeit, darüber nachzudenken. Wenn ich so weit bin, reden wir weiter.«

Er holte den Knetball aus der Tasche und warf ihn Slemmen zu.

»Warum lässt du den Hund eigentlich den ganzen Tag im Auto? Ganz alleine eingesperrt zu sein, das hält so ein Viech doch nicht aus.«

Slemmen fing den Ball ungeschickt auf.

»Ja, du hast schon Recht. Aber Marjo hat mir ein Ultimatum gestellt. Sie kann Bruun nicht mehr im Haus ertragen. Gestern hat sie die Bombe platzen lassen. Entweder Bruun oder ich und im letzteren Fall würde Bruun mir bestimmt rasch folgen.«

»Was fehlt Bruun denn?«

»Irgendwas stimmt nicht mit seinem Gehirn. Eine Art ADHD. Konstant Windstärke zehn in seinem Oberstübchen. Er kann einfach keine Sekunde Ruhe halten.«

Slemmens Augen wurden feucht.

»Aber dagegen gibt es doch Medikamente«, sagte Harold. »Notfalls was Homöopathisches …«

Slemmen drehte sich um und ballte die Fäuste, was Harold die Gelegenheit bot, seinen Mantel zu nehmen.

»Ich meine, um ihn zu beruhigen«, stellte er richtig. »Nicht, um ihn einzuschläfern.«

»Dafür ist schon zu viel passiert«, antwortete Slemmen mit belegter Stimme. »Letztes Wochenende hat er das Zimmer zum Garten verwüstet …«

Harold versetzte Slemmen einen aufmunternden Rippenstoß und ließ die Schlüssel klimpernd in die Tasche gleiten.

»Kannst du nicht eine nachträgliche Teilungserklärung

für dein eigenes Haus einreichen?«, schlug er vor, und es gelang ihm, es wie einen ernst gemeinten Ratschlag klingen zu lassen.

Erst am Fuße der Brücke war er wieder in der Lage, an Isabelle zu denken. Da der Mann am Telefon all seine angenehmen Fantasien und vor allem diesen fantastischen Zungenkuss mit einem schwarzen Rand versehen hatte, zwang er sich, ihren Behandlungsplan durchzugehen. Zurück zu seinem Spezialgebiet, um von dort aus das verlorene Terrain zurückzuerobern.

Es wurde Zeit, die Bewegungstherapie auszuweiten, um ihre Muskeln weiter zu kräftigen. Beinstreckmaschine, Beinpresse, vielleicht war sie sogar schon für Kniebeugen fit genug. Sie konnte die Knie schon wieder ganz knicken. Er müsste nur mal ausprobieren, wie viel Gewicht er ihr auf die Schultern legen konnte.

Auf der Rheinbrücke herrschte ein noch schlimmeres Feierabendverkehrschaos als üblich, da zurzeit das frühere Grau mit den Farben der englischen Sieger bei der Schlacht um Arnheim übermalt wurde. Die Bögen und Pfeiler waren wegen der Malerarbeiten mit Gerüsten und Plastikplanen verkleidet und der Fahrradweg verlief vorübergehend durch einen Tunnel. Ein Riesenplakat bat um Verständnis für die Unannehmlichkeiten.

Auf halbem Wege die Steigung hinauf setzte er zu einem kurzen Konditionstraining an und überholte eine Doppelreihe von Autos, die anfuhren, dann wieder stillstanden. Er krümmte den Rücken, schaltete und trat nochmals an.

Was ließ ihn beiseite schauen, auf die andere Seite, wo ein Streifenwagen im Stau mitschlich? Eine vertraute Geste, aus dem Augenwinkel heraus wahrgenommen, eine bekannte

Bewegung? Das war doch Francien dort auf dem Rücksitz ... War sie auf dem Weg zu ihm, in die Praxis? Wenn es überhaupt Francien war, denn er schaute genau in die Abendsonne, sah nur ihre Silhouette, und doch, wer sonst sollte es sein? Die kokette Art, wie sie ihren Kopf einem Mitinsassen zuwandte und ihre Aufmerksamkeit sofort anschließend wieder auf die Straße richtete. Dieses abgehackte Kichern ... Und die Frau, die neben ihr saß, das war doch ...

Er wollte rufen und hob die Hand, die jedoch schlaff in der Luft hängen blieb, als der Wagen Gas gab. Sich auf dem Sattel umwendend, versuchte er, sie im Auge zu behalten, doch schon fuhr er in den Tunnel hinein.

Er bremste schlitternd, ein Rollerfahrer konnte ihm nur mit knapper Not ausweichen. Er rannte zurück, ergriff das Geländer und kletterte oben auf die Stahltrennwand. Schwankend überblickte er die Reihe der Autodächer, die im späten Sonnenlicht glänzten, aber ob es wirklich seine Patientin Isabelle gewesen war, an die Francien ihre fröhliche Antwort richtete, konnte er nicht feststellen.

7

Danse macabre

Nachdem er die Tür hinter sich geschlossen hatte, zügelte er seine aufgewühlten Gefühle. Es konnte nicht Francien gewesen sein. Bei *Fennek & Weergang* arbeiteten alle bis über die abendliche Rushhour hinaus. Sie kam nie vor halb acht nach Hause. Und Isabelle, neben ihr wie eine vertraute Freundin … Harold, nimm dich in Acht! Wahnvorstellungen! Eine Projektion seiner Enttäuschung, Luisa konnte bestimmt etwas damit anfangen.

Er sollte lieber über Slemmens Angebot nachdenken. Sollte dies sein Zuhause werden? Die Alternative wäre die Verbannung in eine Singlewohnung in einem Neubauviertel, wo er mit aller Macht darum kämpfen müsste, nicht zu versauern. Wo er abends in einer Betonkneipe seine Schicksalsgenossen träfe und die Wochenenden nur erträglich gestalten könnte, indem er Besuche von Bekannten auswalzte, die er aus verstaubten Adressbüchern ausgegraben hatte. Er sollte diese Chance beim Schopfe ergreifen.

In seiner Wohnung angekommen zirpte sein Handy. Der leere Abend wartete so nachdrücklich, dass er es sofort aus der Innentasche zog.

Es war Isabelle.

Es tut mir leid, in ihrem gewählten Niederländisch. Es tut mir leid, in diesem leicht fragenden Tonfall. Und nochmals, theatralisch: *perdóname.* Sie habe den Termin nicht vergessen, natürlich nicht, es habe ein Problem mit dem Schlagbaum des Parkhauses gegeben, sie sei eingeschlossen gewesen, und es habe eine ganze Stunde gedauert, bis sie endlich ein Taxi erwischt habe. Sie habe in der Praxis angerufen, aber es sei niemand drangegangen, auf den Anrufbeantworter, ja schon, aber der habe nicht geantwortet.

Er lachte herzhaft, obwohl er dieses Wortspiel schon dutzende Male von seinen Patienten gehört hatte.

Sie habe keine Schmerzen mehr. Weder beim Aufstehen noch beim Treppensteigen noch beim Spazierengehen.

»Prima, das war das Ziel der Therapie.«

Also ... jetzt wolle sie tanzen.

»Zu früh, das wäre eine zu starke Belastung des ...«, begann er.

Sie unterbrach ihn. Und wenn er sie begleitete? Notfalls würde sie ausschließlich mit ihm tanzen, eine oder höchstens zwei Runden. Um den Kontakt zu halten.

»Zum Tango oder zu mir?«

Lachend ging sie über seine Frage hinweg. Wirklich, sie verspreche, unter seiner Obhut zu bleiben ... Sie hatte ihn im Tanzsaal gesehen, damals, also müsse er ein *Tanguero* sein.

»Einverstanden«, gab er nach. Sie verabredeten sich im Tanzlokal, nach Einbruch der Dunkelheit.

Tanzen. Nach zwölf Jahren.

Aus dem Chaos, das die Junkies angerichtet hatten, wühlte er eine Kassette mit Tangomusik heraus. Hastig fegte er den Berg Kleidung und das Geschirr beiseite und schob das Band in seine Minianlage, die ihm als Wecker diente.

Anschließend stellte er sich im Schlafzimmer auf, die rechte Hand auf dem Herzen und den linken Arm in Augenhöhe seitlich halb ausgestreckt, Hand und Finger gekrümmt, als drehe er eine Glühbirne in eine Fassung. Die Kassette begann mit *La Yumba.* Von Pugliese, dem ungehobelten Himmelsstürmer.

Er machte es sich nicht einfach mit den wechselnden Rhythmen. Die Grundschritte gingen noch glatt, aber er war zu schnell. Er wurde langsamer und improvisierte einige Drehungen in die Dachgaube hinein, trat unterwegs einen Müllsack beiseite und landete vor der Anrichte, nachdem er den Küchenstuhl umrundet hatte.

Dort setzte er sich, schenkte sich ein Glas Fruchtsaft ein, nippte daran und würgte.

Alice.

Doch noch.

Gegen zehn Uhr betrat er den Salon. Im ersten Augenblick wurde ihm schwindelig von den Drehungen der Tänzer und den scharfen Akkorden von Piazzolla, der nie Hemmungen gehabt hatte, die Geigen bis zum Äußersten auszureizen.

Die meisten Männer waren schwarz gekleidet. Vereinzelt einer im T-Shirt, andere in glänzenden Seidenhemden und Hosen mit Bügelfalte. Die Damen waren auffälliger geschminkt als in seiner Erinnerung und hatten kollektiv beschlossen, so viel nackte Schulter wie möglich zu zeigen. Er manövrierte sich zwischen der Tanzfläche und den Tischen hindurch zur Bar. Einen Bekannten von früher grüßte er mit einer vagen Handbewegung.

Isabelle war bereits da. Sie saß am Ende der Bar, ein Glas Wasser vor sich. Ihre Wangen waren erhitzt. Sie habe ein Taxi genommen, erzählte sie, der Chauffeur sei eine Frostbeule gewesen und habe die Heizung so weit aufgedreht.

Sie küsste ihn routiniert, ihr vaterländisches Ritual. Er betrachtete ihre Knie, die matt glänzende, hellbraune Haut. Sie merkte es und schlug ihr Kleid hoch. Ein Schlitz reichte bis zur Hälfte ihrer Oberschenkel.

»Kontrolle, Herr Doktor?«

Ihr gespielt verschämter Blick sollte ihn in Verlegenheit bringen. Er nahm die Herausforderung an, seine Hand wanderte resolut zu ihrem rechten Oberschenkelmuskel, der so provozierend glänzte. Er beherrschte sich, als neben ihm mit lautem Knall ein Glas hingestellt wurde.

Barfrau Desi starrte unbeteiligt vor sich hin. Nichts zu sehen war ihr zur zweiten Natur geworden, sonst hätte sie es keine zwölf Jahre hinter der Zapfanlage ausgehalten.

»Zur Massage kommst du zu spät«, sagte er zu Isabelle. »Oder handelt es sich um einen Notfall? Dann muss ich einen Privattermin berechnen.«

Sie schob ihren Rock zurecht, versetzte ihm einen spielerischen Klaps auf den Arm und klopfte auf den Barhocker neben sich.

»Setzt du dich zu mir?«

Er gehorchte.

»Etwas zu trinken?« Die Frage kam von der Barfrau.

»Ein Wasser bitte ...«

Desi stellte ein Glas und eine kleine Flasche vor ihn hin und wartete, bis er bezahlt hatte. Mit einem kurzen Nicken gab sie ihm das Wechselgeld zurück. Nichts verriet, dass es Zeiten gegeben hatte, da sie ihm jeden Abend zahllose Gläser zuschob.

Isabelle tickte mit ihrem Ring gegen ein Tangopaar aus Porzellan, das auf der Theke stand. Der schwarzhaarige Tänzer bog seine Dame weit nach hinten. Sie erkannte erst, dass es eine Trinkgeldkasse war, als Harold etwas Kleingeld in den Schlitz auf dem Rücken des Mannes steckte.

»Gehst du oft tanzen?«, fragte sie und holte ihre Tanzschuhe aus der Tasche.

»Früher schon, manchmal jeden Abend. In letzter Zeit kaum noch. Und du?«

»In Holland viel weniger als in Buenos Aires.«

Sie blähte ihre Nasenflügel.

»Warum bist du hier?«, fragte er.

»Geschäftlich und zum Schreiben.«

»Über den Holzschuhtango?«

Sie schenkte ihm ein flüchtiges Lächeln, trank einen Schluck Wasser und blickte über seine Schulter hinweg zu den Tänzern hinter ihm. Es war voll auf der Tanzfläche. Man konnte sich nicht entfalten, musste verhalten tanzen, unspektakulär. Seit der Salon in ein Lagerhaus im Stadtzentrum umgezogen war, hatte sich der Zulauf verdoppelt.

Wo die Wände nicht von Veloursgardinen bedeckt waren (dunkelroten natürlich), wurden die Tanzenden durch mannshohe Spiegel vervielfältigt. An den Eichenbalken hing eine Lichtschiene und in der Ecke war eine Figur der Tangolegende Gardel aufgestellt. Vermutlich war jeder Versuch, einen Tangosalon aus Buenos Aires zu kopieren, zum Scheitern verurteilt, aber auch das Scheitern kannte Abstufungen. Harold legte Isabelle die Hand auf den Rücken.

»Wollen wir dann mal …?«

Seine Aufforderung klang, als läge eine schwere Arbeit vor ihnen. Rasch verbeugte er sich ironisch.

Isabelle sprang vom Barhocker und ging ihm voraus zur Tanzfläche. Dort wartete sie, bis er vor ihr stand, und auf einmal war sie ihm sehr nahe.

Sie legte ihm die linke Hand in den Nacken und wartete, dass er ihre rechte umfasste. Sekundenlang blieb er reglos stehen und versuchte, der Musik zuzuhören. Dafür musste er ihren Atem an seinem Hals und vor allem ihre Brüste an seinen Rippen zu ignorieren versuchen. Er spreizte die Hand auf ihrem Rücken, strich an ihren Wirbeln entlang und zwang sich, keine Muskeln aufzuzählen. Erst als er sicher war, dass sie ihr rechtes Bein belastete, nahm er sie mit in einen Rückwärtsschritt.

Zu übereilt.

Er schleifte sie mit! Sie schnellte voraus und fing sein Manöver mit einem blitzschnellen kleinen Zwischenschritt ab, wodurch sie doch noch genau vor ihn gelangte, ungefähr so, wie er beabsichtigt hatte. Unsicher rundete er die Figur ab, indem er sie in ein paar *Ochos* hineinführte.

»Entschuldige«, murmelte er und erinnerte sich: Kündige deinen Start an, gib die Energie ab, dann erst darfst du dich bewegen. Stattdessen hatte er sie losgeschubst …

Sie schüttelte leicht den Kopf. Ein mütterliches Lächeln. Von nun an hielt er sie während des ganzen Stücks dicht an sich gedrückt, um genau zu spüren, wo sie sich jeweils befand und wie sie auf seine Führung reagierte.

Am Ende ließ sie ihn los, blieb aber dicht neben ihm stehen und schwieg, als er seinen missglückten Start ansprach.

»Der erste Tanz ist immer ein Ausprobieren«, beruhigte sie ihn. »Du musst herausfinden, wie ich reagiere, ich muss mir deinen Körper zu Eigen machen, ihm notfalls Widerstand leisten.«

Ihr fürsorglicher Ernst griff auf ihn über. Er tanzte jetzt langsamer und geleitete sie an den Rand der Tanzfläche, wo mehr Platz war. Dort erlaubte er sich eine *Molina* und schaffte es, um sie herumzugehen, ohne mit anderen Tänzern zusammenzustoßen.

»Hmmm.«

Ihr zufriedenes Murmeln spornte ihn an. Die Anweisungen seiner früheren Lehrerin im Kopf – konzentriere dich auf ihr Herz, bleibe nahe bei ihr –, durchströmte ihn eine Kraft, die er von früher her nicht kannte, nein, gewiss nicht von Alice, an die er jetzt wirklich nicht denken wollte.

Er machte einige schnelle Schritte vorwärts und nahm sie mit in eine *Barrida,* einen Schiebeschritt, der ihr einen überraschten Schrei entlockte und dem er ohne Pardon sofort einen zweiten folgen ließ. Sie war außer Atem, als er sie exakt zum Schlussakkord in einen Kreuzschritt lenkte, sie zu den ersterbenden Klängen an sich drückte und sie schräg vornüberneigte, wobei sie sich mit ihrem vollen Gewicht an ihn hängte.

Inzwischen war er sich sicher, dass die Blicke der Besucher an den Tischen, bei ihren Gläsern mit Wasser, auf ihn gerichtet waren. Doch kaum jemand würde sich daran erinnern, dass er hier mit Alice getanzt hatte, vor zwölf Jahren.

Beim nächsten Tanz wurde er zu einem abrupten Halt gezwungen, um zwei anderen Paaren auszuweichen. Man schloss ihn ein, doch es gelang ihm, mit zwei Seitwärtsschritten aus dem Gedränge herauszufinden. Anschließend tanzten sie eingezwängt zwischen den anderen Paaren, äußerst beherrscht, mit kurzen Drehungen und *Cortados.* Isabelle schloss manchmal die Augen und schien nicht mehr zu wissen, mit wem sie tanzte. Doch dann wieder schaute sie ihn plötzlich an, verwundert oder entzückt über eine unerwartete Figur. Ein paarmal geriet er ins Stocken, weil er zwischen dem Pfeiler, den Stühlen und den anderen Tänzern eingequetscht wurde. Einmal traf er den Blick einer Frau, die sie beobachtete, und er glühte. In ihren Augen las er, dass sie vollkommen mit Herz und Seele, Geist und Körper tanzten. Zwischen den Stücken ließ Isabelle den Arm auf seiner Schulter liegen.

Wer sich dem Tango nicht hinzugeben wagt, tanzt wie ein Angsthase, dachte er, ihm entgeht die Spannung und das Abenteuer des intensiven Kontakts.

Bei einer *Milonga,* einem fröhlichen Zweivierteltakt, folgte Isabelle ihm wie ein Schatten und ließ sich sogar zu einer Folge rascher Wiegeschritte verleiten, bei denen ihre Absätze auf dem Fußboden klapperten.

Der DJ schien zu glauben, es sei Zeit für etwas Besinnlichkeit, und schickte einen *Tango nuevo* auf das Parkett. *Sideral,* ein Stück über Sterne, mit ungewöhnlichem Querflöteneinsatz. Sofort geriet Harold aus dem Rhythmus.

Keine Panik, sagte er sich, jetzt kommt es darauf an, mit der Melodie eins zu werden. Nicht nachdenken, such dir ein Instrument aus. Die Geigen waren zu aufdringlich, deshalb entschied er sich für das Bandoneon als roten Faden. Isabelle rieb ihren Fußrücken aufreizend langsam an seinem Bein entlang, als er den Fuß zwischen ihre Füße setzte. Ein winziges Lächeln, mit dem sie der Berührung einen Anflug von Ironie und eine gewisse Spannung verlieh. Er verzog keine Miene und leitete einen doppelten *Gancho* ein, bei dem sich ihre Kniekehlen finden mussten.

Er nahm die Unruhe im Saal erst in dem Moment wahr, als die Musik erstarb. Er zögerte noch bei einem Rückwärtsschritt, als er erkannte, dass alle Blicke auf sie gerichtet waren. Er hielt inne, Isabelles Griff erschlaffte und Hand in Hand drehten sie sich gleichzeitig um.

An der Bar gab es eine Störung, verursacht von einem Polizisten und einer Polizistin, die mit Desi sprachen. Die beringten Finger der Barfrau wiesen auf Harold. Die Tänzer wichen beiseite. Ihm wurde heiß, Isabelle drückte seine Hand. Er zuckte nonchalant mit den Schultern, als könnten sie nach dieser Unterbrechung einfach weitertanzen.

Die Polizistin ergriff das Wort.

Ja, stimmt, er sei Harold Daver, Besitzer eines goldfarbenen Volvo Kombi.

Isabelles verständnisloses Stirnrunzeln.

Auch das Kennzeichen stimme.

Isabelles beunruhigter Augenaufschlag.

Ja, er sei mit Francien Dorée verheiratet.

Isabelle ließ seine Hand los.

Natürlich könne er mitkommen, aber müsse das jetzt sein?

Isabelle versetzte ihm einen Stoß in die Seite.

Gut, wenn es so dringend sei …

Er gab Isabelle mit einer Geste zu verstehen, dass er sich fügen musste. Sie murmelte ihm etwas Unverständliches zu – halt die Ohren steif, bis bald? – und schlug ein Kreuz.

Er folgte den Beamten an der Bar entlang. Unter den Blicken von Desi überkam ihn dort die Erkenntnis, dass man ihn endlich verhaftet hatte. Nach zwölf Jahren.

Im Einsteigen wurde ihm bewusst, dass er, wie vereinbart, nicht mehr als zwei Runden mit Isabelle getanzt hatte. Die Ironie des Ganzen ließ ihn jedoch kalt, als er die Reflexion eines blauen Lichtscheins auf dem Asphalt sah und feststellte, dass die Fahrerin das Blaulicht auf ihrem Dienstwagen eingeschaltet hatte.

Mindestens drei weitere Blaulichter erwarteten ihn, als sie nach einer Fahrt von fünf Minuten und ebenso vielen überfahrenen roten Ampeln vor seinem Haus, nun ja, Franciens Haus, anhielten.

8

Lamm und Schlachtbank

Sie kämen zu spät, stellte die Beamtin fest, den Blick starr geradeaus gerichtet. Es war das Erste, was sie seit ihrem gemeinsamen Aufbruch verlauten ließ. Ihr Kollege zuckte andeutungsweise die Achseln.

»Zu spät?«, fragte Harold beunruhigt. »Wofür?«

Die Polizistin zeigte hinauf zum Himmel. Sie standen halb auf dem Bürgersteig, umringt von einer Phalanx Neugieriger, die sich vor seinem Fenster drängten und ihm die Sicht versperrten. Einige Nachbarskinder starrten ihn an, die Sensationslust stand ihnen ins Gesicht geschrieben. Sie grüßten ihn nicht, eines von ihnen wurde von einer Frauenhand zurückgezogen. Von Weitem hörte er rhythmisches Dröhnen.

Auf das Zeichen eines Beamten in reflektierender Signalweste, der ein Absperrband anhob, gab die Fahrerin des Dienstwagens Gas und fuhr ein paar Meter weiter nach vorn. Direkt vor dem Eingang hielten sie an. Harold fasste nach dem Türgriff, der sich jedoch nur lose hin- und herbewegen ließ. Er musste warten, bis die Beamtin ihn vom Rücksitz befreite. Im Garten liefen Männer in weißen Overalls mit der Aufschrift *POLIZEI* herum. Die Fassade, der Vorgarten, der Weg zur Garage, alles war von grellen Scheinwerfern in gleißendes Licht getaucht. Die Haustür stand sperrangelweit offen.

»Die Techniker waren aber schnell da«, hörte er die Beamtin hinter sich sagen.

Auf dem Weg zum Haus wurde Harold klar, dass er die

Hauptrolle in einem Drama spielen sollte. Er zögerte, als könne er seinen Auftritt noch etwas hinausschieben. Mit der Schuhspitze richtete er einen Rosenbusch auf, Franciens Lieblingssorte, eine *Queen of Beauty.* Die Herbstoffensive cremefarbener Blüten war von den Stiefeln der Kriminaltechniker niedergetrampelt worden.

Er schluckte einen Kloß im Hals hinunter, räusperte sich und drehte sich mit einem Ruck zu den Polizisten um, die ihn eingeholt hatten.

»Könnte mir endlich mal jemand sagen …«, begann er. Zugleich schwoll das dröhnende Motorengeräusch an, sodass er schreien musste:» … was hier los ist?«

Die Luft wurde wild durcheinander gewirbelt. Sand und Staub, Grasbüschel und Erdklumpen flogen um ihn herum. Die Polizistin zog ihn am Ärmel und zeigte nach oben. Er folgte ihrem Blick und duckte sich instinktiv. Von der Rückseite seines Hauses erschien über dem Dach ein aufsteigender Helikopter. Harold starrte in die Luft, konnte aber die Aufschrift auf der Seite nicht lesen. Die Beamtin fasste ihn an Schulter und Ellbogen und schleppte ihn eiligst mit sich.

Die Haustür schlug mit einem Knall zu, sprang aber durch das blockierte Schloss sofort wieder auf. Er packte die Polizistin am Revers.

»Was ist hier los?«

Der Lärm des startenden Hubschraubers ebbte rasch ab. Sie antwortete nicht, sondern zeigte nur stumm auf die Wohnzimmertür, in der ein großer, magerer Mann in einem Plastikoverall stand, der in ein Funkgerät sprach. Als Harold in Hörweite kam, steckte er das Gerät in eine Halterung am Gürtel. Er hielt eine Halskette hoch und ließ sie hin- und herbaumeln.

Harold erkannte das Medaillon, in dem Francien ihren Organspendeausweis bei sich trug.

»Minky«, sagte der Mann zu der Polizistin. »Die Besatzung des Rettungshubschraubers hat das hier vergessen. Es muss ins Rijnstate-Krankenhaus. Und zwar dalli!«

Die Polizistin nickte und ließ die Kette in die Brusttasche ihrer Uniform gleiten.

»Ins Rijnstate, sofort«, wiederholte sie. »Mit Blaulicht und Sirene?«

Sie schien sich auf eine zweite Fahrt mit Blaulicht zu freuen, diesmal sogar mit Sirene. Ihr Vorgesetzter verzog das Gesicht zu einem freudlosen Grinsen und nickte. Grußlos ging sie an Harold vorbei.

Der Mann, der Harold gegenüberstand, hatte traurige Augen und grau meliertes Haar, das ihm strähnig um das Gesicht hing. Hätte er sich einen Schnäuzer stehen lassen wie seine Kollegen, die hinter ihm das Wohnzimmer, Esszimmer und zweifellos auch das Schlafzimmer durchsuchten, hätte er ausgesehen wie ein trauriger Clown.

»Und Sie«, stellte der Mann fest, »Sie sind also Meneer Daver.«

Harolds Blick wanderte hinunter zu den Mokassins des Mannes, die in einer Plastikhülle steckten, von dort aus weiter zu einem Blutflecken auf dem Parkett und blieb schließlich an dicken Haarbüscheln in einer Ecke des Sofas haften. Ein Fotograf, ebenso wie die anderen von Kopf bis Fuß in Plastik gehüllt, ließ seine Kamera aufblitzen.

»Was ist hier los?«, fragte Harold.

»Ich bin Arnold Boetelaar, ich leite die Ermittlungen. Stellen Sie sich auf eine lange Nacht ein«, antwortete der Mann und streckte ihm seine Hand hin, die Harold mechanisch schüttelte.

Hinter ihm ertönte ein Befehl und fünf Kriminalbeamte schlugen ihre Kapuzen über den Kopf und begannen auf den Knien, den Teppich zu inspizieren.

Das Funkgerät an Boetelaars Gürtel fing an zu krächzen. Er zog es heraus und murmelte seinen Namen hinein, ohne den Blick von Harold abzuwenden. Er hängte den Apparat wieder ein und winkte einem Mann zu, der aus der Küche kam.

»Ronald, würdest du Meneer Daver bitte durchsuchen?«

»Wo ist Francien?«, fragte Harold.

Er reckte sich und schaute über Boetelaars Schulter hinweg ins Wohnzimmer. Das Sofa war übel mitgenommen, der Bezug an den Nähten aufgetrennt und unordentlich zurückgeschlagen.

Er zeigte auf die Beschädigungen und wiederholte seine Frage, diesmal lauter, weil Boetelaar ihn nicht zu verstehen schien.

Dass er den Blick nicht von den Blutflecken und Haarbüscheln lösen konnte, dass die Angst vor der grauenvollen Antwort sämtliche Verbindungen zwischen seinen Sprachorganen und seinem Gehirn unterbrochen hatte und er deshalb keinen Ton herausbrachte, kam ihm nicht in den Sinn.

»Sie müssen damit rechnen, dass Meneer Hens Sie verhaften wird«, teilte ihm Boetelaar mit und zeigte mit dem Kinn auf den Kriminalbeamten neben ihm, der seine widerspenstigen Haare zurückstrich.

»Nimm ihn einfach mit in den Bus«, fuhr er dann zu seinem Kollegen gewandt fort.

Noch einmal erreichte Harold von einer Windböe getragen das ersterbende Dröhnen des Helikopters. Er blieb stehen. In den Scheiben der Wintergartentür erblickte er einen Schatten, jemanden, der ihn beobachtete, verborgen hinter der Küchentür. Eine dunkle Kerze mit einem Haarschopf wie eine stille Flamme.

»Ich werde Ihre Kleidung beschlagnahmen müssen«, kündigte Hens an und nahm ihn am Arm, um ihn hinauszuführen.

In diesem Augenblick starb Francien im Hubschrauber, nachdem der Notarzt an Bord sie narkotisiert und erfolglos eine Drainage des Brustkorbs durchgeführt hatte.

9

Scherbenhaufen

Außer Boetelaar und Hens, die ihn täglich verhörten, sprach er nur mit seinem Anwalt, Pol Frisé. Harold vergaß seinen Namen, sobald er sich vorgestellt hatte. Er sprach mit stockender, hoher Stimme, in der derselbe rollende Dialekt wie der von Slemmen durchklang. Sein Kommen sei ein Freundschaftsdienst, erklärte er, eine Aufmerksamkeit von Slemmen, für den er ansonsten meist Streitigkeiten mit Mietern ausfechte.

Am Ende des dritten Tages holte ihn Hens aus der Zelle und brachte ihn mit dem Lift nach unten. Harold fühlte sich unbehaglich in dem kleinen Kabuff. Hens schnaufte hörbar. Drei Tage, ohne sich waschen oder rasieren zu können, in einer Art Trainingsanzug, den der Wachbeamte in einer Kleiderkammer aufgetrieben hatte, das musste zu riechen sein.

Im Erdgeschoss führte Hens ihn zu einem Schalter, an dem ein mürrischer Mann um die fünfzig ihm einen großen, verknitterten Umschlag zuschob und ihm zeigte, wo er für sein Portmonee, seinen Schlüsselbund und seinen Gürtel unterschreiben musste.

Erst als die Gittertür zum Foyer aufsprang und er nach einem kleinen Stoß von Hens ins Treppenhaus gelangte, begriff er, dass man ihn freiließ.

»Du bleibst weiterhin unter Verdacht!«, zischte Hens ihm zum Abschied hinterher. »Glaub ja nicht, dass du aus dem Schneider bist!«

Bevor er fragen konnte, was das zu bedeuten hätte, zog

sich Hens in seine Bastion hinter der zuklickenden Tür zurück.

Auf dem Treppenaufgang des Polizeipräsidiums trödelte Harold bei der abstrakten Figurengruppe herum, die das Verantwortungsbewusstsein der Polizei für die Bürger versinnbildlichte. Wem oder was er seine plötzliche Freilassung verdankte, wusste er nicht. Nicht dem Rechtsanwalt, so viel war sicher. Der Mann hatte sich seine Darstellung angehört und ihm daraufhin geraten zu schweigen. Ein Rat, den er nicht befolgt hatte.

Er wanderte am Rathaus entlang zum Kirchplatz, der seit der Schlacht von Arnheim zum beliebten Versuchsterrain für Stadtplaner geworden war. Der letzte von ihnen hatte eine zugige Fläche hinterlassen, die auf der einen Seite von einer Art Damm begrenzt war, zum Schutz gegen eine Flut, die niemals kommen würde. Die Leere lud lediglich zu einer raschen Überquerung ein.

Er spazierte zum Brunnen in der westlichen Ecke, einem Granitplateau, aus dem zahlreiche dünne Wasserfontänen hätten sprudeln sollen. Die Löcher waren allerdings zum größten Teil mit Müll verstopft, was eine Gruppe von Skatern dazu angeregt hatte, zwischen den wenigen übrigen Wasserstrahlen Slalom zu fahren. Die gesichtslosen niedrigen Mietshäuser rundum raubten dem Platz den letzten Rest Atmosphäre, aber jedenfalls versperrten sie einem nicht den Blick auf den Himmel. Hoch oben in der Luft tauchten die letzten Sonnenstrahlen von Windböen zerzupfte Zirrusformationen in eine intensive Glut.

Man hatte ihn fast ununterbrochen verhört, Tag und Nacht. Der Schlafmangel sollte seinen Widerstand brechen. Doch das kümmerte ihn nicht, er war ohnehin ein Nachtmensch. Der Vernehmungsraum wurde rund um die Uhr von Neonröhren erleuchtet, was dynamische Geschäftigkeit suggerierte. Die beredten Pausen, die Boetelaar und Hens eintreten ließen, wiesen jedoch eindeutig darauf hin, dass die Ermittlungen in einer Sackgasse steckten.

Natürlich musste er bis ins Detail das »emotionale Muster« seiner Ehe und vor allem seine »überstürzte Trennung« erklären, und wie erwartet ließen sie ihn bis zum Überdruss den »genauen Zeitablauf des bewussten Abends« beschreiben. Am ersten Tag stand der Besteckkoffer – ein Hochzeitsgeschenk von Franciens Vater – noch auffällig auf einem Nebentisch in dem Vernehmungszimmer. Das leere Fach für die Geflügelschere bedurfte einer Erklärung.

Sie löcherten ihn, bis einer der Ermittler gegen Mitternacht die Schere unter dem Korb der Spülmaschine fand, blitzsauber.

Motiv, Zeitpunkt und Mittel ... Ach, seine Befrager verhaspelten sich auf halbem Wege und stolperten über entlastende oder widersprüchliche Tatsachen.

Am letzten Abend gaben sie sich nur noch einem Spiel von Hypothesen hin, ein letzter, verzweifelter Versuch, ihn aus der Reserve zu locken.

Wenn er, sagen wir mal, seine Frau beim Ehebruch ertappt hätte, wäre er dann dazu im Stande gewesen, sich von seiner Wut hinreißen zu lassen und ihr etwas anzutun ...?

Wenn er sich nicht überwinden konnte, selbst zuzuschlagen, ob er dann jemanden kenne, dem er den Auftrag hätte erteilen können, sie ...?

Er ging nicht darauf ein. Die Last des ›wenn‹ in Kombination mit ›hätte‹ und ›wäre‹ war die Krux seines Lebens. Er hatte eben erst damit begonnen, einen Schlussstrich darunter zu ziehen.

Das anhaltende Läuten einer Fahrradklingel ärgerte ihn, doch er schaute erst auf, als eine Frauenstimme seinen Namen rief. Es war Luisa.

Er hob die Hand zum Gruß, routinemäßig und auch ein bisschen verlegen, weil er erwartete und eigentlich auch hoffte, sie würde weiterfahren. Doch sie radelte mit wehenden Haaren genau auf ihn zu und bremste erst im letzten Augenblick, sodass ihr Hinterrad wegrutschte. Er fing sie am Lenker ab und hielt sie an den Oberarmen fest.

»He, warum so eilig?«

Einige Sekunden lang schaute sie ihn mit blitzenden Augen an. Sie schmiss ihr Fahrrad krachend auf das Pflaster und nahm ihn in eine stolpernde Umarmung.

»Mistkerl, du Mistkerl«, murmelte sie schluchzend in seinen Kragen und trommelte mit den Fäusten auf seinen Rücken. »Was ist nur in dich gefahren? Was ist los mit dir?«

»Das solltest lieber du mir sagen«, erwiderte er, seine plötzliche Verzweiflung unterdrückend. »Schließlich ist das doch dein Beruf, oder?«

Sie schüttelte wild den Kopf und drückte ihr Gesicht an sein Revers. Er ließ sie ein paar Minuten weiterschluchzen, richtete sie jedoch auf, als sie die Nase hochzog.

»Es tut mir so leid für dich«, sagte sie. »Egal was passiert ist, du kannst immer zu mir kommen.«

»Danke dir«, antwortete er.

Dann sagte er: »Die haben mich vor fünf Minuten erst rausgelassen. Eigentlich war ich auf dem Weg nach Hause, wollte duschen, mir ein frisches Hemd anziehen und ...«

Er verstummte. Tja, wozu eigentlich? Hinter Luisas Tränen sah er eine ganze Palette von Reaktionen, die ihn erwarteten. Kondolenzwünsche von unerwünschten Bundesgenossen, das Misstrauen plötzlicher Feinde. Mitleid und

Unbarmherzigkeit, Halbwahrheiten und böse Gerüchte. Er würde einsamer sein denn je. Er bückte sich und hob das Fahrrad auf. Ihm wurde schwindelig und er griff nach Luisas Arm.

»Ich war drei Tage lang von der Bildfläche verschwunden«, sagte er. »Ich habe mich ununterbrochen gefragt, was mit Francien geschehen ist. Ich habe nicht mal Zeit gehabt, richtig zu begreifen, dass …«

Wieder geriet er ins Stocken. Dass seine frisch angetraute und verstoßene Ehefrau beerdigt werden musste? Und dass es keinen Weg zurück gab, dass sein neues Leben nun unwiderruflich begonnen hatte?

»Komm, ich begleite dich«, sagte sie. »Ich war auf dem Weg ins Präsidium, mit einem Schwung frischer Wäsche.«

Luisa zog eine Plastiktüte unter dem Spannband hervor.

»Hier. Saubere Unterhosen, Hemden, Socken, eine Zahnbürste. Ich habe Slemmen um den Schlüssel gebeten. Sag mal, dieses Chaos in deiner Wohnung, war das die Polizei?«

Es erschien ihm unwahrscheinlich, dass die Polizei eine größere Unordnung hinterließ als diebische Junkies, aber der Gedanke gefiel ihm irgendwie.

»Ja, muss wohl so sein. Sie würden in meinem Dachgeschoss keinen Stein auf dem anderen lassen, haben sie gesagt.«

»Die sollten mal in ihrem eigenen Oberstübchen anfangen.« Und dann, unsicherer: »Und jetzt?«

»Was, und jetzt?«

»Na ja … Was ist denn eigentlich passiert? Warum bist du verhaftet worden? Und warum haben sie dich wieder laufen lassen? Und die arme Francien … Harold, warum hast du hier auf dem Kirchplatz herumgelungert? Als ob du dir an einem freien Tag die Langeweile vertreiben wolltest!«

»Ich bin wie betäubt und versuche gerade, mir darüber klar zu werden, was ich eigentlich fühlen, denken oder tun soll. Ich habe drei Tage nachzuholen. Stell dir das mal vor, ich werde Hals über Kopf aus einem Tanzlokal abgeholt, aber niemand verrät mir, warum! Ich stehe in meinem Wohnzimmer, das voller Blut ist, und niemand macht sich die Mühe, mir zu erklären, was los ist. Ich werde in eine Zelle gesteckt und drei Tage lang rund um die Uhr von einem gewissen Boetelaar und einem gewissen Hens befragt, deren Lebenszweck es zu sein scheint, mir ein Geständnis zu entlocken. Und dann werde ich ohne Vorankündigung wieder auf die Straße gesetzt. Aber ich will doch auch wissen, wer Francien ermordet hat!«

Letzteres musste er laut herausgeschrien haben. Ein Pärchen radelte an ihnen vorbei, den Blick peinlich berührt geradeaus gerichtet. Die Skater hatten ihr Spiel am Brunnen unterbrochen und schauten neugierig in seine Richtung.

»Ich glaube dir ja«, sagte Luisa beschwichtigend und nahm ihn an der Hand. »Komm, ich begleite dich.«

Sie drückte ihm die Griffe des Fahrradlenkers in die Hand, ging um ihn herum und legte ihm den Arm um die Taille. Schweigend überquerten sie den Platz. Kurz vor der Kirche hielt sie ihn mit einem Ruck zurück.

»Komm, wir zünden für Francien eine Kerze an«, beschloss sie.

Eine Anwandlung, schätzte er, eingegeben vom Anblick der Glastür im Kirchturm, ein klaffendes Loch im hölzernen Tor, das wohl den Eindruck von Zugänglichkeit erwecken sollte.

Bevor er protestieren konnte, betrat sie eilig den Eingangsbereich und bedeutete ihm von dort aus, das Fahrrad abzuschließen. Er gehorchte, aber der Schlüssel fiel aus dem

Schloss und hüpfte klimpernd auf den Pflastersteinen davon. Er bückte sich, um ihn aufzuheben. Eine bodenlose Müdigkeit überwältigte ihn.

Am liebsten wäre er in seine Wohnung gegangen und hätte geschlafen, wäre nicht mehr da gewesen, hätte sich in eine tiefe Bewusstlosigkeit eingehüllt. Allmächtiger, eine Kerze anzünden ... Wenn es um Rituale ging, war Luisa eine Allesesserin, ja, eine Aasfresserin, die sich an allem vergriff, was sie fand. Rituale ... die Abflüsse, in die sie all das Leid hineingoss, das ihr Fassungsvermögen – oder auch ihre Fachkenntnis – überstieg.

In die Kirche fiel helles Licht. Im Inneren schien es fast heller zu sein als draußen auf dem Platz, was einerseits an den unbemalten Bleiglasfenstern, zum Teil aber wohl auch an der fehlenden Wandbemalung lag. Er beeilte sich und fand Luisa im südlichen Vestibül vor einer Informationstafel, auf der die sich wiederholende Geschichte von Zerstörung und Wiederaufbau der Kirche dargestellt war.

»Lass uns zum Chor gehen«, flüsterte sie. »Vielleicht gibt es da einen Kerzenständer.«

Sie hakte ihn energisch unter und zog ihn mit sich. Durch das Südschiff hindurch wanderten sie weiter in die Kirche hinein.

»Erzähl mal«, sagte sie. »Sie haben dich also freigelassen. War das alles denn nur ein Missverständnis?«

»Ich stehe noch immer unter Verdacht«, erwiderte er. »Aber die haben völlig überstürzt gehandelt und meine Vorführung beim Haftrichter sicherheitshalber gar nicht erst abgewartet. Dass ich überhaupt festgenommen wurde, erklären sie mit ein paar Ungereimtheiten.«

»Zum Beispiel?«

»Die Frage, wo ich bis gegen zehn Uhr abends war. Francien wurde um kurz nach halb elf gefunden. Man weiß nicht genau, was davor geschehen ist. Ich habe bis zweiundzwanzig Uhr kein Alibi, denn ich war allein zu Hause.«

»Haben sie einen Hinweis bekommen?«

»Ich weiß nicht mal, wer sie gefunden hat.«

Sie hielt inne und presste die Lippen zusammen. Er fragte: »Du?«

Sie zuckte mit den Schultern.

»Ob du es nun von mir erfährst oder von … na ja, es war ein gewisser Frans Elecom.«

Richtig, Elecom, die Gestalt hinter der Küchentür, als Hens ihn wegbrachte.

»Sagt jedenfalls Slemmen, und der weiß es wiederum von Pol Frisé, diesem Rechtsverdreher, der …«

Er winkte mit der freien Hand ab und fiel ihr ungeduldig ins Wort: »Einer von diesen Anwaltssöldnern, den er mir auf den Hals gehetzt hat. Der hätte mir das ruhig sagen können. Elecom ist Franciens neuer Chef. Sie hatte gerade eine neue Stelle im *Red Room* bei *Fennek & Weergang* angetreten. Sie hat sich sehr ins Zeug gelegt, wollte da Karriere machen … Was hatte Elecom bei Francien zu suchen?«

Ihre Stimme klang dünn, als sie das Querschiff erreichten.

»Francien hat ihn anscheinend angerufen nach diesem … Überfall.«

»Also lebte sie da noch!«

»Sie war bei Bewusstsein, mehr weiß ich nicht.«

»Warum ihn?«

Sie tätschelte seine Hand, wie um ihn zu trösten.

»Hätte sie dir Bescheid sagen sollen? Vielleicht hat sie es versucht, aber du warst nicht erreichbar.«

»Kann sein. Ich glaube, ich habe mein Handy zu Hause gelassen, als ich ausgegangen bin.«

»Dein Rechtsanwalt hat den Zeitungsjournalisten gegenüber erklärt, er würde auf einen außer Kontrolle geratenen Einbruch plädieren. Nach dieser Version hat Francien den Einbrecher überrascht, der dann in Panik geraten sei. Fehlt denn irgendetwas?«

Er seufzte.

»Ich bin noch nicht dort gewesen.«

Am Grabmal von Karel van Egmont, das ihnen den Weg versperrte, griff sie mit beiden Händen seinen Kopf und zwang ihn, ihr ins Gesicht zu schauen.

»Bei wem warst du an jenem Abend so unerreichbar? Hast du eine andere?«

Er starrte über ihre Schulter hinweg die Alabasterfigur auf dem Sarg an. Er blickte auf. Dort saß der Kriegsherr noch einmal, gefangen in einem vergitterten Holzschrank, seinen Harnisch furchtsam vor sich haltend.

»Ja und nein«, antwortete er.

Sie folgte seinem Blick.

»Du hast etwas zu verbergen«, flüsterte sie. »Genau wie der da.«

Er ließ sich am Arm nehmen wie ein ungezogenes Kind.

»Habt ihr euch deswegen getrennt?«

Er antwortete mit der halben Wahrheit – der von Francien: »Unsere Heirat war nur eine Schlussoffensive. Wir haben alles auf eine Karte gesetzt, aber es war schon zu spät: Unsere Ehe war nur noch eine Formalität, ein Ergebnis unserer selbst gemachten Regeln. Sogar unsere seltenen Auseinandersetzungen verliefen in festgelegten Bahnen.«

Luisa zog die Hände abrupt weg, unzufrieden mit seiner Antwort, doch sie spürte wohl, dass sie ihn zu nichts zwingen konnte.

»Wo kann man hier bloß eine Kerze anzünden? Verdammt, Harold, du musst trauern! Wo ist dein Kummer geblieben?«

»Bei allem anderen auf dem großen Haufen, nehme ich an.«

Zu seiner Verwunderung nahm sie ihn ernst.

»Gott sei Dank«, sagte sie. »Wenigstens hast du ihn nicht auf den Sperrmüll geworfen.«

Schweigend liefen sie hinter dem Chor entlang, vorbei an den ramponierten Gemälden von Christus vor Pilatus und seinem Kreuzestod. Sie stieß ihn in die Seite.

»Sitzt deine Trauer hier?«

Er sprang beiseite, doch sie zog ihn am Hosenbund zurück und bohrte ihren Finger in eine Stelle knapp unter dem Brustbein.

»Oder hier?«

Mit der einen Hand packte sie ihn am Kragen, die andere Hand ballte sie zu einer Faust und presste sie ihm an die Kehle. Ein Knopf sprang weg. Der Stoff zerriss.

»Oder hier?«

Er machte sich los, verschluckte sich, Tränen traten ihm in die Augen. Heftig schüttelte er den Kopf.

»Du verschließt dich!«, warf sie ihm vor. »Und du weißt das!«

Aus Frustration schlug sie gegen eine ausgestellte Glocke, die die Schlacht von Arnheim überlebt hatte. Der Bronzeton dröhnte durch die Kirche. Ein lautes Flüstern rief sie zur Ordnung. Harold blickte an den Pfeilern vorbei zum nördlichen Seiteneingang und entdeckte dutzende Männer und einige wenige Frauen, die gebeugt an kleinen Tischchen saßen. Über ihren Köpfen hing ein Schild mit der Ankündigung, dass hier heute Prüfungen zum Buchhalter stattfänden.

Harold drehte sich um. Er stand vor einem Relief, auf

dem eine junge Frau neben einer verwesenden Leiche saß. *Homo Bulla*, las er, der Mensch ist wie eine Seifenblase.

Nichts wie zum Ausgang! Er musste nach Hause, musste sich ausruhen. Im Zug der offen stehenden Türen spürte er, wie ihm die Tränen über die Wangen liefen. Er holte schluchzend Atem, während Luisa ihm dicht auf den Fersen blieb wie ein Wachhund.

»Lächerlich, eine Kirche ohne Kerzen«, brachte sie entrüstet hervor. Und mit einer Grimasse in Richtung der Examensecke: »Wir sollten sie hinaustreiben, die Geldwechsler und die, die im Tempel Handel treiben, die Tische umwerfen …«

Er zog die Nase hoch.

»Okay, ich bleibe morgen zu Hause«, versprach er. »Ich werde mir die Zeit nehmen zu … zu trauern.«

»Morgen findet die Andacht für Francien statt«, teilte sie ihm mit. »Um zehn Uhr! Ich komme dich abholen.«

Und auf seinen entsetzten Blick hin: »Ja, tut mir leid, Elecom hat das so geregelt. Die Leiche wird vorläufig nicht freigegeben. Hat man dir das nicht gesagt?«

Hast du eine andere? Kurz nachdem er in seinem Tatendrang die Umzugskisten gepackt hatte, hatte Francien ihm dieselbe Frage gestellt. Er stand an den Sims des offenen Kamins gelehnt. Sie saß auf dem Sofa, den Kopf schräg nach unten geneigt, ungeduldig.

»Nein«, log er. »Das ist es nicht, Seeteufelchen.«

Und mit ›Seeteufelchen‹ spülte er ihre ganze Unruhe weg. Die Erinnerung daran, wie sie sich an einem sommerlichen Strand geliebt hatten. Die Wellen der herannahenden Flut, die sich ihren ineinander verschlungenen Körpern näherten. Sie machten weiter, auch als ihre Kleider durchnässt wurden und Francien sich auf ihn wälzte. Sie riss ihn erst hoch – rettete sie ihn? –, als sie eine Insel in der schäumenden Flut geworden waren und die Wellen seine Nase, seinen Mund überspülten. Sie fanden ein verlassenes Feuer aus Treibholz und Stroh, an dem sie sich wärmten.

»Seeteufelchen«, sagte er, als sie ihre Kleider trockneten. Sie antwortete nicht, sie rieb den Sand von den Beinen und schlug hastig ein Kreuz.

10

Jetzt ficken wir Alice

Liebe Luisa,
der Tangokurs war zur Hälfte vorbei und ich tanzte noch immer nicht mit meinem ganzen Körper, wie die *profesora* es in der ersten Stunde vorgemacht hatte. Ich tanzte nicht mit meinen Füßen, nicht mal mit meinem Kopf (was übrigens auch strengstens verboten war), na ja, eigentlich tanzte ich überhaupt nicht richtig. Ich unternahm lediglich gut gemeinte Versuche, Alice und mich im Takt der Musik fortzubewegen. Allmählich verfluchte ich auch auf der Tanzfläche meinen widerspenstigen Körper. In den mannshohen Spiegeln sah ich mich als Marionette in den Händen eines total verrückten Puppenspielers. Schon bald hinkte ich Alice und ihrem Können hoffnungslos hinterher. Ab und zu flüsterte die Lehrerin mir zu, der Tango sei keine Prüfung, sondern ein Spiel. Dabei wusste ich besser als jeder andere, dass mein Körper leider falsch spielte und meine Füße jederzeit ihren eigenen Weg einschlagen konnten. Daher riet mir die *profesora,* mir in jedem Moment bewusst zu machen, wo ich mich befand und wo ich hinwollte. Ich sollte Kontakt zu Mutter Erde herstellen. Tango sei nämlich eine Frage des *to be or not to be.* Ich hatte keine Ahnung, was sie meinte, und nickte nur mit dem Kopf. Ja, ja, auch Shakespeare war ein großartiger Tangotänzer, von mir aus auch das noch.
Nach jeder Stunde war ich todmüde, schlimmer als nach einem Zehnkampftraining. Alice massierte mir die

Schultern und den Nacken, die sich vor Anspannung zu einem einzigen Knoten verkrampft hatten. Trotzdem besuchte ich den Tanzkurs bis zum Ende, weil Tango nun einmal die einzige Beschäftigung war, bei der ich selbst die Führung übernehmen konnte. Wie sehr ich auch mit den Tanzfiguren rang, ich war der Chef, ich musste führen und Alice mir folgen. Wir meldeten uns sogar zum Fortgeschrittenenkurs an.

Unterdessen wurde mir die Hochschule immer unerträglicher. Dort herrschte ein Männerüberschuss, eine Monokultur, in der das Recht des Stärkeren, des Dreisteren, des Schlaueren oder Witzigeren oder was auch immer galt. Da ich kein Talent hatte, auch nur in die Nähe eines dieser Komparative zu rücken, konzentrierte ich mich vollständig auf Alice. Unsere Beziehung bot mir eine ruhige und weit genug entfernte Zuflucht vor diesem Affenstall. Ich wurde weder richtig akzeptiert noch offen gemieden. Natürlich versuchten meine Kommilitonen, sich an Alice heranzumachen, aber sie ging nie darauf ein. Das änderte sich, wie ich vermute, bei dem Sportfest zu Beginn des dritten Studienjahres.

Irgendwie war ich in der Wettkampfkommission gelandet. Man hatte mir die Organisation auf den Hals geladen, weshalb ich nicht selbst an den Wettkämpfen teilnehmen konnte. Das war mir aber ganz recht. Ich saß den ganzen Tag am Bildschirm, gab Leistungsergebnisse ein und kümmerte mich um Probleme mit der Zeitplanung. Ich verließ den Computerraum nur, um Änderungen im Organisationsablauf mitzuteilen. Alles lief glatt, bis ein Team meines Semesters das Halbfinale im Hallenfußball gewann.

Das Finale war für denselben Abend geplant, doch da es

bei einem heftigen Schauer in die Halle reingeregnet hatte, musste es verschoben werden. Ich druckte eine Mitteilung aus, dass das Spiel auf den nächsten Morgen verlegt wurde. Der Mannschaftskapitän protestierte: Am Abend würde man die Geburtstage zweier Mitspieler feiern, da könne ich mir doch ausrechnen, dass sie am darauf folgenden Morgen nicht fit wären? Ob ich nicht aus Solidarität das Finale auf den späten Nachmittag verlegen könne.

Ich weigerte mich, ehrlich gesagt, weil ich nicht zu der Party eingeladen war. Meine Kommilitonen verloren das Spiel.

Am selben Abend rächten sie sich. Sie lauerten mir in einer der Hallen auf und zwangen mich, an den Ringen ein Vogelnest zu machen. Dann zogen sie mich hinauf an die Decke. Ich stand Todesängste aus. Aber noch schlimmer war die Ankündigung, mit der sie mich zurückließen: Jetzt ficken wir Alice. Ich hing da wie gelähmt.

Irgendwann erlöste mich ein Mitorganisator. Wahrscheinlich hatten sie ihm gegenüber eine Andeutung gemacht, er solle mal nachgucken gehen. Sobald ich wieder Gefühl in Armen und Beinen hatte, rannte ich zu den Frauenzelten. Alice war nirgends zu sehen. Bis tief in die Nacht durchsuchte ich den Sportkomplex. Niemand konnte mir sagen, wo Alice war, niemand hatte sie gesehen. Bis heute weiß ich nicht, wo Alice in jener Nacht gewesen ist. Auf einem Mattenstapel im Geräteraum schlief ich schließlich erschöpft ein.

Am nächsten Morgen weckte sie mich in aller Frühe. Sie hatte dunkle Ränder unter den Augen und war heiser, aber so ging es allen nach der Abschlussparty.

Ich behauptete, einen Migräneanfall zu haben und schnell zu meinem Hausarzt zu müssen. Ich stopfte meinen Schlafsack, meine Luftmatratze und meine Klamotten in meine Sporttasche und verschwand vom Sportplatz, noch vor dem gemeinsamen Frühstück.
Alice wollte mich unbedingt begleiten. Ich raste die Straße durch den Wald entlang nach Hause und die ganze Zeit beschäftige mich nur die eine Frage: wo Alice die Nacht verbracht hatte, mit wem, wie und was … Meine Angst vor ihrer Antwort war so groß, dass ich nur stotternde Andeutungen hervorbrachte. Sie verstand mich nicht oder wollte mich nicht verstehen. Meine Verzweiflung wuchs. Das Morgenlicht fiel funkelnd durch die Blätter, meine Finger kribbelten, Licht und Schatten blendeten mich. Die Sonne stand tief über einem Maisfeld, dessen Stängel und Blätter ein Sperrfeuer dieses verräterischen Septemberlichts durchließen. Ich schüttelte den Kopf, doch die Lichtblitze schienen direkt in mein Gehirn zu dringen.
An das, was danach passierte, kann ich mich nur bruchstückhaft erinnern. Das Auto kam von der Straße ab und rutschend pflügten wir am Rand entlang. Ich trat auf die Bremse, aber statt langsamer zu werden, beschleunigten wir. Alice packte mein Handgelenk und fing an zu schreien. Wir streiften drei Birken, glücklicherweise, denn dadurch verloren wir erheblich an Geschwindigkeit. Anschließend drehten wir uns um die eigene Achse und kamen mit dem Heck am vierten Baum zum Stehen.
Alice trug nur ein dickes Knie davon, aber ich musste zur Beobachtung im Krankenhaus bleiben. Der Arzt meinte, ich habe einen epileptischen Anfall erlitten,

hervorgerufen durch das flimmernde Sonnenlicht. Dadurch habe ich meine Koordinationsfähigkeit verloren und auf das Gaspedal anstatt auf die Bremse getreten. Als Alice mich besuchte, brach ich in Tränen aus. Ein peinliches Schauspiel, denn der Unfall war schließlich meine Schuld. Glücklicherweise hatte sie ihre Zwillingsschwester Francien mitgebracht, die uns mit ihrem nüchternen Humor aufmunterte. Erst später wurde mir klar, dass Alice mich ihrer Nachfolgerin vorgestellt hatte.

Dein dir ergebener Harold

11

Verlassenes Nest

In der Nacht tastete Harold im Halbschlaf suchend im Bett herum, nein, nicht nach Francien, sondern nach Flappe, dem Kaninchen, das sie nach ihrer Hochzeitsfeier zwischen den Geschenken gefunden hatten. Sie brachten das Tier samt Käfig mit Futternäpfen im Abstellraum neben der Küche unter. Schon in der ersten Nacht war es in ihr Schlafzimmer gehoppelt und hatte sich zwischen sie genestelt, was Francien als Anhänglichkeit interpretierte. Sie war entzückt und erlaubte, dass Flappe seine Schnauze in ihr Ohr drückte. Harold ertrug den süßlichen Geruch von Futter und Stroh nur mit Mühe, während Francien hingerissen das Kitzeln von Flappes schnüffelndem Näschen genoss.

Vergeblich wanderte seine Hand auf der Suche nach dem flauschigen Fell an seinem Schlafsack entlang, bis sie an eine leere Geneverflasche stieß. Er erschrak und drehte sich auf den Rücken. Ins Dunkel starrend versuchte er, die bekannten Umrisse zu erkennen. Sein Bürostuhl ... der Campingtisch ... Kein vertrauter Punkt erschien, kein Halt. Er sperrte die Augen weit auf und fühlte sich einige Augenblicke lang wie hochgehoben, rotierend, hilflos. Er stieß einen unterdrückten Schrei aus, Schleim verklebte sein Zäpfchen, er schluckte mit Mühe. Die Dunkelheit wurde zu einem mondlosen Wald. War er in einem Traum gefangen, in dem er sich wach wähnte? War er nicht schon Teil der schwarzen Leere, in die er mit blinzelnden Augen hineinstarrte? Sein immer schneller klopfendes Herz beruhigte ihn nicht, im Gegenteil, der unkontrollierte Rhythmus verstärkte seine Angst.

Er trat die Decken weg und bahnte sich quer durch seine Unordnung einen Weg zum Dachfenster. Er zog die Gardine beiseite, öffnete das Kippfenster und beugte sich so weit wie möglich hinaus. Er sog die Straßenbilder in sich hinein und begrüßte das Bürgersteigpflaster mit den bemoosten Randsteinen, das kühle Leuchten der Straßenlaternen. Ein Liebespaar auf einem Fahrrad fuhr vorbei, der Junge, vorn am Lenker, durchquerte breitbeinig eine Regenpfütze. Das Mädchen hielt ihren Freund fest um die Taille. Vorder- und Hinterrad hinterließen Schlangenlinien auf dem Asphalt, Streifen, die sich berührten, überkreuzten und an einigen Stellen zusammenliefen.

Er blieb dort stehen, wickelte die Gardine um sich, schluckte seine Tränen hinunter, legte sich aber nicht wieder ins Bett. Er beruhigte sich, als die ersten Zeitungsjungen auf ihren Mopeds über den Platz rasten. Erst dann wagte er es, sich vom Fenster zu lösen, und eilte durch die verlassene Innenstadt zu Franciens Haus.

Im Abstellraum klopfte er leicht auf den Käfig. Das vertraute Rascheln blieb aus. Er guckte durch einen Spalt in die Schlafhütte. Das Käfigschloss war fest versperrt, aber das Tier war verschwunden. Er fühlte im Stroh, berührte harte Köttel und kontrollierte den Futternapf. Voll, genau wie die Tränke. Hatte Kommissar Boetelaar das Tier als stummen Zeugen beschlagnahmt? Er öffnete die Tür zum Garten.

»Flappe!«, rief er mit gedämpfter Stimme.

Irgendwo schlug ein Fenster zu. Er starrte auf einen Wall aus Herbstblättern an der Grundstücksgrenze, der nach allen Seiten hin auseinander getreten worden war. Er betrat den Rasen und suchte gebückt weiter. Flappe war schon öfter weggelaufen. Zitternd vor dem Übermaß an Freiheit, hatte er sich damals in einer Kuhle beim Steingarten einfangen lassen.

Am Gartenteich angekommen, überraschte ihn die schlammige Leere. Bestimmt hatte die Kripo das Wasser herausgepumpt. Hatten sie erwartet, die Mordwaffe darin zu finden? Nach der Sache mit der Geflügelschere war darüber in den Verhören kein Wort mehr gefallen.

Mit einem Stock bohrte er im angetrockneten Matsch herum. Ein paar Goldfischleichen kamen zum Vorschein, glitzernd zwischen den vermoderten Blättern. Weiter hinten war der Boden locker, jemand hatte Löcher gegraben und hastig wieder aufgefüllt. Kopfschüttelnd betrachtete er das Chaos. Wenn es ihnen um die Mordwaffe gegangen war, hätten die Beamten lieber einen Metalldetektor benutzen sollen. Er ging weiter zum Steingarten, rief immer wieder den Namen des Kaninchens. Spinnweben blieben in seinen Haaren hängen. Er stieß gegen einen Zweig und ein Tropfenregen ging auf ihn nieder.

Er wischte sich den Kopf ab, und als er den Blick hob, sah er ein paar Meter weiter das Gesicht einer alten Frau. Sie trug eine Wollmütze und hatte einen gehäkelten Schal bis dicht unter die Nase gezogen. Sie musste ihn schon eine Weile beobachtet haben. Mit ihren knochigen Fingern hielt sie das Revers eines rosa karierten Morgenmantels oben an die Brust gedrückt.

»Sie stehen in der Zeitung«, sagte sie.

Hätte er einen Blick in die Tageszeitungen in der Diele geworfen, hätte er antworten können: »Sie auch.«

»Haben Sie sich verlaufen?«, fragte er freundlich.

Sie stand vor der Naturhecke, einem Wall aus Ästen, den er vor zwei Wochen angelegt hatte. Sie schüttelte den Kopf. Ihr Atem formte kleine Wolken in der kalten Morgenluft.

»Sie sollten sich lieber etwas Warmes anziehen«, drängte er.

»Es tut mir leid ... Was für ein Höllenlärm, nicht wahr?«

Er nickte, obwohl er keine Ahnung hatte, wovon sie redete.

»Die Sirenen«, fuhr sie fort.

»Sie meinen ...«, fragte er. Und, da sie seinen angefangenen Satz nicht weiterführte: »... an dem Abend?«

Sie ließ ihren Schal sinken. Jetzt erkannte er sie. Die Frau wohnte in einer der altengerechten Wohnungen an dem kleinen Platz, von wo aus der Helikopter gestartet war.

»Einfach fürchterlich«, brach es aus ihr heraus. »Schrecklich. Eine Katastrophe für Sie, Sie müssen doch völlig am Ende sein. Wie wollen Sie mit diesem Schicksalsschlag fertig werden? Was kann man da überhaupt noch machen? Wie soll man auf so etwas reagieren?«

Ihr Mund stieß in immer rascherer Folge Kondenswölkchen aus. Ihr Blick schweifte ab, an ihm vorbei zum Haus. Sie deutete mit dem Zeigefinger hinüber.

»Ja, es war schon ein ziemliches Chaos«, pflichtete er ihr bei.

»Sie haben Besuch«, sagte sie.

Er drehte sich um. Das Licht in der Küche hatte er selbst eingeschaltet und ansonsten rührte sich nichts.

»Das war ich«, wollte er gerade sagen, aber knackende Zweige verrieten, dass sie sich umgedreht hatte und wegging.

Er blickte ihr nach, bis sie den Weg zur Straße erreicht hatte. Erschauernd lief er zurück zur Küche. Am Rande des Gartenweges streifte er den Schmutz von seinen Schuhen.

Er brauchte einen Moment, um das Geräusch eines voll laufenden Toilettenspülkastens zu identifizieren. Die Nachbarn wurden wach, nein, es kam aus größerer Nähe. Die alte Frau hatte Recht, da war jemand. Er rannte den Plattenweg entlang, rutschte auf den Herbstblättern aus, hielt sich am Türpfosten fest und kam gerade noch rechtzeitig, um die Haustür zuschlagen zu hören.

Er lief durch den Abstellraum, durch die Küche, in den Flur. Er presste ein Auge gegen den Spion in der Tür. Ein Schatten machte sich über den Weg durch den Vorgarten davon. Harold riss am Türknauf, doch der unbekannte Besucher hatte abgeschlossen. Wo hatte er verdammt nochmal seine eigenen Schlüssel ...? In seinem Mantel, den er über das Treppengeländer geworfen hatte. Wer war hier so selbstverständlich hereinspaziert, wer hatte in aller Gemütsruhe auf seinem Klo gesessen, und wer besaß, außer Francien, die Schlüssel von seinem Haus? Durch die bleigefasste Rauchglasscheibe erkannte er nur undeutliche Umrisse einer Person auf dem Bürgersteig, die in ein Auto stieg. Mit einem Reklameschild auf dem Dach, glaubte er, aber ob es ein Taxi oder ein Fahrschulwagen war, konnte er nicht ausmachen.

Trotzdem lief er eilig zurück, wühlte in seinen Manteltaschen, doch als er die Tür schließlich geöffnet hatte, blickte er auf eine leere Straße.

Er hätte nicht einmal sagen können, ob es ein Mann oder eine Frau gewesen war.

Es war Viertel vor acht, bei den Nachbarn von gegenüber ging knarrend das elektrische Garagentor auf. Im Halbdunkel standen zwei Mädchen, die ihre Taschen auf dem Gepäckträger ihrer Räder befestigten. Er kannte sie nur flüchtig, von dem Grillfest, mit dem ihre Eltern den Einzug in die Straße gefeiert hatten. Es war in ein Trinkgelage ausgeartet, als der Regen das Feuer löschte und sämtliche Nachbarn sich in den Wintergarten drängten. Die Mädchen hatten artig weiterserviert. Francien hatte sich gern mit ihnen unterhalten, solche Töchter hätte sie sich gewünscht. Treuherzig, folgsam und neugierig auf die kleinen weiblichen Utensilien, die Francien aus ihrer Handtasche kramte.

Er winkte, aber sobald sie ihn erkannten, zögerten sie. Sie wagten sich nicht auf die Straße. Die Jüngere hielt ihre Schwester zurück und flüsterte ihr etwas ins Ohr, worauf die Ältere mit der flachen Hand auf den Schalter schlug. Langsam schloss sich das Garagentor.

Im Wohnzimmer hing ein Modergeruch in der Luft, den er nicht einordnen konnte und der Einfachheit halber den Chemikalien zuschrieb, mit denen die Kriminaltechniker gearbeitet hatten. Es war einer der vielen neuen Gerüche, die vom Haus Besitz ergriffen hatten, seitdem er Francien verlassen hatte, oder, wie Boetelaar nicht aufhörte zu betonen: nachdem er sich aus dem Staub gemacht hatte. Er stellte den Thermostat höher, setzte sich an den Esstisch und fing an, die Zeitungen durchzublättern.

Francien durch Messerstiche getötet, der Ehemann verhaftet, die Nachbarschaft unter Schock, betroffen oder entsetzt, jedenfalls reif für zwei Tage psychologischer Betreuung in einem nahe gelegenen Gemeindezentrum. Die Stadt hatte einen Cateringservice und mehrere Traumaspezialisten entsandt. Zwei Journalisten hatten die Umstehenden interviewt, was einmal mehr die alte Geschichte von der verborgenen Schlechtigkeit der Menschen einbrachte. Obwohl es Eheprobleme gegeben habe – H. D. (36) sei in den letzten Wochen nur ein einziges Mal in der Nähe des Hauses gesehen worden –, sei Harold nie durch aggressives Verhalten aufgefallen, er schien die Ruhe selbst, man könnte fast sagen: ein etwas langweiliger Mensch, doch damit habe er alle grausam getäuscht. Dass sich hinter diesem braven Bürger, der jeden Morgen auf sein penibel gepflegtes Fahrrad stieg, vielleicht ein Killer verbarg, nein, schlimmer noch, ein Lustmörder, der seine Frau mit einem Messer aufspießte, nein, das konnte ein normaler Mensch kaum fassen. Obwohl es eine Frau gab, die seine Mordlust durchschaut hatte. Vor Kurzem hatte sie Herrn D. abends dabei ertappt, wie er mit roher Gewalt die Sträucher zu einem Wall aus Zweigen zerschnitt. Aufgeschreckt durch den Lärm, habe sie sich ihm genähert. So, wie der mit Axt und Säge wütete ... Es schien, als reagiere er eine primitive Raserei an der Natur ab. Dass Francien nun diesem Blaubart zum Opfer gefallen war, wunderte sie nicht im Geringsten. Die Frau hatte sich fotografieren lassen und Harold erkannte sie sofort an dem Häkelschal wieder, den sie bis unters Kinn gezogen hatte. Sie stand an derselben Rinne in seinem Garten, wo er sie eben angetroffen hatte.

In der neuesten Ausgabe, die kurz vor seiner Ankunft durch den Briefkastenschlitz gefallen war, berichtete eine achtzeilige Meldung von der Freilassung des Ehemannes, der jedoch nach wie vor unter Verdacht stehe. Sein Rechtsanwalt indessen behaupte weiterhin, Francien sei Opfer eines eskalierten Einbruchs geworden.

Harold schob die Zeitungen weg und fing an, die Post zu sortieren. Die Umschläge, die an Francien gerichtet waren, legte er in ihre Schublade, obwohl er nicht wusste, wer nun ihre Briefe beantworten sollte. Von seinen eigenen Briefen öffnete er nur einen einzigen. Der Schreiber versprach ihm den sicheren Tod, sein mickriger Körper würde in Stücke geschnitten und hopp! wie Müll in den nächsten Verbrennungsofen geworfen. Daraufhin sortierte Harold die Briefe ohne Absender aus und warf sie in den Papierkorb.

Auf anderen Briefen erkannte er die krakelige Handschrift von Jacqueline, der Sekretärin, die die Praxisadresse durchgestrichen und seine private darunter gekritzelt hatte. Offenbar erwartete sie ihn nicht so bald in der Praxis zurück.

Harold überflog die Briefe rasch. Es waren Absagen von Privatpatienten. Ohne Ausnahme begründeten sie diese mit einer ebenso schnellen wie wundersamen Heilung. Weitere Termine überflüssig. Alles Gute, tausend Dank für die hilfreiche Behandlung.

Wären nicht die Spuren von Franciens gewaltsamem Tod so deutlich und unübersehbar im Raum zurückgeblieben, wäre er in befreiendes Gelächter ausgebrochen. Allerdings würden sich seine Einkünfte im Sturzflug nach unten bewegen, also sollte er vielleicht wieder hier einziehen. Obwohl ... inmitten dieser Vergangenheit leben ... Er rieb sich mit beiden Handflächen die Stirn. Unmöglich, er hatte Abschied genommen. Francien, Francien, was mich zu dir trieb, weiß ich seit Jahren, mehr, als mir lieb ist, aber du? Welches waren deine Illusionen? Und was habe ich dir letztendlich gegeben? Er schüttelte den Kopf, stand auf und schob die Zwischentüren zum Esszimmer auf.

Irgendjemand hatte ein wenig aufgeräumt. Die Scherben vom Topf mit dem türkischen Honig und die des Beistelltischchens waren zu einem Haufen zusammengefegt worden und auch die Süßigkeitenstücke lagen ordentlich beisammen. Die Sitzfläche des Sofas war ganz entfernt worden. Der Schaumstoff, der an manchen Stellen bräunlich verfärbt war, hatte sich aufgewölbt. Harold drückte darauf, und wieder stieg ihm der ekelhaft süßliche Geruch in die Nase. Er bückte sich und rieb an den Rändern entlang. Seine Fingerspitzen färbten sich rostbraun. Vorsichtig hielt er sie an die Nase. Erst als er ein Haarbüschel in der Ecke entdeckte, zusammengehalten von etwas, das nichts anderes als ein Hautfetzen sein konnte, wurde ihm klar, dass das klebrige Zeug an seinen Fingern das geronnene Blut Franciens war. Und dass der dunkelbraune Fleck auf dem Parkett kein von einem unachtsamen Polizisten verschütteter Kaffee sein konnte.

Er trat einen Schritt zurück und betrachtete die Reste des Sofas. Francien musste sich heftig gewehrt haben. Er entdeckte weitere Flecken ... Sie hatte gepisst und geschissen, gekratzt und gezappelt. Sie war verzweifelt gewesen, in Todesangst. Er ging einen weiteren vorsichtigen Schritt rückwärts.

Ein elektronisches Gedudel erschreckte ihn. Schuberts Forellenquintett, Franciens Handy. Eine Sekunde lang sah er sie in der Tür stehen, ihren gehetzten, suchenden Blick, die Falte über der Nasenwurzel. Das Bild verschwand in dem Moment, als er sich bewegte. Das Dudeln kam aus dem oberen, aus Franciens Arbeitszimmer. Er sprang drei, vier Stufen gleichzeitig nehmend hinauf, stolperte über den obersten Absatz und stürzte in ihr Zimmer, in die Ecke, wo das Ladegerät hing. Das Handy steckte ordentlich in der Station. Er riss es runter, drückte die Sprechtaste und hielt sich den Apparat ans Ohr.

Der Anrufer meldete sich nicht. Harold hörte nichts als Pieptöne in verschiedenen Tonlagen. Jemand versuchte, ihre Mailbox abzuhören ... Schließlich legte er auf und fragte sich, ob sein keuchender Atem zu hören gewesen war. Er drückte die Nummernanzeige ... Eine Reihe Sternchen zeigte an, dass der Anrufer anonym bleiben wollte.

Als er den Apparat wieder einhängte, fiel ihm auf, dass das Schubladenschränkchen neben Franciens Schreibtisch sperrangelweit offen stand. Wie schlampig, Francien, dachte er und korrigierte sich sofort. Nein, Francien ist tot, sagte er laut, also müssen das andere gewesen sein.

Das Schränkchen war so gut wie leer. Ihr Adressbuch, ihr

Taschenkalender, ihre elektronische Rechenmaschine, alles weg, außer ein paar Kulis und einem silbernen Bleistift, den ihr Vater ihr geschenkt hatte. Sowohl die Ablage für die Eingangs- wie für die Ausgangspost waren leer. Alles beschlagnahmt? So musste es wohl sein … Eine kleine Flamme der Wut flackerte in ihm auf: Das hier war ihr Platz gewesen, dieses Zimmer hatte sie sich in der kurzen Zeit, die sie hier gewohnt hatte, ganz zu Eigen gemacht.

Er ließ seinen Blick über ihre Sachen wandern, bis ihm der Glanz auf der Tastatur auffiel.

In den Vertiefungen der Tasten war keine Spur des Belags zu erkennen, den Francien dort hinterlassen hatte. Hatte jemand sämtliche Tasten auf Fingerabdrücke untersucht? Er beugte sich hinunter und roch daran. Seife, Alkohol …

Einmal hatten sie sich gestritten, ach nein, nur einen kleinen Wortwechsel wegen der Hygiene gehabt. Francien mochte keine Reinigungsmittel, ihr wurde übel von dem Geruch. Für die Putzfrau war ihr Zimmer verbotenes Terrain.

Er schaltete ihren Computer ein und startete auf gut Glück ein Textverarbeitungsprogramm. Francien führte Tagebuch, und in einem Anflug von Neugier wollte er wissen, was sie an ihrem letzten Tag getan hatte, welche Probleme es im Büro gegeben hatte, was Anja ihr am Telefon an Tratsch erzählt und sogar, was sie über ihn gedacht hatte.

Eine halbe Stunde lang versuchte er, ihre geheimsten Gedanken irgendwo zu finden und aufzurufen. Vergeblich. Und warum sämtliche Dokumente von der Festplatte gelöscht worden waren, alle CDs, die mit ihrer Arbeit zu tun hatten, durch Computerspiele ersetzt und sämtliche Aufkleber von den Disketten abgezogen worden waren, als seien sie leer – was sie auch waren, wie er feststellte –, konnte er sich ebenfalls nicht erklären. Noch nicht einmal, wenn er davon ausging, dass alle Originale auf Boetelaars Schreibtisch lagen. Denn warum sollte der Ermittler verbergen, dass er sie beschlagnahmt hatte?

Er suchte weiterhin halsstarrig nach ein paar Worten, sogar in ihrem Kalkulationsprogramm. Er hätte sich schon mit ein paar eigenhändigen Berechnungen von ihr zufrieden gegeben. Er ließ das Telefon unten klingeln, bis ihn ein lauter Knall gegen die Scheibe aufschreckte.

Luisa stand im umgepflügten Vorgarten, winkte mit ihrem Handy und warf Steinchen ans Fenster. Er rannte hinunter und in der Eile fiel ihm keine Antwort auf ihre Frage ein, warum er sich in seinem eigenen Haus verschanzte, und er tat, als sei er taubstumm.

Und wollte er so mitkommen? In Jeans und Pyjamajacke? Los, zieh dich um, die Trauerfeier fängt in einer Stunde an.

12

Die Schlacht am Totenacker

Der Friedhof lag an der nördlichen Ausfallstraße; ein Flickenteppich aus Birkengruppen und abgelegenen Fleckchen Wiese, auf denen man den Gräbern mit mathematischer Genauigkeit ihre Quadratmeter zugewiesen hatte. Das Hauptgebäude ähnelte einer deutschen Autobahnraststätte, eine exzentrische Pyramide aus minderwertigem Holz und Schieferschindeln. In den gläsernen Fassaden war der Eingang schwer zu finden.

Harold und Luisa kamen zu früh und beobachteten das Chaos, das trauernde Angehörige oft in dem Versuch anrichten, sich nützlich zu machen. Harold erkannte zwei Cousins von Francien, die Kerzenständer anschleppten. Er sah eine verschwitzte Anja in Wanderschuhen herumfuhrwerken. Sorgfältig legte sie ein Blatt Papier auf jeden der Schalensitze, die in zwei Gruppen auf ein Podest ausgerichtet waren. Dort hatte man ein auf Posterformat vergrößertes Foto von Francien aufgestellt. Anja legte auch ein Blatt vor das Bild und rannte danach schluchzend zur Hintertür.

Die beiden Cousins ignorierten ihn ganz offen. Sie probierten aus, wo das Kerzenlicht am besten zur Geltung kam. Frans Elecom verbarg sein Gesicht hinter einem Zinkeimer mit fahlgelben Rosen, die er aus einem Nebenraum holte. Er wurde von zwei jungen Männern flankiert, wahrscheinlich den jüngsten Kollegen. Mit ausgestreckten Armen trugen sie tropfende Liliengestecke vor sich her, die eine nasse Spur hinterließen. Die Distanz, die Harold verspürte, verwirrte ihn, kam ihm aber ganz gelegen.

Als Luisa ihm zuflüsterte, dass sie sich setzen müssten, verdächtigte er sie, ihn frühzeitig in den kleinen Saal hineingelotst zu haben, um den übrigen Gästen eine Konfrontation mit ihm zu ersparen.

»Nein, genau andersherum«, erwiderte Luisa, als er sie danach fragte.

Sie hakte ihn energisch unter und er ließ sich zur ersten Stuhlreihe führen. Während hinter ihm das Gemurmel anschwoll, konnte er die Augen nicht von Franciens Foto abwenden. Aus wessen Fotoalbum, aus welchem Archiv hatten sie dieses entspannte, lachende Gesicht ausgegraben, welcher Fotograf hatte diese jugendlich wirkende Francien ohne die Falte über der Nasenwurzel ertappt und wo, wann?

Hinter Franciens Urlaubsmiene öffnete sich plötzlich ein Tor und bot ihm Aussicht auf ein kleines Rosenbeet. Zwischen den verdorrenden Blättern leuchteten frische, gelbgrüne Knospen. Einige welke Rosen ließen schlaff die Köpfe hängen.

Harold wollte Luisa gegenüber eine Bemerkung darüber machen. Er neigte sich zur Seite und entdeckte hinter sich eine schweigende Armee von Trauernden, die ihn anstarrten oder sich bemühten, es nicht zu tun. Sie bildeten Grüppchen an den Eingangstüren, lehnten an den Wänden, es waren mehr Angehörige, Verwandte, Freunde und Bekannte, Kollegen und Betroffene, als Francien je ihm gegenüber erwähnt hatte.

Direkt hinter ihm saß Ruben, der ihm mit einer aufmunternden Grimasse freundlich zunickte. Neben ihm seine Frau, die nichts weiter als ein nervöses Zucken für ihn übrig hatte. Und Slemmen war auch da, er hatte seine drei Söhne wie einen Schutzwall um sich herum postiert und tat so, als sei er in den von Anja ausgeteilten Text vertieft. Als der jüngste ihn auf Harold aufmerksam machte, brachte er ein verschwommenes Lächeln zu Stande. Harold widerstand dem Impuls, die Hand zu heben, und wandte sich wieder Franciens Foto zu.

Davor hatte sich inzwischen ein kleiner, untersetzter Mann in grün karierter Jägerweste postiert. Er kniete dicht vor Harold und nahm ihn mit einer Kamera ins Visier. Luisa zog blitzschnell ihre Hand zurück, die sie auf seinen Arm gelegt hatte. Der erste Blitz blendete Harold. Als habe der Fotograf mit diesem Lichtsignal das Ziel markiert, rannten nun zwei weitere Fotografen nach vorn und brachten ihre Kameras in Anschlag. Einige Minuten lang prasselte ein Sperrfeuer von Lichtblitzen auf Harold nieder, das er reglos über sich ergehen ließ, mit zutiefst betrübtem oder zumindest würdevollem Blick, so hoffte er jedenfalls. In Wirklichkeit befürchtete er, dass sein Gesicht wieder einmal jenen nichts sagenden Ausdruck tragen würde, der so leicht als kalt interpretiert werden konnte.

Aus den Augenwinkeln heraus beobachtete er, wie der Tontechniker an der Seitenwand ein Zeichen gab. Die Fotografen beendeten ihre Arbeit und packten ihre Utensilien zusammen.

»Wie viele Silberlinge hat dieser Judas wohl eingestrichen?«, fragte Harold mit zusammengebissenen Zähnen. »Was springt dabei für ihn raus, wenn er diese Käseblatthuren reinlässt?«

»Das sind noch nicht mal die Schlimmsten«, flüsterte Luisa. »Es sind auch verdeckte Ermittler von der Kripo da, die Filmaufnahmen machen.«

Harold drehte sich um. An der Eingangstür stand Kommissar Boetelaar. Er verzog keine Miene, als Harold ihn anstarrte. Der Mann, mit dem zusammen er viele Stunden im Vernehmungszimmer verbracht hatte, dessen Aftershave und säuerlichen Atem er gerochen hatte, tat, als studiere er den Dachstuhl. Hens, unzertrennlich neben ihm, ließ den Blick unaufhörlich hin und her wandern. Er hielt die Hände auf dem Rücken und wippte von der Ferse auf den Ballen, als stehe er Wache – und genau so war es ja auch.

»Meine persönlichen Schutzengel sind auch hinabgestiegen«, sagte Harold zu Luisa. »Bist du eigentlich nicht verhört worden?«

»Doch, genau wie alle anderen in der Praxis auch«, antwortete sie abwehrend.

»Und?«

Luisa lächelte nachgiebig. Ihre Hände hatte sie sittsam auf den Rock ihres Kostüms gelegt, die Finger verschränkt.

»Gib dem Kaiser …«, sagte sie.

Stimmengewirr und ein unterdrückt geflüstertes »Pardon!«. Franciens schwarz gekleidete Cousins führten ihren Vater herein, einen mageren Mann mit wettergegerbter Haut. Er hatte es vom Anstreicher zum Direktor einer Baufirma gebracht. Sein Leben lang hatte er sich abgerackert und abgestrampelt, aber der Lohn – eine vielköpfige Enkelschar, Weisheit, Selbsterkenntnis – war ihm versagt geblieben. Doch bevor er sich dieses Mangels bewusst werden konnte, hatte ihn Alzheimer gnädig unter seine Fittiche genommen.

Obwohl vermutlich keine Notwendigkeit dazu bestand, stützten die Cousins ihn beim Gehen unter den Achseln. Mit gewichtigen Mienen, als trügen sie einen Sarg herein, schritten sie nach vorn. Als sie bei Harold ankamen, vollführten sie eine feierliche Wendung und ließen ihre Fracht auf einen Stuhl in der Nebenreihe sinken. Sie setzten sich links und rechts neben ihren Onkel und reichten ihm Anjas

Blatt. Schon bald hatten seine ruhelosen Hände das Papier zu einem Ball zusammengeknüllt.

Harold schaute ein paarmal an dem am nächsten sitzenden Cousin vorbei, den er jahrelang als blasierten Teenager erlebt hatte. Franciens Vater erhaschte seinen Blick und grinste ihm jovial zu, doch sein Gesicht verfinsterte sich, als der Cousin ihn anstieß und ihn auf Franciens Foto aufmerksam machte.

Gleich darauf ertönte eine einsame Trompete im Saal, gefolgt von einer Salve Becken- und Paukenschlägen. Die Akkorde erstarben und verräterisch süßliche Geigen stimmten in trägem Tempo einen Marsch an.

»Die Fünfte von Mahler. Anjas Gedenken an ihre gemeinsamen Wanderungen«, flüsterte Luisa.

Harold wusste, dass nun eine knappe Viertelstunde folgen würde, in der er seinen Erinnerungen freien Lauf lassen könnte.

Seine Gedanken kehrten zu jenem Abend zurück, an dem er Francien nicht zu Hause angetroffen hatte. Sie war gerade dabei, bei ihm einzuziehen. Das Umzugschaos bedrückte ihn, brachte aber auch eine betäubende Aufregung mit sich. In der Dämmerung drückte jemand lange und nachdrücklich auf die Klingel. Zwei Polizisten in Uniform standen vor der Tür.

Ein Autounfall, Francien tot, ein Wrack im Straßengraben, stöhnte es in ihm. Der Widerstand gegen das Unabwendbare flackerte hoch auf, legte sich aber genauso rasch wieder. Noch bevor sich die Beamten vorgestellt hatten, hatte er sich mit dem Gedanken ausgesöhnt, dass Franciens Stimme nie wieder durch den Flur schallen würde, dass sich ihr Lavendelparfüm für immer verflüchtigt hatte und er sie nur noch einmal sehen würde, in einem Sarg. Doch er hatte sich vorschnell geängstigt: Die Polizei wollte sie wegen eines dringenden Auftrags abholen. Gerade als er ihnen eröffnen wollte, dass Francien nicht zu Hause sei und er auch keine Ahnung habe, wo sie sich aufhalte, tauchte sie auf. Keuchend, in der Hand eine Tasche mit Akten, entschuldigte sie sich und fuhr sofort mit, den Glanz des Abenteuers in den Augen. Sie ließ ihn verwirrt zurück, einen Mann, der das Witwertum gekostet und den Geschmack gar nicht so unangenehm gefunden hatte.

Der Trauermarsch dauerte dem Publikum zu lange, es fing an zu murmeln und auf den Sitzen hin und her zu rutschen. Das Blatt Papier, das Anja ausgeteilt hatte, knisterte schon in ihren Händen. Der Tontechniker ergriff die Chance beim Schopfe, als die Ohnmacht, die das Orchester hinausschmetterte, von beruhigenden Violinpartien gedämpft wurde. Beim Pianissimo ließ er die Musik einfach ausklingen.

Anja trat nach vorn, stellte sich an ein Pult und blickte über Harold hinweg in den Saal. Das Sonnenlicht fiel auf ihr Gesicht, verlieh ihr eine Blässe, die Harold rührte.

Aus der Tasche ihres Regenmantels zog sie einen schwarzen Schal und drapierte ihn um ihre Schultern. Anschließend holte sie aus der anderen Tasche eine Dose und schraubte den Deckel ab. Sie leerte den Inhalt in ihre Hand – ein Häuflein graues Pulver, das sie sich auf ihr blondiertes Haar streute.

Ihre Stimme zitterte, als sie erklärte, dass Francien in der Musik, die das Publikum soeben gehört habe, Trost gesucht habe, »wenn sie dem Alltagsleben entfliehen wollte«. Harold hatte nur Augen für die Aschewölkchen, die von ihrem Kopf aus ins Sonnenlicht aufstoben. Sie ähnelte eher einem Vulkan kurz vor dem Ausbruch als einer Rednerin auf einer Trauerfeier.

Er hörte erst richtig zu, als sie verkündete, ein Gedicht für Francien geschrieben zu haben, heute am frühen Morgen, als sie den letzten Weg, den sie mit Francien zusammen gewandert war, noch einmal gegangen sei. Auf dem Zijpenberg, wo sie einmal »eine Erfrischung gekauft und an einem Picknicktisch verzehrt hatten«, genau an dieser Stelle habe sie in der Morgensonne die Worte gefunden, von denen sie hoffte, sie würden Francien ein Denkmal setzen. Harold kannte den Ort, dort stand ein Holzkiosk, ein Treffpunkt für Biker. Er hatte den Verdacht, dass Anja sich nur allzu gerne dort aufhielt: Sie flog auf raue Typen.

Sie begann, das Gedicht vorzulesen. Das also stand auf dem Zettel, den sie vor der Andacht ausgeteilt hatte. Harold guckte mit auf Luisas Blatt, auf seinem eigenen saß er. Schnüffelnd und schluchzend las Anja das Trauergedicht vor. Ihr Stocken und Stottern entsprach genau ihrem Schreibstil: abgehackte Ergüsse, holprige Sätze und zahlreiche Wiederholungen.

Nach einem letzten eindringlichen Aufschrei – *du, von Nahem erblickt, von Ferne erkannt!* – blieb Anja mit gesenktem Haupt stehen.

Eine Minute der Stille hätte der Situation zusätzliche Dramatik verliehen, doch der nüchterne Tontechniker verlor keine Zeit. Kaum war Anjas Herzenserguss verhallt, ließ er schon ein neues Stück durch den Andachtsraum schallen.

La muerte del Angel. Harold wäre fast aufgesprungen. Wie geschmacklos, ausgerechnet dieser Tangoklassiker! Dabei hatte Francien den Tango verachtet. Er rutschte unruhig auf seinem Stuhl hin und her und erblickte plötzlich die aufgerissenen Augen von Franciens Vater.

Harold sah, wie in dem armen verwirrten Geist des Alten eine Erinnerung auftauchte, dieselbe Erinnerung, die auch in ihm aufgestiegen war, eine Erinnerung, die sie zurückführte zu einer anderen Trauerandacht, bei der ebenfalls *La muerte del Angel* erklungen war. Eine harte Hand umklammerte sein Herz: Nein, hier ging es gar nicht mehr um Francien, sondern um Alice!

Während Piazzollas Fugatos übereinander purzelten, während Klavier und Bandoneon einander verfolgten und ihre Melodien von den Violinakkorden zu Fetzen zerschnitten wurden, wurde ihm vor Verzweiflung glühend heiß. Seine Kehle war wie ausgedörrt, er schluckte Disteln, und lauwarmer Schweiß rann ihm in die Poritze. Sein Hemdkragen würgte ihn unerträglich. Am liebsten wäre er aufgestanden, hätte sich hinter den herbstlichen Rosensträuchern da draußen verschanzt, sich an den Dornen aufgekratzt. Oder den Stacheln. Stacheln oder Dornen ... was war gleich wieder der Unterschied? Francien hätte es gewusst ... Stacheln wachsen auf dem Stamm, Dornen sind Auswüchse der Oberhaut. Eine Rose hat keine Dornen, sondern Stacheln ...

Er rutschte nach vorn, beugte sich vornüber. Er fing Luisas beunruhigten Blick auf und wies mit einer hilflosen Geste auf die Boxen.

»Nein, alles in Ordnung«, sagte er mit zusammengebissenen Zähnen und zeigte noch einmal auf die Lautsprecher, ja, es sei die Musik, die ihm Beklemmungen verursache.

Er ballte die Fäuste und presste sie gegen die Augen. Erst als jemand im schwarzen Anzug, ein Angestellter der Trauerhalle, ans Mikrofon trat und fragte, ob noch jemand etwas sagen wolle, schaute er wieder auf. In der darauf folgenden Stille bohrten sich die Blicke des Publikums in seinen ungeschützten Rücken. Er schüttelte kaum merklich den Kopf. Plötzlich stand Franciens Vater auf und wies mit zwei Fingern in seine Richtung.

»Zwei!«, krächzte er laut, und Speichel troff ihm rechts und links aus den Mundwinkeln. »Zwei, jetzt hast du alle beide ...«

Die beiden Jungs tätschelten ihm beruhigend die Arme, doch er schlug ihre Hände weg und sprang wieder auf. Er stürzte auf Harold zu und holte aus. Harold wehrte den ersten Schlag ab, riss sich los, aber der Alte hob erneut die Faust. Harold wich dem Boxschlag aus, doch Franciens Vater traf ihn mit seinem Ring an Stirn und Wange und hinterließ einen Kratzer, aus dem sofort Bluttropfen quollen.

»Hör auf, Mann, ganz ruhig!«, sagte Harold entsetzt.

Auch aus dem Publikum wurden beschwichtigende Rufe laut, doch sie schienen den Alten nur noch anzustacheln. Mit aller Kraft warf er sich auf Harold, der von seinem Stuhl rutschte und zu Boden fiel. Der alte Mann kroch auf ihn, suchte seine Kehle, schlug ihm die Fingernägel in die Lippe, umkrallte Harolds Hals und zerriss ihm das Hemd.

Harold versuchte, sich von ihm zu befreien, er roch den Zigarettenatem des alten Mannes, drückte mit der flachen Hand dieses Gesicht beiseite, die sabbernden Zahnreihen, die gequälten Augen.

Erst als der Alte laut keuchend auf ihm zusammensank und nur noch schwach zuckte, merkte er, dass die Cousins ihren Onkel im Griff hatten. Aber warum hoben sie ihn nicht auf?

Er wandte den Blick zur Seite. In einem halben Meter Entfernung richtete jemand seine Kamera auf ihn. Er öffnete den Mund zu einem Protest, schloss jedoch die Augen, als die Blitze sein Gesicht trafen und durch seine Augenlider hindurchdrangen bis ins Gehirn. Er fing an zu zappeln, trat Franciens Vater von sich weg, und als er es nicht schaffte, konnte er nur noch einen verzweifelten Schrei ausstoßen.

Gleich darauf wandte er den Kopf ab und wartete, bis man den Alten von ihm wegzog.

Und dann, als er erschöpft auf dem Boden lag, erhaschte er zwischen den Hosenbeinen und schwarzen Strumpfhosen einen Blick auf zwei nackte Knie von jemandem, der wollte, dass es Sommer blieb. Die Kerbe im vorderen Schienbeinmuskel, über die seine Finger so oft hinweggeglitten waren, hätte er blind wiedererkannt.

Im Saal nebenan, wo der Kaffee serviert wurde, warteten Kollegen, einige Nachbarn, alte Bekannte. Sie murmelten Kondolenzwünsche und musterten dabei verstohlen die Verletzungen an seinem Hals und in seinem Gesicht. Sie wünschten ihm Kraft. Er beantwortete ihre Anteilnahme mit einem vagen Lächeln. Fragen nach der eigentlichen Beerdigung wich er aus. Die Staatsanwaltschaft habe ihren Leichnam noch nicht freigegeben, wegen der Ermittlungen, erklärte er und ließ dann eine viel sagende Stille eintreten. Franciens Familie stand ihm schräg gegenüber, durch ein Archipel von Grünpflanzen von ihm getrennt.

Die Neuankömmlinge trafen eine Wahl. Ausnahmslos alle. So wurde ihm rasch klar, dass sich seine Mitmenschen bis auf Weiteres in zwei Lager spalteten: in die, die unumwunden glaubten, er habe Francien ermordet, und in den Rest, ein Sammelsurium aus Feiglingen, die ihre Ansicht nicht offen zu äußern wagten, Zweiflern, die sich nicht sicher waren, und den wenigen, die ihn wirklich für unschuldig hielten.

Nur Frans Elecom durchquerte den Saal und kam mit ausgestreckten Armen aus dem feindlichen Sektor heraus auf ihn zu. Damit befreite er Harold aus einem Gespräch mit einer von Franciens früheren Klassenkameradinnen, die ihm lang und breit erzählte, dass sie einmal zusammen mit Francien einen Ferienjob auf einem Campingplatz in Limburg gehabt habe.

Frans Elecom schloss ihn zu seiner Überraschung in eine feste Umarmung. Es dauerte eine Weile, bis Harold bemerkte, dass Elecom nur so sein Schluchzen verbergen konnte.

Er ertrug das Unbehagen, dass ein Mann an seiner Schulter weinte. Das Salz von Elecoms Tränen brannte in der Schramme auf seinem Gesicht und er musste das Bedürfnis unterdrücken, den nassen Abdruck wegzuwischen. Stattdessen bat er Luisa, Elecom ein Papiertaschentuch zu reichen. Elecom wollte sagen, wie furchtbar er das alles fand, konnte aber kaum etwas hervorbringen.

»Francien hat mir so viel erzählt«, schluchzte er und zog zwischendurch zweimal die Nase hoch. »Weißt du, ich habe mir in letzter Zeit ... oft Sorgen um sie ...«

Ebenso plötzlich, wie er sich auf Harold gestürzt hatte, wandte er sich von ihm ab und küsste Luisa links und rechts auf die Wangen. Sie schlug vor, eine Tasse Kaffee zu trinken, und Elecom ging folgsam mit ihr. Auf einmal stand Harold ganz allein da.

Er betastete mit den Fingerspitzen seine Wange. Der Alte hatte ihn übel zugerichtet. Er fragte sich, warum Boetelaar und Hens nicht eingegriffen hatten. Wahrscheinlich hatten sie gehofft, dass die Gefühlsausbrüche der Angehörigen ihn doch noch zu einem Geständnis verleiten würden. Im Niemandsland rund um die Pflanzen irrte Anja umher, die sich bisher geweigert hatte, ihren Schmerz mit ihm zu teilen. Vielleicht sollte er den ersten Schritt wagen und auf sie zugehen ...

Und dann war Isabelle da.

Sie nahm seine Hand und küsste ihn. Als er sich für die

Szene in der Trauerhalle entschuldigte, legte sie ihm zwei Finger auf den Mund, die er wiederum rasch küsste.

»Du brauchst mir nichts zu erklären«, sagte sie besänftigend.

Luisa stand in der Nähe der Tür und unterhielt sich mit Elecom, der sich rasch erholt hatte und schon wieder lachte. Sie beobachtete Harold und gab ihm mit einem Wink zu verstehen, dass sie gleich käme. Boetelaar und Hens standen ebenfalls an der Tür und beobachteten von dort aus jeden, der herein- oder hinausging. Im Augenblick hatten sie die Köpfe jedoch um neunzig Grad gedreht und verbargen ihr Interesse an Harold nicht. Anja war nach vorn getreten und bezog zwischen den Zimmeraralien Position. Die Hände in die Seiten gestemmt, starrte sie ihn aus giftigen Augen an.

Und unter all diesen Blicken zog er Isabelle an sich, legte die Arme um ihre schmalen Schultern und die Hände auf ihre Wirbelsäule, folgte der Wölbung ihrer Kapuzenmuskeln und spürte das leichte Zittern, das sie durchfuhr.

Er begrub sein Gesicht in ihren schwarzen Locken. Für den Rest seines Lebens wollte er ihren Duft einatmen.

13

Kopfüber hinaus aus dem sicheren Hafen

In der Praxis hing dicker Zigarrenqualm. Harold roch und sah es, sobald er die Tür des Fahrradgangs öffnete.

Das monatliche Partnergespräch, schloss er.

Der Rauch stammte von Ruben, der sich die Langeweile mit einer Davidoff vertrieb. Harold war erstaunt, dass sich die Sitzung bis nach sechs hingezogen hatte, in der Regel genügte ihnen der Nachmittag. Dass er nicht hinzugebeten worden war, hielt er für ein Zeichen kollegialen Mitgefühls so kurz nach Franciens Tod.

Er war mit dem Fahrrad zur Praxis gefahren, um Kopien von Franciens Sterbeurkunde anzufertigen, für mindestens drei Banken, die Sterbeversicherung und die Kfz-Steuer. Jedenfalls hatte er sich vorgenommen, dies als Vorwand für sein Kommen anzugeben. In Wirklichkeit wollte er Isabelles Akte abholen, denn eine Fortführung der Behandlung war die unerlässliche Bedingung dafür, sie weiterhin treffen zu können.

Als er sein Fahrrad wegstellte, drang Luisas Stimme zu ihm nach draußen, heftiger als normalerweise. Was sie sagte, verstand er nicht. Ihr Tonfall klang drohend. Er vermutete, dass sie eine Krisenatmosphäre forcierte. Er betrat eine Toilette und wischte sich mit Klopapier den Schweiß von der Stirn.

Damit auch noch die verborgenste, unterbewusste Wahrheit zum Vorschein kam, trieb Luisa oft kleinste Konflikte auf die Spitze, sodass die Partnergespräche selten ohne Tränen oder laute Worte verliefen. *To the bone* war ihr Versammlungsmotto, mit dem Ziel, einander anschließend offen in die – verheulten – Augen blicken zu können.

Worum es bei dem Streit wohl diesmal ging? Sprengstoff gab es genug: die Wochenendvertretung für einen unzuverlässigen Hausarzt, der von sämtlichen Kollegen boykottiert wurde, der Kriseninterventionsplan der Stadt, durch den zukünftig die Versorgung irgendwelcher Idioten, die nackt im Stadtweiher die Nationalhymne sangen, auf die sozialen Hilfsdienste anstatt die Polizei geschoben wurde, und dann der Versuch des Unternehmervereins, *De Ster* eine Bude auf dem Weihnachtsmarkt anzudrehen.

Er warf das zusammengeknüllte Klopapier in die Schüssel und hängte seine Jacke an der Garderobe auf. Das karierte Cape von Barry Kodde, ihrem Steuerberater, überraschte ihn. Es war schlampig über einen Stuhl geworfen worden und ein auffälliger Hut mit Feder lag obendrauf. Seine Kanzlei befand sich an einem der Ringgräben in der Innenstadt, und noch während Harold sich fragte, was ihn in den Süden der Stadt geführt hatte, öffnete sich die Tür zu Luisas Zimmer.

Jacquelines Reaktion erinnerte ihn daran, dass seine Anwesenheit nicht eingeplant war. Kichernd trat sie über die Schwelle, wahrscheinlich auf dem Weg in die Küche, um frischen Kaffee zu holen, doch bei Harolds Anblick wäre ihr fast die Thermoskanne aus der Hand gerutscht. Nervös lachte sie kurz und hicksend auf, lief rot an und machte auf dem Absatz kehrt.

»Er ist hier!«, flüsterte sie lautstark.

Zweimal die Woche erledigte sie in der Praxis einfache Büroarbeiten. Meistens tütete sie Rechnungen ein und kontrollierte die Namen säumiger Zahler, an die Mahnungen geschickt werden sollten. Dass sie dem Partnergespräch beiwohnte, überraschte ihn. Das bedeutete also Generalmobilmachung.

Einige Sekunden später erschien Ruben in der Tür, der gleich darauf von Luisa beiseite gestoßen wurde. Sie stürmte auf Harold zu, fasste ihn kommentarlos am Arm, zog ihn mit herein und drückte ihn auf einen Stuhl.

»Hier!«, fauchte sie Ruben an. »Jetzt haben wir die richtige Person am richtigen Ort!«

Am Kopfende saß Barry Kodde in Hemdsärmeln hinter einem Wall von Ordnern. Er nickte Harold freundlich zu und streckte ihm die Hand hin. Harold drückte sie kurz. Neben Barry blätterte sein Rechtsanwalt in einem Nachschlagewerk. Auch er stand halb auf, ergriff Harolds Hand und fragte, ob alles in Ordnung sei.

Die Antwort – ach, Ordnung ist doch bloß der Moment, in dem wir das Chaos überblicken – prallte an seinem erkahlenden Schädel ab, denn er senkte sofort wieder den Kopf und machte sich auf einem Schreibblock Notizen. Auf der anderen Seite stützte sich Slemmen mit beiden Ellbogen auf dem Tisch ab. Eine Mappe lag auf seinem Schoß. Er wedelte steif mit einer Hand zum Gruß. Ruben setzte sich neben ihn und zündete seine erloschene Zigarre wieder an.

»Hast du«, fragte er Luisa kühl, »Harold Bescheid gegeben?«

Luisa kniff die Lippen zusammen und warf Harold einen viel sagenden Blick zu.

»Sie hat mir kein Wort gesagt!«, antwortete Harold daher für sie, und fröhlicher, da ihm bereits sonnenklar war, worum es bei dieser Sitzung ging: »Ich hatte einfach Heimweh nach euch.«

Ruben mahlte mit den Kiefern, als müsse er die Antwort wegkauen. Nur Frisés exklusiver Füllhalter störte die Stille.

»Tut uns leid, Harold«, fuhr Ruben schließlich fort. »Wir wollten dich nicht schon so bald mit Problemen belästigen, aber wo du jetzt schon mal hier bist …«

Unterstützung heischend blickte er Kodde an, der mit einer Geste zu verstehen gab, ihm sei es egal, wer mit von der Partie wäre.

Frisé schraubte seinen Füller zu und steckte das Nachschlagewerk in seinen Koffer. Auf dem Tisch blieb eine grüne Mappe liegen, die er mit seinem Koffer abdeckte. Zu spät, Harold hatte den Gesellschaftervertrag bereits erkannt.

»Natürlich müssen wir das ein oder andere regeln, jetzt, wo du ja andere Sorgen hast«, nahm Ruben den Faden wieder auf.

Harold nickte und spürte auf den Schultern die Hände Luisas, die hinter ihn getreten war.

»Deshalb haben wir Barry mit an Bord geholt«, erklärte Ruben. »Um ein Haar wäre er schon auf seinem Schiff im Wattenmeer gewesen.«

Barry lächelte über sein Wortspiel und rieb sich die Hände.

»Wie gemütlich«, sagte Harold. »Je mehr Gäste, desto mehr …«

»Versetz dich doch mal in unsere Lage!«, fuhr Slemmen ihn plötzlich an. »Weißt du, wie viele Mäuler der Laden hier stopfen muss?«

Provozierend reckte er das Kinn empor.

»Tut mir leid«, sagte er, als er merkte, wie peinlich das den anderen war. »Tut mir leid, aber manchmal frage ich mich einfach, womit wir diese Misere verdient haben.«

Ruben deutete mit einem freudlosen Nicken an, dass er Slemmen Recht gab.

»Natürlich hat Harold Verständnis für unsere Probleme«, sagte er. »Schau mal …«

Er schlug das Terminbuch auf und blätterte erregt darin herum.

»Seit …« Er hielt an dem Tag inne, an dem Francien ermordet worden war. »Seit … diesem Tag … hagelt es Absagen, Behandlungsabbrüche … Seitdem sitzen wir hier und drehen Däumchen.«

Ruben hielt das Buch schräg, sodass Harold die Katastrophe selbst in Augenschein nehmen konnte. Es stimmte, die Tage waren mit tintenschwarzen Strichen gefüllt, und nirgends ein Verweis auf eine andere Uhrzeit oder einen anderen Tag. Luisas Hände ruhten noch immer auf seinen Schultern und bewegten sich sanft. Ruben drehte das Buch Kodde zu, der die schwarzen Striche ebenfalls besorgt zur Kenntnis nahm.

»Das ist eine sehr heikle Sache«, stimmte er zu und faltete sofort die Hände vor seinem Mund, nun, wo er seine Unparteilichkeit preisgegeben hatte.

»Dagegen sind wir nicht versichert«, stellte Ruben fest und schob das Terminbuch von sich weg. »Wäre ja auch kaum möglich, solche Risiken nimmt keine Gesellschaft auf sich …«

Pol Frisé unterbrach ihn. Er schaute auf die Uhr und erhob sich mit einem Ruck.

»Ich glaube nicht, dass ich hier noch gebraucht werde«, meinte er. »Ihr kommt zurecht?«

Den Gesellschaftervertrag steckte er in seinen Koffer und griff mit hastigem Gruß nach seinem Mantel.

»Pol, diese Sitzung ist nicht beendet, bevor eine Lösung gefunden wurde«, widersprach Barry Kodde energisch. »Und diese Lösung muss auch offiziell festgehalten werden.«

Frisé sank wieder zurück auf seinen Stuhl. Jacqueline, die an der Tür mit einem Tablett kämpfte, ersparte ihm einen

Protest. Sie hatte lange gebraucht, um den Kaffee zu holen. Als Ruben und Slemmen ihr zu Hilfe eilten, wurde Harolds Aufmerksamkeit auf ein grellbuntes Blatt gelenkt, das unter dem Gesellschaftervertrag zum Vorschein gekommen war.

»Punkt eins zur Begrenzung des Imageschadens«, sagte Slemmen, während er Kaffee einschenkte. »Ergreife sofort Maßnahmen und informiere Außenstehende erstens darüber, dass etwas unternommen wird, und zweitens darüber, was unternommen wird.«

Eine Stille trat ein, was jedem die Möglichkeit einräumte, sich der Konsequenzen dieser Aussage bewusst zu werden – obwohl sie ja eigentlich nur Harold betraf, der begriff, dass die Guillotine aufgebaut wurde, unter die er seinen Kopf legen sollte.

Doch er geriet nicht einmal in Panik bei der Vorstellung, vielleicht noch heute Abschied von seinem Behandlungsraum nehmen zu müssen, von seinen Patienten ... bis auf eine natürlich.

Jacqueline schlug einen Block auf und wartete ab, einen Kuli im Anschlag. Man hatte sie offenbar angestellt, die Sitzung zu protokollieren. Zur Beruhigung nickte Harold ihr väterlich zu, da sie ihn unverwandt anstarrte. Ihr stieg unwillkürlich die Röte ins Gesicht, sodass sie den U-Boot-Ausschnitt ihres Oberteils zusammenzog und ihr Gesicht hinter einer Gardine von Haaren verbarg.

Die Lösung lag bei ihm, begriff Harold, was gleichzeitig erklärte, warum er zwar als einziger Punkt auf der Tagesordnung stand, seine persönliche Anwesenheit jedoch weniger erwünscht war.

»Worauf Ruben und Dré anspielen«, sagte Luisa mit zynischer Heiterkeit, »ist Artikel 15 unseres solidarischen Gesellschaftervertrags. Artikel 15 Absatz 1 räumt die Möglichkeit ein, den Vertrag einseitig zu kündigen, wenn einer von uns sich etwas zu Schulden kommen lässt, das der Gesellschaft ernsthaft schadet. Habe ich das richtig auf den Punkt gebracht, Pol?«

Frisé spitzte zustimmend die Lippen. Luisas Finger kneteten noch immer Harolds Nacken und Schultern.

»Und jetzt liegt der Antrag vor, diesen Artikel anzuwenden.«

Ihre Finger hatten den Schulterblattheber gefunden, wobei sie für so einen winzigen Muskel ziemlich viel Kraft aufwendete.

»Das bedeutet, Harold«, fuhr sie fort, »dass du mir nichts, dir nichts rausgeworfen wirst. Allerdings ohne Abfindung, denn das verhindert Absatz 2.«

Slemmen und Ruben öffneten gleichzeitig den Mund, aber Luisa kam ihnen zuvor.

»Was du dort siehst, Kollege ...«, sie zeigte auf das Blatt Papier, das vor Frisé lag, »... ist das Instrument, mithilfe dessen der Richter, falls du die Dreistigkeit besitzen solltest, vor Gericht zu ziehen, Artikel 15 Absatz 1 und vor allem Absatz 2 für gültig erklären würde, jedenfalls laut Kollege Frisé. Wenn ich mich falsch ausdrücke, korrigiere mich bitte, Pol.«

Pol korrigierte Luisa nicht, im Gegenteil. Harolds scharfer Blick zwang ihn stattdessen zu einer Rechtfertigung. Seufzend ergriff er das Wort.

»Tut mir leid, Daver, aber in dieser Situation ergibt sich für mich ein Interessenkonflikt. Einerseits bin ich für die Praxis tätig, andererseits vertrete ich dich in deiner Strafsache. Die Konsequenzen werden mir erst hier und jetzt in vollem Umfang bewusst. In der Hektik der vergangenen Tage ... nun, das brauche ich dir ja nicht zu erklären.«

Harold schüttelte erstaunt den Kopf, obwohl er verdammt genau begriff, worauf Pol Frisé anspielte.

»In der Sache mit der Praxis stehe ich auf der einen Seite ...« Er zeigte auf Slemmen, der ihn beauftragt hatte. »... während ich im Mordfall auf deiner Seite stehe. Äußerst verwirrend. Ich vertrete hier nämlich zweierlei Interessen. Das ist natürlich nicht erlaubt und auch gar nicht möglich.«

»Also?«, fragte Harold.

»Es ist sehr bedauerlich, aber ich muss mein Mandat in deinem Fall niederlegen. Das tue ich hiermit. Ich werde deine Akte deinem zukünftigen Rechtsberater übergeben. Sehr unangenehm. Du erhältst noch eine schriftliche Bestätigung von mir.«

Er nickte noch einmal. Slemmen und Ruben starrten auf die Papiere, die vor ihnen lagen. Luisa lachte nervös auf. Jacqueline bekam kaum mit, was hier eigentlich vor sich ging. Barry Kodde verfolgte das Ganze mit unbewegtem Gesicht.

»Gut, dass in dieser Sache jetzt Klarheit herrscht«, stellte Harold fest. »Nächster Punkt.«

Kodde schnippte ihm ein Revolverblatt zu. Er brauchte nicht lange zu blättern. Auf Seite vier entdeckte er sich selbst in der ersten Reihe bei der Trauerfeier, zwar mit einem Balken über den Augen, aber mit einem dreckigen Lächeln auf den Lippen. Das Foto darunter zeigte, wie er die Lippen schürzte, als wolle er die Kamera anspucken. Die Schlagzeile über dem Artikel lautete: *TREU BIS IN DEN TOD: ALBTRAUM ODER TRAUMPAAR?*

Er überflog rasch den Text, in dem einige Wörter fett gedruckt waren. Er erkannte die Namen von Francien, ihrem Vater, den Cousins, von Anja und Frans Elecom. Von allen waren kleinere Fotos am Rand des Artikels abgedruckt, wie auf einer Filmrolle. Untertitel: die Hauptpersonen in ihrem Leben. Zu seiner Erleichterung fehlte Alice. Auch in dem Artikel kam sie nicht vor.

»Ist das alles?«, fragte er.

Ruben gab ihm mit einer Geste zu verstehen, die Seite umzuschlagen. Über die gesamte Seitenbreite sah er sich selbst auf dem Boden liegen, die Augen wiederum abgedeckt, aber mit weit geöffnetem Mund, und darunter das weinende Gesicht von Franciens Vater.

»Unglaublich!«, rief er. »Die haben das Foto umgekehrt gedruckt! Falsch rum! Jetzt sieht es so aus, als habe ich mich auf den Alten gestürzt und wolle ihm an die Gurgel!«

»Genau«, sagte Slemmen. Er zog eine Sonnenbrille aus der Brusttasche und ließ sie um einen Bügel rotieren.

»Artikel 15 ist nur eine Option«, sagte Ruben. »Wir haben noch etwas beschlossen.«

Endlich setzte sich auch Luisa hin, zwischen Harold und Jacqueline.

»Dann zähl Harold mal die Alternativen auf«, sagte sie boshaft.

Ruben holte tief Luft und drückte seine Zigarre aus, erst zögernd, dann kräftiger.

»Es fällt mir sehr schwer«, sagte er zu Harold gewandt. »Keiner hier will dir die Schuld in die Schuhe schieben, aber …« Er hob schuldbewusst die Hände und wartete, bis Jacqueline seine Worte notiert hatte. »… es wäre besser, wenn du von dir aus deine eigene Ehre retten würdest, verstehst du?«

Harold wusste genau, worauf Ruben anspielte, und sonst hätte ihn spätestens Luisa auf den Boden der Tatsachen gebracht: »Ob du die Freundlichkeit hättest, aus eigenem Antrieb abzuhauen.«

Harold wollte etwas sagen, aber Kodde richtete sich auf.

»Harold, wenn ich mal was dazu bemerken darf ... Wenn die Umsatzverluste so weitergehen ...« Kodde warf einen Blick auf seine Papiere, als könne er den Zahlen immer noch nicht glauben, »... müsst ihr innerhalb von neunzig Tagen Zahlungsaufschub beantragen.«

Er blickte Harold über den Rand seiner Brille hinweg an.

»Mit anderen Worten, ihr wärt blank«, fuhr er fort. »In eurem Fall würde das die endgültige Insolvenz jedoch nur kurzfristig hinauszögern. Nach einem Monat würde der Gerichtsvollzieher den Laden versiegeln und du kämst noch nicht mal rein, um die Fotos von deinem Schreibtisch abzuholen.«

»Und wenn Harold sofort aussteigt?«

Luisa, die unermüdliche Kämpferin gegen das Unrecht, schaffte es, die Frage wie eine Anschuldigung klingen zu lassen.

»Dann besteht die Chance, noch einmal mit einem blauen Auge davonzukommen«, sagte Kodde. »Unter der Voraussetzung, dass ihr diese Lösung umfassend nach außen hin kommuniziert. Mit einer ausgeklügelten Werbestrategie kann man einiges erreichen. Aber die Zeit drängt: Augenblicklich sieht die Bilanz noch leicht positiv aus, aber das kann morgen schon anders sein, wenn weitere Absagen kommen.«

Harold nickte. Es wurde also bereits eine Zwischenbilanz erstellt und er würde so oder so rausfliegen. Heute kriegte er noch eine kleine Rausschmissprämie, morgen würde er draufzahlen.

»Ich bin also gezwungen, das Handtuch zu werfen«, sagte er nachdenklich.

»Das Paradoxe ist«, erklärte Kodde rasch, »dass du dich

zurückziehen musst, um wieder auf die Beine zu kommen. *Retirer pour mieux sauter.* Die Gesellschaft nimmt dich wieder auf, sobald sich der Sturm gelegt hat beziehungsweise sobald deine Probleme mit der Justiz gelöst sind, davon gehe ich jedenfalls aus ...«

Ruben und Slemmen stießen eine Art Grunzen aus.

»Bestehst du hingegen darauf, Gesellschafter zu bleiben, gibt es bald keine Gesellschaft mehr. Dann stehen wir alle auf der Straße und jeder muss selbst für seine Zukunft sorgen. Was nicht einfach sein wird, denn bis dahin hat sich ein Schuldenberg angehäuft und alle haben Forderungen von der Bank am Hals.«

»Aber vorher käme doch Artikel 15 zur Anwendung?«, fragte Harold.

Kodde gab ihm mit einer Geste zu verstehen, dass die Entscheidung nicht bei ihm lag.

»Wir dachten an eine Pressemitteilung, dass wir uns in gutem Einvernehmen getrennt haben«, schlug Slemmen vor. »Dass du dich zurückgezogen hast, um den Kopf für deine Verteidigung frei zu haben. Wenn du darauf bestehst, fügen wir hinzu, dass wir voll an deine Unschuld glauben und du sicherlich ungeschoren aus der Sache herauskommen wirst.«

Eine Pause trat ein. Jacqueline, erneut errötend, schrieb weiter. Harold griff nach der Bilanz, die Kodde aufgestellt hatte, und überflog sie rasch. Die anderen warteten höflich.

»Was meinst du?«, fragte er Luisa. »Was soll ich tun?«

»Du solltest dir die Zeit nehmen, diese ganze Sache richtig zu stellen«, sagte sie bestimmt. »Und du solltest dafür so viel Zeit erhalten, wie du benötigst.«

»So funktioniert das nicht«, hielt Ruben kopfschüttelnd dagegen und zeigte auf das Papier, das vor Harold lag. »Augenblicklich verhindern Harolds private Probleme einen rentablen Praxisbetrieb. Die Patienten erwarten eine glasklare, nein, sogar eine knallharte Trennung. Ob zu Recht oder zu Unrecht, darüber haben wir nicht zu urteilen.«

Slemmen sprang ihm bei: »Wer sagt denn, dass das alles war? Vielleicht folgt noch eine ganze Serie von Artikeln. Dann werden wir jede Woche aufs Neue durch den Dreck gezogen. Diese Journalistenschweine wühlen so lange im Schlamm, bis sie alles gefunden haben, was sie irgendwie verwenden können. Sie gehen weiter als die Kripo, schaut's euch doch an! Und ich muss verdammt nochmal auch an meine Patienten denken!«

Ein seltsamer Stoßseufzer, denn Slemmen musste jede Woche bei den anderen Kollegen um Überweisungen betteln.

»Sie werden jeden Quadratmillimeter deines Lebens ausforschen«, bestätigte Ruben. »Sie werden deine Trennung von Francien ausschlachten bis auf die Knochen.«

Und dabei auf Isabelle stoßen, stimmte Harold zu, doch nur im Stillen, denn er wusste, dass die Puppen erst richtig tanzen würden, wenn sie auch noch aufs Tapet käme.

Wegen der ›sexuell gefärbten Handlungen‹, die er sich hatte zu Schulden kommen lassen, würde ihn der Disziplinarausschuss mit mindestens einem Jahr Berufsverbot bestrafen. Wenn es nach ihm ginge, würden überdies noch zahllose solcher Handlungen folgen.

Er wartete ein paar Sekunden, während alle Augen auf ihn gerichtet waren, sogar die von Jacqueline. In dieser Zeit fasste er einen so wagemutigen Entschluss, dass ihm ganz schwindelig wurde.

»In diesem Raum herrscht ein allgemeines Missverständnis, das ich zunächst einmal ausräumen möchte«, begann er mit ruhiger Stimme. »Die Praxis kommt auch ohne mich aus, das ist inzwischen klar. Nun, ich kann euch versichern, dass das umgekehrt ebenso der Fall ist. Wer behauptet, in diesem Betonbunker sein Glück und seine Erfüllung zu finden, der lügt oder ist völlig übergeschnappt.«

Er lehnte sich zurück.

»Einschneidende Veränderungen vollziehen sich entweder sehr langsam ... oder sehr schnell, dann aber aus der Not heraus. Eine andere Möglichkeit gibt es selten. Diese Krise, in dieser Gesellschaft, zwingt mich zu einem Schritt, zu dem ich normalerweise nicht die Kraft hätte. Ja, ich werde die Praxis verlassen. Und wir sollten auch nichts beschönigen: Diese Entscheidung ist definitiv, wir sehen von vornherein von einer zukünftigen Zusammenarbeit ab. Ich betrachte mich selbst wieder als freien Mann.«

Dann wandte er sich an Kodde und sagte mit einem Ernst, in dem keinerlei Boshaftigkeit mitschwang: »Und ich werde auch die Schlussbilanz nicht anfechten, obwohl du den Wert unserer betrieblichen Güter viel zu niedrig angesetzt hast, was zwar durchaus üblich ist, um die Steuer zu beschummeln, aber nicht, um einen geschätzten Partner übers Ohr zu hauen. Ich werde mich auch nicht darüber beschweren, dass du die zu erwartenden Verluste jetzt schon mit einbezogen hast, was wirklich sehr ungebräuchlich ist. Und dass du manche Abschreibungen im Eiltempo abgezogen hast ... sei's drum.«

Kodde verschränkte die Arme und zog die Augenbrauen hoch. Er ahnte, woher Harold seine buchhalterischen Kenntnisse hatte und wollte nicht gegen eine tote Kollegin antreten.

»Bleibt mir nur noch ein guter Rat an euch«, endete Harold mit einem matten Lächeln, »kündigt dieses Blatt hier«, er streckte der Skandalchronik die Zunge heraus, »beim Lesezirkel, lasst es aus dem Wartezimmer verschwinden.

Oder wollt ihr die wenigen Patienten, die noch keine Ahnung haben, unbedingt auch noch informieren?«

Die letzte Bemerkung brach die Spannung, und was als nervöses Kichern begonnen hatte, ging in ein wieherndes Gelächter über. Und verdammt, er fiel ein! Er lachte aus vollem Halse, als habe seine berufliche Laufbahn nicht gerade ein unrühmliches Ende genommen, als sei er nicht vor ein paar Tagen Witwer geworden und dazu noch Verdächtiger in einem Mordfall, nein, er warf den Kopf in den Nacken und lachte schallend.

Slemmen bebte vor Lachen am ganzen Körper, Ruben saß verkrampft da, den Kopf zwischen den Knien, Kodde grinste lautlos und sogar Frisés runde Wangen blähten sich vor Vergnügen. Jacqueline (konnte sie noch tiefer erröten?) wieherte mit geschlossenen Augen. Nur Luisa schluchzte vor sich hin und tupfte sich das Gesicht mit dem Kragen ihrer Jacke ab.

Er war gerührt. Er japste noch ein paarmal, nahm ihre Hand und küsste sie auf beide Wangen. Dafür bekam er spontanen Applaus.

Dass er sich hier plötzlich so zu Hause fühlte und trotzdem Abschied nahm, nein, das störte ihn nicht, denn genau das war Tango, das Paradox, den gegenwärtigen Moment bewusst zu erleben, obwohl er im Grunde schon vorbei war.

Eine Stunde später, beim Abschied, versprach er erneut, noch an diesem Wochenende seine persönlichen Sachen abzuholen.

Luisa bot ihm Hilfe beim Räumen seines Behandlungsraums an. Die Chance, diese Abschiedszeremonie zu begleiten, ließ sie sich natürlich nicht entgehen.

Ich ruf dich an, versprach er und steckte die Papiere ein, die Frisé vorbereitet hatte. Er hatte sie unterzeichnet. Slemmens Angebot, ihn nach Hause zu bringen, lehnte er ab – sogar mit gut gespieltem Bedauern.

»Es war wirklich gut, dass du da warst«, sagte Ruben und wiederholte es ununterbrochen, bis er Harold in den Mantel geholfen und ihn kräftig umarmt hatte.

Einmal auf dem Fahrrad, trampelte Harold in wildem Rhythmus die Brücke hinauf.

Er hatte das Glas erhoben auf die Zukunft, die von *De Ster* und seiner eigenen.

Er hatte einen Termin für ein offizielles Abschiedsessen vereinbart.

Er hatte zugestimmt, dass Kodde ihm seinen Anteil an der Gesellschaft in drei Raten überwies.

Er hatte Frisés Angebot angenommen, einen seiner Kollegen, einen echten Strafrechtsspezialisten, einzuschalten, der mit sofortiger Wirkung den Fall übernahm.

Er hatte nochmals angestoßen, auf Francien, und eine Träne von ihm zu denen auf Luisas Kragen hinzugefügt.

Er hatte versichert, dass er sich ja-bestimmt-versprochen-ja-ich-schwöre an sie wenden würde, falls ihm die Probleme über den Kopf wüchsen.

Er hatte allen einen Abschiedskuss gegeben, außer Kodde und Frisé, die inzwischen schon gegangen waren.

Aber verdammt nochmal, er war wegen Isabelles Akte gekommen, die er nun vergessen hatte, und nicht wegen all dieser guten Wünsche und der Versprechungen, die er sowieso allesamt nicht ernst meinte.

14

Charon auf der grünen Wiese

War er wirklich so geschwätzig gewesen? Es erstaunte ihn, wie viel er Isabelle im Laufe der wenigen Sitzungen erzählt hatte. Noch mehr überraschte ihn allerdings, wie viel sie davon behalten hatte. Hatte er ihr wirklich die abenteuerliche Geschichte erzählt, wie er als etwa zwölfjähriger Junge mit einem selbst gebauten Kanu aufs Meer hinausgefahren und gegen seinen Willen gerettet worden war?

Sie konnte haargenau wiedergeben, wie er an Land gebracht wurde, weinend, aber nicht etwa vor Schreck, denn der Lebensgefahr war er sich nicht einmal bewusst gewesen, sondern wegen des Kanus, das seine Retter den Wellen überlassen hatten. Einer der Strandwarte versetzte ihm eine Kopfnuss, als er den herbeigeströmten Badegästen zuschrie, sie hätten ihn nur zu ihrem eigenen Vergnügen aus dem Wasser geholt. Den leeren Anhänger hakte er von seinem Fahrrad und warf ihn wütend gegen den Ausguck einer seiner Retter.

Ihre Augen lachten spöttisch.

»Bist du ein Alles-oder-nichts-Mensch?«

»Als Kind war ich so. Danach war ich gezwungen, ein Gleichgewicht zwischen mir und der Welt zu suchen.«

»Und, hast du dann Sicherheit gefunden?«

»Nein, die gab es nicht«, sagte er fest. »Was ich als Mittelweg betrachtete, erwies sich als schmaler Schwebebalken, auf dem ich mich nur äußerst mühevoll aufrecht halten konnte.«

»Und heute?«, fragte Isabelle.

»Heute stehe ich wieder am Nullpunkt. Ich bin zurückgekehrt an den Anfang. Der Kreis hat sich geschlossen. Das Leben ist wieder gefährlich. Der Tango verleiht mir Energie.«

Er grinste andeutungsweise. Sie saßen als einzige Gäste auf der Holzterrasse eines Restaurants und blickten über eine Polderlandschaft. Zu ihren Füßen klatschte das Wasser gegen die Pfähle. Ein Haubentaucherpaar glitt über den breiten Kanal hinweg und landete rauschend im Wasser.

»Gefällt dir das? Ein unsicheres Leben ...«

Harold winkte einem Kellner.

»Spielt das eine Rolle?«, fragte er. »Sich frei entscheiden zu können, darauf kommt es doch an, oder? Und was sich daraus ergibt ... ist zugleich unvorhersehbar und unvermeidlich.«

Redete er Unsinn? Isabelle setzte eine Sonnenbrille auf. Er folgte ihrem Beispiel. Ihre Arme berührten sich auf den Lehnen der aneinander gehakten Terrassenstühle. Er bestellte für Isabelle ein Glas Boerenjongens-Schnaps – schließlich hatte er sie nicht umsonst in die Heimatgegend ihrer Eltern gebracht. Er trank ein Bier.

Er lehnte sich entspannt zurück in Erwartung der Überraschungen, die dieser Tag noch bringen sollte. Aber vorerst fühlte er sich wie im Urlaub. Er befand sich in einer Gegend, die er nur aus Reisesendungen im Fernsehen kannte, und hatte den Ausflug freudig begrüßt, weil er ihn von seinen Grübeleien über *Die Situation* erlöste, wie Luisa die bunte Ansammlung von Problemen getauft hatte, die sein Leben auf den Kopf stellten.

Solange Isabelle es ihm überließ, ob er über den verpatzten Tanzabend, seine dreitägige Haft, die Trauerfeier und Franciens Tod reden wollte, gönnte er sich diese sorglosen Stunden. Vielleicht war es unpassend, dass er die weitläufige

Landschaft genoss und nicht zu vergessen auch Isabelle, die ihn mit ihren intimen Fragen manchmal schrecklich in Verlegenheit brachte. Nun, er erlaubte es sich einfach für eine Weile. Das ganze Wochenende über hatte er sich dem Papierkrieg gewidmet, den Franciens Tod mit sich gebracht hatte. Schließlich war er ihr rechtmäßiger Ehemann gewesen und damit oblag ihm die Pflicht, Franciens irdische Existenz in administrativer Hinsicht zu einem guten Ende zu bringen.

Am Morgen hatte Isabelle vor seiner Tür gestanden. Der Hausmeister der Lehranstalt hatte sie hereingelassen und hinaufgeschickt. Die Klingel funktionierte nicht oder vielleicht hatte seine Wohnung auch gar keine eigene, er hatte noch nicht darauf geachtet.

Er war gerade dabei, zwischen seinen Müllsäcken herumzukramen, auf der Suche nach einer CD, einem Buch, seinem Taschenkalender oder was immer ihm einfiel, und das änderte sich von Minute zu Minute, denn nichts war unbedingt notwendig, alles konnte warten. Er hörte zwar die kurzen Klopfzeichen an der Tür, achtete aber nicht weiter darauf. Übermütige Schüler, dachte er.

Unrasiert und in Boxershorts öffnete er, als das Klopfen in ein Hämmern überging. Ihre geballte Faust erstarrte in der Luft, als er die Tür mit einem Ruck aufriss.

»Das ist aber eine Überraschung!«, rief er. Und: »Hallo, komm doch rein.«

Ja, wirklich schön, dass sie da sei, er habe gar nicht mit Besuch gerechnet. Ja, hier sehe es aus wie nach einem Orkan, dieser Schweinestall sei nicht sein natürliches Biotop, eigentlich wohne er hier gar nicht richtig, er bereite sich nur vor. Worauf? Ein anderes Leben, ach, er redete nur so daher, woher wüsste sie übrigens, wo er wohnte?

Er habe ihr doch selbst seine Adresse aufgeschrieben, er

müsse es wohl vergessen haben, zwischen zwei Beileidswünschen, auf einen Streifen Tischdecke vom Büfett. Sie zeigte ihm den Fetzen, ja, richtig, jetzt erinnere er sich wieder, log er. Habe er denn auch vergessen, dass sie ihren Besuch angekündigt hatte? Sie hatte es doch versprochen, draußen auf dem Weg vor der Trauerhalle, mitten im Herbstlaub? Na also, er müsse mal sein Gedächtnis auffrischen, seine Verdrängungsmechanismen löschten offenbar die falschen Erinnerungen aus.

Er bat sie, in der Küche auf einem Stuhl Platz zu nehmen, und sprang rasch unter die Dusche. Minutenlang ließ er kaltes Wasser über Rücken und Brust laufen, bis nicht nur sein Gesicht, sondern sein ganzer Körper gerötet war.

Sie wartete geduldig, bis er ein Hemd und einen Anzug angezogen hatte.

Ob sie schon gefrühstückt habe? Er durchforstete seine Wohnung auf der Suche nach etwas Essbarem, fand eine Packung trockene Kekse und schlug vor, irgendwo Kaffee trinken zu gehen, nicht hier in diesem schamlosen Chaos, das wirklich sehr intim war.

»Wo möchtest du hin?«, fragte er.

Mit einem kleinen Lachen zog sie ein Foto hervor.

»Dahin«, antwortete sie.

Das Foto war alt und hatte vergilbte, gezackte Ränder. Ein junges Bauernpaar, der Mann mit Schirmmütze und Pfeife, die Frau im langen, dunklen Kleid mit gestreifter Schürze, beide mit strengen, fast mürrischen Gesichtern. Hinter ihnen balancierte ein mit Kohlköpfen beladener Kahn quer auf einer Deichkrone. Im Hintergrund lösten sich zwei gleich breite Kanäle im Craquelé des Fotopapiers auf. Der Mann lehnte auf einer Seilwinde. Oben auf dem Kohlberg entdeckte Harold einen Jungen in kurzer Hose, der den Fotografen schon genauso ernst anblickte wie seine Eltern.

»Meine Großeltern«, erklärte sie. »Mit meinem Vater.«

Er drehte das Foto um. Auf der Rückseite stand in verblasster Tinte ein handgeschriebenes Datum.

»Neunzehnter September«, entzifferte er.

»Neunzehnhundertachtunddreißig«, ergänzte sie. »Sie waren auf dem Weg zur Versteigerung.«

Sie fischte eine Adresse und eine Wegbeschreibung aus einer Plastikmappe.

»Das liegt zweihundert Kilometer von hier entfernt«, sagte er. »Mitten in den Poldern.«

Unterwegs schlug sie eine neue Seite ihres Familienalbums für ihn auf.

»Als mein Vater älter wurde, musste er seinem Vater auf dem Feld helfen. Um vier Uhr standen sie auf und kamen erst um acht Uhr abends wieder nach Hause. Kartoffeln ernten. Rotkohl, Wirsing, Weißkohl abschneiden und vom Feld holen. Beim Übersetzen schleppten sie diesen Kahn von einem Kanal zum anderen, von Hand. Eine unmenschliche Quälerei, und Fluchen war streng verboten. Einmal ließ mein Vater die Winde los und eine ganze Ladung Kohl landete im Wasser.«

»Und jetzt möchtest du sehen, von wo aus dein Vater nach Argentinien ging.«

»Wo er die Geduld mit seinem Heimatland verlor, da will ich hin.«

Anschließend hatten sie sich auf den Weg zu dieser Insellandschaft gemacht, mit restaurierten Windmühlen, windrauschender Stille und Meer unter blauem Himmel, über den hier und da wie Schaumkronen einige Kumuluswolken zogen.

Den Anweisungen des Kellners folgend, fanden sie bald die Stelle, an der das Foto entstanden war. Es war ein schmaler, langer Deich, im Grunde nichts weiter als ein Streifen Land zwischen zwei Gewässern. Durch die zahlreichen Gräben und Kanäle wirkten die Flecken Weideland um sie herum wie Inseln in einem unsichtbaren See. Die Kühe standen reglos darauf herum, die Bauernhöfe waren weit entfernte Schemen inmitten des Grüns. Obwohl die Sonne hell am Himmel stand, hing ein diesiger Schleier vor den Deichen, die dieses weite Land umringten.

Der Kellner hatte für sie aufgezeichnet, wo sie die Asphaltstraße verlassen und einem Pflasterweg folgen mussten, der irgendwann in einer Wagenspur auslief. Sie holperten weiter, bis ihnen ein Zaun den Weg versperrte. Sie stiegen aus und kurz darauf klebten dicke Lehmplacken an ihren Schuhen, doch das machte nichts, sie waren dicht vor ihrem Ziel.

Er half ihr über den zweiten Zaun hinweg, eine Stacheldrahtabsperrung, eine letzte Umzäunung – sie habe noch nirgendwo so viele Zäune und Einfriedungen gesehen wie in den Niederlanden –, und dann spazierten sie zwischen den Kuhfladen hindurch. Die Stelle, die sie suchten, musste nach Angaben des Kellners mit Kieselsteinen befestigt sein. Und wenn sie genau hinschauten, mussten sie auch die verrostete Platte finden, auf der die Winde gestanden hatte.

Isabelle hatte sich in schweigsamen Ernst zurückgezogen, wodurch er sich wie ein Fremdenführer fühlte, der von ihr angeheuert worden war, um sie durch feindliches Gebiet zu lotsen. Doch als er ihr einen Hasen zeigte, der mit bizarren Sprüngen zwischen den Kühen hindurchrannte, legte sich ihre Melancholie.

Sie konnten auf dieser schmalen Landzunge gar nicht anders, als genau auf den Übergang zuzulaufen. Er war nicht zu verfehlen. Von der ursprünglichen Befestigung war nur eine kleine Absenkung zurückgeblieben, von der aus der Deich flacher abfiel als anderswo. Sie verglichen das Foto mit der Landschaft ringsum, stellten aber keine großen Unterschiede fest. Eine Mühle war verschwunden und der Bauernhof wirkte auf dem Foto kleiner. Inzwischen hatte man eine größere Scheune angebaut, aber das konnte auch eine optische Täuschung sein. Die Kanäle wirkten geradliniger, was durchaus möglich war, weil heutzutage Bagger die Handarbeit ersetzten. Und diese Platte ... Harold fand sie, als er mit dem Schuh den Lehm von einem rostigen Stück Eisen abwischte. Die Schienen waren verschwunden.

Das Foto ähnelte immer mehr einem bizarren Tableau vivant. Dass die Bauern jeden Tag ihre Kähne aus dem Wasser hieven und über die mit fettem Lehm geschmierten Schienen ziehen mussten, bevor sie sie vorsichtig wieder zu Wasser ließen, sei eine wahre Niederträchtigkeit dieses wasserreichen Landes gewesen, fand Harold.

»Warum sind sie nicht um die Landzunge herumgefahren?«, fragte er laut.

Sie schaute sich um. Kein Durchbruch zu sehen.

»Wahrscheinlich hätte das Staken noch länger gedauert«, vermutete Isabelle. »Das hier war der kürzeste Weg. Sonst wären sie kilometerweit unterwegs gewesen.«

»Und warum haben sie nicht einfach ein Stück abgegraben?«

»Hatte die Wasserbehörde verboten.«

Sie erzählte hastig, was sie von ihrem Vater wusste: »Die Entwässerungsgebiete waren exakt aufgeteilt und ein Bezirk wollte nicht mit dem überschüssigen Wasser eines anderen belastet werden. Der Wasserstand variierte nämlich von Polder zu Polder.«

»Was für eine elende Schufterei! Kein Wunder, dass sie die Boote am liebsten mit Flüchen übers Land getrieben hätten.«

»Meinen Brüdern würde die Arbeit nichts ausmachen. Die schleppen zu zweit mit Leichtigkeit ein totes Pferd.«

»Deine Brüder?«, fragte er.

»Ja, Alfonso und Carlito«, antwortete sie erstaunt. »Sie haben mich begleitet. Sie sind im Hotel geblieben.«

Ob sie das noch nicht erzählt habe? Nein, habe sie nicht, aber er war so erleichtert, dass er sich mit einem energischen Sprung auf das Gatter schwang. Er streckte seine Hand aus und sie zog sich daran hoch.

Ihre Brüder! Das also waren die Männerstimmen gewesen, die er am Telefon gehört hatte. Gut, also lungerte kein düsterer Geliebter um sie herum, kein Konkurrent im Hintergrund oder andere zweifelhafte Herren.

»Genau genommen sind sie meine Halbbrüder«, sagte sie und schob die Füße zwischen die Bretter, um das Gleichgewicht zu halten. »Mein Vater, der Junge auf dem Kohlberg, hat bald nach dem Tod meiner Mutter wieder geheiratet.«

Er erinnerte sich daran, sie hatte beim zweiten Termin davon erzählt. Ihre Mutter hatte es nur wenige Jahre in Argentinien ausgehalten. Eine verschleppte Tuberkulose schwächte sie mehr und mehr und schließlich bereitete eine Lungenentzündung ihrer frisch aufgebauten Existenz ein Ende.

»Mit meiner Stiefmutter verstehe ich mich sehr gut«, sagte Isabelle. »Sie war auch die Einzige, die mit Victor auskam.«

Ihn verwirrten die ganzen Männernamen, von denen er nicht wusste, ob sie zu Rivalen oder zukünftigen Freunden gehörten.

»Welcher Victor?«

»Mein Ehemann Victor«, sagte sie.

»Du bist verheiratet«, stellte er ungläubig fest.

»Gewesen«, berichtigte sie ihn sofort. »Er ist bei einem Flugzeugunglück ums Leben gekommen. Er war Pilot …«

Weil Harold nicht wusste, was er sagen sollte, starrte er an der Landzunge entlang. Er konnte nicht einschätzen, ob sie mit beherrschter Trauer vom Tod ihres Mannes sprach oder deshalb so gleichgültig klang, weil sie längst darüber hinweg war.

»Er hat für eine amerikanische Firma gearbeitet. Privatchauffeur für reiche Kunden, allerdings in der Luft. Er ist gegen einen Berg geflogen, während des Steigflugs, er war allein unterwegs. Er transportierte ein Polopferd von einer *estancia* nach Buenos Aires.«

»Ist es schon lange her?«

Sie schlug ein Kreuz in der Luft.

»Ein paar Jahre. Meine Brüder meinen, das Pferd sei in Panik geraten, als das Flugzeug abhob. Sie haben das selbst auch schon mal erlebt. Das Tier geriet in wahnsinnige Raserei. Sie mussten es in der Luft töten, weil es die Flugzeugwände zerschlug. Pferde streben zurück auf die Erde und treten so lange gegen den Rumpf, bis ein Loch drin ist.«

Sie sprang vom Zaun und stützte sich mit den Ellbogen auf seinen Oberschenkeln ab.

»Aber ich glaube nicht an diese Pferdegeschichte. Victor war ein Held, aber Helden wie er brauchen immer irgendwelche Kriege. Der Arzt, der ihn gewöhnlich begleitete, war zu einer Notoperation gerufen worden. Victor hätte auf ihn warten können, aber er wollte sich diese Chance, dem bürgerlichen Leben zu entfliehen, wohl nicht entgehen lassen.«

Sie wirkte gleichmütig, als sie ihm davon erzählte. Ihre Blicke wanderten über die Heimatlandschaft ihrer Eltern.

»Seit unser Nationalheld Carlos Gardel in Medellín verunglückte, gilt der Absturz im Steigflug als Heldentod«, sagte sie mit einem abfälligen Lachen. »Beinahe wäre Victor schon viel früher gestorben. Er war Pilot bei der Luftwaffe, flog einen Jagdbomber. Er war der jüngste Leutnant, den es in Argentinien je gegeben hatte. Im Krieg um die Islas Malvinas beziehungsweise die Falklands, wie ihr sie nennt, wurde die Hälfte seiner Staffel von *Sidewinder*-Raketen abgeschossen. Damals ist er als Einziger mit dem Leben davongekommen. Er wurde vom Feind aus dem Meer gefischt.«

Gut, er musste es also gegen einen Kriegshelden aufnehmen, dem das Leben in Friedenszeiten zu langweilig gewesen war. Wenn das die Botschaft war – nun, er würde kämpfen und sich so wacker wie möglich schlagen!

Sie drückte ihm kurz das Knie und schmiegte sich an ihn. Nein, sie wolle ihm keinen toten Konkurrenten aufbürden, sie wolle nur ihre Schicksalsverbundenheit demonstrieren … Schließlich sei auch er Witwer, wenn auch erst seit Kurzem. Was er gerade durchmache – oder besser, was sie vermutete, das er durchmache –, war ihr durchaus vertraut. Deshalb hatte sie ihn an diesen Ort gebracht. Sie wolle der Fährmann sein, der ihn mit der Last einer Toten über die Landzunge brachte, vom einen ins andere Fahrwasser, damit er sein Leben weiterleben konnte.

Er war auf einmal tief gerührt, denn für ihn hatte eine Liebesbeziehung bisher aus einer endlosen Folge von Schachzügen und Gegenzügen bestanden. Er presste die Oberschenkel um ihre Taille, aber sie wand sich los und schubste ihn. Er drohte zu fallen, aber sie hielt ihn lachend fest.

»Wann machen wir mit den Massagen weiter?«, fragte sie herausfordernd.

Er landete mit einem Sprung neben ihr, der Matsch spritzte gegen seine Hosenbeine, und er antwortete mit rauer Stimme: »So schnell wie möglich. Lass uns gehen.«

Auf dem Rückweg, als die Herbstsonne das viele Wasser in rote Glut tauchte, beichtete er ihr, dass er keine Praxis mehr besaß.

»Warum?«

»Es hat mir gereicht. Ständig wandten sich Patienten an mich, die ihren Körper quasi zur Reparatur gaben ...«

Und plötzlich brach der Damm und eine lange aufgestaute Flut von Worten sprudelte aus ihm heraus: »Als würden sie ihr Auto zur Reparatur bringen! Also bitte, der Oberschenkelbeuger braucht eine große Inspektion und die Achillessehnen müssten mal geschmiert werden ... Stellen Sie mir bitte eine Rechnung aus? Denn natürlich bleibt er ihr Eigentum, dieser Körper! Am liebsten würden sie erst nach einer Woche ihre sterbliche Hülle wieder abholen. Aber rufen Sie mich bitte an, falls Sie irgendwo einen verborgenen Defekt entdecken ...«

Sie hörte ihm aufmerksam zu, lachte nicht über seinen Hohn.

»Und wenn sie einmal auf dem Tisch lagen, wenn ich ihr Fleisch klopfte, knetete oder quälte, ließen sie alles über sich ergehen. Manchmal habe ich ihnen die Fingernägel in die Haut gebohrt, um auszuprobieren, wie weit ich gehen konnte. Sie gaben keinen Mucks von sich. Selbst wenn ich sie fast vom Tisch herunterriss, maulten sie nur feige, wie faule Babys.«

»Hast du denn nicht mit deinen Patienten geredet?«

»Reden? Patienten können nicht reden. Jammern, das können sie umso besser. Sobald ich anfing, ihre Muskeln zu bearbeiten, quollen die Miniaturtragödien, vermischt mit verstaubten Ansichten, nur so aus ihnen heraus. Als drücke man eine Tube alte, stinkende Zahnpasta aus. Laute, die nur eins bezweckten, nämlich von ihrem widerspenstigen Körper abzulenken, der einfach nicht das tat, was sie wollten. Und wenn mal ein echtes Problem zur Sprache kam, glaub nur nicht, dass sie sich das abnehmen ließen. Nein, keine Lösungen bitte, das hätte den Anfang vom Ende bedeutet. Damit hätte man ihnen alles genommen. Da glaubt man, sie von dem befreien zu müssen, was sie bedrückt, was sie blockiert oder ihnen Kummer bereitet, aber sie tun so, als wolle man ihnen ihren kostbarsten Besitz wegnehmen ...«

Er redete und redete, und einmal in Fahrt, zeigte sich das ganze Ausmaß seiner Abneigung.

»Die Probleme, unter denen sie so sehr leiden, sind in Wirklichkeit die Grundpfeiler ihrer Existenz. Ohne diese Probleme bliebe ihnen nur die unermessliche Freiheit, zu tun und zu lassen, was sie wollen, ein Schrecken, der ihnen teilweise schlimmer als der Tod erscheint. Daher klammern sie sich lieber an ihren Problemen fest, anstatt sie zu lösen.«

Er fasste ihre Hand, um ihr über einen Zaun zu helfen, und ließ sie nicht mehr los, bis sie das Auto erreichten.

»Ich war mal in einem Kanu-Sommerlager«, erzählte er. »Wir mussten nachts einen Fluss entlangfahren. Richtiges Wildwasser, aber nicht tief, man konnte überall stehen. Solange unsere Gruppe über Steine schürfte, an Felsen entlangschrammte und wir uns manchmal gegenseitig mittschiffs rammten, war alles in bester Ordnung. Obwohl es holperte und rummste und wir noch nicht mal wussten, wo uns der Fluss hinführte, fanden wir es ziemlich lustig. Als wir allerdings einen großen See erreichten, wurde es ernst. Wir konnten ungehindert herumpaddeln, aber niemand hatte große Lust dazu, durch diese weite Dunkelheit zu fahren, unter der sich noch geheimnisvollere Tiefen verbargen. Einige gerieten sogar in Panik.«

»Und du?«, fragte sie.

Und er? Seine Angst vor Wasser hatte er ein für alle Mal überwunden, als er Alice verlor. Seine Angst vor der Dunkelheit musste er noch besiegen.

»Ich bin praktisch auf dem Wasser aufgewachsen«, behauptete er.

Er war ziemlich zufrieden mit seinem kämpferischen Monolog, in dem er klar dargestellt hatte, dass er von einem anderen Kaliber war als seine Patienten. Er hatte den Sprung in die Düsternis einer ungewissen Zukunft gewagt.

Am Auto vertrat sie sich das Knie in einem Loch im Boden. Sie blieb stehen und umklammerte ihr Bein. Er kniete sich zu ihr und rieb über ihre Haut, bewegte leicht die Kniescheibe.

»Tut das weh?«

Sie schüttelte den Kopf.

Dann legte er die Wange seitlich an ihr Kniegelenk, an den Kopf des Wadenbeins. Er umschlang ihren Oberschenkel mit beiden Armen, bis sie ihn kichernd wegschubste.

»Das kitzelt.«

Rasch drückte er die Lippen auf ihre untere Kniesehne.

»Küsschen drauf, und schon tut's nicht mehr weh«, sagte er.

»Das war der Zauberspruch meiner Mutter«, sagte sie fröhlich und drohte ihm mit dem Zeigefinger. »Sind das die einzigen Behandlungsmethoden, die dir jetzt noch erlaubt sind?«

Er sprang auf, streckte die Arme in die Luft und drehte fröhlich die Hände hin und her.

»Noch kann ich meine zehn Finger bewegen!«

»Dann behandle mich doch einfach bei mir im Hotel«, schlug sie vor. »Ich möchte bald wieder mit dir tanzen.«

Sollte er sich wie ein trauernder Witwer verhalten?

Ohne zu zögern versprach er, am folgenden Abend zur Massage zu ihr zu kommen.

Wenn er überhaupt wegen Francien Gewissensbisse gehabt hatte, dann hätte spätestens Luisa sie ihm genommen. Sobald er Isabelle an der Zufahrt zu ihrem Hotel abgesetzt hatte, rief Harold nämlich seine unentbehrliche Stütze an und verkündete, dass es an der Zeit sei, nein, dass er dazu bereit sei, endlich klar Schiff zu machen. Es sei noch jemand da, kündigte Luisa an.

Harold raste sofort zur Praxis, in Wirklichkeit mit nur einem Ziel: diesmal Isabelles Akte mitzunehmen. Er fühlte sich ziemlich stark und eventuelle Zweifel und Schuldgefühle wegen Francien nagten nur unterschwellig an ihm. Er vermisste seine Frau kaum, und da sie noch immer in einem Kühlfach der Gerichtsmedizin lag, unerreichbar fern, brauchte er sich vorläufig auch keine Gedanken um ihren Leichnam zu machen.

Er fand Luisa in der Küche. Frans Elecom war bei ihr. Er trug seinen Bürohengstanzug und seine Fußballvereinskrawatte, doch besonders viel Führungskraft ging von dem *Executive Manager* des *Red Room* nicht gerade aus. Er war so tief in den Sitz gerutscht, dass nur noch Brust und Kopf über den Tisch ragten.

Auf Harolds Frage, wie es ihm ginge, antwortete er etwas Unverständliches. Seine Augen waren klein und wässrig, die Nasenflügel feucht und rot gerändert.

Obwohl Harold darauf brannte, seine Schränke leer zu räumen, brachte ihn ein warnendes Kopfnicken von Luisa dazu, sich mit an den Tisch zu setzen.

»Eine Tasse Kaffee tut jetzt sicher gut, oder?«, fragte sie und hielt einen Becher unter die Kaffeemaschine. Er zuckte mit den Achseln, diese mütterliche Aufdringlichkeit war er von Luisa nicht gewöhnt.

»Was ist denn los?«, fragte er.

Sie kam an den Tisch, und es stellte sich heraus, dass sie eine zweifache Mission auf sich genommen hatte.

»Frans bedrückt etwas, das er gerne loswerden möchte.«

Sie klopfte Frans leicht auf die Schulter und er richtete sich auf. Offenbar hatte Frans in Luisa einen Beichtvater gefunden und die Buße bestand nun aus einem Geständnis von Mann zu Mann. Elecom räusperte sich und trank einen Schluck Kaffee, wobei seine Zähne kurz gegen das Porzellan schlugen.

»Frans ist aus eigenem Antrieb zu mir gekommen«, betonte Luisa. »Auf der Trauerfeier. Er hat mich gebeten, ihm bei diesem Gespräch beizustehen.«

Frans schnaufte und trocknete sich die Augen.

»Es geht um Francien«, sagte er. »Wie soll ich …«

»So, wie du es mir erzählt hast«, ermunterte ihn Luisa.

Warum liefen ihm jetzt schon wieder die Tränen über die Wangen? Nicht vor Trauer, sah Harold, sondern anscheinend eher vor Verzweiflung.

»Wir waren zusammen«, sagte Elecom schließlich. »Seit ein paar Monaten.«

Eine Stille trat ein.

»Meinst du, ihr hattet ein Verhältnis?«, fragte Harold. »Du meinst … Francien ging fremd?«

Elecom nickte Luisa zu, die an ihrem Löffel lutschte.

»Wie immer man es auch nennen mag … Wir mochten uns sehr.«

Harold zuckte nicht mit der Wimper.

»Du wusstest von nichts? Hattest nicht die leiseste Ahnung?«, fragte Elecom hoffnungsvoll.

Harold hüstelte und sagte: »Nein, das hat mich jetzt ziemlich kalt erwischt.«

»Es tut mir leid«, sagte Elecom. »Es tut mir aufrichtig leid, sie wollte es dir sagen, aber dazu hatte sie wohl keine Gelegenheit mehr.«

»Ist sie deinetwegen in den *Red Room* gewechselt?«

»Im Nachhinein betrachtet könnte es durchaus sein«, gab Elecom zu. »Obwohl sie wohl auch die Nase voll hatte von den Einzelhändlerbilanzen.«

Die Kaffeemaschine tropfte nach. Niemand reagierte. Harold begriff, dass sich jetzt die Gelegenheit bot, nach Einzelheiten zu fragen, aber die Stille lastete auch auf ihm.

Und so hüstelte er nur.

»Ich musste es dir jetzt sagen, Harold«, fuhr Frans fort. »Denn sonst hättest du es von der Kripo erfahren.«

Er habe es heute Morgen nämlich Boetelaar erzählt, bekannte er.

Harold war sofort klar, dass er durch dieses Geständnis sehr viel schlechter dastand. Danke schön, Frans, ein Motiv, das hatte in der Tätertheorie von Boetelaar und Konsorten bisher noch gefehlt ... Trotzdem dankte er Frans für dessen Offenheit, aber das ging sogar Luisa zu weit.

»Harold«, sagte sie, »wenn du irgendetwas darüber wissen möchtest, ist jetzt der richtige Augenblick dafür.«

»Was hattet ihr vor?«, fragte er, weil ihm nichts Besseres einfiel. »Ich meine, wie hattet ihr euch die Zukunft vorgestellt?«

Und, schärfer, unter dem anstachelnden Blick Luisas: »Hattet ihr einen Zeitpunkt ausgemacht, wann ihr eure Partner aufklären wolltet? Du bist doch auch verheiratet, oder nicht? Oder war es mehr ein Intermezzo, eine Art Urlaubsflirt zwischen den Archivschränken?«

»Wir hatten gar nichts geplant«, erwiderte Elecom. »Wir haben uns einmal die Woche nach der Arbeit getroffen und so hätten wir weitergemacht, glaube ich.«

»Als Kompensation für das, was ihr zu Hause vermisst habt? Wo, wann und wie habt ihr es getrieben?«

Elecom antwortete mit einer hilflosen Geste.

»Beim Squash«, riet Harold. »Keiner aus eurer Firma würde das den ganzen Abend durchhalten. Mittwochs kam Francien immer erst spät nachts nach Hause. Das war euer Abend oder irre ich mich? Nach einer Stunde Bällchen schlagen seid ihr abgehauen und habt euch ein ruhigeres Plätzchen gesucht. Ein Motel? Das Häuschen in deinem Schrebergarten? Oder vielleicht sogar den *Red Room?*«

Elecom wechselte einen Blick mit Luisa und schwieg.

»Lass nur«, sagte Harold. »Ich kann es auch in Boetelaars Protokollen nachlesen.«

Luisa tickte mit ihrem beringten Finger auf die Tischkante.

»Es geht um das, was nicht in den Protokollen steht«, sagte sie.

»Gut, also, was dachte Francien über uns?«, fragte Harold aggressiv. »Über sich und mich, über unsere Ehe?«

»Sie hat nie darüber gesprochen«, entgegnete Elecom. »Du warst ihr persönliches Geheimnis, über das sie nicht reden wollte.«

»So wie du und der *Red Room* für mich ein Geheimnis wart?«, fragte Harold aggressiv. Er stand auf und schüttelte den Kopf.

»Ich glaube dir nicht«, sagte er. »Kann sein, dass du dir im Nachhinein etwas aneignen willst, wovon du geträumt hast und wozu es jetzt zu spät ist.«

»Francien gehörte niemandem, man konnte sie sich nicht aneignen«, erwiderte Elecom. »Darüber war sie sehr unglücklich. Sie konnte sich einfach niemandem vorbehaltlos hingeben, das musst gerade du doch gemerkt haben.«

»Gut, mal sehen, ob du die Wahrheit sagst«, fuhr Harold ihn barsch an.

War er wirklich wütend oder tat er nur so, Luisa zuliebe, die wünschte, er wäre energischer, oder übte er jetzt schon für Boetelaar und Hens? Elecom schüttelte unsicher den Kopf.

»Also, nach den üblichen gymnastischen Übungen, oder besser, nach diesem billigen, aber unwiderstehlichen Spielchen eines heimlichen Verhältnisses seid ihr doch nicht sofort auseinander gegangen? Ihr habt euch doch sicher erst ein bisschen ausgeruht? Und jetzt kommt meine Frage: Francien schlug hinterher immer ein Kreuz. Anfangs hast du dich in dieser faulen Viertelstunde noch im Stillen gefragt, was das zu bedeuten hatte, aber im Laufe der Zeit konntest du dich nicht mehr beherrschen und fragtest sie danach.«

»Worauf willst du hinaus?«, fragte Elecom heiser.

»Ich will wissen, warum sie das tat! Also?«

Elecom verzog schmerzlich das Gesicht.

»Harold, so können wir nicht …«

»Tut mir leid«, sagte Harold zu Luisa. »Der Kerl lügt. Vielleicht fällt Boetelaar auf seine Geschichte herein, ich nicht.«

Luisa versuchte noch, ihn aufzuhalten, aber er stand auf und marschierte in seine Praxis, zog die Schubladen auf und holte die Aktenordner heraus.

»Harold, jetzt ist der Moment, Fragen zu stellen, nicht, sich über die Wahrheit zu streiten!«, rief sie vom Sprechzimmer aus.

Natürlich gab es eine Frage, die ihn beschäftigte, aber die würde ihm dieser Elecom niemals beantworten können:

Warum hätte Francien ihn heiraten sollen, wenn sie mit diesem Griffelpisser rummachte?

Luisa unternahm noch einen letzten Versuch: »Harold, du und Frans, ihr habt mehr gemeinsam, als du zugeben willst!«

Harold antwortete, er sei auf einmal todmüde, aber im Grunde hatte er es einfach nur eilig, wegzukommen. Er trat die Tür zu und suchte Isabelles Akte aus dem Ordner heraus.

Im Sprechzimmer fand ein heftiges, aber in gedämpftem Ton geführtes Gespräch statt. Er konnte nicht verstehen, was Luisa und Frans sagten, und er wollte auch gar nicht hinhören. Während er seinen Stiftbehälter in eine Plastiktüte leerte, stand Elecom plötzlich neben ihm.

»Darf ich dich in der nächsten Zeit noch einmal belästigen?«

Dabei schaute er Harold eindringlich an.

»Auch aus beruflichen Gründen«, fügte er hinzu.

»Kein Problem«, antwortete Harold abwesend.

Später trug er mit Luisa zusammen die Sachen zu seinem Auto.

»Du hast dichtgemacht, stimmt's?«, fragte Luisa. »Ich habe es deinem Gesicht angesehen, du hast die Tür zugeschlagen und dich in deinen Bunker zurückgezogen. Sehr vernünftig, du hast schon genug um die Ohren. Meine Güte, der Frans, ist das ein Quälgeist. Er hat darauf bestanden, es dir sofort zu sagen, und zur Sicherheit bin ich eben dabeigeblieben.«

»Dieser Mann hat mir zu nahe am Wasser gebaut. Du findest das vielleicht natürlich, aber ich halte ihn für einen Schauspieler«, antwortete er. Sie ging nicht darauf ein. Sie küsste ihn auf beide Wangen und gab ihm einen Klaps aufs Ohr.

»Ich erwarte in Kürze deine nächsten Hausaufgaben. Damit machen wir natürlich weiter wie gehabt. Du kommst nur vorwärts, wenn du zurückgehst.«

Zu Hause fand er ein Schreiben mit Polizeistempel auf der Fußmatte. Eine kurze Nachricht von Boetelaar: Franciens Leichnam werde in Kürze freigegeben. Für nähere Auskünfte könne er anrufen. Er knüllte den Brief zu einem Ball zusammen.

Seine Empörung ließ nach und Zweifel stiegen in ihm auf. Francien, die heimliche Geliebte ihres Chefs ... Dann hätte diese Zahlenmaus den Mut gefunden, das Doppelleben zu führen, für das er nicht den Mut gehabt hatte. Möglich war es ... Schließlich war Francien eine Zweitbesetzung gewesen, die zufällig die Hauptrolle erhalten hatte. Zweite Wahl, nachdem die Primadonna Alice von der Bildfläche verschwunden war. Francien hatte ihre Aufgabe tadellos erfüllt, aber mit ihrer Zwillingsschwester hatte sie es nie aufnehmen können. Logisch, dass Francien eine Kompensation für diese Ehe minderer Qualität gesucht hatte. Dieses Kreuzzeichen im Anschluss an ihre intimen Momente hatte sie nicht einfach so geschlagen. Es war eine Reaktion auf ihre Schuldgefühle, weil ihr etwas in den Schoß gefallen war, was man ihrer Schwester genommen hatte.

Harold fror in seinem Schlafsack und später wurde er stocksteif vor Kälte, als er von seinem hohen Ausguck aus über die Stadt hinwegstarrte.

Er beschloss, Elecom zu glauben.

15

Gehörnter Zauberlehrling

Liebe Luisa,
beim Tango lernen diejenigen, die folgen, schneller als die, die führen, weil sie einfach nur zu tanzen brauchen. Die Führenden werden oft schier verrückt von den vielen Einzelheiten, die sie beachten müssen: die Regeln der *Pista* – keine anderen Paare überholen oder anrempeln –, Freiräume nutzen, um eine Figur auszuarbeiten, und dabei immer schön den Takt halten und gleichzeitig zur Melodie improvisieren. Die Männer dürfen nie vergessen, dass nicht der schöne Schein, sondern die Intensität zählt, dass Führen bedeutet, Möglichkeiten zu eröffnen, aber auch abzuwarten. Und das alles unter dem Motto: *Sein als Bewusstsein des Unterwegsseins,* das Thema, mit dem Alice und ich unseren dritten Kurs begannen. Dabei sollten wir lernen, mit beiden Füßen auf dem Boden zu bleiben und gleichzeitig zu schweben. Mathematisch ausgedrückt: Sein als Ableitung des Gehens. Unsere *profesora* liebte Paradoxe. Ich war schon zufrieden, wenn ich nicht hinter oder neben Alice geriet und meinen Körper wie einen Korkenzieher verdrehen musste, um ›Brustkontakt zu halten‹. Dabei gab es genügend Männer, die ihr nur zu gern diese höhere Mathematik beigebracht hätten.

Alice war schon nach kürzester Zeit über das Anfängerstadium hinaus. Sie trug stets ihr enges rotes Abendkleid. Obwohl ich mich in jenem Jahr an ihren Körper gewöhnt hatte, wurde sie in dieser Festtagsaufmachung zu einer Fremden für mich, dabei fiel sie im Tanzsaal durchaus nicht aus dem Rahmen. Er schien ein Zufluchtsort für Frauen zu sein, die dort ihre Kreationen ausführen konnten, womit sie sonst bis zur nächsten Weihnachtsfeier oder bis Karneval hätten warten müssen. Ich beschränkte mich auf Kordhose und Jackett. Langweilig, aber beruhigend unprätentiös.

Inzwischen war ich so weit, dass ich drei, vier Stücke ohne allzu große Patzer zu Ende tanzen konnte. Danach ließ meine Konzentration nach, und um meine unvermeidliche Stümperei zu verbergen, verließ ich mit einer Ausrede die Tanzfläche.

Alice brauchte sich über mangelndes Interesse nicht zu beklagen. Sie wurde pausenlos aufgefordert und den größten Teil des Abends hing ich an der Bar und schaute zu, wie sie mit den anderen so zurechtkam. Dennoch fühlte ich mich im Salon erheblich wohler als auf der Sporthochschule, wo ich nach dem desaströsen Endspiel in der Hierarchie gesunken war wie ein Stein im Wasser. Sowohl auf dem Sportplatz als auch in den Unterrichtsräumen wurde ich geschnitten und nur die Aussicht auf das Praktikum im letzten Semester hielt mich bei der Stange. In dieser Phase brauchte ich nur einmal im Monat zu einem mündlichen Bericht aufzukreuzen.

Im November erschien Ricardo auf der Bildfläche, ein argentinischer Lehrer, der nach Europa gekommen war, um Workshops abzuhalten. Alice meldete uns sofort an: Unterricht von einem echten *maestro,* diese Chance durften wir uns nicht entgehen lassen!

Ricardo war ein sanftmütiger Mann, sein Unterricht dagegen von militärischer Strenge. Er ließ uns endlos

Übungen auf Kommando durchführen, Männer und Frauen in getrennten Reihen. *Uno, dos, tres y adelante!* Da er keine Partnerin mitgebracht hatte, wählte er stets die am nächsten stehende Dame, um seine Tanzschritte zu demonstrieren. Nach einigen ungeeigneten Versuchskaninchen wurde Alice zu seiner Favoritin. Sie folgte geschmeidig und verlor sich nicht in unsicheren Schrittchen, wenn sie einmal nicht verstand, worauf er hinauswollte. Ricardo dankte mir jedes Mal dafür, dass er mir Alice entführen durfte, eine Höflichkeit, die ich zwar seinem *Machismo* zuschrieb, die mir aber durchaus gefiel. Beim Tanzen widmete er meinem Stil so viel Aufmerksamkeit, dass ich mir einzubilden begann, in mir schlummere trotz allem ein richtiger Tanguero.

Nach dem ersten Workshop entwickelte sich Alice zu seiner festen Partnerin. Aber ich brauchte keine Angst zu haben, zum Mauerblümchen zu werden. Wenn er uns die Bewegungen zur Genüge eingehämmert hatte, fügte er willkürlich Paare zusammen und ließ sie Figuren vorführen. Ricardo verkuppelte mich also regelmäßig mit anderen Damen, die den Respekt, mit dem er mich behandelte, als Qualitätsgarantie betrachteten. So wurde ich plötzlich vom verkrachten Thekenhocker zum geschätzten Tanzpartner, mit dem sich Ehre einlegen ließ. Erstmals entschuldigten sich die Damen bei mir für einen falschen Schritt, anstatt höflich abzuwarten, bis ich mich korrigiert hatte.

Beim dritten Workshop bat Ricardo Alice und mich, ein wenig früher zu den Stunden zu kommen, damit wir den Inhalt der jeweiligen Lektion vorher zusammen durchgehen konnten. Ricardo arbeitete konzentriert mit ihr, während er mir gleichzeitig erklärte, was er tat,

warum und wie. Kurzum, wir erhielten Privatstunden … wir, die Auserwählten! Weil niemand sein gebrochenes Englisch verstand, übersetzte ich später die Übungen für die übrigen Kursteilnehmer.
Beim vierten Workshop waren wir zu seinen vollwertigen Assistenten geworden. Ricardo tanzte mit Alice und überließ es mir, jenen Unglücklichen Anweisungen zu erteilen, die seinen Figuren nicht folgen konnten.
Im Unterricht führte sich Ricardo noch immer wie ein Feldwebel auf, aber uns gegenüber war er die Väterlichkeit selbst. Vielleicht war es gerade diese Mischung aus Sanftmut und starker Hand, die Alice verführte. Und mich auch, denn ich wuchs in seinem Beisein über mich selbst hinaus.

Nach Weihnachten erhielt ich einen Praktikumsplatz an einer Schule für Schwererziehbare. Meine Schüler hatten nur ein Ziel: die Turnhalle auseinander zu nehmen, und zwar so gründlich und so schnell wie möglich. Von so unbedeutenden Nebensächlichkeiten wie einem Lehrer ließen sie sich nicht im Geringsten stören. Ich hielt so lange durch, bis ein Hallenfußballspiel aus dem Ruder lief und ich mich bei meinem Tutor mit einem zugeschwollenen Auge, einer blutigen Nase und dem Abdruck der Schiedsrichterpfeife auf meiner Oberlippe meldete.
Der sechzehnjährige Täter musste die Sache dem Direktor erklären. Er beharrte darauf, es sei eine gerechte Reaktion auf einen ungerechten Strafstoß gewesen. Von einer Anzeige wegen Körperverletzung war zu keiner Zeit die Rede. Er sollte sich ein paar Tage lang zu Hause beruhigen, ich mich ein wenig erholen.

Am darauf folgenden Montag fingen mich der Vater und der Stiefonkel vor dem Schulhof ab. Sie hatten nicht viel mit mir zu bereden, Scheißblödesarschloch, das ich war. Sie wollten »mein bescheuertes Affengesicht nie mehr auf dieser Schule sehen«. Ich verwies die Herren an die Direktion, woraufhin der mitgebrachte neapolitanische Fleischerhund die Erlaubnis erhielt, ihre Warnung zu bekräftigen.
Eine Stunde später verließ ich die Ambulanz mit einer Tetanusspritze und einer Naht in meinen zerfetzten Wadenmuskeln. Ein Taxi brachte mich zu Alice' Studentenwohnheim. Sie schrieb eine Klausur, aber eine Mitbewohnerin ließ mich in ihr Zimmer. Ich warf mich auf ihr Bett und stützte mein verletztes Bein mit ihrem Kopfkissen ab.
Die Blätter, die darunter zum Vorschein kamen, waren Liebesbriefe. Aus Argentinien. Ihre Antworten fand ich rasch auf ihrem Computer. Treffer beim ersten Suchwort: Ricardo.

Francien wurde eingeschaltet, um ein Gespräch zwischen uns zu Stande zu bringen. Sie überredete mich, Alice die Chance zu geben, alles zu erklären. Wir verabredeten uns im Tanzlokal, was keine gute Idee war, denn auf seinem Spezialgebiet konnte ich Ricardo natürlich niemals schlagen.
Hinkend erschien ich zu unserer Verabredung. Ich hoffte, alles sei ein Missverständnis, ein Strohfeuer, und dass der Schock der Entdeckung sie zur Einkehr gebracht habe. Alice erschien in ihrem blutroten Kleid und hüllte sich in ein Schweigen, mit dem ich nichts anfangen konnte. Schließlich schlug ich ihr vor zu tanzen.

Es war voll auf der Tanzfläche und wegen meiner Blessur musste ich eine Armlänge Abstand von Alice halten. Wir tanzten so steif, dass es wie *Ballroom*-Tango aussah. Alice merkte nichts oder tat so als ob.
Erst als ich sie im Kampf um einen freien Quadratmeter gegen ein anderes Paar lenkte, blieb sie stehen. Die Frau, die sie angerempelt hatte, rieb sich den Knöchel und beschimpfte mich als spastischen Affen. Ich verlor die Beherrschung und spuckte ihr auf den nackten Rücken.
Ihr Partner war ein geübter Kämpfer, zum Glück, denn ein wilder Schläger hätte mich übel zurichten können. Er nahm mich in den Schwitzkasten und kurz darauf rappelte ich mich draußen auf dem Bürgersteig wieder auf. Alice kam mir mit meinem Wintermantel hinterhergerannt, denn es fror in jener Nacht Stein und Bein.
Wir fuhren zum Fluss. Dort wollten wir über alles reden. Ich parkte den Wagen unter der Oude Brug. Sie wartete mit einem Einheitsbekenntnis auf. Ein Klischee nach dem anderen. Ricardo hatte sie am ersten Weihnachtstag besucht. Sie war allein, er war allein, es hatte gefunkt. Ein paar Tage später war er zurück nach Buenos Aires geflogen, und sie hatte vor, ihn bald dort zu besuchen. Er schrieb ihr jeden Tag, manchmal telefonierten sie. Sie wollte eine Spitzentänzerin werden. Ricardo könne sie auf ein Leistungsniveau bringen, das sie hier zu Lande niemals erreichen würde. Die Uni habe sie sowieso ein wenig über.
Und mich auch, gab sie zu, obwohl ich ein prima Kerl sei, treu, verlässlich, manchmal rührend. Aber das würde ihr nicht reichen … Ich gab ihr zu bedenken, dass Ricardo dreimal so alt war wie sie. Sie antwortete, das

Alter spiele keine Rolle beim Tango, und im Übrigen sei er nur doppelt so alt.
In einer plötzlichen Gefühlsaufwallung gab ich Gas und raste an den Rheindampfern entlang. Sie versuchte mich zu trösten, aber ich hielt das Lenkrad fest umklammert. Den spiegelblanken Flecken auf dem Asphalt sah ich durch meine tränenden Augen nicht. Ein Schiffer hatte dort sein Auto mit dem Schlauch abgespritzt, die Pfütze war gefroren. Wir gerieten ins Schleudern. Wir rammten einen Stahlpfosten, überschlugen uns und landeten im eiskalten Wasser.
Mehr kann ich jetzt nicht schreiben, diese vielen Erinnerungen machen mich todmüde.

Dein Exkollege Harold

16

Amor, salud y dinero

Isabelles Brüder waren nicht besonders große, aber breit gebaute junge Männer mit kräftigem Händedruck. Sie erwarteten ihn mit einer geöffneten Flasche Wein auf einem weiß gedeckten Tisch. Ihre blauschwarzen Haare glänzten und waren nach hinten gekämmt. Sie waren einen halben Kopf kleiner als er. Ihre hellbraune Indianerhaut schimmerte und strahlte die Wärme ihres Heimatlandes aus. Ihre Augen lagen träge in den Höhlen, erwachten jedoch zum Leben, wenn eine Elster krächzte oder ein Hund anschlug. Sie lächelten wohlwollend, als er sie auf Englisch ansprach. Sie verstünden Niederländisch ganz gut, sagten sie, nur das Sprechen fiele ihnen schwer.

Isabelle hatte sich sommerlicher gekleidet denn je: Sie trug ein tief ausgeschnittenes Kleid, das ihren Rücken gänzlich freiließ.

»Mein Vater hat zu Hause weiterhin seine Muttersprache gesprochen«, erklärte sie. »Obwohl seine zweite Frau nur Spanisch konnte.«

Zu viert standen sie auf dem Balkon, der ihre Zimmer verband, und blickten hinaus auf eine üppige grüne Landschaft. Die Sonne tauchte den Garten in ein vom Abendnebel gedämpftes weiches, gelbes Licht. Sie prosteten sich zu und plötzlich wurden die Männer ernst.

»Auf Ihre Frau«, sagten sie. »Möge Gott sie leiten und beschützen.«

Sie standen rechts und links neben ihm und hoben ihre Gläser auf Augenhöhe. Hinter sich wusste er Isabelle und er drehte sich auf dem Absatz um. Sie stießen an. Er suchte ihren Blick, während das Kristall nachklang.

Isabelle hatte ihnen offenbar erzählt, was mit Francien geschehen war. Und auch von ihm. Seltsamerweise fiel es ihm leicht, mit diesen drei, die er nur flüchtig kannte, Franciens zu gedenken. Er brauchte sich keinen bohrenden Blicken zu stellen. Nachdenklich probierten sie einen Schluck von dem Wein. Es war ein Roter aus ihrer Heimat. Bäuerlich, rau, erdig.

»Me gusta el vino«, sagte Harold.

Er hatte den Satz in einem Reiseführer nachgeschlagen. Alfonso, der Ältere, spitzte anerkennend die Lippen.

»Gracias«, sagte er. »Das ist Wein, zu dem man Fleisch essen muss.«

»Wir essen gleich«, sagte Isabelle. »Erst behandelt Harold mich, dann essen wir und danach … tanzen wir!«

Sie schaute Harold an, der gutmütig mit den Schultern zuckte. Natürlich konnte sie tanzen, die Sehnen waren ein wenig gereizt, aber so wie sie vor ihm die Treppe hinaufgelaufen, ja, fast gesprungen war, konnte er ihr die schwersten Übungen verordnen.

Er trank noch einen Schluck und fragte die Brüder, ob ihnen die Heimat ihres Vaters gefiele.

»Ein merkwürdiges Land«, antwortete Carlito. »Wir waren in Amsterdam. Dort liefen mehr Bettler auf der Straße herum als in Buenos Aires! Und dabei haben wir bei uns in Argentinien eine Wirtschaftskrise!«

Er schaute Harold fragend an.

»Manchmal gibt es so viel Überfluss, dass Betteln zum Luxus wird«, antwortet er aus dem Stegreif.

»Unser Vater hat die Niederlande nie richtig kennen gelernt«, meinte Isabelle. »Er war streng gläubig und hat sein

Dorf niemals verlassen. Sechs Tage lang arbeitete er von früh bis spät auf dem Feld und der Sonntag gehörte dem Herrn.«

Sie schenkte den restlichen Wein aus.

»Auf das Leben«, sagte Harold, und wieder stießen sie an.

Isabelle ähnelte ihren Brüdern, nicht äußerlich, aber in ihren Bewegungen. Beim Laufen rollte sie resolut mit den Schultern, das Kinn energisch gereckt, der Schritt fest. Nur ihre Blicke unterschieden sich. Bei den Brüdern war er in sich gekehrt, bei ihr forschend.

Sie plauderten weiter über den niederländischen Verkehr, der so geordnet verlief, dass jede Abweichung gefährlich wurde. Nein, die Brüder schworen auf den argentinischen Fahrstil. Das reinste Kamikazeunternehmen, aber so blieb wenigstens jeder aufmerksam. Da drohte von allen Seiten Gefahr, da wurde man nicht von Verkehrsregeln eingelullt …

Nichts sagendes Gerede, mit dem Zweck, sich an die Stimmen der anderen zu gewöhnen. Es traten Pausen ein, in denen sie über die Wiese und den Hotelgarten blickten. Isabelle drängte ihre Brüder aus ihrem Zimmer hinaus, als die Sonne hinter dem Waldrand versunken war.

»Harold muss mich massieren, geht doch solange reiten.«

Und zu Harold gewandt: »Sie haben Heimweh. Außer wenn sie auf einem Pferd sitzen, dann fühlen sie sich überall zu Hause. Sie haben in der Nähe einen Reitstall entdeckt.«

Harold blickte ihnen nach, als sie sich entfernten. Sie bewegten sich bedächtig, obwohl sie die Aussicht auf Reiten freudig erregte. Ihre Körper brauchten Platz. Sie waren Eroberer, die mit den Pferden eins werden konnten.

Als sie mit Harold allein war, fing Isabelle an zu lachen. Sie ließ sich rückwärts aufs Bett fallen und winkte Harold zu sich.

»Meine Helden. Sie waren so neugierig, haben sich aber nicht getraut, dich irgendetwas zu fragen.«

Harold lachte mit, geschmeichelt von ihrem Geständnis.

»Warum waren sie so zurückhaltend?«

»Sie sind es nicht gewöhnt, ihre Neugier offen zu zeigen.«

»Was möchten sie denn gerne wissen?«

»Alles, was sie beruhigen könnte.«

Er wies mit einem Nicken auf ihr Knie, als sie sich auf die Seite drehte. Sie reckte sich zum Nachtschränkchen und reichte ihm eine Flasche Öl. Sie konnte ihr Bein ganz durchstrecken, die Therapie war erfolgreich gewesen.

»Die Schwellung ist weg«, sagte er und tastete die Bänder ab. Sie waren elastisch und kräftig. Er nahm ihr Knie in die Hände und drückte darauf.

»Fördert die Durchblutung«, erklärte er.

Sie schob ihr Kleid hoch. Schwarzseidene Unterwäsche blitzte darunter hervor. Eine Zeit lang bearbeitete er ihre Bänder. Sie habe keine Schmerzen mehr, sagte sie. Als ihr Knie schön rot aussah, zog er sie hoch und begann mit den Übungen.

Sie musste sich mit dem Ballen auf den Rand eines Bänkchens stellen. Er trat hinter sie und hielt sie in der Taille fest.

»Und jetzt Wadenheben, tief runter und wieder hoch!«

Beifällig sah er zu, wie sich die Wadenmuskeln an- und wieder entspannten. Anschließend stellte er sich ihr gegenüber und ließ sie tiefe Kniebeugen ausführen, wobei er sie mit beiden Händen festhielt. Er bildete ein Gegengewicht, sodass sie sich weit nach hinten fallen lassen konnte.

»Eigentlich müsstest du Fahrrad fahren«, riet er.

»Unten gibt es einen Fitnessraum«, antwortete sie.

Zum Schluss legte sie sich auf den Bauch und er massierte ihr zur Entspannung die Oberschenkel. Er lockerte ihre

Oberschenkelmuskeln, hob ihre Waden mit beiden Händen an, rieb einen Knoten oberhalb des Schollenmuskels weg und knetete die gesamte Muskelgruppe weich. Zuletzt zog er ihren Knöchel hoch und klopfte mit sanftem Trommelwirbel ihren Unterschenkel von oben nach unten durch.

»Aufwachen«, sagte er. »Deine Muskeln müssen heute Abend noch arbeiten.«

Das war zu aufgesetzt, Vorsicht, er durfte nicht in die alte Phrasendrescherei verfallen, mit der er die Langeweile in seinem Beruf überspielt hatte. Isabelle drehte sich um und zog ihn auf sich, bis er mit dem Kopf zwischen ihren Brüsten lag. Sie war entspannt, er hörte es an ihrem Herzschlag, ein kleiner Diesel, der störungsfrei seine Arbeit tat. Er roch ihren Schweiß, lag mit der Wange auf ihrem Brustbein, sie hatte die Beine gespreizt und ihr Schambein drückte gegen sein Zwerchfell. Da ihre Hände um seinen Hinterkopf lagen, schien es, als wolle sie ihn in ihr Herz drücken. Vorsichtig schob er seine Hände unter ihren Rücken und zog ihren Unterleib an sich. Sie ließ es zu, abwartend, doch dann sagte sie plötzlich: »Erzähl mir von ihr.«

Er tat erstaunt. »Von ihr? Von wem?«

»Jetzt komm schon.«

Er schnaufte.

»Es begann als Verzweiflungstat und endete in einer Vernunftehe«, sagte er. »Ich glaubte, Francien sei mein Anker, doch sie verwandelte sich mehr und mehr zu einem Klotz am Bein. Sie war meine Befreierin und wurde zu meinem Wachhund. Sie hielt mich mit derselben Kraft gefangen, mit der sie mich getröstet hatte.«

»Und du?«

»Ich war ihre Siegestrophäe, erwies mich aber als Trojanisches Pferd. Kurzum, wir hielten uns gegenseitig in einer parasitären Umklammerung. Aber wir durften uns nicht beklagen. Wir trugen beide gleichermaßen die Schuld an einem Missverständnis, das wir Liebesbeziehung nannten, und wir haben beide davon profitiert.«

Elecoms Bekenntnis ließ er unerwähnt. Er wollte den Anschein vermeiden, dass Franciens Untreue der Grund war, weshalb er hier mit einer Riesenerektion zwischen den Beinen einer Frau lag, bei deren Röntgenbild er schon einen Orgasmus kriegte.

»Aber was für ein Mensch war sie?«

»Francien war ein Arbeitstier durch und durch. Fleißig, ruhig, ausgeglichen ... Sie hatte einen sehr eigenartigen Humor. Sie arbeitete in der Geheimabteilung ihrer Firma.«

»Warum habt ihr geheiratet?«

Die einfachste Antwort wäre gewesen, dass er in dem Moment, als er sich an sie band, Francien loslassen konnte, sodass danach nur noch das Inventar aufgelistet und verteilt werden musste. Diese winzige Spitze konnte er Isabelle ohne Weiteres enthüllen, aber über den Eisberg an tiefgefrorenen Schuldgefühlen darunter, den er so gerne im ewigen Frost ruhen ließe und nur Luisa gegenüber bröckchenweise auftaute, konnte er nicht sprechen. Er konnte ihr höchstens erklären, dass sie quitt gewesen waren, als er ihr das Jawort gab, und er erst dann rückblickend den Wert ihres Verhältnisses einschätzen konnte. Und dass die altkluge Personenprüferin Ada Gist für all diese Veränderungen den entscheidenden Anstoß gegeben hatte.

Deshalb sagte er kurz angebunden: »Andere Paare kaufen sich eine neue Sitzgruppe oder unternehmen eine Weltreise, um ihre Beziehung zu retten. Wir haben geheiratet. Ich glaube nicht, dass wir uns je sehr geliebt haben. Vorausgesetzt, ich verstehe etwas von der Liebe.«

Er schwieg im Anschluss an diesen theatralischen Unsinn und hoffte, sie würde nicht weiter danach fragen, was sie tatsächlich nicht tat.

Er zog sie mit einer eleganten Geste hoch, führte sie mit ein paar Tanzschritten zur Tür und, oh, sie folgte, so leicht wie ein Samenschirmchen in einer Windböe.

Arm in Arm liefen sie die Treppe hinunter zum Hotelrestaurant, einem Pavillon im Garten. Alfonso und Carlito saßen bereits am Tisch. Sie waren die einzigen Gäste, es war schon spät. Die Brüder hatten sich umgezogen und trugen glänzende graue, zweireihige Anzüge, die Hosen ohne Umschlag. Sie lachten gerade über irgendetwas und standen auf, als Isabelle und er den Speisesaal betraten. Harold konnte es nicht lassen, ganz beiläufig den Ärmelstoff ihrer Anzüge zu befühlen, als sie ihm die Hand schüttelten.

»Alpakawolle«, flüsterte Isabelle.

Er fühlte sich ertappt, aber nicht in Verlegenheit gebracht: Sie hatte erkannt, dass er Klasse suchte.

Während die Brüder Isabelle von ihrem Reitausflug erzählten, spürte er noch die sahneweichen Waden von Isabelle in seinen Handflächen. Er mochte den Gastrocnemius, den großen zweiköpfigen Wadenmuskel, den einzigen Muskel, der sich mit beiden Händen gleichzeitig fassen ließ. Das war das verführerischste Fleisch, weich und zart wie eine Frauenbrust, und nachgiebig, allzeit bereit, seine Spannung preiszugeben.

Carlito tippte ihn an und hielt eine Flasche Wein hoch, bis er sein Glas zu ihm hinschob. Carlito schenkte das Glas randvoll. Sie prosteten sich zu.

»Salud«, sagte Harold laut. Er hatte zu Hause erneut in seinem Reiseführer nachgeschlagen.

»Amor!«, fügte Isabelle mit einem Blick auf die Brüder hinzu, die gleichzeitig schlossen: *»Y dinero.«*

Sie stießen an.

»Gesundheit, Liebe und Geld«, übersetzte Isabelle.

»Immer in dieser Reihenfolge?«, fragte Harold.

»Nein«, antwortete Isabelle. »Bei mir kommt an erster Stelle *amor.*«

Sie zwinkerte ihm zu. Er verbarg sein Erröten hinter seinem Glas und fragte die Brüder: »Und ihr, aus welchem Grund seid ihr hier? Warum wohnt ihr in diesem Hotel?«

Carlito schüttelte missmutig den Kopf.

»Ach, wegen des *dinero,* wir sind Pferdehändler.«

»Wir müssen zu Ende bringen, was wir begonnen haben«, ergänzte Alfonso. »Ein Geschäft muss man von Anfang bis zum Ende betreuen. Wie ein Baby.«

Harold war kein Kaufmann, daher sagte er: »Wie alles, was wir unternehmen.«

Alfonsos Gesicht hellte sich auf.

»Stimmt«, sagte er. »Sonst werden wir alt, ohne zu leben.«

Isabelle griff in den drohenden Austausch von Lebensweisheiten ein und fragte ihn, ob er auch ein Fleischmenü mitesse. Das tat er, er war nicht wählerisch. Ein paar Minuten später erschien der Kellner mit warmen Tellern und setzte eine Platte mit dampfenden Stücken Fleisch ab. Es war nur kurz auf dem Feuer gewesen, Blut sickerte in kleinen Rinnsalen heraus. Eine Kellnerin brachte eine neue Flasche Wein, aus der Carlito ihre langstieligen Glaser füllte. Wieder stießen sie an, auf *amor, salud y dinero.*

Danach verteilten die Brüder das Fleisch und Harold hörte eine Zeit lang nur noch, wie sie die Brocken Steak zwischen ihren Zähnen zermahlten. Auch Isabelle aß schweigend. Plötzlich stand sie auf, wischte sich die Hände ab und winkte dem Ober. Sie reichte ihm eine CD, die er lächelnd in Empfang nahm.

Achtlos warf sie die Serviette beiseite und reckte das Kinn. Bei den ersten Takten wanderten erst ihre Augen zu Harold, dann drehte sie ihm ihr ganzes Gesicht zu. Sie brauchte nicht zu fragen, er stand bereits auf. Er kannte weder die Musik noch die Musiker, es sei französischer *Tango nuevo,* erklärte sie, von den Alten nicht akzeptiert: zu unberechenbar, kein fester Rhythmus, aufwühlende anstatt einschmeichelnde Akkorde.

Auf der freien Fläche inmitten des Saales trafen sie aufeinander. Harold stellte sich vor sie und holte tief Luft. Er legte den rechten Arm in ihr Hohlkreuz, spreizte die Finger auf ihrem bloßen Rücken. Ihre Haut fühlte sich elastisch an, ein klein wenig rau, sodass sie ihm Halt bot. Er näherte sich ihr, bis er mit der Brust leicht an ihr lehnte, und drehte sie zu sich hin.

Und dann tanzten sie. Wieder waren sie zwei Schwäne, nein, eher ein Schwalbenpärchen in leichtsinnigem Flug, er führte sie mit einer Sanftheit, die ihn selbst überraschte. Er platzierte sie und bot ihr Freiraum, ließ sie um sich herumwirbeln. Er tanzte so, wie er leben wollte, so war es ihm vorherbestimmt, das erkannte er jetzt, mit sechsunddreißig Jahren. Und zum ersten Mal seit Boetelaar ihn hatte abführen lassen, hörte er auf zu denken, die Schritte kamen aus seiner Seele, sein Körper tat ungestört seine Arbeit. Dieses widerborstige Werkzeug, das ihn so oft im Stich ließ, überraschte ihn damit, dass es sich unabhängig machte. Er tanzte einfach eine *Traspie,* die hatte er doch vergessen? Ja, er schon, aber sein Körper nicht!

Sie tanzten Wange an Wange. Er konnte ihr Gesicht nicht sehen, aber an ihren reglosen Wimpern spürte er, dass sie die

Augen geschlossen hielt, hingebungsvoll. Sie horchte mit dem Körper auf ihn, ließ sich mitführen. Von seiner Unbeholfenheit, seiner Scheu, seinen ohnmächtigen Mühen war nichts mehr übrig geblieben.

Eine melancholische Passage riss ihn dazu hin, stehen zu bleiben und fast unmerklich den Auftakt zu einem schnelleren Tempo vorzubereiten, sobald die Musik es zuließ. Dann umkreisten sie einander, er jeweils ihrem Spielbein folgend, dann entfernte er sich mit einer halben Drehung von ihr und ließ sie wiederum seinem Spielbein folgen. Sie bedrängten sich gegenseitig in einer Kadenz von Zweierschritten. Zusammen bildeten sie ein warmes klopfendes Herz, in dem das Blut heftig von einer Kammer in die andere gepumpt wurde, ein Strom, der sie beide speiste ... Er rammte ein Tischchen, Gläser zersprangen auf dem Granitfußboden, aber er tanzte weiter. Das Ende des Stücks kam so plötzlich, dass er einen Kreuzschritt mittendrin abbrechen musste und in eine gleitende Bewegung umsetzte, wobei er sie leicht über sich zog.

Das langsame Klatschen von Carlito und Alfonso hörte er erst, als er sich aus ihren betäubenden Locken heraus aufrichtete.

Der Ober stand mit Besen und Kehrblech bereit und winkte auf seine Entschuldigungen hin ab.

Später, als das Fleisch aufgegessen war, standen nur noch Weinflaschen auf dem fleckigen Tischtuch. Harold erklärte seine Leidenschaft für den Tango, die Brüder hörten mit dem Glas am Mund zu, Isabelle hatte die Füße unter dem Tisch an seine geschmiegt. Harold meinte es ernst, als er verkündete, er sei »auf der Suche nach der Verschmelzung von Körper, Geist und Gefühl«.

»Die Empfindung, dass keine Zeit zwischen Wollen und Handeln verstreicht«, erklärte er Isabelle leidenschaftlich. »Dass Impuls und Tat zusammenfallen … dass Leidenschaft und Ruhe miteinander einhergehen, das bewirkt nur der Tango.«

Isabelle verstand sein Verlangen, er sah es an dem Glanz in ihren Augen, an ihrem aufmunternden Lächeln. Er merkte es am leichten Klopfen ihrer Zehen an seine Achillessehne. Seine Worte erreichten ihr Ziel.

»Das ist das Körperwissen«, sagte er. »Alles Wissen, das in den Milliarden Zellen unserer Muskeln, unseres Gewebes, unseres Blutes gespeichert ist …«

»Und die Erinnerungen«, ergänzte Isabelle.

Schlagartig war er stocknüchtern. Sie konnte nichts von seiner zwar abgeschlossenen, aber nicht ganz lupenreinen Erinnerung an Alice wissen. Ihr treuherziger Blick brachte ihn auf einen banaleren Gedanken.

»Ja, natürlich«, sagte er demütig. »Ohne Übung geht es nicht. Kurse, Workshops, Disziplin … Auch das Wissen des Körpers muss reifen.«

Carlito ließ einen fahren. Beide Brüder lachten.

»Der Körper kann sich auch irren«, sagte Alfonso. »Einmal hatte die Köchin zu viele Pfefferschoten in die Bohnen getan, da musste ich einmal pro Stunde scheißen. Kein Problem, solange wir auf dem *campo* waren, da machte ich dorthin, wo auch die Pferde und Kühe schissen. Aber zu Hause auf der *estancia* ging es schief. Ich hatte meine Sportsachen angezogen, weil wir mit den Pferdepflegern eine Runde Fußball spielten, und auf einmal musste ich wieder ganz dringend.«

Er blähte die Wangen und trompetete Spucketröpfchen quer über den Tisch, was Carlito zum Prusten brachte.

»Ich rannte rechtzeitig aufs Klo. Aber beim Aufziehen verknotete sich die Kordel meiner Trainingshose. Mein Körper wusste, dass es nur ein paar Sekunden dauerte, meine Hose runterzulassen und mich auf die Schüssel zu hocken, aber ich pulte mindestens fünf Minuten an diesem Knoten herum. Mein Körper konnte nicht so lange warten, und mein Arsch machte einfach, was er wollte ...«

Carlito, der die ganze Zeit unterdrückt gekichert hatte, produzierte mit der Zunge ein Schlürfgeräusch.

»Mir quatschten richtig die Schuhe!«

Auch Isabelle machte ein amüsiertes Gesicht und schließlich stimmte Harold in ihr Gelächter ein.

Und dann klingelte sein Handy. Er zog den Apparat aus der Jackentasche, erkannte die Nummer nicht und hätte das Ding am liebsten auf dem Boden zerschellen lassen, so wie die Gläser, doch Alfonso sagte: »Vielleicht ist es wichtig.«

Entnervt meldete er sich. Es war Elecom. Er habe Neuigkeiten bezüglich der Ermittlungen im Fall Francien und wolle ihn noch heute Abend sprechen.

»Geh nur«, sagte Isabelle. »Wir tanzen morgen wieder.«

Elecom wartete gegenüber von Harolds Haus in seinem gepflegten Mittelklassewagen.

Als Harold den Schlüssel ins Schloss steckte, ließ er die Scheinwerfer aufleuchten. Harold wartete, bis sein Schatten mehrmals auf die Tür gefallen war, bevor er sich umdrehte. Elecom lehnte sich aus dem Fenster und winkte ihm zu. Langsam lief Harold zu ihm hinüber.

»Steig ein«, sagte Elecom und verschwand wieder in seinem Auto, um die Beifahrertür für ihn aufzustoßen.

Elecom war aufgeregt. Er zündete sich eine Zigarette an, nachdem er sich für den späten Anruf entschuldigt hatte.

»Frag mich jetzt nicht, von wem ich das weiß«, legte er los. »Das kann ich dir nämlich nicht sagen ...«

Harold winkte versöhnlich ab, was Elecom im Dunkeln nicht bemerkte.

»Ein Zeuge hat sich gemeldet«, sagte er. »Ein zwölfjähriger Junge. Er hat am Abend von Franciens Tod in die Küche hineingeschaut.«

»Er stand hinter dem Haus?«

»Ja, in dem schmalen Gang neben der Garage eurer Nachbarn«, bestätigte Elecom. »Er hat Francien herumlaufen sehen, gut eine halbe Stunde bevor sie mich anrief.«

»Dich anrief?«

Elecom blies eine dicke Rauchwolke gegen die Windschutzscheibe. »Du weißt doch, dass ich den Krankenwagen und die Polizei gerufen habe?«

»Kann sein, dass man mir das gesagt hat«, antwortete Harold. »Aber in der Hektik der Verhaftung und Verhöre ...«

»Der Junge hat beobachtet, wie sie in der Küche Kaffee in Tassen füllte. Bist du dir darüber im Klaren, was das bedeutet? Sie hatte Besuch, dem sie vertraute.«

Das war typisch für Francien, die niemals erlaubt hatte, dass die Kaffeekanne ins Wohnzimmer gebracht wurde. Kaffee musste in der Küche eingeschenkt, die Plätzchen mussten aus der Vorratsdose auf einem Teller arrangiert werden.

»Er hat sie reden sehen, sie muss mit jemandem im Wohnzimmer gesprochen haben. Er sah sie reden, konnte aber nicht verstehen, was sie sagten. Und er schwört, dass mehr als zwei Kaffeebecher auf dem Tablett standen.«

Elecom schnippte die Kippe aus dem Fenster.

»Hat er denn gesehen, wer es war?«

»Nein, aber etwa anderes ist genauso wichtig. Als der Junge seinen Standort bezogen hatte, war im Haus alles dunkel. Auf einmal gingen die Lichter an und er sah Francien in der Küche herumfuhrwerken. Was schließen wir daraus?«

Er schaute Harold triumphierend an.

»Francien ist mit ihrem eigenen Auto gekommen und zusammen mit ihrem Besuch hineingegangen, was wiederum erklärt, warum niemand ein anderes Auto gesehen hat.«

»Meines zum Beispiel?«

»Richtig.«

»Aber das alles entlastet mich nicht«, entgegnete Harold. »Ich könnte der vertraute Besucher gewesen sein.«

»Dann hättest du Komplizen gehabt.«

Harold bezweifelte, dass ihm damit geholfen war.

»Was hatte der Junge in meinem Garten zu suchen?«, fragte er.

»Sex. Er ist mit einem der Nachbarmädchen befreundet.«

»Diese beiden Gören? Aber die ältere ist doch gerade mal dreizehn!«

»Es war ihre jüngere Schwester.«

»Die ist erst elf!«

»Die Eltern sind ziemlich fertig, sie dachten, ihre Tochter sei auf einem Discoabend in der Schule.«

»Elf … Hat das Mädchen etwas gesehen?«

»Sie habe sich nicht ans Fenster gewagt, sagte sie, aus Angst, Francien würde sie sehen und ihren Eltern Bescheid geben.«

Sie starrten eine Weile schweigend vor sich hin.

»Und … was sonst noch?«, fragte Harold.

»Sie verzogen sich, sobald Francien mit dem Tablett die Küche verließ.«

Harold konnte ein kleines Lachen nicht unterdrücken. Er erinnerte sich daran, wie Francien im Sommer mit den beiden Mädchen im Garten Limonade getrunken und Chips gegessen hatte.

Elecom legte die Hand auf die Lehne von Harolds Sitz und neigte sich zu ihm.

»Warum lachst du?«

»Über dieses Paradox von Trivialität und Tragik. Wenn Francien das Pärchen entdeckt hätte, wäre der Abend anders verlaufen. Vielleicht wäre sie mit dem Leben davongekommen.«

»Das Mädchen hat gleich am nächsten Tag alles ihren Eltern erzählt«, sagte Elecom grimmig. »Aber die haben ihr verboten, zur Polizei zu gehen.«

»Das hätte mir einen Haufen Probleme erspart«, sagte Harold, obwohl das Unsinn war.

Doch er gönnte es Elecom nicht, dass der sich mit seiner nächtlichen Mission so billig von seinen Schuldgefühlen freikaufte. Außerdem schien Elecom die Neuigkeit viel stärker zu bewegen als ihn selbst. Vielleicht war er eifersüchtig, vielleicht verdächtigte er Francien, andere, unbekannte Liebhaber aufgelesen und hereingelassen zu haben.

»Die Eltern standen Todesängste aus, dass Franciens Gäste ihre Tochter zum Schweigen bringen könnten, wenn sie den Mund aufmachte«, fuhr Elecom fort. »Schließlich ist der Junge allein ins Präsidium gegangen, nachdem heute Abend im Lokalfernsehen ein Zeugenaufruf gesendet wurde.«

Harold nickte, obwohl er von keinem Zeugenaufruf wusste. Elecom legte den Kopf aufs Lenkrad.

»Es tut mir gut, mit dir zu reden«, bekannte er. »Wundert dich das?«

Nein. Harold wunderte sich nicht. Mit wem sonst hätte Elecom seine Trauer teilen sollen? Mit der Vertrauensperson für Intimitäten am Arbeitsplatz bei *Fennek & Weergang*? Mit seiner Frau, die es jetzt mit einer toten Geliebten aufnehmen musste?

»Einsamer als die Trauer ist das Sterben selbst«, fiel ihm ein. Als er im Schein der Laternen, der durch die kahler werden Äste auf das Armaturenbrett fiel, sah, wie Elecom den Kopf sinken ließ, fragte er: »Was für einen Fall bearbeitete Francien gerade?«

Elecom schwieg und Tränen quollen aus seinen Augenwinkeln.

Harold fuhr hastig fort: »Ein schwieriger Fall? Sie hat zu Hause nichts mehr erzählt, seit sie bei dir arbeitete.«

Bei dir. Er lauschte den Worten nach und hoffte, dass Elecom ihm rasch antworten würde.

»Wir saßen an einem äußert komplizierten Fall, bei dem es um illlegalen Fleischhandel ging«, sagte er. »Francien hatte gerade herausgefunden, dass einer der Käufer, ein Großabnehmer, an die Verkäufer Faxe versenden ließ, die den Absender einer Bank trugen und die Mitteilung enthielten, dass die Kaufsumme auf ein Depot geflossen sei. Sobald der Handel abgeschlossen sei, würde die Bank das Geld an sie überweisen. Als die Zahlungen ausblieben, fragten die Verkäufer nach. Die Bank wusste von nichts, der Käufer war dort unbekannt. Die Polizei hat den Mann verhaftet. Francien sollte herausfinden, um wie viel die Fleischproduzenten geprellt worden waren. Und was es sonst noch zu holen gab natürlich. Damit einher gingen außerdem EU-Subventionsbetrug, Steuerhinterziehung, alles, was man sich an Betrügereien nur vorstellen kann.«

Jetzt, da er über seine Arbeit reden konnte, hatte sich Elecom wieder im Griff. Auf das Autodach begann leise der Regen zu trommeln.

»Sie hatte rekonstruiert, auf welche Weise es dem Käufer

gelungen war, vom Hauptsitz der Bank aus Faxe zu verschicken.«

Mit einem wehmütigen kleinen Lachen betätigte er den Scheibenwischer.

»Eine Frau aus dem Putztrupp erledigte das für ihn«, sagte er. »Ob er sie bestochen oder hinters Licht geführt hat, hatte Francien noch nicht herausgefunden.«

Harold seufzte.

»Lebe deine Trauer aus«, riet ihm Elecom, der seine Reaktion als stillen Kummer interpretierte. »Ihr hattet euch getrennt, aber trotzdem …«

Harold nickte, die Augen auf seine Hände gerichtet, die still auf seinem Schoß lagen. Seine Trauer … Jetzt komm schon, Elecom … Plötzlich erschien Elecoms Hand in seinem Blickfeld. Er ließ eine Visitenkarte in Harolds Schoß fallen.

»Das ist meine direkte Durchwahl, da erreichst du mich zu Hause«, sagte Elecom. »Ich habe noch ein paar Sachen von Francien, darf ich die dir gelegentlich zurückgeben? Ruf mich an, wenn du dich stark genug fühlst.«

Harold erklärte sich einverstanden, obwohl er vermutete, dass es um nichts weiter als liegen gebliebene Unterwäsche ging. Elecom griff Harold am Handgelenk.

»Wenn Franciens Leiche freigegeben wird, müssen wir ihre Beerdigung organisieren. Oder wollte sie eingeäschert werden?«

Harold tastete mit der anderen Hand nach dem Türgriff und stieß die Tür auf.

»Ich ruf dich an und sage Bescheid«, versprach er.

Nachdem er die drei Treppen erklommen hatte, beschäftigte ihn die Frage nicht länger, ob Elecom in Bezug auf Franciens Arbeit gelogen hatte. Francien hatte ihm gegenüber behauptet, nie mit etwas anderem als Geldwäschegeschäften zu tun gehabt zu haben. Nun ja, vielleicht hatten sie keine Zeit mehr gehabt, ihre Geschichten aufeinander abzustimmen.

Auf seinem einsamen Planeten hoch über der Stadt schenkte er sich einen großen Becher alten Genever ein und suchte schon mal die Adresse eines Tanzlokals in einer nahe gelegenen Stadt heraus.

17

Mann und Pferd

Boetelaar ließ ihn nicht in Ruhe.

Er wurde von zwei uniformierten Polizisten aus dem Schlaf gerissen, die der Hausmeister hereingelassen hatte. Sie hämmerten an seine Tür und forderten ihn auf, zu einer ergänzenden Aussage mit aufs Präsidium zu kommen. Er ließ sie vor der Tür stehen. Der eine hatte zwei Streifen auf dem Oberarm, der andere drei.

Er weigerte sich, mitzukommen.

Die Beamten bedrängten ihn, aber er blieb standhaft. Mittlerweile kannte er seine Rechte.

»Dann müssen Sie mich verhaften und zur Vernehmung abführen«, zwang er sie. »Und zwar sofort.«

Der Zweistreifige kehrte ihm den Rücken zu, ging ein paar Stufen hinunter und holte mit gedämpfter Stimme über Handy Rat ein. Dann drehte er sich wieder um.

»Wann könnten Sie denn?«, fragte er. »Wir würden gern heute noch …«

Harold warf einen Blick auf den Wecker hinter ihm.

»Gegen Mittag«, antwortete er gähnend.

Boetelaar hatte sich in den vergangenen Tagen eine Reihe neuer Fragen einfallen lassen. Ob Harold von der außerehelichen Affäre Franciens gewusst habe? Nein, keineswegs. Keinerlei Vermutungen, keine Hinweise, kein heimlicher Verdacht? Nein, nie das Geringste bemerkt, und selbst jetzt könne er sich nicht entsinnen … Ob er Meneer Elecom kenne? Ja, aber nur oberflächlich … Sei es nicht eher so, dass

Francien ihre erst kürzlich geschlossene Ehe eben wegen Meneer Elecom beendet habe? Habe sie, um es mal so auszudrücken, Harold nicht einfach den Laufpass gegeben? Harold musste lachen, was Kollege Hens getreulich auf seinem Laptop protokollierte. Boetelaar registrierte unbewegt Harolds Reaktion.

Nein, Harold beharrte darauf, dass er selbst das Handtuch geworfen habe, und ließ sich zu einem Vergleich hinreißen: Unsere Beziehung war ein Marathon und unsere Hochzeit glich dem Sprint ins Finish, um noch einmal ein bisschen Spannung reinzubringen.

Und jetzt, wo er Bescheid wisse? Sei Harold da wütend?

»Auf wen?«, fragte er.

»Auf beide. Francien und Meneer Elecom«, meinte Boetelaar.

Nein, er hätte bereits Abschied von Francien genommen, daran würde die Vergangenheit auch nichts mehr ändern. Und er erinnerte Boetelaar daran, dass er das schon bei mehreren Verhören ausgesagt habe.

Ob er über die neuesten Entwicklungen auf dem Laufenden sei?

Boetelaar erzählte von dem zwölfjährigen Casanova und dessen kindlicher Freundin. Von den Gästen, die Francien empfangen hatte und ... Ob Harold denn nicht kapiere, unterbrach ihn Hens auf einmal, dass er jetzt nur noch die Namen seiner Komplizen zu nennen bräuchte?

Ein Schuss ins Blaue, stellte Harold nach einem ersten Moment der Verwirrung fest. Viel zu hoch, weit daneben. Er ließ Hens' Versuch auf sich beruhen.

Boetelaar fragte ihn nach einem müden Blick auf seinen Kollegen, ob er wüsste, wen Francien an jenem Abend mitgebracht haben könnte.

Nein, seitdem er ausgezogen war, habe er wenig Übersicht über Franciens soziale Kontakte gehabt.

Könnte es sein, dass Francien über die Stränge geschlagen hatte, wildfremde Männer auf Parkplätzen auflas zum Beispiel, möglicherweise in Begleitung von Frauen, um sich zu Hause irgendwelchen Ausschweifungen hinzugeben?

Natürlich könne das sein, meinte Harold. Er war allmählich so vertraut mit den hypothetischen Fragen, dass er sie ebenso mühelos mit Ja wie mit Nein beantwortete.

»Sonst noch was?«, fragte er, nachdem er erklärt hatte, nur wenig über Franciens Arbeit zu wissen – Geldwäschegeschäfte untersuchen, glaube er. Und nein, wem oder was sie auf der Spur war, durfte sie ihm nicht sagen. Dafür müssten die Herren sich an Elecom wenden. Dann stellte Boetelaar in diesem ganzen Brei von Banalitäten eine Frage, die Harold anschließend noch eine Weile verfolgte.

Ob er wüsste, ob Francien Kontakt zu ... Er las aus einem Notizbuch vor: ... einer gewissen Señora Valdo beziehungsweise Sluizenaar gehabt habe?

Harold gelang es, seinen leicht ironischen Gesichtsausdruck beizubehalten, mit dem er die ganze Zeit Abstand zu seinen Befragern gewahrt hatte.

»Nein, den Namen hat sie nie erwähnt«, antwortete er.

Bis er an jenem Abend zu Isabelle fuhr, trübte eine gewisse Unruhe seine Stimmung, auch während er Tangofiguren übte und seine Tanzschuhe putzte. Boetelaar hatte einen Kurzschluss verursacht zwischen dem, was hinter ihm lag, und dem, was vor ihm lockte.

Seine Besorgtheit verschwand, sobald er Isabelle begrüßte. Seine Umarmung, ungelenk vor Verlangen, beantwortete sie, indem sie ihre Stirn gegen seine Brust drückte. Und bei der

Selbstverständlichkeit, mit der ihn Carlito und Alfonso anschließend küssten, wurde ihm ganz warm vor Glück. Der kurze Kontakt mit ihren unrasierten Wangen, eine Lippe, die sein Kinn berührte, Hände, die ihn kurz an den Schultern fassten, beinahe routiniert, ja, das bestätigte doch, dass er kein Fremder mehr war, dass er zur Familie gehörte, einer Familie, die ihn bedingungslos in ihrer Mitte aufnahm.

Er fuhr mit ihnen zu einer Stadt nahe des Flusses, etwa eine Viertelstunde entfernt. Dort befand sich das Tanzlokal *Het Hof*, ein Hippieladen an einer Ausfallstraße, in dem Englisch die Umgangssprache war. Harold mochte die Atmosphäre, das aufgestapelte Reisegepäck in der Garderobe und die erwartungsvollen Blicke, mit denen sich Neulinge verrieten. Gerne beobachtete er, wie sich die Tangotouristen umzogen und aus ihren verstaubten Rucksäcken ein Paar Highheels oder ein schwarzes Seidenhemd hervorzogen. An den Wänden waren Balkone angebracht, auf denen die Hippies ihre Schlafsäcke ausrollten.

»Hier trifft sich ganz Europa«, erklärte er. »Irgendwann mal kam der Tango von Argentinien nach Paris und hier fließt er weiter.«

Es war der Rausch der Veränderung, der ihn anzog, und die Hast, die die Durchreisenden zwang, schnell zusammenzukommen, denn sie hatten nur vierundzwanzig Stunden, bevor sie weiterzogen zur nächsten Tanzstation. Alle bequemen Sessel waren mit schlafenden, trinkenden oder essenden Gästen besetzt, die sich auf eine lange Tanznacht vorbereiteten. Sie fanden einen Tisch in der Nähe der Tanzfläche.

Der DJ besaß eine Vorliebe für traditionelle Tangostücke, neoromantische Weisen aus den Dreißigerjahren. Harold sah Isabelles Fuß im Takt wippen und betrachtete es als

Zeichen, dass sie darauf brannte zu tanzen. Er lächelte sie an und sie beantwortete seinen Blick mit einem fast unmerklichen Nicken. Die Brüder schauten ihn überrascht an. Carlito schnalzte anerkennend mit der Zunge. Während sie auf die Tanzfläche zugingen, fragte er Isabelle warum.

»Du forderst eine Frau auf, wie es sich gehört«, erklärte sie. »Wie zu Hause.«

Sie drängte sich an den Zuschauern vorbei, die den Zugang zur *Pista* belagerten.

»Welches ungeschriebene Gesetz habe ich denn da beachtet?«

»Du hast mich mit den Augen aufgefordert. In Buenos Aires bringen sich die Tänzer nicht gegenseitig in Verlegenheit. Männer und Frauen, die tanzen wollen, suchen den Blick eines Partners. Wenn sich beide lange genug angeschaut haben, nickt der Mann kurz. Sie steht auf, der Mann folgt und wie durch Zufall begegnen sie sich auf der Tanzfläche. Eine anonyme und doch sehr intime Art der Aufforderung.«

»Und wenn sie nicht will?«

»Dann schaut sie zu Boden oder an ihm vorbei. Auf jeden Fall meidet sie seinen Blick. Das erspart ihm die Schande und ihr die Peinlichkeit einer öffentlichen Zurückweisung.«

Während sie die letzten Takte abwarteten, drückte Isabelle seinen Arm.

»Meine Brüder mögen dich, können dich aber nicht richtig einschätzen«, flüsterte sie. »Auf jeden Fall finden sie, dass du kein Schwätzer bist. Du beeindruckst sie durch das, was du tust, nicht durch das, was du sagst.«

»Was tue ich denn?«

»Du bist so unbeirrbar, darin erkennen sie sich wieder.«

Er warf einen Blick über seine Schulter. Alfonso und Carlito waren in eine hitzige Diskussion vertieft, wobei sie auf ihren elektronischen Organizern etwas ausrechneten.

»Tanzen die beiden nicht?«

»Erst wenn sie genug haben von ihrem *business.*«

Sie beobachteten ein Tanzpaar, das mit dem Schluss des Stücks nichts anfangen konnte und sich in kleinen Wiegeschritten verlor. Obwohl dies die simpelste Tangofigur überhaupt war, schob der Mann seine Dame hin und her wie ein Bauer seinen im Lehm festgefahrenen Karren. Bei den letzten Akkorden nahm er plötzlich noch einmal Fahrt auf und schloss mit einer Serie hektischer Beinbewegungen, sinnlos und stillos. Sein Unterschenkel klappte hoch und runter wie eine lose Segelgaffel, noch Sekunden nach Ende des Stücks.

Über dieses Niveau bin ich hinaus, dachte Harold, diese Unentschlossenheit habe ich hinter mir gelassen. Das, was mir früher zu hoch war, beherrsche ich jetzt wie von selbst.

Er führte Isabelle am Ellbogen auf die Tanzfläche, schob den rechten Arm unter ihrer Achsel hindurch und legte ihn mit angespanntem Bizeps und Trizeps um ihre Taille. Sie stand eng an ihn geschmiegt, er ließ keinen Zwischenraum frei. Ihre andere Hand nahm er vorsichtig in seine – wie man eine Taube festhielt, nicht zu fest, sonst drückte man sie zu Tode, auch nicht zu sanft, sonst flog sie davon – ja, allmählich wusste er, wie man einen Körper verführte.

Als sich ihre Unterarme um einen halben Schlag ineinander gedreht hatten, glitten sie los. Sofort im Takt der Melodie. Auf die säuselnden Männerstimmen drehten sie *Giro* um *Giro* am Rande der *Pista,* der Bahn für die geübten Tänzer. *Soñar y nada mas,* einer dieser süßlichen Tangochansons. Er widerstand dem Bedürfnis, die Augen zu schließen, und drehte sie im Kreis, bis ihm selbst schwindelig wurde.

Plötzlich kam der DJ in Fahrt, als hingen ihm seine schmalzigen Lieder selbst zum Hals raus. Zum Ausgleich spielte er eine rasend schnelle *Milonga.* Harold zählte in Gedanken den ersten Takt mit und weg war er. Isabelle folgte, ohne zu zögern, nein, legte gleichzeitig los. Und wieder fragte er sich, wohin doch die wenigen Millisekunden verschwanden, die zwischen seinem Impuls und ihrer Reaktion hätten liegen müssen.

»Dein Herz steuert meine Beine, Harold«, sagte sie, als er sie nach zwei Stücken darauf ansprach.

»Das ist einzigartig in der Natur, deshalb ist der Tango der göttlichste aller Tänze«, sagte er keuchend. »Einstein würde sich den Kopf darüber zerbrechen, wie diese Zeitspanne in Energie umgesetzt wird.«

Sie tanzten, bis Harold ein Stocken spürte. Mit einem harten Klacken schlug Isabelles Absatz eine Delle in den Holzboden, als er sie in einen allzu abrupten *Cortado* zwang – na ja, er musste einfach einen Zusammenstoß vermeiden. Gleich darauf meldete sich ihr Knie.

»Nein, alles in Ordnung«, behauptete sie, aber kurz darauf, während der Beschleunigung bei einer *Medialuna,* stieß sie einen unterdrückten Schmerzensschrei aus, den nur Harold hörte, weil ihr Mund an seinem Hals lag.

Die Brüder hatten sich gestritten. Sie waren von der Bar zu den Sesseln umgezogen und starrten die Poster mit den Tangohelden aus ihrem Vaterland an. Alfonso hielt zwei Gläser Bier vor die Brust und trank aus beiden abwechselnd große Schlucke. Carlito ließ eine Zigarette im Mundwinkel wippen, wehrte jedoch Harolds Feuerzeug ab. Trotzdem blinzelte er mit dem rechten Auge, als ziehe ihm Rauch hinein.

Kaum hatte Isabelle die gereizte Stimmung bemerkt, hockte sie sich zwischen sie und begann im Flüsterton mit ihnen zu reden. Die Brüder beantworteten ihre Fragen, ohne sich anzuschauen. Sie unterhielten sich in ihrer Muttersprache. Isabelle ignorierte Harolds fragende Kopfbewegung und übersetzte nichts.

Er zog sich zurück, erst an die Bar, dann an den Rand der Tanzfläche. Ab und zu schaute er sich um. Isabelle schüttelte heftig den Kopf, als Alfonso, begleitet von heftigen Handbewegungen, einen Vortrag hielt. Harold erwog, seine Vermittlung anzubieten, ließ es aber sein.

Sollen sie es unter sich ausmachen, dachte er, Familienstreitigkeiten, da halte ich mich raus. Ungebetene Ratschläge – damit war er in seiner Praxis oft genug angeeckt. Isabelle stand resolut auf und verschwand in Richtung Toiletten. Er beschloss, beim Barkeeper einen Genever zu bestellen, obwohl Alkohol und Tango sich nicht vertrugen. Zum Tanzen würde er sowieso nicht mehr kommen.

Isabelle tauchte an seiner Seite auf.

»Was ist los?«, fragte er.

»Ein *Dinero*-Problem«, antwortete sie kurz angebunden und fügte hinzu: »Ich möchte etwas essen.«

Sie winkte den Brüdern zu, die mit einem kurzen Nicken antworteten. Draußen bog sie um die Ecke und zu seiner Überraschung betrat sie eine Frittenbude, wo sie eine Klappe nach der anderen öffnete und die Snacks aus den Warmhaltefächern vor ihm aufbaute. An der Theke kaufte sie ein paar Flaschen Bier.

»Sie haben Probleme mit einem Abnehmer, der nicht bezahlen will«, erzählte sie. »Er hat letztes Jahr Polopferde gekauft, nicht nur von unserem Betrieb, sondern auch von anderen Züchtern aus der Provinz. Carlito und Alfonso haben den Transport begleitet. Sie sind mit allen Pferden mitgereist, vom Campo in Tres Arroyos bis zu den Ställen in den Niederlanden. Kurz darauf ist ein Pferd gestorben und einige Tiere sind krank geworden. Der Käufer vermutet jetzt eine Virusinfektion und will abwarten, ob der Rest womöglich auch erkrankt.«

Sie saßen auf Barhockern vor dem Schaufenster. Auf dem schmalen Tresen zerdrückte Harold mit einer Plastikgabel eine Hühnerfrikassee-Krokette. Dass Isabelle ihn in die Probleme ihrer Brüder einweihte, beruhigte ihn. Auch außerhalb der Tanzfläche, in dieser Fettkaschemme mit dem unbarmherzigen Neonlicht, schenkte sie ihm also ihr Vertrauen.

»Carlito und Alfonso glauben, man habe die Pferde vorsätzlich infiziert. Beim Verladen ins Flugzeug besaßen alle ein Gesundheitsattest und nach ihrer Ankunft wurden sie noch einmal untersucht und für gesund erklärt.«

Sie trank aus der Flasche, den Kopf in den Nacken gelegt. Harold hörte das Bier durch ihre Kehle gluckern und unterdrückte die Anwandlung, ihr über den wehrlosen Hals zu streicheln.

»Hatten sie keine Bankbürgschaft?«, fragte er.

Isabelle kniff die Lippen zu einem verächtlichen Strich zusammen.

»Seitdem das Land Argentinien nicht mal die Zinsen für die Kredite des IWF bezahlen kann, würde keine Bank ein paar einfachen Pferdehändlern eine Bürgschaft geben«, erwiderte sie. »Und jetzt, wo die Koppelung mit dem Dollar ins Wasser gefallen ist, befindet sich unser Peso im freien Fall. Das kann keine Bank abfangen.«

Sie biss ein Stück von einem *Bami*-Ball ab.

»Was unternehmt ihr dagegen?«

»Meine Brüder warten ab und rauchen eine Zigarette nach der anderen. Typisch Argentinier. Aber Carlito reicht es jetzt. Er vermutet, dass der Käufer sie mit üblen Tricks zu betrügen versucht, aber der Mann ist verschwunden.«

»Und die Pferde ...«

»... wurden längst weiterverkauft. Die laufen jetzt bei Spielen in England oder Südafrika.«

»Worüber haben sie sich denn eben gestritten?«

»Alfonso will nach Hause. Er glaubt nicht, dass sie den Mann noch finden. Unsere Suchaktionen kosten zu viel Geld. Carlito will bleiben. Er wagt es nicht, mit leeren Händen nach Hause zurückzukehren.«

Sie stopfte sich die Reste einer Bratwurst mit Brötchen in den Mund und warf zwei Männern einen frechen Blick zu, die langsam am Fenster vorbeischlenderten und ihre Beine angafften.

»Habt ihr die Polizei eingeschaltet?«, fragte Harold.

Isabelle zog ein gespielt empörtes Gesicht.

»Meine Brüder erledigen ihre Angelegenheiten lieber selbst. Die Polizei wäre ihnen nur im Weg.«

»Francien hätte sicher Rat gewusst«, sagte er plötzlich. »Solche Fälle waren ihr tägliches Brot.«

Isabelle nickte abwesend. Ja, Francien, tolle Lösung.

Der Laden füllte sich, ein paar Kneipenbesucher fragten Harold, ob er ihnen Geld für den Automaten wechseln könnte. Der Snackbarbesitzer drehte das Transistorradio lauter. Ein holländischer Schlager dudelte, in dem ein Knabe sang, er habe heimlich mit einem Mädchen getanzt.

»Das ist typisch holländische Spießigkeit«, moserte Harold. »So wenig Leidenschaft, so verhalten, so feige. Heimlich mit einem Mädchen tanzen und dann einen Eintagshit darüber schreiben. Heimlich Tango zu tanzen fiele dagegen niemandem ein.«

Sie stand auf und wischte sich mit dem Ärmel den Mund ab.

»Komm, wir gehen zurück«, befahl sie.

Auf dem Weg zum Salon gab sie einem Jungen mit einer Decke unter dem Arm ein paar Euros. In Argentinien tue sie das nie, bekannte sie. Dort ignoriere sie Bettler.

»Du gibst aus Heimweh Almosen?«

»Könnte sein.«

Er versuchte, sie mit einer Anekdote aus seinen Tango-Anfängen aufzuheitern, als er an einer *Milonga* kläglich gescheitert war.

»Bei uns in Buenos Aires heißen auch die Tanzlokale *Milongas*«, erklärte sie. »Merk dir das für später, wenn wir mal da sind.«

Am Eingang zum Salon hielt sie ihn am Arm fest und fragte: »Wie oft darf ich dich belügen?«

»Dreimal«, antwortete er großzügig. »Wie Petrus.«

»Petrus hat seinen besten Freund verleugnet, das war was anderes.«

»Dreimal«, beharrte er. »Aber womit du mich belügst, musst du mit dir selbst ausmachen.«

Ein gemeiner Trick, denn wer könnte oder würde es wagen, sich zu seinem eigenen Ankläger zu machen?

Sie entdeckte ihre Brüder und winkte ihnen zu.

In gedrückter Stimmung fuhren sie durch die nächtliche Flusslandschaft, in der die Treibhauskomplexe feurige Lichtkrater bildeten. Die Brüder saßen hinter ihm, zwei Sphinxe, die vor sich hin summten, jeder eine andere Melodie.

»Ich kenne jemanden, der euch vielleicht weiterhelfen

kann, jemanden mit Beziehungen«, sagte er. »Er schuldet mir was. Er war Franciens Chef. Ich werde ihm euer Problem darlegen. Einverstanden?«

»Wir werden darüber nachdenken«, sagte Isabelle.

»Es kann doch nicht schaden, wenigstens mal mit ihm zu reden«, meinte Harold. »Ich frage ihn einfach diskret um Rat.«

Beim Hotel stieg Isabelle rasch aus. Am Eingang warf sie ihm noch nicht mal eine Kusshand über die Schulter zu. Sie wirkte weit weg.

Zu Hause nahm er das Telefon in die Hand und legte es wieder hin.

Später wälzte er sich im Bett herum. Warum hatte sie gefragt, wie oft sie ihn belügen dürfe? Wusste sie, wie schwer es war, die Wahrheit mühsam zusammenzuschustern? Er war selbst zwölf Jahre lang in einem Wald voller Lügen umhergeirrt und erlaubte sich erst jetzt, hinaus aufs offene Feld zu treten.

Er konnte keinen Schlaf finden und so fuhr er gegen drei zu ihrem Hotel. Dort zögerte er, sah sein Spiegelbild in den Glastüren und kam sich lächerlich vor.

In einer Anwandlung griff er in seine Jackentasche, wühlte eine Visitenkarte hervor und reichte sie dem Nachtportier, für Miss Sluizenaar.

Harold was here.

Ach ja?

Oder war Harold wieder mal nirgendwo?

18

Quer durch die Frau

Eine beginnende Liebe gleicht der Probefahrt mit einem neuen Segelschiff. Es liegt schwankend im Wasser, der Kiel ist schön glatt, aber noch nicht ausgelotet. Das Ruder dreht sich gut geschmiert, manchmal jedoch recht eigenwillig. Die Besatzung behindert sich gegenseitig oder steht zur falschen Zeit am falschen Ort. Manchmal schießt eine Leine von einer Klampe, gerät ein rasch gehisstes Segel ins Stocken. Die Mucken sind unbekannt, die verzwickte Logik muss noch ergründet werden, kurzum, der Kahn hat seine Seele noch nicht preisgegeben. Und wenn, wie heute Abend, beim Anlegen plötzlich die Wielinge fehlten, ging einem das Knirschen von Holz auf Stein durch Mark und Bein, obwohl sich der Schaden auf ein paar Kratzer beschränkte. Doch wollte die Liebe erblühen, musste sie zuerst und vor allem gelebt werden.

Diese und ähnliche Beschwörungsformeln spukten Harold durch den Kopf, als das Morgenlicht an den Buchenstämmen entlangwanderte. Denn es war wirklich eine abrupte Bewegung, die ihr Liebesboot vollführt hatte. Das Entzücken des ganz frischen Aufbruchs und die Sehnsucht nach zukünftigen Reisen hatten einen Dämpfer erhalten.

Harold lehnte sich zurück, nickte ab und zu ein. Trotzdem wusste er die ganze Zeit, wo er sich befand. Er hatte sein Auto auf einer Waldlichtung in der Nähe von Isabelles Hotel geparkt, so, dass ihn der Portier nicht sehen konnte. Hinter ihm lag eine Nacht, in der er so manche Entschlüsse gefasst und wieder verworfen hatte. Zum Beispiel hatte er darüber nachgedacht, sich ganz frech im Hotel einzumieten. Er sollte einfach mal mit dem Hotelmanager reden, ein Rabatt von dreißig, vierzig Prozent für ein einfaches Zimmer, das war durchaus im Rahmen, die Hälfte des Ladens stand sowieso leer.

Später, bei den Schreien eines frühen Bussards, schrieb er einen Brief an Luisa. Er brach diese armselige Therapie ab! Schluss mit diesen Hausaufgaben, mit denen sie ihn zwang, zahllose Überbleibsel aus den Arsenalen seiner Vergangenheit hervorzukramen.

Als er die ersten Autos in einem nahe gelegenen Dorf anspringen hörte, sprach er seinen Namen und seine Nummer auf die Mailbox eines Maklers. Er hatte beschlossen, Franciens Haus zu verkaufen. Schon bald würden Isabelle und ihre Brüder nach Buenos Aires zurückkehren, und nichts hinderte ihn daran, mitzugehen. Isabelle kannte den Weg zu den *maestros* und den dutzenden Tanzlokalen. Er hatte es im Blut, ein echter Tanguero zu werden, die Brüder hatten es selbst gesehen und gesagt.

Seine Zukunftsvisionen verblassten, je höher die Sonne stieg. Er knöpfte sein Jackett auf und drehte das Fenster ein wenig herunter. In der Wärme schien seine Tatkraft eher nachzulassen anstatt zuzunehmen.

Er wurde von einem Hund aufgeschreckt, der an seinem Fenster hochsprang. Das Tier starrte ihn auf Augenhöhe an, die Zunge hing ihm seibernd aus dem Maul, die Krallen kratzten an der Karosserie. Als Harold nach seinen Autoschlüsseln griff, rannte das Tier mit grotesken Sprüngen davon, wobei es ab und zu stehen blieb und sich umschaute. Harold stieg aus und begutachtete den Schaden. Kein Herrchen weit und breit.

Er reckte seinen klammen Körper und klopfte sich Zigarettenasche von der Hose. Er atmete die Waldluft tief ein, diesen herbstlichen, verheißungsvollen Erdgeruch. Er nahm sich vor, zum Hotel zu laufen, nein, nicht um einzuchecken, Unsinn, er hatte seine eigene Wohnung, sogar eine Wohnung und ein Haus. Er würde frohgemut hineinspazieren und sich mit an den Frühstückstisch setzen. Dieses ungeschickte Manöver beim Tanzen gestern Abend – das konnte jedem passieren.

Er passierte den Portier, stellte fest, dass seine Visitenkarte noch immer im Postfach lag, und ging zum Speisesaal. Am Büfett standen einige Touristen, an den Tischen brachen die Geschäftsleute auf. Keine Isabelle, keine Brüder.

Vor ihrer Zimmertür angekommen, klopfte er nach einigem Zögern an. Keine Antwort, auch nicht auf sein ungeduldiges Hämmern. Er probierte die Türklinke, die ohne Weiteres nachgab.

Es war still. Er roch keinen Nachtgeruch, nirgends waren Kleider verstreut, ihr Bett war glatt gezogen, doch ihre Taschen standen mit zugezogenen Reißverschlüssen auf dem Kofferregal. Auch im Badezimmer war niemand. Sogar die Hotelseife lag unberührt auf der Ablage. Er schlug die Decken zurück und fühlte an den Laken. Trocken, kühl.

Er eilte hinaus auf den Flur. Die Zimmer ihrer Brüder ... Er lauschte an der ersten Tür. Unterdrücktes Gelächter. Mit den Knöcheln beider Fäuste trommelte er gegen die Tür. Plötzlich stand Alfonso vor ihm. Überschwängliche Fröhlichkeit.

»*Hola, amigo!* Was für eine *sorpresa!*«

Ein Kuss auf die Wange, Harold roch Zahnpasta und ein süßliches Aftershave. Alfonso legte ihm den Arm um die Schultern und zog ihn ins Zimmer hinein.

»Du siehst ja aus wie eine Vogelscheuche. Hast du schon Kaffee getrunken?«

»Nein«, antwortete er automatisch.

»Ich lasse kommen ein frisches Kännchen.«

Mit dem letzten Wort musste er ringen, um es richtig auszusprechen.

»Ein frisches Kännchen«, wiederholte er lachend.

»Wo ist Isabelle?«

Auf dem Bett stand ein Tablett mit leeren Tassen und Brotkrusten. Während Alfonso zum Telefon ging und Kaffee bestellte, schaute er Harold forschend an.

»Alles okay, Amigo?«

»Sí, sí«, antwortete Harold.

Das Geräusch von laufendem Wasser lockte ihn zum Badezimmer. Die Tür war einen Spalt geöffnet. Isabelle stand nackt vor dem Waschbecken und cremte sich das Gesicht ein. Er empfand Rührung beim Anblick dieses wehrlosen, nackten Rückens und heißes Verlangen angesichts ihres runden Pos und ihrer Brüste, die wiegend ihren Bewegungen folgten.

Isabelle entdeckte ihn im Rand des Spiegels. Sie ließ es zu, dass er sie betrachtete, und zog ungerührt weiter ihre Lidstriche mit dem Eyeliner.

Harold stand unbeholfen herum. Dann zwängte sich Carlito an ihm vorbei ins Badezimmer, umarmte ihn kurz und drückte ihm die Lippen auf die Wange. Er riss sich ein Stück Toilettenpapier ab.

»Señor Daver, gut geschlafen? Sorry, ich hab's eilig. Essen wir heute Abend zusammen?«

Er schnäuzte sich die Nase und warf das Papier in die Toilette.

»Heute Abend? Geht in Ordnung«, antwortete Harold zahm.

Isabelle trug einen BH und einen Slip, als er den Blick wieder ihr zuwandte. Sie legte sich ein Handtuch um die Schultern und begann, ihre nassen Locken auszubürsten.

»Isabelle, beeil dich!«

Alfonso und Carlito standen neugierig hinter ihm. Alfonso zwinkerte ihm zu. Carlito holte eine Karte von der Umgebung hervor und strich mit einem Filzstift einige Stellen an.

»Arbeit?«, fragte Harold.

»Wir haben eine Spur«, sagte Carlito und klatschte in die Hände. »Wir gehen auf die Jagd.«

Isabelle hatte ein Kleid übergeworfen und räumte hastig ein paar Tuben vom Waschtisch.

»Bleibst du hier und hältst die Stellung?«, fragte Alfonso Harold. »Mit Kaffee und Brötchen wirst du versorgt.«

Isabelle trat aus dem Badezimmer, die Brüder zogen bereits ihre Jacken an.

»Holt ihr schon mal den Lift«, sagte sie zu ihnen.

Sie klopften Harold auf die Schulter und verschwanden.

Isabelle schubste ihn rückwärts aufs Bett.

»Du, du …«, sagte sie. »Warte hier auf mich, ja?«

Die Brüder, im Flur vor dem Lift, mahnten sie zur Eile.

Er ließ es zu, dass sie ihm mit den Händen die Augen schloss. Sie drückte ihm einen Kuss auf den Mund, mit ihrem vollen Gewicht, schien es. Sie presste ihm die Lippen gegen die Zähne. Er sah sie nicht weggehen. Nach wenigen Minuten schlief er ein.

Das Zimmermädchen ließ ihn liegen, er bemerkte sie nicht. Er träumte lebhaft, doch als Isabelle ihn weckte, behauptete er, traumlos geschlafen zu haben.

Spätnachmittags waren sie wieder vereint, rund um eine Tischdecke – Isabelles Bettlaken – auf einer Wiese. In der

Mitte lag ein Berg Baguettestücke. Daneben stand eine Plastikschüssel mit geschnittenen Tomaten und Salat. Alfonso hatte eine Hand voll Salz drübergeworfen, einen Pfefferstreuer aus dem Hotel hineingeleert und gab jetzt mit beiden Händen aus zwei Plastikflaschen Essig und Öl hinzu. Ein paar Meter weiter qualmte ein Stapel Holzkohle, die sie an einer Tankstelle gekauft hatten. Carlito legte große Stücke Fleisch auf einen Rost, *bife*, Lende und Filet, aber auch Innereien und Stücke vom Magen. Er hielt eine Würstchengirlande hoch und prüfte das Fleisch im späten Sonnenlicht.

Sie tranken aus einer Flasche, die von Mund zu Mund wanderte. Isabelle bastelte an dem CD-Fach eines Gettoblasters herum. Sie hatten ein hübsches Fleckchen auf einer Halbinsel im Rhein gefunden, einer Landzunge zwischen Schleuse und Stauwerk, wo Austernfischer das Ufer besiedelt hatten und nur der Motor eines Frachters dann und wann die Stille störte.

»Wir haben den Restaurantfraß satt«, hatte Isabelle bei ihrer Rückkehr verkündet. »Wir wollen essen wie zu Hause. Was hältst du von einem *asado,* einem Picknick mit Fleisch von den Pampas?«

Er war wach geworden, als er gegen einen fremden Körper stieß – wie lange hatte Isabelle schon neben ihm gelegen? Sie schob ihn weg und lispelte ihm ins Ohr, dass er unbedingt mitkommen müsse, dann schmiegte sie sich an ihn.

Isabelle hatte eine CD mit traditionellen Tangos eingelegt. Sie suchte regelmäßig Harolds Blick, als wolle sie ihm etwas mitteilen, worüber er sich sehr freuen würde, wage es aber aus Schüchternheit nicht.

Weil er bis spät am Nachmittag geschlafen hatte, lag noch Nebel über seinen Gedanken. Erst während des Essens, nach einigen Schlucken Wein, entspannte er sich. Es war ein Festessen für Kannibalen, das Fleisch wurde kurz auf das Feuer gelegt, bis sich die Poren schlossen, und dann verteilt. Auch Harold aß die fast rohen Rumpsteaks und Ribeyes. Blut tropfte ihm am Kinn hinunter. Isabelle wischte es mit Brotstücken ab, die sie anschließend aufaß. Sie schlug ihre kleinen Zähne gierig in die Fleischlappen, die Carlito vom Rost pikte.

Eine heftige Diskussion entflammte, als Isabelle die CD wechselte.

»Nicht Piazzolla!«, befahl Carlito. »Dieser Mann hat den Tango an den Rand des Abgrunds gebracht.«

»Er hat den Tango vor dem Erstickungstod gerettet!«, erwiderte Isabelle.

»Unsinn, sämtliche Taxifahrer in ganz Buenos Aires haben Gas gegeben, wenn sie ihn erkannten. Niemand wollte ihn mitnehmen. In La Boca hat man ihn vermöbelt.«

Die Brüder lachten spöttisch.

»Nur weil ihr ihn nicht versteht!«, begehrte Isabelle auf.

»Nein, weil er den Tango von seinen Wurzeln, dem Volk, losgerissen hat und weil er ihn seiner Einfachheit beraubt hat.«

»Er hat den Tango vor dem Staub der Nostalgie bewahrt.«

»Um mit seinen unbegreiflichen Machwerken in Paris zu glänzen! In Buenos Aires ist er so gut wie nie aufgetreten ...«

»Ihr wollt immer nur dasselbe hören, den jammernden Argentinier, der mit seinem Bandoneon in einer kleinen Gasse seiner verschwundenen Liebe nachweint, aber zu faul und zu feige ist, jenseits der Grenzen seines Viertels nach ihr zu suchen.«

»Piazzolla hat die Seele des Tangos verraten. Er hat die Wehmut nicht verstanden, er kannte kein Heimweh und er verstand nichts von Frauen ...«

»Ach, aber ihr?«

Solche Diskussionen flackerten immer wieder einmal auf und ebbten bald wieder ab, genau wie die Würstchen auf dem Rost aufplatzten und zischend ihre Säfte ins Feuer spritzten, um anschließend leise brutzelnd weiterzugaren.

Als die Dämmerung hereinbrach, leerte er seine Blase im Gebüsch. Bei seiner Rückkehr waren Alfonso und Carlito dabei, alte Schiffsstahlplatten durch die Gegend zu zerren. Sie hatten Seile durch die Nietlöcher gezogen und schleppten die Platten bis dicht ans Feuer. Dort legten sie sie nebeneinander und stampften darauf herum, bis ein Stahlboden entstand.

Dann drehte Carlito die Lautstärke auf. Alfonso stellte sich mitten auf die Platten und streckte die Arme nach Harold aus. Dieser zögerte, schaute Isabelle an, die mit bis zum Kinn angezogenen Beinen am Feuer saß. Die Glut erleuchtete ihre Oberschenkel.

»Du führst«, sagte Alfonso.

Harold schüttelte verwirrt den Kopf.

»Führen ist leicht«, drängte Alfonso. »Gewicht verlagern, drehen und Raum geben. Vertrau mir, tanze quer durch mich hindurch, sodass ich nicht anders kann, als mich zu fügen.«

Einige Augenblicke später, als die Sonne im Nebel versank, tanzte Harold zwischen den Sandhügeln mit dem sehnigen Alfonso, der seine Augen schloss, als wolle er ihn erproben. Er ließ sich führen wie Isabelle, nur weniger sanft, weniger geschmeidig.

»Eso!«, ermunterte ihn Isabelle. »Tanze vom Boden her, die Schwerkraft ist deine beste Freundin, Harold, nicht deine Feindin. Du überwindest sie nicht mit Hüpfern und Hast, nur mit Ruhe, Ruhe!«

Der Schweiß rann Harold in die Augen. Mit einer raschen Bewegung wischte er das Gesicht an Alfonsos Schulter ab. Er roch Schweiß und Pferdemist.

»Gracias«, sagte Alfonso. »Aber gib mir mehr Kraft. Tanze mit deinen ... Eiern!«

Harold straffte den Rücken, reckte das Kinn und drückte sein Brustbein an Alfonsos Oberkörper. Er führte ihn in die Ecke ihrer stählernen *Pista* bis in die Nähe des Feuers und ließ ihn dort eine Reihe flacher *Voleos* durchführen, so tief, dass sein Fuß das glühende Holzkohlenfeuer berührte. Ein Funkenregen stob von Alfonsos Schuhspitze. Isabelles Pfeifen und Klatschen spornte Harold an.

Anschließend tanzte er mit Carlito und natürlich auch mit Isabelle. Sie schmiegte sich mit dem ganzen Oberkörper eng an Harold an.

»Herz an Herz«, flüsterte sie gebieterisch.

Und sie tanzten, als seien sie eins, bis Alfonso die CD wechselte. Alfonso klopfte Harold auf die Schulter.

»Amigo«, sagte er herzlich. »An deinem Stil gibt es noch viel zu feilen, aber der Tango liegt dir im Blut.«

Er wandte sich an Isabelle, die eine neue Flasche öffnete, und wechselte über auf Spanisch.

»Geh du ruhig mal in die Büsche pinkeln«, sagte er, so vermutete Harold jedenfalls, denn Isabelle ließ die Flasche stehen und spazierte in Richtung des dunklen Unterholzes. Harold schaute ihr nach, bis Alfonso näher zu ihm rückte. Carlito hockte auf den Fersen und kaute auf Kernen herum, die er aus der Tasche holte.

»Harold, unsere Schwester ist keine Lügnerin«, begann Alfonso. »Aber glaub mir, ihre Fantasie ist ebenso groß wie ihr Herz. Sie will dich schonen, sie will dich nicht in unsere Schwierigkeiten mit hineinziehen.«

Harold nahm einen Zug aus der angebotenen Flasche und schluckte den Wein mühsam hinunter. Die Erstarrung kam, wie immer, von innen: Isabelle überließ es ihren Brüdern, ihn von seiner idiotischen Verliebtheit abzubringen.

»Unsere Schwester denkt in *amor,* nicht in *dinero*«, fuhr Alfonso fort. »Aber wir sind Pferdeleute, schicke Hotels sind nichts für uns.«

Carlito bohrte mit einem Stock im Feuer herum und warf seinem Bruder einige schnelle spanische Worte zu.

»Habt ihr euren Geschäftspartner ausfindig gemacht?«, fragte Harold.

»Wir sind kurz davor, Harold«, sagte Alfonso. »Aber mehr als zwei oder drei Tage haben wir nicht mehr, um uns mit der Gegenpartei zu einigen.«

»Und dann?«

Er zeigte mit der flachen Hand schräg nach oben in die Luft.

»Fliegen wir nach Hause. Wir werden auf der *estancia* gebraucht, verstehst du?«

Harold dagegen vermutete, dass sie aus Geldmangel ihre Mission abbrechen mussten. Das verlieh ihm den Mut, ihnen einen Vorschlag zu unterbreiten.

»Ihr könnt bei mir wohnen. Ihr seid immer willkommen. Ihr braucht nicht in diesem teuren Hotel zu bleiben. Wir müssen ein bisschen improvisieren, aber ich habe Platz genug in meiner Wohnung. Ich habe Telefon, ein Fax, einen Computer, alles, was ihr braucht. Ihr könnt Tag und Nacht zu mir kommen. Bei mir seid ihr keine Gäste, bei mir seid ihr zu Hause.«

Alfonso war gerührt, fasste Harolds Hand und schüttelte sie mit abgewandtem Gesicht. Eine Zeit lang stocherten sie mit Stöcken im Feuer herum.

»Einverstanden?«, fragte Harold und sagte entschlossen: »Ab heute Abend wohnt ihr bei mir.«

Da sie schwiegen – ihr Ehrgefühl, er konnte das durchaus verstehen –, verkündete er: »Ich gehe und erzähle es Isabelle.«

Beim Aufstehen schwankte er, das machten der Wein und die Erleichterung. Die Brüder protestierten nicht, sie konnten nicht mehr zurück. Während sie in ihrer Muttersprache über den Auszug aus dem Hotel diskutierten, eilte er ins hohe Unterholz. Ja, er war wirklich unter Freunden, beschloss er. Neuen Freunden zwar, die er noch nicht auf die Probe gestellt hatte, aber sie schenkten ihm Vertrauen und nahmen ihn so, wie er war, wortlos, wie es sich für Tangueros gehörte.

Harold fand Isabelle am Ufer stehend. Die Schleusen lagen reglos im glatten Wasser. Über die Flusslandschaft senkte sich die Dunkelheit, das Wasser und das gegenüberliegende Ufer waren schon miteinander verschmolzen. Er näherte sich und blieb dicht hinter ihr stehen. Er legte ihr beide Hände auf die Hüften. Sie ließ sich in einer langsamen Abwärtspirouette zu Boden sinken.

Er kehrte zurück von einem kurzen, glückseligen Flug in die leere Dunkelheit über ihm. Isabelle kniete vor ihm, er stand aufrecht. Im Wasser spiegelten sich die Flusslichter.

Er half ihr auf, vor Genuss ganz benommen. Sie bückte sich, um seine Lederjacke aufzuheben, die er ausgezogen hatte, damit sie sich nicht die Beine schmutzig machte.

»Lass sie ruhig liegen«, sagte er. »Sie ist schon uralt.«

Diese zweite Haut, ein Schutz für seine verletzliche Seele, brauchte er jetzt nicht mehr.

Gemeinsam kehrten sie zu den Brüdern zurück. Was soeben geschehen war, musste er festhalten, das war der Moment ihrer Hingabe gewesen: Sie hatte heftig ihre Locken geschüttelt, nein, lass mich … als sie seine Hose aufknöpfte. Danach umfasste sie seine Hände, hielt sie auf seinem Rücken fest, und er ließ sie gewähren. Anschließend legte sie den Kopf an seine Oberschenkel. Ihr Mund und ihr Kinn glänzten, Schleimspuren zogen sich bis hinunter zum Hals.

Am Feuer küsste sie sofort ihre Brüder, voll auf den Mund, aber ihre Augen ließen ihn nicht los.

Nach ihrem hastigen Aufbruch aus dem Hotel, der so überstürzt war, dass Harold wusste, sie hatten ausgecheckt, ohne zu bezahlen, fuhren sie zu seiner Wohnung.

Die Brüder alberten herum. Sie seien durch den Notausgang raus, bekannten sie. Harold lachte mit, haha, na klar, er könne diese Reiche-Leute-Reservate auch nicht leiden, genauso wenig wie sie. Isabelle saß mit verträumtem Lächeln neben ihm.

Vor seinem Haus stauchte er die Junkies zusammen, die wieder gegen einen Obolus ihre Hilfe anboten. Während sie die Koffer von dem kleinen Parkplatz bis zu seiner Haustür trugen, erzählte Harold erheitert, dass die Stadt für diese modernen Nomaden ein brandneues Kreuzfahrtschiff bauen ließ, als Belohnung für ihre zahllosen Diebstähle und Gewalttaten. Er öffnete die Haustür und lud sie mit einer schwungvollen Geste zum Eintreten ein.

Harold erschrak, als eine Hand ihn an der Schulter packte und im kleinen Gang neben der Tür ein blonder Haarschopf auftauchte. Es war Elecom. Er ignorierte Harolds Begleiter und zog ihn beiseite. Elecom flüsterte, dass er ihn dringend sprechen müsse. Er habe eine Ewigkeit auf ihn gewartet, ob Harold sein Handy ausgeschaltet habe? Nein? Egal. So was Dummes, er tippte sich mit den Fingerspitzen an die Nasenwurzel, eigentlich müsse er sich ja für die späte Störung entschuldigen. Über Harolds Schulter hinweg schaute er Isabelle und ihre Brüder an, die unruhig hinter der geöffneten Tür warteten. Er bitte nochmals um Entschuldigung, aber ob Harold ihm heute Abend helfen könne? Der Untersuchungsrichter habe einen von Franciens Verdächtigen in dem Fleischskandal ganz unerwartet freigelassen. Die Staatsanwaltschaft wolle gegen diesen Beschluss Berufung einlegen. Ein Teil der Akte sei unauffindbar und es gebe nur noch eine Möglichkeit, nämlich dass sie sich bei Francien zu Hause befinde. Es sei nur ein einziger Ordner, ob sie vielleicht jetzt sofort ...? Er habe Franciens Arbeit übernommen und müsse spätestens morgen früh die Angaben einreichen, um die Frist zu wahren.

Elecoms Gesicht verriet seine innere Anspannung. Wenn Harold sich weigerte, würde er höflichen, aber zähen Widerstand ernten.

»Ich habe Besuch«, sagte Harold so hilflos wie möglich.

»Wir sind in einer halben Stunde wieder da«, versprach Elecom.

Während Harold Isabelle und ihre Brüder zu ihrer neuen Unterkunft brachte und seine Sachen beiseite schob, erklärte er: »Das ist Franciens Chef, Frans Elecom, er ist der Mann, der uns helfen kann. Ich gehe jetzt mit ihm, er braucht mich. Für uns kann das auch nur nützlich sein.«

Elecom schwieg während der ganzen Fahrt. Erst in Franciens Haus wurde er gesprächiger. Er stellte ununterbrochen Fragen, als wolle er Harold von dem verdorbenen Abend ablenken. Unterdessen durchsuchte er in Franciens Arbeitszimmer ihre Aktentasche, schnüffelte im Schlafzimmer in ihren Schränken herum und durchwühlte den Karton mit den Decken im Abstellraum. Sein zielstrebiges, systematisches Vorgehen verriet, dass er praktisch jede Woche Haussuchungen durchführte.

»Man hat dich aus *De Ster* rausgeworfen, stimmt's?«, bemerkte er und zog ein Hängeregister auf. Nachdenklich las er die Aufkleber.

Harold spitzte die Lippen.

»Pardon, ich korrigiere: Du bist ausgestiegen. Wie auch immer. Eine Katastrophe, oder kannst du damit leben?«, fragte er, als Harold hartnäckig schwieg.

»Beides«, antwortete er. »Und genau das ist das Entscheidende an der Sache.«

»Hast du dich auszahlen lassen?«

»Na ja, wir haben uns in gegenseitigem Einvernehmen getrennt«, sagte Harold, während Elecom Franciens Sporttasche öffnete.

Obwohl er kein Recht dazu hatte, eifersüchtig zu sein, versetzte es ihm einen Stich, als Elecom zwischen ihrem Sport-BH, ihrem T-Shirt, ihren schmutzigen Sportsocken herumwühlte.

»Aber *De Ster* war doch deine Existenzgrundlage?«

»Warum sollte ich meine Zeit damit verschwenden, meinen Kontostand zu halten? Und dabei meine persönliche Entwicklung vernachlässigen ...«

Elecoms Bewegungen gerieten wieder ins Stocken, als habe er etwas Wichtiges entdeckt. Er setzte sich auf den Rand von Franciens Schreibtisch.

»Habt ihr einen Safe?«, fragte er. »Oder ein Geheimversteck, wo ihr eure Wertsachen aufbewahrt habt?«

Harold brachte ihn bereitwillig zu dem Tresor im Keller. Doch darin lagen nur einige Schulzeugnisse und eine Halskette, die Francien nie getragen hatte.

Nachdem Elecom Franciens Fahrradsatteltasche im Schuppen untersucht hatte, gab er auf.

»Tut mir leid, dass ich dich belästigen musste, komm, ich bringe dich zurück.«

Sie hatten über anderthalb Stunden gebraucht. Auf dem Rückweg fragte sich Harold, warum Elecom Franciens Computer ignoriert und die Disketten und die CDs nicht eines Blickes gewürdigt hatte.

Als er ihn absetzte, sagte Elecom – so nebenbei, dass Harold erst auf der Treppe begriff, dass er damit nur seine neuen Gäste meinen konnte: »Pass auf, mit wem du dich einlässt. Du befindest dich in einer labilen Phase. Ich möchte fast sagen: Du lässt dich treiben, da klammern sich manche Leute an einem fest oder versuchen sogar, dich in ihre Richtung zu ziehen.«

Als er eintrat, herrschte Ruhe. Die Brüder saßen rauchend am Küchentisch und sprachen über ihre Angelegenheiten. Isabelle lag reglos in ihrem Schlafsack, den Reißverschluss bis oben zugezogen. Er stellte eine Flasche alten Genever zwischen die Brüder und setzte sich zu ihnen. Er las die Post und lauschte ihrer gemurmelten Unterhaltung, bis er schläfrig wurde.

19

Eine Hand wäscht die andere

Danach folgten die unschuldigen Stunden, wie Harold sie später nennen sollte.

In jener Zeit kochte Isabelle Spaghetti in seiner winzigen Küche oder schalt ihre Brüder aus, wenn sie mit Schuhen über die Betten liefen.

Durch das Mattglas der Duschkabine durfte er in aller Ruhe ihre Formen studieren. Er durfte ihr eine Tube Zahnpasta anreichen und dabei durch den Spalt der Klapptüren spähen. Er durfte sie mit einem Hechtsprung über die Betten zu erwischen versuchen, wenn sie ihn einen schmutzigen alten Mann schimpfte.

Er durfte sie mager und knochig finden, als sie am nächsten Morgen auf einem Hocker saß und sich verschloss, weil sie »mit sich selbst beratschlagen« wollte. Er konnte es sich sogar erlauben, ihren Mund zu breit zu finden und ihre Stimme schrill und ordinär, wenn sie nach dem Abendessen weiter Wein trank.

Nein, sie schliefen nicht miteinander.

Sie hatten sein Wohnzimmer zu einem Schlafsaal umfunktioniert und das Hinterzimmer in einen Lagerraum. Sie lagen nebeneinander auf Luftmatratzen, die jede Bewegung verrieten. Natürlich berührten sie sich, oft sogar. Beim Umdrehen wurde er wach und lauschte ihrem Atem. Sie schlief.

Er raffte seinen Mut zusammen und schmiegte seinen Fuß wie zufällig in ihre Kniekehle. Sie rutschte weg.

Er strich ihr das wirre Haar aus der Stirn. Sie atmete flacher, stellte sich aber schlafend.

Er nahm ihre Hand, die sie in einem unruhigen Traum über den Kopf gelegt hatte. Sie zog sie zurück und rollte sich zusammen.

Er lag wach, bis das Licht durch die Ritzen zwischen den Gardinen hereinfiel. Morgens legte sie ihm den Arm um den Hals und wühlte mit der Nase in seinem Hals, traumverloren vor sich hin murmelnd. Sie öffnete den Reißverschluss ihres Schlafsacks und rutschte zu ihm unter die Decke, ihre Brüste an seinem Zwerchfell.

Er musste ihr Zeit lassen. Nur Geduld. Die konnte er sich ja erlauben, jetzt, wo sie den ganzen Tag in seiner Nähe war.

In jenen Tagen hörten auch die Brüder auf, ihren Charakter unausgesetzt hinter einem freundschaftlichen Lächeln zu verbergen. Sie verließen ein paarmal das Haus, blieben aber nie länger als eine Stunde weg. Sie fuhren in seinem Auto herum. Beim Nachhausekommen erstatteten sie Isabelle Bericht. Ihr Gesicht nahm einen indianischen Ausdruck an, nachdenklich und unzugänglich.

Die Gespräche der Brüder endeten stets in einem unverständlichen Streit. Und nachdem sie sich ihre Argumente an den Kopf geworfen hatten, war es jedes Mal Carlito, der sich der Länge nach aufs Bett warf und eine Zigarette rauchte. Er war der Unerbittliche, der Tatkräftige. Er könne ein wildes Pferd satteln und zähmen, vertraute Isabelle Harold an, doch es war Alfonso, der ihn vor Fehltritten bewahrte.

Alfonso war der Gleichmütige, der glaubte, dass schmirgelnder Sand und stetig fließendes Wasser letztendlich stärker waren als jedes Gestein. Daher übernahm er es, Carlito in der spannungsgeladenen Ruhe nach einer Auseinandersetzung mit klappernden Würfeln an den Küchentisch zu locken. Dort spielten sie anfangs grimmig, bis sie irgendwann später albern lachend den Spielstand aufschrieben.

Harold beteiligte sich nicht, es war ihr Versöhnungsritual. Er schenkte ihnen etwas zu trinken ein und sie stießen an.

Er fühlte sich in Gesellschaft der Geschwister wie ein Teil der Familie, obwohl Luisa ihn gewiss gewarnt hätte, dass dies nur eine Art Ersatzgeborgenheit sei.

Die unschuldigen Stunden nahmen ein Ende, als Alfonso und Carlito am Ende des zweiten Tages ihres Besuchs zurückkehrten. Die Hast, mit der sie nach Isabelle fragten, kündigte an, dass endlich etwas geschehen würde.

»Komm schon, wo ist sie, Harold?«

»Sie ist im Park an der Bärengrube, da unten, ihr könnt sie sehen, wenn ihr euch weit genug aus dem Fenster lehnt.«

Ohne Erklärung stürmten sie die Treppe hinunter und kurz darauf sah Harold sie über den Platz rennen, Alfonso voraus. Isabelle hörte sie mit verschränkten Armen an. Harold sah ihre Locken gebieterisch wippen, sie stellte die Fragen. Die Brüder gaben rasche Antworten, begleitet von knappen Gesten. Einen Augenblick lang schauten sie gleichzeitig nach oben. Harold fühlte sich ertappt und winkte, aber sie reagierten nicht. Sie setzten sich auf eine Bank.

Bei ihrer Rückkehr steckten sie ihn schon nach wenigen Minuten mit ihrer Aufregung an.

»Harold, es gibt gute Neuigkeiten: Wir haben die Adresse des Betrügers! Wir können ihn endlich erwischen, heute Abend noch«, teilte Alfonso ihm mit.

»Wir warten, bis es dunkel wird«, ergänzte Isabelle. »Es wird nicht lange dauern. Wir brauchen uns nur mit ihm über die Bezahlung zu einigen.«

»Um wie viel geht es?«, fragte Harold.

»Das ändert sich jeden Tag«, antwortete Alfonso. »Der Dollar, weißt du …«

Isabelle erklärte es ihm: »Als die Züchter aus unserer Gegend die Pferde verkauften, standen Dollar und Peso eins zu eins. Inzwischen ist der Peso aber viel weniger wert. Der Kurs bringt jeden Tag neue Überraschungen.«

Alfonso und Carlito tranken einen Schluck aus der Weinflasche und stellten sie mit einem Knall wieder auf den Tisch. Sie nickten abwesend, als Harold vorschlug, Pizzen holen zu gehen. Er beeilte sich, und als er wiederkam, schnitten er und Isabelle sie in der Küche in Stücke.

»Die Züchter in unserer Gegend haben schon hohe Verluste erlitten«, sagte sie. »Wenn wir heute Abend mit leeren Händen zurückkehren, geraten sie in große Schwierigkeiten. Einige haben ihren halben Stall weggegeben. Sie haben keine Chance, diese Verluste aufzufangen. Mein Vater müsste Konkurs anmelden. Aufgrund der Wirtschaftskrise erhält er keine weiteren Kredite mehr.«

Sie fragte ihn nicht, ob er mitkäme. Auch Harold fragte nicht. Es war selbstverständlich.

Der Mann, auf den sie es abgesehen hatten, wohnte in Deutschland, in einer Kleinstadt am Rande des Ruhrgebiets. Nach etwa einer Stunde kamen sie an.

Harold stellte sein Auto auf einem typischen Vorstadtparkplatz ab, der inmitten einer ländlichen Häusersiedlung lag. Die Häuser selbst unterschieden sich nur durch die Hausnummern auf kleinen erleuchteten Pfosten voneinander. Die Grundstücke waren gerecht in Parzellen aufgeteilt und die Grenzen durch mannshohe Ligusterhecken markiert worden. Ein mit Rindenmulch bedeckter Weg dämpfte ihre Schritte.

»Wie heißt er?«, fragte Harold, der kein Namensschild neben der dunklen Haustür entdecken konnte.

»Zacharias«, flüsterte Carlito, bevor er klingelte und dann blitzschnell die Hand auf den Spion legte.

Bevor Harold nachfragen konnte, ob dies ein Vor- oder Nachname sei, ging im Hausflur eine Deckenlampe an. Sobald ein Lichtspalt zwischen Tür und Zarge erschien, zwängte Carlito sich hinein. Harold sah ein erschrockenes Gesicht, eine flüchtende Gestalt. Ein kurzer Ringkampf folgte, hastige Schritte, das Licht ging aus, ein ersticktes Stöhnen.

Harold wurde von Alfonso mit fester Hand in den Flur geschoben. Isabelle folgte auf dem Fuß, leise schloss sie die Tür hinter ihnen. Aus einem Raum drang fragend eine Frauenstimme, unaufgeregt, wie es schien. Im Dunkeln fand Alfonso zielsicher den Weg.

Erst im Wohnzimmer sah Harold, dass Carlito ein Kind gepackt hatte, einen etwa sieben-, höchstens achtjährigen Jungen. Er hatte langes blondes Haar, das ihm in die Augen fiel, weil Carlito ihn vornüberdrückte, die Hand auf seinem Mund.

Am Esstisch hob eine Frau erschrocken den Blick. Sie trug einen Bademantel und war dabei, einem Mädchen die Haare zu bürsten, das mit dem Rücken zu ihr auf einem Barhocker saß. Vermutlich die Schwester des Jungen, sie hatte dasselbe blonde Haar wie er, nur viel länger. Es lag ihr wie ein Fächer auf dem Rücken. Sie war älter, dreizehn, vierzehn Jahre.

»Marco …«, sagte die Frau, als Carlito den Jungen in einen Sessel drängte.

Dann erst schaute sich das Mädchen um, ihr Gesicht genauso starr wie das ihrer Mutter. Sie trug einen Nasenring und auch in ihrem Nabel blinkte ein silberner Knopf.

Harold inspizierte rasch die Küche, die durch eine Bar vom Wohnzimmer getrennt war. In die Bar eingelassen war ein Aquarium, in dem tropische Fische in unruhigen Formationen schwammen.

Eine Kopfbewegung Carlitos dirigierte ihn zurück zur Flurtür. Alfonso postierte sich am Fenster. Er suchte nach Schaltern, die er rasch betätigte. Summend senkten sich die Rollläden vor die Scheiben. Unterdessen ging Carlito zu der Frau hinüber, der stumme Blick des Mädchens folgte ihm. Er fasste sie am Kopf und drehte ihr Gesicht weg. Dann näherte er seinen Mund dem Ohr der Frau. Harold konnte gerade so verstehen, was er flüsterte.

»*Wo ist er?*«, fragte er auf Deutsch.

Alfonso und Isabelle schauten zu. Die Frau antwortete nicht, sondern schüttelte nur kurz und heftig den Kopf, als verscheuche sie einen unangenehmen Gedanken. Harold sah, wie sich Isabelle in Bewegung setzte. Eine Tür schlug zu, aber im Augenblick schien nur von Bedeutung, was Carlito und Alfonso vorhatten.

Carlito nahm der Frau die Bürste aus der Hand und ließ sie auf den Fliesenboden fallen. Der Griff zerbrach. Während die Frau den Blick darauf richtete, fragte Alfonso vom Fenster her drängend: »Wo ist er?«

Niemand sagte etwas. Der Junge im Sessel starrte auf den dunklen Fernsehschirm, das Mädchen schien darauf zu warten, dass ihre Mutter weiterbürstete.

Carlito fegte die Bruchstücke der Bürste mit dem Fuß ins Wohnzimmer hinein.

Die Frau schüttelte den Kopf.

»Weiß ich nicht«, murmelte sie.

Isabelle kehrte zurück. Sie zuckte mit den Schultern, den Blick starr auf Alfonso gerichtet.

»Keiner da außer denen.«

Harold stand noch immer an der Tür und versuchte verzweifelt zu verstehen, was sich seit ihrem entschlossenen Aufbruch verändert hatte. Dass sie bei ihrer Mission Druck ausüben und mühsame Frage-Antwort-Spielchen spielen, vielleicht sogar mit der Faust auf den Tisch schlagen müssten, in Ordnung, aber diese feige Machtdemonstration, diese Vergewaltigung einer häuslichen Szene? Und was ihn am meisten ängstigte: Er erkannte die Vorzeichen eines schicksalhaften Ablaufs, er spürte, dass sie bereit waren, bis zum Äußersten zu gehen.

In der Stille hörte man ein leises Rascheln. Harold, die Brüder und Isabelle drehten sich gleichzeitig um. Es war ein Meerschweinchen; sein Käfig stand in der Ecke auf einem Beistelltisch. Ein Tuch lag halb darüber, bereit für die Nacht. Das Tier kam aus seinem Häuschen hervor, neigte sich über den Futternapf und begann, Körner daraus zu knabbern. Das Tier warf mehr daneben, als es fraß.

»Wo ist er? Wo ist Zacharias?«

Diesmal war es Isabelle. Ihre Stimme war hart wie Stahlbeton. Harold konnte ihre Wut verstehen, sie hatten den Mann nicht zu Hause angetroffen, ein Zeitverlust, der fatal sein konnte. Die Frau richtete sich auf und strich ihrer Tochter über das Haar, das Carlito betastet hatte.

»Interessiert mich nicht, wo der ist«, sagte sie.

Carlito ging zum Käfig und hakte die Tür auf. Er griff hinein und packte das Meerschweinchen. Vorsichtig holte er es heraus und ging zu dem Jungen. Er hockte sich hin und hob seine geschlossene Faust auf die Augenhöhe des Jungen. Er packte das Tier mit Daumen und Zeigefinger am Kiefer, knapp unterhalb der Ohren.

»Wo ist dein Vater?«, fragte er. Die Knopfaugen des Tierchens glänzten im Licht der Stehlampe neben dem Sofa. Es zappelte kurz, ergab sich aber rasch.

Der Junge starrte es mit bangem Gesicht an.

»Wissen wir nicht«, flüsterte er.

Carlito richtete sich auf und ging an Alfonso vorbei. Sie brauchten keinen Blick zu wechseln: Was sein musste, musste sein.

Das Mädchen wandte das Gesicht von dem Meerschweinchen ab, das Carlito jetzt ihr vors Gesicht hielt.

»Papa ist nie zu Hause.«

Er fragte nochmals die Mutter. Sie antwortete mit einem Achselzucken. Das Meerschweinchen fing plötzlich an zu quietschen, mit den Hinterpfoten kratzte es heftig an Carlitos Handgelenk. Er hielt das Tier noch immer am Kiefer gepackt und schaute die Mutter an, bis das Gezappel mit einem leisen Knacken ein Ende nahm.

Carlito ging zurück zum Käfig. Der Junge hatte Tränen in den Augen, schluchzte aber nicht. Als Carlito seine Hand zurückzog, blieb das Meerschweinchen auf dem Boden liegen. Der kleine Schädel war platt gedrückt, die Kiefer verschoben, die Augen standen ihm schief im Köpfchen.

Carlito wischte die Hand an dem Tuch auf dem Käfig ab und wandte sich wieder an die Mutter. Als er das Tuch zu Boden fallen ließ, klebte dunkles Blut daran.

»Wo ist Zacharias?«, fragte er.

Die Frau legte beide Hände auf die Schultern des Mädchens und schaute die Eindringlinge einen nach dem anderen an. Alfonso stand an der Gartentür, Isabelle an der Schlafzimmertür und Harold begriff plötzlich mit aller Deutlichkeit, dass er als Wachtposten diente, dort an der Tür zum Flur. Sie konnte nicht entkommen.

»Er sagt nie, wo er ist.«

»Sie soll ihn anrufen!«

Isabelle griff nach einem schnurlosen Telefon und warf es

Carlito zu. Er fing es auf und zwang die Frau, den Apparat zu nehmen.

»Ruf Zacharias an«, sagte er.

Im Aquarium fing eine Pumpe an zu brummen und über die ganze felsige Rückseite stiegen Luftbläschen empor. Harold spürte, wie ihm übel wurde. Schweißtropfen rannen ihm unter den Achseln hervor ins Oberhemd. Vergeblich suchte er zu seiner Beruhigung die Augen Isabelles – aber nein, Harold, wir wollen sie doch nur einschüchtern, nur der Mann ist für uns interessant, wir tun doch diesen unschuldigen Menschen nichts. Aber Isabelle verfolgte erhobenen Hauptes das Tun der Frau und achtete nicht auf Harold.

Die Frau war barfuß. Sie war angespannt, stand aber fest auf dem Parkett, konstatierte Harold, die Knie leicht gebeugt, die Füße flach auf dem Boden, die Schultern locker. Wenn sie Angst hatte, hatte sie gelernt, diese zu verbergen. Daher wusste Harold: So etwas hatte sie schon öfter erlebt, sie war an Gewalt, an Bedrohungen gewöhnt.

»Zach ist doch kein Idiot«, sagte sie und gab Carlito das Telefon zurück. »Ich hab keine Nummer von ihm und auch keine Adresse.«

Daraufhin hielt Carlito dem Mädchen den Apparat hin.

»Ruf deinen Vater an«, sagte er.

Das Mädchen blieb reglos auf seinem Barhocker sitzen.

»Und du?«, fragte Carlito den Jungen und winkte mit dem Telefon, als böte er ihm eine Leckerei an.

Der Junge schaute zu seiner Mutter hinüber, die leicht mit den Schultern zuckte. Carlito wartete nicht einmal, bis der Junge sich geweigert hatte. Er zog die Futterklappe des Aquariums auf und ließ das Telefon hineinfallen. In einem Schleier von Luftblasen ging es unter, sofort neugierig beäugt von einer Schule Ziersalmler.

»Also kein Anruf«, sagte er.

Sein Blick wurde aggressiv und plötzlich stieß er die Mutter vom Tisch weg. Sie stolperte und fiel, rappelte sich auf, leistete aber keinen Widerstand, als sie sah, dass Carlito das Mädchen an einem Arm hochgezogen hatte. In der anderen Hand hielt er eine Schere, die er von der Bar genommen hatte.

»Wo ist er?«

Die Frau stieß einen Wortschwall in einem Dialekt aus, den Harold nicht verstand, aber ihr »Nein!« ging ihm durch und durch. Carlito runzelte die Stirn, tat, als verstehe er sie nicht, und näherte die Schere dem Gesicht des Mädchens. Das Kind hatte die Augen vor Schreck weit aufgerissen.

Die Mutter bot sich an ihrer Stelle an, versuchte, ihre Tochter wegzuziehen, aber Carlito hielt sie außer Reichweite. Alfonso verpasste der Frau eine Ohrfeige, worauf sie still wurde. Zum ersten Mal hörte Harold Alfonso die Stimme erheben: »Los, sag uns, wo er ist!«

Der Junge zog die Knie an, senkte den Kopf und verbarg ihn in den Händen. Er flüchtet, dachte Harold, er entzieht sich diesem Chaos. Die Frau wand sich aus Carlitos Griff und versuchte erneut, ihre Tochter wegzureißen. Gläser fielen zu Boden, aber Alfonso war schon bei ihr, zog ihr die Handgelenke auf den Rücken und hielt sie mit einer Hand fest. Mit der anderen packte er sie am Hals.

Während er die Frau in Schach hielt – die Brüder erledigten das alles sehr bedächtig, stimmt, sie waren es gewöhnt, wilde Hengste zu bändigen –, hielt Carlito dem Mädchen die Schere vor das Gesicht. Mit der Spitze tippte er den Nasenring an.

»You like piercings?«, fragte er und schleifte sie mit langen Schritten fort, vorbei an Harold, der hastig beiseite trat.

Carlito drängte das Mädchen in den Flur und zerrte sie in die Toilette. Kurz darauf ertönte ein kurzer Schrei.

»Wo ist er?«

Alfonso ließ die Frau nicht los und drückte sie vornüber auf den Tisch. Sie weinte heftig, aber einen Aufenthaltsort, einen Hinweis nannte sie nicht. Aus der Toilette drang erneut Geschrei, das in ein stöhnendes Schluchzen überging.

Alfonso übertönte es: *»Wo ist er?«*

Nun, Harold, hattest du dir nicht mal geschworen, so etwas nie wieder zuzulassen? Ja, er mochte sich verbiegen, untergehen, zum Verräter werden, aber jetzt war endgültig Schluss. Er ging auf Isabelle zu, die mit verschränkten Armen darauf wartete, dass die Frau nachgab. Er achtete nicht auf Alfonso, er schüttelte Isabelle durch, weil er die Worte nicht finden konnte, weil ... weil ...

»Stopp!«, sagte er heiser. »Stopp. Stopp ....« Und immer schneller: »Stopp, stopp, stopp.«

Er krallte sich in ihre Oberarme, er umarmte sie und wollte sie mit sich in den Flur ziehen. Sie musste ihre Brüder aufhalten, sie hörten auf sie, sie war ihnen überlegen. Isabelle schien aufzuwachen: Sie rannte in den Flur, riss die Tür auf ...

Harold wollte nicht sehen, was sich da drinnen abspielte, doch als Isabelle zurückkehrte, legte sie den Zeigefinger auf die Lippen und schloss zum Zeichen der Beruhigung die Augen, bevor sie das Wohnzimmer wieder betrat.

Aus dem Flur drang noch immer Geheul, jetzt monoton, ein langes, gedehntes Schluchzen, in dem die Verzweiflung ertrank.

Dennoch war er beruhigt, Isabelle hatte die Zügel wieder in die Hand genommen. Und Alfonso wiederholte sein Mantra.

»Wo ist er?«

Die Mutter zeigte mit einem Nicken auf die Wand neben Harold.

»Ich weiß nichts. Da drin findet ihr alles.«

Isabelle schob einen bestickten Wandbehang beiseite.

Ein Tresor.

Alfonso führte die Frau hin und ließ ihre rechte Hand los, damit sie den Code eingeben konnte. Während sie die Tresortür öffnete, schaute sie Harold an. Trotz ihrer Tränen, ihrer zuckenden Schultern, der Haarsträhnen, die vor ihrem verzerrten Mund hingen, schaffte sie es, ihn anzuspucken. Wut flammte in ihm auf und in einem Reflex schlug er ihr ins Gesicht. Bevor er erneut ausholen konnte, zog Alfonso ihn von der Frau weg.

Unterdessen schob Isabelle den Inhalt des Safes in eine Plastiktüte. Papiere, Mappen, einige Bündel Banknoten, amerikanische Dollars und Euros. Ganz hinten lag eine Pistole. Isabelle reichte sie Harold. Er wischte sich das Gesicht mit dem Ärmel ab und nahm sie.

»Wir gehen«, sagte Isabelle. »Sie weiß nicht, wo er ist.«

»Vamos!«, rief Alfonso Carlito zu.

Er zwang die Frau, sich flach auf den Boden zu legen, und befahl ihr, dort zu bleiben. Der Junge im Sessel hielt sich noch immer die Augen zu.

Sie eilten zur Haustür. Carlito erwartete sie bereits, öffnete die Tür, kontrollierte die Umgebung und gab ihnen mit einer kurzen Kopfbewegung ein Zeichen. Sein Blick war gelassen, seine Schritte ohne Eile.

Harold schloss sich ihnen an, aber draußen hielt er inne. Er rannte zurück, riss die Toilettentür auf und schaltete das Licht ein.

Das Mädchen saß vornübergebeugt auf der Toilettenschüssel, die Hände schützend über den Kopf gelegt. Sie schluchzte.

Harold wartete einige Sekunden lang.

»Was ist passiert?«, fragte er.

Sie ließ die Arme schlaff herunterhängen. Ihr Kopf glich einer struppigen Bürste. Da erst entdeckte Harold, dass ihr langes blondes Haar neben ihr auf den Fliesen lag. Die Schere hielt sie auf dem Schoß. Harold inspizierte den Raum.

Die Toilette war strahlend weiß.

Kein Blut, nur Tränen.

Harold saß erschöpft im Auto. Er hatte eingegriffen und man hatte auf ihn gehört, er war der Ratgeber der Familie. Er hatte dem Schicksal Einhalt geboten, die Brüder an die Kandare genommen. Er behielt seinen Stolz für sich und fragte laut, ob Zacharias' Frau die Polizei einschalten würde.

»Und Anzeige erstatten?«, fragte Isabelle hinter ihm. »Weswegen? Wegen eines toten Meerschweinchens? Einer neuen Frisur?«

Sie schlang ihm die Arme um den Hals.

»Außerdem hat Frau Zacharias selbst viel zu viel zu verbergen«, fügte sie hinzu.

Die Brüder setzten Lesebrillen auf und blätterten die Mappen und Akten durch. Die Banknoten hatten sie Isabelle gegeben.

»Warum hat sie wohl ausgerechnet mich angespuckt?«, fragte sich Harold laut, als sie aus dem Viertel hinausfuhren.

Die Brüder und Isabelle brachen in schallendes Gelächter aus. Schließlich fiel auch er ein, vor lauter Erleichterung.

Zu Hause überließ er Isabelle und ihren Brüdern das Hinterzimmer. Er kuschelte sich ins Bett. Ihm wollte nicht warm werden, trotz der Decke. Er legte die Pistole weg, die Isabelle ihm gegeben hatte – sie vertraute ihm also blindlings. Doch nun musste er zuerst ein verstaubtes Gespenst auf seinem Gerümpelspeicher beschwören.

Er ließ das Telefon klingeln, schrieb ein paar Seiten. Als er eine halbe Stunde später aufstand, fand er eine Nachricht von Slemmen auf dem Anrufbeantworter. Von Slemmen dem Vermieter, nicht dem Exkollegen oder Schiedsrichterkumpel. Seine Stimme klang gehetzt: Er müsse Harold dringend sprechen wegen der lauten Gäste, die er offenbar bei sich in der Wohnung beherberge. Ob er ihn bitte so schnell wie möglich zurückrufen könne. Untervermietung sei vertragswidrig, schloss Slemmen. Es klang eher wie ein Greinen als wie eine Drohung.

Harold löschte die Nachricht, als er hörte, wie ein Stuhl weggeschoben wurde und das Geräusch von Isabelles Absätzen auf dem Holzboden näher kam. Sie hatte sich ihr Tanzkleid angezogen und ließ sich neben ihn aufs Bett fallen.

Im Hinterzimmer waren die Brüder immer noch dabei, die Papiere durchzusehen. Es sei nicht viel Nützliches dabei, sagte sie.

»Also war alles umsonst?«

»*Amor*, nimm es dir nicht so zu Herzen, lass uns tanzen gehen.«

Back to the roots. Tanzen würde ihm seine Kraft zurückgeben.

Die Brüder blieben allein zurück.

20

Bestimmung: Büßer

Liebe Luisa,
du lehnst chemische Waffen zur Bekämpfung unseres unendlichen Arsenals an Lebensschmerzen ab. Du verachtest die Stimmungsaufheller und andere Betäubungsmittel für die Seele, die Schalldämpfer auf unseren Schmerzensschreien. Einem Patienten, dem Ruben ohne Weiteres Seroxat verschreibt, um den Serotoninspiegel des Gehirns im Gleichgewicht zu halten, rätst du zu einem Faustkampf mit seinen Quälgeistern. Du glaubst nämlich, genau wie ich, an die Vorstellung, uns sei ein Schicksal vorherbestimmt. Wir beide sehen die Notwendigkeit ein, dem zu folgen, was uns in die Wiege gelegt wurde. Sich seiner Bestimmung zu entziehen, betrachten wir als Pestepidemie unserer Zeit, die Mutter unserer Existenznöte.
Deshalb solltest du kein Mitleid, nicht einmal Mitgefühl mit mir haben, jetzt, wo ich jeglichen Halt der letzten zwölf Jahre verloren oder selbst aufgegeben habe. Dadurch wird der Weg frei für mein neues, zweites Leben. Und das Wunderbare ist: Was ich durch Alice verlor, erhalte ich nun zurück. Wer es ist? Eine Frau, die ich beim Tanzen kennen gelernt habe. Wenn ich mit ihr tanze, ruft sie etwas in mir hervor, was all die Zeit in meinem Körper verborgen war. Geht dir das zu schnell nach Francien, die noch nicht einmal begraben ist? Nun, Elecom mag das sagen … Dumm, nein, nichts für ungut: Frische Trauer und eine neue Liebe schließen

einander nicht aus. Franciens Tod kann mich auf dem Weg zu meiner Bestimmung nicht aufhalten.

Es ist eine makabre Wendung in meinem Lebenslauf, dass ich in Kürze nach Buenos Aires aufbrechen werde. Alice konnte ihre Mission in Buenos Aires nie erfüllen; sie hätte dort Furore gemacht. Ich muss oft an sie denken, öfter denn je. Du hast Recht, ich muss in die Vergangenheit zurückgehen, um vorwärts zu kommen.

Nach dem Salto über den Pfeiler schoss das Auto zunächst geradeaus in den Fluss. Das Wasser spritzte gegen die Windschutzscheibe. Es gab noch einen heftigen Schlag und plötzlich herrschte absolute Dunkelheit. Der Wagen füllte sich unglaublich schnell mit Wasser, bis es meine Schultern erreicht hatte, dann stieg es nicht mehr weiter. Halb betäubt blieb ich sitzen, nicht in der Lage, mich zu bewegen.

Später stellte sich heraus, dass sich mein Wagen zwischen Ruder und Achterdeck eines Frachtschiffs gebohrt hatte. Der Kahn war unbeladen und lag hoch im Wasser. Die Vorderachse meines Autos hatte sich hinter den Ruderblättern verhakt. Die Bordwache, ein Matrose, schlug Alarm und rief Polizei und Feuerwehr. Gleich darauf fierte er das Rettungsboot.

Während zwei Polizisten das Boot auf Position hielten, ließ er sich mit einer Leine um die Taille ins Wasser. Er öffnete die Fahrertür und zog mich aus dem Auto. Ich war kaum bei Bewusstsein und hatte nicht mitbekommen, dass Alice nicht mehr neben mir saß.

Sie wurde drei Tage später gefunden, in einer Schleuse bei Driel. Sie hatte eine violette Verfärbung am Kopf. Eine Beamtin der Verkehrspolizei hat den Unfall für mich rekonstruiert: Alice trug keinen Sicherheitsgurt.

Beim ersten Zusammenprall mit dem Pfahl war sie mit der Stirn gegen das Armaturenbrett geknallt. Anschließend wurde sie aus dem Auto geschleudert. In dem eiskalten Wasser musste sie nach wenigen Minuten tot gewesen sein.

Ich hatte Rippenprellungen, einen Schock und litt an Unterkühlung. Im Krankenhaus schlief ich tagelang. Am dritten Abend entdeckte ich Francien an meinem Bett. Sie fing an zu schluchzen, als ich wach wurde. Ich umarmte sie. Sie gab mir Tee zu trinken. In gegenseitigem Trost fanden wir einander. Francien gab mir Tipps, wie ich mich bei dem Treffen mit ihrem Vater verhalten sollte, wovor mir so graute. Sie entwarf meine Rede für Alice' Beerdigung, sie besprach mit dem Stationsarzt, wann ich nach Hause durfte. Da zeichnete sich schon diese Kontrollsucht ab, die später die Basis für ihre Karriere bildete.

Als ich am letzten Abend aus meinen Albträumen erwachte, saß sie wieder auf meiner Bettkante. Ich zitterte und fühlte mich genauso tot wie Alice. Auf ihre Frage, ob mir kalt sei, nickte ich matt. Sie zog die Gardinen um mein Bett zu und entkleidete sich. Nackt legte sie sich auf mich. Ihre Haut ähnelte der von Alice. Ich roch sie, ich roch Alice. Sie zog die Decke über unsere Köpfe und flüsterte mir unter Tränen ins Ohr, dass sie mich liebe. In diesem kleinen Universum fummelte sie meinen erigierten Penis in sich hinein und stand erst auf, als eine Schwester mit Tee und Orangensaft ins Zimmer kam. Am nächsten Morgen holte sie mich ab. Sie nahm mich mit in Alice' Zimmer, das sie, wie irgendwann abgesprochen, übernommen hatte.

Ich hauste eine Weile dort und trauerte gemeinsam mit

Francien um Alice. Mein Studium vernachlässigte ich völlig, das war ein für alle Mal passé. Ich reagierte nicht mal auf Briefe und Anrufe meines Tutors. Francien meinte, die Sporthochschule sei von Anfang an nichts für mich gewesen. Ich käme viel besser in Eins-zu-eins-Situationen zurecht, schloss sie, nachdem ich ihr mein Herz ausgeschüttet und von meiner unmöglichen Position an der Uni, dem missglückten Praktikum und meiner Abneigung vor sportlichem Leistungsdruck erzählt hatte. Sie kam auf die Idee mit der Ausbildung zum Physiotherapeuten, als ich ihr den Rücken und die Schultern massierte, wie Alice es früher bei mir getan hatte. Sie forderte sofort Bewerbungsunterlagen an.
Ich gewöhnte mich rasch an Franciens Anwesenheit. Wir bauten eine Beziehung auf, obwohl ich in der ersten Zeit nicht viel mehr zu bieten hatte als einen Riesenschuldkomplex. Später wuchs in mir die Überzeugung, dass die zweite und alle folgenden Beziehungen immer nur die Imitation der ersten sein konnten. Und ich gebe zu: In der ersten Zeit störte mich das nicht.

Dein Harold

21

Ad absurdum

Da Harold nur auf der Tanzfläche seine unablässig mahlenden Gedanken abschalten konnte, führte er Isabelle sofort zum ersten Tango-*Vals.* Sein Kopf war ein Flipper, in dem die Kugel an Fragen und Vermutungen entlanghüpfte, von Argwohn zu Zweifel prallte und manchmal unentschlossen liegen blieb. Er musste seine Intuition wiederfinden. Grübeln half ihm jetzt nicht weiter.

Sie tanzten in dem Lokal, wo sie sich zum ersten Mal begegnet waren. Er hatte sich Tanzschuhe mit höheren Absätzen gekauft, aus seinem Kleiderhaufen ein schwarzes T-Shirt gezogen, und schon seit Tagen lief er in einer schwarzen Bundfaltenhose herum. Sein Hochzeitsjackett passte gut dazu.

»Exklusive Farbe«, bemerkte sie. »In Buenos Aires wagen sich nur die erfahrenen Tangueros in Schwarz aufs Parkett.«

In den Spiegeln an der Wand sah er seinen Arm auf dem nackten Rücken von Isabelle liegen. Ihr linker Arm hob sich weiß von seiner Schulter ab, als sie, die Knie über Kreuz, zu den letzten Takten von *Desde el Alma* an ihm hing. Er bewunderte den angespannten Wadenmuskel ihres Standbeins. Ihr unbelasteter linker Fuß suchte aufreizend langsam eine Stelle zum Aufkommen. Er ließ sie noch einen Moment im Ungewissen, wo und wann er sie wieder ins Gleichgewicht bringen würde. Sie lehnte sich schwer an ihn, ihre Oberkörper wie miteinander verschmolzen.

Als er sie losließ, war ihr Spitzentop zwischen den Brüsten verschwitzt. Auch an den Knöpfen seines Oberhemds zog sich eine dunkle Spur entlang, die unter seinem Jackett verschwand. Inzwischen schreckte er nicht mehr vor der Einfachheit zurück. Seine Anfängerangst vor der Langeweile von Schrittwiederholungen war verschwunden. Er konnte jetzt eine einzige Figur endlos variieren, in Form und Intensität.

»Wie tanzen wir beide?«, fragte er, als sie am Tisch ein Glas Wasser tranken. »Welchem Paar ähneln wir?«

»Du tanzt so wie er.«

Der Mann hatte einen eckigen, kahl geschorenen Schädel, buschige Augenbrauen und breite Schultern, die nur knapp von einem ärmellosen T-Shirt bedeckt wurden. Er tanzte sehr zielstrebig, manchmal sogar im Stakkato, aber mit einer Ruhe, die seinen Bewegungen Eleganz verlieh. Er führte seine Dame sicher, ohne autoritär zu wirken, und scheute sich nicht, einen ganzen Takt lang stehen zu bleiben, um Spannung aufzubauen. Die Frau war außergewöhnlich dünn, abgesehen von ihren Waden, Indizien für eine Ballettausbildung.

»Er beherrscht sie und das braucht sie auch«, stellte Harold fest. »In ihren Beinen steckt so viel Energie, dass sie kaum weiß, wohin damit.«

»Wenn du ihr das sagen würdest, würde sie dich für verrückt erklären«, spottete Isabelle.

»Ja, sie wäre tödlich beleidigt!«, stimmte Harold zu.

»Logisch, denn im Tango verabschiedet man sich von der Sprache«, antwortete Isabelle und fügte heftiger hinzu: »Im Austausch gegen eine innere Verbindung, die weder bewiesen noch erklärt noch bestätigt werden muss.«

Sie lachte über ihre eigene Impulsivität: »Nach dem Tod meines Piloten habe ich eine Therapie begonnen. In Buenos Aires ist das ein beliebter Zeitvertreib. Sprache wird als Medikament mit breitem Wirkungsspektrum betrachtet. Aber mit Sprache kann man nicht alles heilen. Deshalb tanze ich lieber meine Liebe, als darüber zu reden.«

Obwohl er gerne zu einem Gespräch über Zacharias übergeleitet hätte (komm schon, Harold, nicht so gutgläubig, da muss mehr dahinterstecken als ein säumiger Zahler), begriff er, dass sie im Moment keine Lust zu reden hatte. Schließlich waren sie im Tanzlokal, die Alltagsprobleme hatten sie vor der Tür gelassen. Er versuchte, ihren Blick für eine Aufforderung zum nächsten Tanz zu erhaschen, doch sie schaute bereits den Mann an, den sie ihm eben gezeigt hatte. Er stand ein paar Meter von ihr entfernt und verbeugte sich einladend. Isabelle trat Harold unter dem Tisch leicht ans Bein.

»Ist das in Ordnung?«, flüsterte sie, dem Mann bereits zulächelnd.

Harold hob zustimmend die Hände. Sie stand sofort auf.

»Es mi médico«, erklärte sie dem kräftigen Mann.

Und auf dem Weg zur Tanzfläche übersetzte sie scherzhaft: »Er ist mein Medizinmann.«

Harold sah, wie sie den Arm um ihn legte, ihn aber auf Distanz hielt.

Dann hörte er den kräftigen Mann sagen: *»I want to feel your breasts.«*

Isabelle entschuldigte sich. Sie habe sich an den offenen Stil von Holanda gewöhnt, erklärte sie, und schmiegte ihren Oberkörper an den des Möbelpackers.

Harold lachte leise und ging an die Bar, wo Desi ihn achtlos begrüßte. Es war das erste Mal, dass er hier wieder auftauchte, nachdem man ihn von der Tanzfläche geholt hatte. Er bestellte ein Glas stilles Mineralwasser.

»Mit einem Stück Zitrone«, bat er.

Sie schnitt sorgfältig eine Scheibe Zitrone ab, zögerlich,

doch er sagte nichts über seine Verhaftung, nichts über Francien und natürlich nichts über Alice. Er hatte ein neues Leben angefangen.

Zurück an seinem Tisch beobachtete er die Tänzer. Diesmal achtete er auf ihren Gesichtsausdruck. Wenn man nur die Augen ausschnitte, dachte er, genau umgekehrt wie auf Zeitungsfotos von Verdächtigen, deren obere Gesichtshälfte von einem schwarzen Balken verborgen wird, dann wüsste man bereits, wie sie tanzen.

Manche ließen die Augen unkonzentriert umherwandern, spannungslos, mit wenig Gefühl für den Raum, den sie mit ihrem Partner zusammen benötigten. Ihre Aufmerksamkeit schweifte zu den Leuten an der Bar ab, sie beobachteten, wer hereinkam, wer mit wem tanzte und wie. Sie redeten und lachten, vor allem über ihre zahlreichen Fehlschritte. Bei anderen registrierte er tiefe Konzentration, alle Antennen auf die Musik gerichtet.

Den ersten Tanz ließ das Trägerhemd behutsam angehen, abwartend, wie Isabelle reagierte. Zu Harolds Erleichterung hatte sie die Augen nicht geschlossen. Bei der zweiten Nummer wagte der Mann spektakulärere Figuren. Isabelle tobte sich in Beschleunigungen und gewagten *Sacadas* aus, wobei sie jedes Mal gerade noch rechtzeitig ihren Fuß vor dem ihres Partners wegzog und ihren Rock hochwirbeln ließ. Und als sie einen Schiebeschritt unmittelbar mit derselben Bewegung beantwortete, und wieder und wieder, sodass ein wirbelndes Zickzackmuster entstand, wuchs Harolds Stolz. Da, so tanzte er also auch mit ihr!

Nach ihrer Rückkehr an den Tisch fragte er sofort, ob sie mit ihm weitertanzen wollte. Doch schon bei den ersten Schritten bemerkte er die Veränderung, sie sprang ihm fast aus den Händen, sie war ein wirbelndes Blatt. Er hielt inne, versuchte die einfachsten Schritte, doch sie tanzten unharmonisch und ziellos.

Nachdem ein doppelter *Gancho* misslungen war – ihre Kniekehlen hätten sich elegant ineinander fügen sollen, ihre Unterschenkel hochschnellen müssen, doch sie blieben in einer armseligen Umklammerung stecken –, schlug sie vor, nach Hause zu gehen. Sie lachte zu laut, auch sie spürte, dass der Zauber verflogen war.

Nach Hause – er war gerührt von dieser Vertrautheit schon nach so kurzer Zeit.

Auf dem Parkplatz, als er die Schlüssel aus dem Zündschloss zog, wagte er es endlich anzusprechen, was ihm schon den ganzen Abend vor Gewissensbissen den Hals ausdörrte.

»Es geht um viel mehr, nicht wahr?«, fragte er, ohne sie dabei anzuschauen. »Dieser Zacharias, diese Frau, dieses Mädchen, das war doch viel zu übertrieben ... für so wenig?«

Mit ›viel zu übertrieben‹ wollte er sagen: viel zu grausam. Und mit ›so wenig‹: eine ausstehende Zahlung. Sie zog seinen Kopf an sich, bis ihre Wimpern sich berührten.

»In dem Moment, wo du alles weißt«, sagte sie, »führt kein Weg mehr zurück.«

Danach küsste sie ihn wild auf den Mund. Ihre Zähne stießen an seine. Er schmeckte Blut. Von ihr, von ihm ... Er nahm sich vor, morgen mit den Brüdern über das Thema zu reden, und ließ sich von ihrem gierigen Mund zum Schweigen bringen, aber zugleich war ihm bewusst, dass mit diesem harten Kuss das Ende ihrer unschuldigen Stunden gekommen war.

Oben in seiner Wohnung war es dunkel. Sie flüsterten, um die Brüder nicht zu wecken. Am wackligen Küchentisch schenkte er ihr ein Glas Wein ein.

Als er von der Toilette kam, schlief sie mit dem Kopf auf der Resopaltischplatte. Er griff sie unter den Achseln, hob sie hoch und brachte sie ins Bett, entkleidete sie halb und zog den Reißverschluss ihres Schlafsacks zu. Danach schob er den Arm unter ihren Hals und wollte mit den Lippen an ihrer Stirn einschlafen.

Da erhob sich, von einem Streifen Mondlicht erhellt, die Gestalt Alfonsos in der anderen Zimmerecke. Harold hörte, wie er die Hausschlüssel vom Küchentisch nahm und zur Tür ging.

Die Türen wurden nachts abgeschlossen. Er hatte vergessen, die Brüder darauf hinzuweisen. Harold schloss die Augen und schnupperte in Isabelles Locken. Ob Alfonso die Schlüssel wieder an ihren Platz zurücklegen würde? Bei einem Feuer müssten sie doch schnell … Unsinn, sie waren Profis, die beiden Brüder. Sie gingen keinerlei Risiko ein. Bei ihnen fühlte er sich sicher.

Er erwachte früh. Das Gebäude war still, noch seelenlos. Er lag allein im Bett. Aus dem Hinterzimmer drangen die Stimmen seiner Gäste. Sie redeten gedämpft, aber es hörte sich an, als hätten sie eine Auseinandersetzung. Familienstreitigkeiten. Er würde sie in Ruhe lassen und frische Brötchen holen gehen. Er stand auf und zog die Gardinen beiseite. Tief über den Häusern hing eine unförmige Wolkendecke, aus der einzelne Fetzen in die Stadt hineinreichten. Es würde den ganzen Tag regnen. In der Dachrinne verstopften Blätter das Sieb des Fallrohrs, das Wasser stand zehn Zentimeter hoch. Er griff nach einem heruntergewehten Zweig auf den Dachziegeln und versuchte, die Verstopfung zu beseitigen. Er kam nicht dran und setzte sich rittlings auf den Fenstersims. Weit vornübergebeugt gelang es ihm, den

Abfluss freizupulen. Gluckernd lief das Wasser ab. Das Gepolter hatte seine Gäste aufgeschreckt. Alfonso betrat hastig das Zimmer.

»Carlito!« Seine Stimme klang alarmiert.

Zu zweit stürmten die Brüder auf Harold los und zogen ihn von der Fensterbank. Er blieb am Fensterverschluss hängen und seine Schlafanzughose zerriss. Sie fingen ihn nicht ab, als er auf die Betten fiel.

»He!«, sagte er erstaunt. »Immer mit der Ruhe!«

Sie schauten ihn mit wütenden Gesichtern an, als habe er einen dummen Fehler begangen.

»Keine Panik«, beruhigte er sie. »Nur eine kleine Reparatur. In der Dachrinne könnte man notfalls stehen.«

Die Brüder sagten nichts. Er rappelte sich auf und zog seine zerrissene Pyjamahose aus.

»Schade«, stellte er fest und warf die Hose aufs Bett. Dann verkündete er: »Ich mach euch jetzt ein königliches Frühstück.«

Er sah Alfonso einen Blick zur Tür werfen. Sie war noch verschlossen. Der Resopaltisch war leer.

»Hier, Harold!«

Alfonso zog den Schlüsselbund aus der Hosentasche und klimperte aufreizend damit. Harold grinste Carlito an und sprang über die Betten, um seinen Schlüssel in Empfang zu nehmen. Wollten sie sich balgen? Ein kleiner Scherz, na gut, die Brüder kamen vom Land, sie waren rustikale Typen.

Er griff zu. Dann gab es einen Schlag, als wäre er gegen eine Wand gelaufen, doch es war Carlito, der ihn mit voller Wucht gerammt hatte. Atemlos lehnte Harold an der Wand.

»He, ist ja schon gut!«, brachte er hervor und rieb sich den Oberarm.

Carlito kam erneut auf ihn zu, in Boxerhaltung tänzelnd.

Harold suchte Deckung hinter Alfonso, der ihn von sich wegschubste. Carlito fing ihn auf. Harold klammerte sich an ihm fest und wie ein Tanzpaar stolperten sie ein paar Sekunden umeinander quer über die Betten. Dann wurde Harold hochgehoben, und als Carlito ihn losließ, flog er mit einem Riesenschwung quer durchs Zimmer. Er knallte gegen einen Balken, fasste sich an den Kopf.

»Aufhören!«, rief er, aber Carlito ging mit fliegenden Fäusten auf ihn los.

Den ersten Schlag wehrte er ab, beim nächsten hatte er das Gefühl, schwerelos zu werden. Und dieses hohe Schreien, das kam von Isabelle, die in der Tür stand! Er versuchte, zu ihr hinzukriechen, aber das Kreischen hielt an und die Schläge prasselten auf ihn nieder, bis er sich nicht mehr bewegte.

Als er wieder zu sich kam, pochte ihm das Blut heftig in den Schläfen. Isabelle hatte ihn auf die Betten gelegt. Er atmete heftig, die Arme fest um sich geschlungen.

»Verräter!«

Blinzelnd schaute er auf eine abgerissene Schreibblockseite dicht vor seinen Augen. Alfonso wartete, bis Harold gelesen hatte, worauf er zeigte.

Carlito hatte Posten an der Tür bezogen. Alfonso stand am Fenster und schaute mit verzerrtem Mund auf Harold herunter. Isabelle saß dicht neben ihm und schwieg. Harold betupfte sich mit einem Betttuchzipfel die Lippe.

Die Brüder hatten Isabelle in der Nacht geweckt, kurz nachdem er eingeschlafen war. Bis zum Morgen waren sie den Stapel Papiere durchgegangen. Jetzt las Alfonso jeweils ein paar Zeilen von einem Schriftstück vor und ließ es dann zu Boden fallen. Harold nahm die niederflatternden Dokumente an sich und überflog sie so schnell, wie sein dröhnender Schädel es zuließ.

In einigen Dokumenten erkannte Harold Fachausdrücke wieder, wie Francien sie manchmal bei ihren Telefonaten mit dem *Red Room* hatte fallen lassen: Es waren Kopien von Kreditbriefen, Frachtbriefen, Rechnungen, Herkunftsnachweisen, Inspektionsprotokollen. Die verschiedenen Verkaufsbetriebe hatten ihren Sitz in Argentinien. Die Käufer waren Supermarktketten und Fleisch verarbeitende Betriebe in den Niederlanden. Manchmal tauchte Zacharias' Name unter einem Vertrag auf.

Als Alfonsos Stimme schärfer wurde und er längere Passagen vorlas, wusste Harold, dass Francien ins Spiel kam. Es ging jetzt um niederländische Texte, so viel war Harold klar, aber er verstand kaum, was Alfonso da faselte mit seinem starken Akzent.

Auf einem Schriftstück, das ihm in die Hände fiel, entdeckte er einen Polizeistempel. Es handelte sich um das Protokoll einer Vernehmung von Herbert Zacharias. Unterzeichnet von Frans Elecom und Francien Daver-Dorée.

Alfonso bückte sich und hielt ihm nochmals die handgeschriebene Notiz vor die Nase, auf der Franciens Name, Adresse und Telefonnummer standen. Und seine.

Isabelle nahm es ihm ab. Harold erkannte Franciens Handschrift: die dicken Bäuche der Ds und Bs, die nicht mit den Längsstrichen verbunden waren, das H mit dem flattrigen Querstrich ... Das H seines eigenen Namens mit seiner Handynummer dahinter. Als habe Francien sichergehen wollen, dass sie notfalls auch über Harold erreichbar war.

Lass dir dazu mal eine gute Erklärung einfallen, Harold ...

Harold konnte nur raten: Sie musste diesen Zettel vor ihrer Trennung geschrieben haben. Anders konnte er sich selbst nicht erklären, was das alles sollte, die Dokumente, die Protokolle und dieser blöde Zettel. Verschiedene Gedanken jagten durch seinen Kopf, ballten sich zusammen, blieben aber Schemen, die er nicht zu fassen kriegte.

»Aber du musst uns doch Recht geben, Harold, dass alles auf dich hindeutet?«, beharrte Alfonso, und fügte ungeduldig hinzu: »Wir haben diese Nummer angerufen, es ist deine und wir haben sie im Tresor von Zacharias gefunden. Wir haben sogar deine Stimme auf dem Anrufbeantworter gehört …«

Harold parierte: »Das hier stammt von Francien, es war Teil ihrer Arbeit.«

»Sie war deine Frau!«

Harold wandte sich langsam Isabelle zu, als wäre sie die Einzige, die das etwas anging: »Unsere Beziehung war anfangs wirklich einmal wie ein Fluss, der durch eine grüne Landschaft strömte. Sie ist dann aber immer mehr zu einem Rinnsal geworden, das sich ein ausgetrocknetes Bett entlangquälte. Als der Wasserstand fiel, traten Wracks an die Oberfläche, der Müll, den wir irgendwann einmal hineingeworfen hatten, die verrosteten Stahlgerippe unserer unausgefochtenen Streitigkeiten, die Giftfässer unserer Beziehung. Und das da …« Er zeigte auf die Dokumente. »… das ist Schmuggelware, von der ich nichts wusste.«

Obwohl er diese üppige Bildsprache hauptsächlich benutzte, um Zeit zu gewinnen, verspürte er einen eigenartigen Stolz. Noch nie zuvor hatte er so deutlich ausgesprochen, dass Francien ihm völlig egal war, dass er zu ihr auf Distanz gegangen war.

Doch seine umständliche Antwort ging Carlito auf die Nerven. Er ließ eine Flut von Anschuldigungen los. Isabelle wollte das nicht hören und hielt sich die Ohren zu. Zweifellos wurde er in fliegendem Spanisch als Verräter beschimpft, als Polizeispitzel und Handlanger von Zacharias. Carlito begann, vor der Haustür auf und ab zu wandern, als sammle er Energie für einen Kampf. Er untermalte Alfonsos Tirade mit rauen Ausrufen. Isabelle verteidigte ihn keifend.

Als Alfonso anschuldigend auf das Fenster zeigte, wurde Harold klar, dass seine Reinigungsaktion als Fluchtversuch gedeutet wurde. Er erklärte Isabelle, dass er die Blätter aus dem Abfluss hatte entfernen wollen. Alfonso warf einen Blick hinaus und konfrontierte ihn mit neuen Vorwürfen.

»Du hast seine Tochter beschützt«, sagte er. »Du hast in dem Moment eingegriffen, als die Mutter ihren Widerstand aufgab.«

»Das Mädchen hatte nichts damit zu tun«, sagte Harold.

»Sie profitiert von unserem Untergang!«

»Sie ist zu jung, um schuldig zu sein.«

»Durch dich wusste Zacharias' Frau, dass wir der Tochter nichts tun würden!«

»Er hat zumindest Ehrgefühl!«, fuhr Isabelle Alfonso an. »Ihr vergreift euch an kleinen Kindern!«

Alfonso und Carlito antworteten gleichzeitig mit einer abfälligen Geste.

»Das ist unser Krieg«, erwiderte Alfonso. »Ohne Zacharias ist die *estancia* unseres Vaters verloren. *Kaput!*«

Carlito sagte etwas in ihrem lispelnden Dialekt zu ihm. Alfonso lief rot an vor Wut.

»Carlito hat Recht! Harold wusste, dass wir Zacharias suchten. Er hat uns beobachtet. Er hat Zacharias gewarnt. Deshalb wollte er vorher unbedingt noch Pizza holen gehen!«

Isabelle stand auf und schrie zurück: »Und warum hat Zacharias dann seine Frau und seine Kinder zurückgelassen?«

»Weil er auf diesen Schlappschwanz hier zählen konnte!«

Isabelle wusste nicht mehr, was sie erwidern sollte, und schaute Harold an, als wüsste er einen Ausweg aus dieser verworrenen Situation. Alfonso raffte die Papiere zusammen, die Harold neben sich auf das Bett gelegt hatte, und blätterte sie erregt durch.

Und plötzlich, als fielen ihm endgültig die Schuppen von den Augen, tippte er auf das Protokoll.

»*Este hombre,* dieser Elecom. Das war doch der Mann, dem du unser Problem vorlegen wolltest. Dabei quetscht derselbe Elecom schon seit Monaten Zacharias aus ...« Und er wandte sich triumphierend an Carlito: »Hier, schau dir mal das Datum an!«

»Harold spielt ein doppeltes Spiel mit uns«, sagte Carlito. »Er ist ein Betrüger.«

Er schlug mit der Faust gegen die Verkleidung der Haustür und hinterließ dabei einen sternförmigen Abdruck aus geborstenem Holz und abgebröckelter Farbe. Dann stürmte er mit einem ohnmächtigen Fluch auf Harold los.

Isabelle zog sich zurück. Aus sicherer Entfernung mahnte sie ihre Brüder zur Ruhe, war dabei aber so aufgeregt, dass sie sie eher anzustacheln schien. Harold wich zurück, presste sich gegen seine rosaroten Fußleisten und wagte erst, den Blick zu heben, als die hämmernden Fäuste ausblieben. Zwischen den Stiefeln der Brüder entdeckte er die verknitterten Hosenbeine eines Neuankömmlings.

Es war Vermieter Slemmen, der in seinem Wohnzimmer stand, groß, schlampig. Er betastete die lädierte Türverkleidung. Bei dem Geschrei hatte ihn niemand hereinkommen hören. Die Brüder drehten sich um und murmelten einen Gruß. Um die Situation zu überspielen, zündeten sie sich eine Zigarette an. Sie hielten Slemmen ebenfalls das Päckchen hin, doch er lehnte mit kurzem Kopfschütteln ab. Isabelle stopfte die Papiere von Zacharias in eine Einkaufstasche und verschwand in die Küche. Harold setzte sich aufrecht auf sein Bett.

»Alles Wertvolle ...«, murmelte Slemmen mit einem Klopfen auf die kaputte Verkleidung. Er warf Harold einen gepeinigten Blick zu.

»Guten Morgen, Harold«, sagte er schließlich. »Störe ich etwa?«

Harold sah, wie Slemmens missbilligender Blick von dem Bettenchaos zu den umgefallenen Weinflaschen wanderte, von den abgenagten Pizzarändern zur Gardine, die aus dem zugefallenen Fenster flatterte, von Harolds Tanzschuhen zu Isabelles blutrotem Kleid.

»Alles okay?«, fragte Slemmen. »Hörst du eigentlich deinen Anrufbeantworter nicht mehr ab?«

Harold stand auf. Das Erscheinen dieses Boten aus seinem früheren Leben gab ihm neue Kraft. Hastig schlüpfte er in seine Hose.

»Ich habe deine Nachricht nicht mitbekommen«, sagte er. »Worum geht's denn?«

»Schon gut, lass nur«, sagte Slemmen. »Ich muss sofort wieder los. Können wir einen Termin vereinbaren, bei dem wir in Ruhe besprechen können, wie es hier weitergehen soll? Vor allem im Hinblick auf die übrigen Mieter dieses Hauses. Hast du heute Nachmittag Zeit?«

»Heute Nachmittag ...«, wiederholte Harold langsam und nahm sein Hemd vom Stuhl. »Mal überlegen ...« Der Klang seiner eigenen Stimme verlieh ihm Mut. Er musste diese Chance nutzen ... Rasch zog er auch seine Schuhe an.

»Ich schau mal eben nach«, sagte er. »Mein Terminkalender ...«

Er ging mit niedergeschlagenen Augen an den Brüdern

vorbei in die Küche. Isabelle stand am Waschbecken, trank mit großen Schlucken ein Glas Wasser. Für Sekundenbruchteile fanden sich ihre Augen, obwohl sein linkes, das die Brüder erwischt hatten, unkontrolliert zuckte. Sie legte den Zeigefinger auf die Lippen. Gott sei Dank, ihr gegenüber brauchte er nichts abzustreiten, nichts zu erklären. Er nickte, ja, er sei bereit.

»Heute Nachmittag ginge es schon«, rief er Slemmen zu. »Hier oder in der Praxis?«

Er wartete, bis Slemmens plumper Leib die Tür zum Wohnzimmer versperrte.

»Hier«, beschloss Slemmen. »Was ist denn eigentlich mit deinem Auge passiert? Du blutest ja! Lass Ruben mal einen Blick drauf …«

In dem Moment nahm Isabelle Harold an der Hand und zog ihn hinter sich her zur Haustür. Sie zerrte ihn an dem erstaunten Slemmen vorbei, den sie dabei mit einem kräftigen Schubs in den Raum hineinbeförderte. Die Haustür schlug sie so heftig hinter sich zu, dass die Scheibe klirrend herausfiel.

»Hey, was soll das!«, rief Slemmen.

Sie rannten zusammen die Treppen hinunter. Drei, vier Stufen auf einmal übersprangen sie, das Gepolter hinter ihnen machte sie wagemutig. Die Tasche in Isabelles Hand ratterte an den Geländerstäben entlang.

Doch auch die Brüder waren gewöhnt, schnell zu reagieren. Auf der zweiten Treppe sah Harold in einer Kurve Metall in Carlitos Hand aufblitzen. Die Pistole von Zacharias.

Der Schuss dröhnte durch den Flur. Die Kugel schlug genau zwischen ihnen in die Holzverkleidung ein. Isabelle stolperte, fiel gegen das Geländer, aber Harold hielt sie aufrecht.

Dann standen sie draußen. Triumphierend hob Isabelle den Schlüsselbund hoch und schloss ab. Vergeblich zerrten die Brüder an der Klinke, ohnmächtig fluchend hämmerten sie gegen das Holz.

Doch da rannten Harold und Isabelle bereits Hand in Hand quer über den Platz zu seinem Auto. Isabelle hinkte, er knöpfte sich im Laufen das Hemd zu. Ein paar fröstelnde Junkies starrten ihnen hinterher.

22

Liebessöldner

Sie lag in seinem Behandlungsraum, das Gesicht schweißnass. Er hatte ihr Knie betastet, beklopft und geknetet. Er hatte nichts Außergewöhnliches entdeckt. Schließlich bat er sie, sich aufzusetzen, und zog das Knie nach vorn. Kein Spiel, kein Bänderriss, nein, es war die Distorsion, durch die ihr Knie so empfindlich war.

»Ich massiere dich erst Mal«, sagte er. »Deine alte Verletzung macht dir zu schaffen. Leg dich nochmal hin.«

Und wieder rührte ihn die Bereitwilligkeit, mit der sie gehorchte, ihren Rock hochschob, sich hingab. Eine Zeit lang massierte er die Kniesehnen, den Schienbeinmuskel, die Oberschenkelmuskulatur. Er fand keinerlei Verdickungen oder Verhärtungen.

Sie hatten Zuflucht in *De Ster* gesucht, da man das Gebäude nach mehreren Einbrüchen zu einer regelrechten Festung ausgebaut hatte. Und weil Wochenende war und die Partner sich nicht blicken lassen würden. Aber vor allem weil die Brüder sofort von den Leuten bemerkt worden wären, die am Wochenende en masse durch das Einkaufszentrum schlenderten, vorausgesetzt, sie waren so dumm, sich mit Gewalt Einlass verschaffen zu wollen.

Er ölte ihre Oberschenkelmuskeln ein und massierte mit hochgerollten Ärmeln ihre Anspannung weg. Dem Muskeltonus hatte der kurze Sprint vorhin nichts anhaben können. Er drückte und rieb, walkte mit den Fingern ihre Haut, bis ihr ein nervöser kleiner Schrei entschlüpfte.

»Tue ich dir weh?«

»Nein, mach weiter.«

Er ließ die Hände ruhen. Er wusste, dass ihr Weinen lediglich auf einer vegetativen Reaktion beruhte und er nur warten musste, bis es vorbeiging.

»Ich habe eine Blockade wegmassiert«, stellte er fest. »Normalerweise kommen die Tränen, wenn ich mir Nacken und Schultern vornehme, nicht wenn ich an den unteren Extremitäten arbeite.«

Sie musste über die ›unteren Extremitäten‹ lachen.

Um sie zu beruhigen, zählte er auf: »Erstens hast du kaum geschlafen, zweitens stehst du seit Monaten wegen der Suche unter Druck und drittens hat niemand mit diesem Konflikt gerechnet. Kein Wunder, dass deine Haut empfindlich auf Berührungen reagiert.«

Normalerweise bot er einem schluchzenden Patienten ein Glas Wasser an. Ihr küsste er die Knie und legte die Stirn an den Kopf des Wadenbeins. Trotz der Massage fühlte sie sich kühl an.

»Hat er gezielt auf uns geschossen?«, fragte Harold. »Und wenn ja, für wen war die Kugel bestimmt, für dich oder für mich?«

»Für keinen von beiden«, antwortete sie. »Die Sluizenaars sind eine impulsive Bande, sie haben nur um sich geballert.«

Er strich ihre Haut mit Gel ein und legte das Ultraschallgerät an.

»Durchblutungsfördernd und schmerzstillend«, erklärte er.

Er zog einen Stuhl an den Massagetisch heran.

»Wir können heute und morgen hier bleiben«, begann er. »Hier ist alles vorhanden, ein Bett, eine Dusche, Fernseher, wir können auf dem Patio tanzen. Im Kühlschrank steht etwas zu trinken. Ich habe sogar eine Platte Sushi gesehen. Die Kollegen werden uns nicht belästigen, auch Slemmen nicht. Der hat alle Hände voll mit den Reparaturen in der Wohnung zu tun.«

»Falls Alfonso und Carlito ihm nicht einen bleibenden Schrecken eingejagt haben.«

Harold zuckte mit den Schultern und setzte ohne Überleitung zu einer Erklärung an: »Elecom war Franciens Chef. Ich weiß erst seit Kurzem, dass die beiden ein Verhältnis hatten. Vor einer Weile hatte sie intern die Stelle gewechselt. Sie wünschte sich eine interessantere Tätigkeit, aber vielleicht wollte sie auch nur näher bei ihrem Geliebten sein. Jedenfalls fing sie in der Abteilung für Steuerfahndung an. Dem *Red Room.* Betrug, Steuerhinterziehung, Urkundenfälschung, solche und ähnliche Geschichten. Sie wurde zur Bearbeitung der komplizierten Fälle eingesetzt, für die es der Polizei an Personal oder einfach an der notwendigen Kompetenz mangelt. Mehr weiß ich nicht und mehr durfte ich auch gar nicht wissen, denn sie stand unter Schweigepflicht, und Francien war die perfekte Schweigerin.«

Zwölf Jahre lang hat sie über ihre tote Zwillingsschwester geschwiegen, hätte er beinahe hinzugefügt. Alice war nur noch einmal zur Sprache gekommen, an dem Abend, nachdem Ada Gist das zweite Interview mit ihm geführt hatte.

»Ich wusste nichts über ihre Arbeit«, wiederholte er. »Sie hat mir nichts erzählt, ich wusste nicht mal, wo sie sich jeweils aufhielt. Sie wurde in verschiedenen Polizeidienststellen eingesetzt.«

»Die Jungs sind einfach schrecklich misstrauisch«, erwiderte Isabelle. »Du sagtest zwar, eure Ehe sei gescheitert, aber für sie bleibt die Frage offen, warum ihr dann überhaupt geheiratet habt.«

»Francien hatte das Recht auf eine Hochzeit«, antwortete er und lehnte sich zurück. »Das lag in unserer Geschichte und unserer Beziehung begründet. Um von ihr loszukommen, musste ich mich ihr ausliefern.«

Isabelle begriff offenbar nicht das Geringste. Allmählich wusste er, was diese reglose Starre bei ihr zu bedeuten hatte.

»Und Zacharias?«, fragte sie.

»Keine Ahnung. Den Namen habe ich von euch zum ersten Mal gehört. Ich versichere dir, diese Entdeckung ist für mich genauso schmerzlich wie für euch, wo ich doch alles tun will, um euch zu helfen.«

»Warum versuchst du nicht, herauszufinden, wer Francien ermordet hat?«

»Ich hatte sie verlassen. Hinter mir gelassen. Außerdem habe ich keine Lust, Detektiv zu spielen.«

Sie sagte entschlossen: »Ich werde mit Alfonso reden. So bald wie möglich.«

»Schlaf erst mal. Ruh dich aus. Überlege dir gut, was du unternehmen willst, und lass mich auch ein wenig nachdenken.«

Sie hörte auf ihn. Er blieb sitzen, bis sich ihr Mund leicht öffnete und ihre Brüste sich mit tiefen Atemzügen hoben und senkten. Er schaltete das Ultraschallgerät ab und legte ihr eine Decke über.

Dann griff er nach der Einkaufstasche und begann, die erbeuteten Papiere zu studieren. Eine halbe Stunde später ging er an den Empfang und rief Barry Kodde an.

Er fing mit einer Ausrede an: »Barry, ich sitze gerade an meiner Buchhaltung. Könntest du mir vielleicht einen Überblick geben, welche steuerlichen Konsequenzen der Austritt aus der Gesellschaft für mich hat?«

Barry reagierte erleichtert. Harold hegte also keinen Groll und die Antwort auf diese kinderleichte Frage würde ihn nicht mehr als eine Viertelstunde seines freien Samstagabends kosten. Er erklärte, wie der Zwischengewinn berechnet wurde, der leider zu versteuern war. Harold ließ ihn in aller Ruhe ausreden und bekannte am Ende des Gesprächs mit gespielter Verlegenheit, dass er auch mit einer Rekonstruktion von Franciens letzten Tagen beschäftigt sei. Er verstehe einige Kleinigkeiten in ihren Aufzeichnungen nicht, die sie ... Ob Barry noch einen Moment Zeit habe? Natürlich, Barry hatte noch etwas gutzumachen und war gerne bereit, einem frisch gebackenen Witwer Einblick in die Welt der Konnossemente, Frachtbriefe, Indossamente und anderer Grundbegriffe des bewegten Handelsverkehrs zu verschaffen. Das Gespräch zog sich schließlich über eine Dreiviertelstunde hin. Anschließend setzte sich Harold an seinen Schreibtisch.

Er begab sich tatsächlich an eine Art Rekonstruktion, jedoch nicht von Franciens letzten Schritten, sondern von Zacharias' Aktivitäten. Ab und zu starrte er auf die Gitter vor dem Fenster.

Tja, die Vergangenheit hielt ihn fest im Griff ... Nein, so sah er das zu negativ. Er hatte das Ruder herumgerissen, und was ihn ehemals gefangen gehalten hatte, setzte er jetzt für seine Zwecke ein, oder?

Zacharias war ein zweiundvierzigjähriger Globetrotter, ein Abenteurer, Geschäftemacher und natürlich ein geschickter Betrüger, wenn auch nicht geschickt genug, sonst wäre er nicht im Knast gelandet.

Zacharias' Heimathafen war Hamburg, doch in den Häfen von Rotterdam und den Docks von Antwerpen fühlte er sich genauso zu Hause. Wohl im Bewusstsein seiner eigenen Grenzen fungierte er hauptsächlich als Berater, als Spezialist an der Seitenlinie, der seine Tipps und Hinweise für gutes

Geld an Händler verschacherte, die Vorschriften und Gesetze unterlaufen wollten.

Man konnte Zacharias also nicht unbedingt als Paten der internationalen Fleischhandelsmafia bezeichnen, sondern eher als *consigliere.* Er analysierte die Abläufe, ließ sich Tricks einfallen und fand Auswege aus Krisensituationen, obwohl er manchmal der Versuchung nicht widerstehen konnte, als Ersatzmann einzuspringen und sich selbst aufs Spielfeld zu wagen. Welche Versuchung ihn zu dem schicksalhaften Eingreifen verleitet hatte, durch das er ins Gefängnis gewandert war, konnte man aus den Dokumenten nicht ersehen.

Logisch, dachte sich Harold, denn warum sollte Zacharias Hinweise auf die Gründe seines Scheitern in seinem Tresor aufbewahren? Zacharias war ein Profi und würde sich belastende Informationen so weit wie möglich vom Hals halten. Aber irgendwie war er in die Falle getappt, denn er saß schon einige Wochen fest, als Francien auf ihn losgelassen wurde.

Zacharias hatte sofort die Flucht nach vorn angetreten. Er erklärte sich bereit, seine Kenntnisse über den illegalen internationalen Fleischhandel preiszugeben, und war geschäftstüchtig genug, der Staatsanwaltschaft im Tausch gegen Straffreiheit einen Fahndungserfolg von europäischem Format in Aussicht zu stellen. Er verlangte, dass die Anklage gegen ihn fallen gelassen wurde, für weniger war er nicht zu dem Deal bereit. Sein Rechtsanwalt ließ keinen Zweifel offen und die Unterschrift des Staatsanwalts war eine der wenigen nicht gefälschten. Francien und Elecom gaben das Traumpaar, das auf Zacharias' Anweisungen hin die Netzwerke entwirrte, welche die Importbestimmungen und die Mehrwertsteuer umgingen und anschließend noch Subventionen für ihren Handel kassierten. Die Chefs und ihre Strohmänner, die Handlanger und ihre Hilfstruppen, die Fahrer und die Packer, die Fälscher und die bestochenen Zollbeamten und nicht zu vergessen die Abnehmer und die Lieferanten – Zacharias versprach, sie ausnahmslos alle zu nennen.

Das Schreiben von Francien und Elecom bestätigte, dass Zacharias Wort hielt. Die erste Information, die ein überraschendes Licht auf die Einkaufspraktiken diverser Supermarktketten warf, wurde bereits für hieb- und stichfest befunden. Harold unterstrich den letzten Absatz:

Angesichts der problemlosen Mitarbeit von Z. schlagen wir vor, die Verhöre in einer Umgebung fortzusetzen, die der positiven Atmosphäre und dem angenehmen Verlauf der Informationsweitergabe Rechnung trägt.

Harold legte das Schreiben des Staatsanwaltes daneben, der den Vorschlag annahm und versprach, die Verlegung von der Strafanstalt in eine bequemere Unterkunft mit dem verantwortlichen Kripoteam zu besprechen.

Harold blätterte hastig weiter. Doch er wusste, dass es sinnlos war, denn Zacharias hätte niemals seinen neuen Aufenthaltsort verraten. Ansonsten wären die Brüder längst auf einen Hinweis gestoßen. Er ordnete die Papiere neu und notierte seine Ergebnisse auf einem Blatt Papier. Er beschloss, Isabelle zu wecken, nicht zuletzt weil sich im Traum ihre Schultern verkrampften und kleine Muskeln unter ihrem linken Auge zuckten.

»Das hier ist der Lohn für seine Freiheit«, sagte Harold und hielt die Tasche mit den Papieren hoch. »Zacharias wurde erwischt und hiermit erkaufte er sich einen Ausweg.«

Isabelle goss Wasser in eine Tasse mit Instantkaffee.

»Wen hat er bestochen?«

»Niemanden. Was er tat, ist legal. Er besaß einen Haufen Informationen und hatte das Glück, auf einen ehrgeizigen Staatsanwalt zu stoßen, der es im vereinten Europa weit bringen will. Francien und Elecom haben einen kleinen Vorgeschmack auf sein Insiderwissen erhalten, und der war so gut, dass man Zacharias an einen angenehmeren Ort verlegte.»Wohin?«

»Streng geheim, überzeug dich selbst.«

Er legte Isabelle den unterstrichenen Absatz vor.

»Irgendein Ort, an dem ihn seine Geschäftsfreunde nicht finden können. Zu Recht, denn mit dieser Akte hat er die halbe europäische Fleischindustrie in der Hand. Grob geschätzt dürften an die zwanzig Damen und Herren ein Interesse daran haben, ihn zum Schweigen zu bringen.«

»Was hat er sonst noch getan?«

»Eine Betrügerei haben Francien und Elecom schon aufgedeckt. Ganz einfach: Zacharias beriet seine Partner, wie sie hochwertiges Rindfleisch aus eurem Heimatland über einen EU-Hafen einführen konnten. Bestimmungsort Weißrussland oder irgendeine andere kleine Mafiarepublik, Hauptsache, kein EU-Land. Weil es nur um die Durchfuhr von Gütern ging, mussten weder Mehrwertsteuer noch Einfuhrzölle abgeführt werden. Das Fleisch wurde in Lkws verladen und vom Zollspeicher im Hafen zu einem Transitschuppen an der Grenze transportiert. Unterwegs stand ein Trupp bereit, der die Ladung aus den Kartons holte und durch wertloses Fleisch ersetzte, Schafsinnereien, Stierhoden, Ziegenaugen, egal was. Das hochwertige Rindfleisch wurde an den Großhandel verkauft und landete noch am selben Tag in den Kühlregalen der Supermärkte. Die minderwertige Fleischladung in den Lkws wurde für einen neuen Schwindel benutzt, zum Beispiel als spanisches Exportfleisch deklariert, wodurch wiederum EU-Subventionen eingestrichen werden konnten. Auf diese Weise operierten dutzende von Netzwerken, und Francien und Elecom waren dabei, sie zu entwirren. Zacharias war für sie eine wahre Goldmine, sie hatten einen großen Fisch an der Angel. Zu groß und zu heikel für ein einfaches Betrugsdezernat des Distrikts Gelderland-Mitte. In diesem Stapel wimmelt es von gefälschten Rechnungen, fingierten Ausfuhrdokumenten, nicht existenten Rechtspersonen, GmbH-Betrügereien und Nachweisen über ein Heer bestochener Beamter. Meiner Meinung nach wollte Zacharias diese Beweise nach und nach vorbringen. Ihr habt das Pech, an einen Profi-Betrüger großen Stils geraten zu sein.«

Sie winkte seine Zusammenfassung achtlos beiseite.

»*Amor,* das spielt doch gar keine Rolle. Wir müssen ihn unbedingt finden. Und die Brüder müssen dir vertrauen. Wie lange habe ich geschlafen?«

»Ein paar Stunden, du hattest unruhige Träume.«

»Ich habe geträumt, ich würde tanzen.«

Harold schob den Küchentisch beiseite. Im Internet fand er einen Tangosender. Aus den kleinen Boxen des Praxiscomputers quäkten schmalzige Vierzigerjahre-Stücke. Er forderte sie mit einer Geste auf. Schon beim ersten Tanz, mitten in einer Beschleunigung, beschloss sie: »Ich gehe zu ihnen. Du darfst nicht zwischen uns stehen und sie nicht zwischen uns.«

Harold nickte, er konnte beim Tanzen nicht reden.

Als sie weg war, wanderte er stundenlang durch die Räume. Auf Luisas Schreibtisch lag eine Mappe mit seinem Namen. Er wandte sich ab, konnte aber der Versuchung nicht widerstehen. Seine Briefe lagen darin, ordentlich in Klarsichthüllen. Wäre ihm nicht die Unberührtheit der ersten Seite aufgefallen, hätte er sie sofort wieder zurückgelegt.

Da er ihre Arbeitsweise kannte, hatte er Randbemerkungen erwartet. Messerscharfe Deutungen, eine Stalinorgel von Fragen über sein ›geliehenes Leben‹, wie sie seine Tanzmanie einmal genannt hatte. Er suchte vergeblich nach einer Diagnose. Mit wachsender Enttäuschung blätterte er in seinen Episteln herum. Seiner Meinung nach litt er an einer gespaltenen Persönlichkeit, war eine umherirrende Seele, die nach Einheit, einer Basis im Leben suchte. Er vermisste die Ausrufezeichen hinter seinem mutigen Schritt, seine Beziehung zu Francien im Nachhinein als gescheiterten Missgriff zu interpretieren. Nirgendwo entdeckte er Bewunderung für den beherzten Schritt hinaus aus seinem bisherigen Leben. Notfalls hätte sie ihn als tragischen Romantiker bezeichnen können – *will sich einem Leben entziehen, das keine Herausforderungen bietet, und stürzt sich in ein anderes Leben, dessen Ansprüchen er nicht gewachsen ist.* Etwas in der Art. Sogar eine abschätzige Bemerkung über seine Verliebtheit fehlte. Luisa fand seine Briefe keinen Federstrich wert, und inzwischen bezweifelte er sogar, dass sie sie überhaupt gelesen hatte … Er schlug die Mappe zu und verließ ihr Reich.

Er ermahnte sich, nicht in sein altes Misstrauen zu verfallen. Luisa wartete natürlich auf mehr, er durfte sie nicht unterschätzen. Sie spürte intuitiv, dass er ihr längst nicht die ganze Wahrheit gesagt hatte. Noch schälte er seine Häute ab und sie ließ ihn, bis er beim Kern angekommen war.

Auf dem Patio übte er Pirouetten und kontrollierte, wie er die Füße bei einem Kreuzschritt schloss (Fußrist fest an der Achillessehne). Er machte eine Drillübung daraus. Schritt vorwärts, Drehung und noch eine Drehung. Und zurück, und eine Zweifach-Pirouette. Als die Schweißtropfen flogen, holte er sich einen Barhocker. Er lief darum herum, die Hüften um 180 Grad hin- und herdrehend. Vor, zur Seite, rückwärts, Schluss ... Immer darauf achtend, auf die Sitzfläche gerichtet zu bleiben, denn dort war seine Tanzpartnerin. Er hielt ein einziges Mal inne, als die Regentropfen so laut auf das Dach prasselten, dass er lauter zählen musste. Eins, zwei, seitwärts und drehen und drehen ...

So wurde er doch noch mittendrin von Isabelles Rückkehr überrascht. Sie klopfte an die Eingangstür, die Klingel wurde am Wochenende ausgeschaltet. Sie war gerannt, keuchte, ihre Locken klebten ihr am Kopf.

Rechts und links von ihr standen tropfend die Brüder.

Er ließ sie ein, da Isabelle ihm einen beruhigenden Kuss gab. Sie drückten Harold zurückhaltend die Hand und ließen sich von Isabelle in seinen Praxisraum führen.

»Sie glauben, was du über Francien und Elecom gesagt hast«, sagte sie in der Küche, als er Bierflaschen aus dem Kühlschrank holte. »Aber sie verstehen nicht, wie du da reinpasst.«

»Ich stehe auf eurer Seite! Alles andere ist doch egal.«

»Sie würden dir gerne ebenso vertrauen wie ich, können aber ihr Misstrauen nicht so schnell überwinden. Andererseits wollen sie dich nicht verlieren. Deswegen sind sie so außer sich. Sie kennen keinen Mittelweg. In den Pampas lösen sie solche Probleme ganz anders. Da heißt es Jäger oder Gejagter, entweder du lebst oder du stirbst.«

»Und wie sieht die Lösung aus?«

Isabelle antwortete so prompt, dass sie mit ihren Brüdern darüber gesprochen haben musste.

»Genau darüber wollten wir mit dir reden.«

Die Brüder saßen nebeneinander auf dem Behandlungstisch. Das Reden überließen sie Isabelle. Sie prosteten Harold halbherzig zu und setzten die Flasche kurz an den Mund.

»Elecom kennt Zacharias«, begann Isabelle, »er verhört ihn. Elecom kennt den Weg. Er ist der Schlüssel.«

»Ihr habt es auf Elecom abgesehen?«, fragte Harold. »Keine gute Idee.«

Er wollte schlucken, biss aber die Zähne zusammen, den Kopf stolz hocherhoben. Er war fest entschlossen: nicht noch mehr Gewalt. Nicht noch mehr nächtliche Echos verzweifelter Schreie.

»Elecom hat einen Tipp bekommen, inoffiziell natürlich«, behauptete er, »dass wir bei Zacharias' Frau gewesen sind. Und er hat garantiert auch Maßnahmen zu seiner eigenen Sicherheit ergriffen. Ihr habt nicht den Hauch einer Chance, an Zacharias heranzukommen.«

Da sie jetzt alle drei schwiegen, wusste er, dass sie auf Vorschläge von ihm warteten. Beweise, wem deine Loyalität gilt, Harold, deiner neuen Geliebten oder deiner toten Ex, die dich betrogen hat. Den Brüdern oder dem Mann, der dir Hörner aufgesetzt hat. Doch es war nicht diese Wahl, die ihn zögern ließ, Isabelle konnte von ihm verlangen, was sie wollte, sie war seine *tanguera.* Wenn er selbst sich an Elecom wandte, müsste er so hart wie nötig und so sanft wie möglich vorgehen. Würde ihm das gelingen?

Er stand auf und ging zu den Brüdern, stieß mit seiner Flasche gegen ihre. Dann wandte er sich an Isabelle.

»De acuerdo«, sagte er. »Ich gehe noch heute Abend. Ich gehe allein. Wartet zu Hause auf mich.«

Isabelle küsste und umarmte ihn, schmiegte sich an ihn. Erleichterung. Gleich darauf verteilte sie Kopfnüsse an ihre Brüder, was diese sich gutmütig gefallen ließen.

»Meine kleinen Brüder waren voreilig«, schalt sie. »Sie haben unüberlegt gehandelt. Sie haben ihren Gastgeber beleidigt, misshandelt und aus dem Haus gejagt.«

Die Brüder standen auf und umarmten ihn. Entschuldige Harold, wir sind dumme Bauern, wir haben dich unterschätzt, du bist unser Bruder ...

»Und du bist«, sagte Carlito ungeschickt, »unsere letzte Hoffnung.«

Harold klopfte ihm ermutigend auf den Arm. Lasst Harold mal machen, der kennt sich aus, der wird in diesem ganzen Saustall aufräumen. Er würde diese hirnlosen Muskelpakete aus dem Dschungel herauslotsen, in dem sie sich verirrt hatten. Den Anflug von Beklemmung in seiner Brust verscheuchte er: Nein, es führte kein Weg mehr zurück, er konnte nur noch vorwärts gehen. Er hatte aus eigenem Antrieb seine Trumpfkarten auf den Tisch gelegt.

»Der dicke Mann war übrigens nochmal da«, sagte Alfonso. »Er hat einen Brief für dich abgegeben.«

Harold riss den Umschlag auf. Slemmen kündigte ihm mit sofortiger Wirkung. Slemmen war nicht begeistert darüber, dass er Kriminelle beherbergte, die in einem Schulgebäude mit Pistolen um sich ballerten. Von einer Anzeige habe er jedoch abgesehen. Wenn der Direktion der Lehranstalt dieser Skandal zu Ohren käme, würden sie ihm unverzüglich kündigen, ein finanzieller Verlust, für den Harold ihn niemals entschädigen könne. Deshalb müsse er jetzt unerbittlich sein: Wie sehr ihn das auch schmerze, er werfe Harold unverzüglich hinaus. Es möge Harold gut gehen. Weiteres siehe Rückseite. Auf der Rückseite fand Harold die Abrechnung. Von der Kaution hatte Slemmen die Kosten für die Reparaturen abgezogen. Plus den Betrag, den die Frauen von Hoogte-80 versoffen hatten, als Harold seinerseits neulich nicht aufgekreuzt war.

23

Beifang

Die Pistole, die Alfonso ihm an der Tür zugesteckt hatte, drückte ihm schmerzhaft gegen die Wirbelsäule. Sie ragte melodramatisch aus seinem Hosenbund, wie er in der spiegelnden Wintergartentür feststellte, als er mit Frans Elecom telefonierte.

Er habe in einer Abstellkammer eine Mappe gefunden, behauptete er. »Ich kann mit dem Inhalt nichts anfangen, vielleicht sind die Papiere dabei, nach denen du gesucht hast. Könntest du sie heute Abend abholen kommen?«

In Elecoms Wohnzimmer rief eine Frauenstimme im Hintergrund, es würde Zeit. Der Fernseher wurde lauter gestellt und ein Senderjingle dudelte.

»Und sagtest du nicht, du hättest noch einige Sachen von Francien? Könntest du die bei der Gelegenheit auch gleich mitbringen?«, bat Harold. »Ich bin jetzt bei ihr zu Hause.«

»Ich komme sofort«, versprach Elecom.

Anschließend suchte Harold ein weites Jackett heraus, das den Pistolenknauf verbarg, und schaltete schon einmal die Außenleuchte ein.

In dem Bleiglasfenster leuchteten Elecoms Haare auf. Sie sahen aus, als habe er Lockenwickler eingedreht und es sich mittendrin anders überlegt.

»Ich war unter der Dusche«, entschuldigte er sich und ging, ohne seinen Mantel aufzuhängen, direkt durch ins Wohnzimmer.

Harold wunderte sich, dass er so prompt erschienen war.

Franciens Aufzeichnungen waren es offenbar wert, sich beim ersten Ton auf den Weg zu machen.

Im Wohnzimmer suchte Elecom nach einem Platz zum Sitzen. Das Sofa war tabu, Harold zeigte auf den Esstisch.

»Wein, Whiskey, Wasser?«, fragte er.

Elecom wählte Whiskey. Harold schenkte zwei Gläser ein. Seine Hände zitterten, aber er musste jetzt mutig sein und standhaft bleiben. So hart wie nötig und so sanft wie möglich ... Er musste Elecom den Schlüssel zu Zacharias entlocken, egal wie. Diese Feuerprobe würde er für Isabelle bestehen, für sie beide.

»Ich habe ihr Versteck gefunden, Frans«, log er und stieß mit Elecom an. Zwischen ihnen lag der Stapel Papiere aus Zacharias' Tresor.

Elecom rührte sich nicht, er lehnte sich zurück und betrachtete das Sofa und die Flecken ringsherum. Vielleicht log er nicht überzeugend genug. Francien hatte kein Versteck besessen. Es gab keinen Anlass dazu: Sie hatten schlichtweg kein Interesse an ihren gegenseitigen Geheimnissen gehabt. Elecom griff nach seinem Glas und ließ sich in den Stuhl rutschen. Er prostete Harold zu.

»Auf Francien.«

Anschließend nahm er einen tüchtigen Zug, den er langsam durch die Zähne spülte und dann hinunterschluckte. Harold führte das Glas zum Mund, trank aber nicht.

»Also doch«, sagte Elecom. »Sie wusste immer ganz genau, was sie tat und warum. Bei *Fennek & Weergang* fällt mittlerweile auch auf, welche Lücke sie hinterlässt.«

Er warf sein Haar zurück und strich es mit beiden Händen glatt.

»Sie wurde unterschätzt«, fuhr er fort. »In der Firma hielt man sie für kontrollsüchtig.«

»Deshalb hielt sie sich wohl zwei Männer«, sagte Harold.

Elecom ignorierte seine Bemerkung und fuhr fort. »Sie war eine ganz Zähe, weißt du. Jede Aufgabe, die sie in Angriff nahm, führte sie auch zu Ende. Dazu besaß sie noch eine ausgezeichnete Menschenkenntnis und – was ich am meisten vermisse – die Fähigkeit, querzudenken.«

»War das der Grund für euren Erfolg bei den Vernehmungen von Herbert Zacharias?«

Durch den Glastisch hindurch sah Harold ein Zucken durch Elecoms nonchalant übereinander geschlagene Beine fahren. Als wolle er aufstehen und weglaufen.

»Du hast dich wirklich in ihre Arbeit vertieft«, stellte er tonlos fest. »Stimmt, dank Francien entpuppte sich der Fall Zacharias als Goldgrube. In Kürze kann die Staatsanwaltschaft einige führende Köpfe der Fleischbranche zu Hackfleisch verarbeiten.«

Er starrte Harold einige Sekunden lang an.

»Die Sache darf auf keinen Fall durchsickern«, sagte er gespielt streng. »Ich werde noch Wochen brauchen, bis ich Zacharias' Netzwerke durchschaut habe.«

»Brauchtest du dafür diese Dokumente?«

Elecoms Blick huschte zum Tisch.

»Sie hatte sich viele weiche Informationen notiert, wie wir das nennen. Anhaltspunkte, für die die harten Beweise noch fehlen.«

Harold kippte seinen Whiskey hinunter.

»Schau mal hier drin nach«, sagte er. »Hilft dir das weiter?«

Er schob Elecom einige der Papiere zu. Elecom zog eine Lesebrille aus seiner Tasche. Natürlich wurde ihm innerhalb von Sekunden klar, dass dies nicht die Papiere waren, über die sie redeten. Doch er zuckte nicht mit der Wimper, denn auch diese Unterlagen waren ein Geschenk des Himmels.

»Wie kommst du daran?«, fragte Elecom.

»Über Francien. Sagte ich doch bereits.«

Er schob Elecom Papier und Stift zu.

»Würdest du mir bitte die Adresse von Zacharias aufschreiben, Frans?«, bat er. »Ich muss ihn sprechen und du weißt, wo ich ihn finden kann.«

Elecom stellte die Füße nebeneinander und schob sein Glas beiseite.

»Tut mir leid, Har…«

»Nur ein paar Minuten, Frans. Länger nicht. Du könntest quasi auf mich warten.«

Elecom schüttelte entschieden den Kopf und stand auf.

»Ausgeschlossen. Es tut mir leid, Harold, aber das hatte ich nicht von dir erwartet.«

Harold spielte seinen letzten Trumpf aus, bevor er so hart werden musste wie nötig: »Was du hier siehst, ist nur ein Teil, Frans. Du könntest aber noch heute Abend die ganze Akte mitnehmen. Damit wir uns richtig verstehen: Das hier sind die Originale. Existieren Kopien? Ich glaube nicht.«

Und da Elecom ihn ungläubig anstarrte, fügte er hinzu: »Nicht einmal Zacharias hat weitere Exemplare.«

Er setzte sich und ließ Elecom Zeit, sich darüber im Klaren zu werden, dass er mit diesen Dokumenten nicht mehr von Zacharias' Redebereitschaft abhängig war. Dass er diesen Fall, dessen erfolgreicher Abschluss ihm Ruhm bringen würde, sozusagen in der Tasche hatte.

Er ließ ihm auch genügend Zeit zu begreifen, dass ein Zacharias ohne diese Papiere, ohne all die fingierten Rechnungen und gefälschten Zertifikate vom Kronzeugen zum Fantasten degradiert würde. Dass Zacharias ihn mitrisse in seinem Fall und der *Red Room* für geraume Zeit zum Synonym für *auf den Leim gegangen* würde.

Er ließ Elecom ebenfalls genügend Zeit, sich auszumalen, dass er in dem Fall sehr bald Gegenstand einer Evalulationssitzung auf höchster Ebene, mit dem Tagesordnungspunkt *Korrektur von Laufbahnperspektiven* sein würde. Und Elecom konnte sich an zehn Fingern ausrechnen, dass Harold die Papiere auf der Stelle verschwinden ließe, sobald eine Beschlagnahme drohte.

»Irgendwelche Garantien?«, fragte Elecom.

»Zacharias wird nichts geschehen, falls du das meinst, und du bleibst außen vor. Du kannst sofort mit dieser Hälfte zur Tür hinausspazieren. Die andere Hälfte kriegst du hinterher.«

»Warum willst du ihn sprechen?«

»Ich will mit ihm über Francien reden. Ich rekonstruiere ihren letzten Lebenstag. Wie sie war, wie sie sich fühlte, was sie sagte. Er ist der Letzte, mit dem sie gesprochen hat, schließlich hat sie doch den ganzen Tag mit ihm verbracht, oder?«

Elecom bestätigte die Frage mit einem kurzen Nicken, wirkte aber immer noch nicht recht überzeugt.

»Hast du ein Telefonbuch?«, fragte er schließlich.

Harold wühlte in der Kiste mit Altpapier und legte es auf den Tisch. Elecom blätterte es durch, bis er die richtige Seite gefunden hatte, nahm einen Stift und zog einen Kreis.

»Die oberste Etage haben wir komplett für ihn angemietet.«

Harold zog das Telefonbuch zu sich heran. Es war die Adresse eines Familienhotels in einem Touristendorf in der Veluwe. Er riss die Seite heraus und steckte sie ein. Dann sammelte er die Papiere ein und schob sie ordentlich zusammen. Er teilte sie in zwei Stapel, wie ein Kartenspiel. Eine Hälfte reichte er Elecom.

»Ich will dich jetzt nicht länger aufhalten«, sagte er. »Je eher wir das hinter uns bringen, desto besser.«

An der Tür sagte Elecom: »Ich kann dich nicht hinbringen, das verstehst du doch?«

Elecom stieg in seinen Jeep, auf dessen Dach eine Lichtschiene angebracht war. Er ließ die Scheinwerfer aufleuchten und fuhr in einer scharfen Wendung davon. Ein Gruß oder eine Warnung?

Sobald Elecom außer Sicht war, zog Harold die Pistole aus dem Hosenbund und legte sie auf den Garderobenschrank. Einen Moment lang ließ er den Blick darauf ruhen. Harold der Revolverheld – er kam sich auf einmal lächerlich vor bei der Vorstellung, Elecom mit vorgehaltener Pistole unter Druck zu setzen. Er nahm das Ding in die Hand und richtete es auf die kleine Scheibe in der Tür. »Peng«, sagte er.

Elecoms rasche Niederlage überraschte ihn nicht, er hatte ihm nie viel Rückgrat zugetraut.

Er erschrak, als jemand energisch und ausdauernd auf die Klingel drückte. Hastig wickelte er die Waffe in ein paar Schals ein.

Er war Greta. Ihr schwarzer Lackledermantel stand vorn offen und sie roch nach Alkohol. In der Hand trug sie einen Müllsack.

»Hallo!«, brachte er überrascht heraus. »Alles in Ordnung?«

»Was dachtest du denn? Unkraut vergeht nicht.«

Sie trat einen Schritt nach vorn und drückte ihm links und rechts einen Kuss auf die Wange. Ihre Stimme klang heiser, sie hatte den ganzen Abend Thekendienst gehabt. Trotz der Küsse behielt er den Türknauf in einer Hand, den Türpfosten in der anderen. Besuch unerwünscht.

»Ich war schon bei deiner Wohnung«, sagte sie. »Da hat so ein knackiger Latino aufgemacht und gesagt, dass du nicht da wärst.«

»Ich musste …«, setzte er an, aber sie unterbrach ihn: »Scht, du brauchst mir nichts zu erklären, es ist dein Leben. Es stimmt also, was Slemmen rumposaunt hat? Dass du wieder in deinem alten Haus wohnst?«

Die Neugier stand ihr ins Gesicht geschrieben. Er zuckte mit einer verlegenen Geste die Schultern.

»Schätzchen, du bist in dieser Saison von allen Spielen gestrichen. Hast du dich verletzt?«

»Ja«, log Harold spontan. »Eine alte Verletzung hat sich wieder gemeldet. Die Achillessehnen. Beim Training endgültig ruiniert. Selber schuld. Gleich alle beide.«

Geh weg, Greta! Isabelle und ihre Brüder warten, ich muss meine Beute vorweisen.

»Ach so, Slemmen hat irgendwas von Herzproblemen gefaselt … Egal. Vorläufig sehen wir dich also nicht mehr bei Hoogte-80, oder? Deswegen wollte ich dir nur kurz deine Sachen vorbeibringen. Hast du beim letzten Mal in der Umkleide liegen lassen.«

Sie schob den Müllsack mit ihren Pumps über die Schwelle.

»Ich wollte gerade los …«, sagte er. Es klang nach einer faulen Ausrede.

»Schon gut, Kleiner, ich komme gelegentlich nochmal auf eine Tasse Kaffee vorbei. Und unsere Kantine wirst du wohl noch finden, oder?«

Sie kam kurz herein und strich ihm über die Stirn.

»Sei schön vorsichtig, okay? Und bleib sauber! Denk an dein Herz.«

Im Wohnzimmer schmiss er den Sack auf den Tisch. Er war gerissen und die Ecke eines Ordners schaute hervor. Ein Order … verdammt, hatte er bei Hoogte-80 einen Ordner vergessen?

Er schüttete den Sack aus und rekonstruierte den Abend, an dem er eingesprungen war. Auf dem Hinweg hatte er seine Schiedsrichtersachen in die Tüte gestopft ... Danach hatte er von Greta die Sporttasche bekommen ... Er erschrak, als er auf der Rückseite des Ordners Franciens Handschrift erkannte. *Zach9-BP01.* Er strich mit einem Finger darüber, bevor er die erste Seite aufschlug.

Überschrift: *VERTRAULICH.* Nach dem ersten Deckblatt folgten kopierte Blätter mit Datenreihen. Er blätterte weiter und stieß auf Franciens Aufzeichnungen ihrer Gespräche mit Zacharias. Nach dem nächsten Trennblatt: Notizen ihrer persönlichen Eindrücke. Danach: der Entwurf einer Strategie.

Beim Überfliegen des Inhalts stolperte er über den Namen Isabelles, einmal, zweimal, und dann die Namen ihrer Brüder, mit Daten, lange bevor er sie kennen gelernt hatte.

Und dann fing er noch einmal von vorn an. Er zwang sich, dieses Logbuch zu lesen. Er las und las, schneller, als seine Gedanken folgen konnten, schneller, als sein Herz klopfte, schneller, als er begreifen wollte.

Als er den Ordner zuschlug, war es fast Mitternacht.

Er eilte in den Keller, um Franciens unheilvolles Erbe zu verstecken. Ihm fiel nichts Besseres ein, als es unten in die Tiefkühltruhe zu legen. Er schüttete eine Tortenschachtel aus und packte den Ordner hinein.

Francien, Francien, wie einsam du gewesen bist.

24

Wald und Dünen

Unterwegs war er still. Aus einer Anwandlung heraus hatte er die Pistole ins Handschuhfach gelegt. Er bereute es bereits, denn Carlito hatte sie sofort entdeckt und in seine Jackentasche gesteckt. Die Brüder hatten ihn überschwänglich geküsst und Isabelle träumte laut von ihrer Rückkehr nach Buenos Aires.

»Morgen buchen wir einen Flug für dich, Harold. Und wenn wir erst mal zu Hause sind, genießen wir das Leben, gehen erst in der *Confíteria Ideal* tanzen, abends ins *Catedral* und gegen Morgen ins *El Beso.* Sonntagnachmittags fahren wir mit dem Taxi zum *La Glorieta,* da tanzen wir unter freiem Himmel, und extra für dich gehen wir auch mal ins *El Sur!*«

Sie lachten laut – das *El Sur,* ein Touristenschuppen! Isabelle drückte spielerisch seinen Oberschenkel. Nur die Sache mit Zacharias mussten sie noch hinter sich bringen.

Das Familienhotel stand am Rande einer Dünenlandschaft, die sich im Mondlicht bleich vor den dunklen Nadelbäumen abhob. Der Parkplatz war überfüllt. Harold stellte seinen Kombi am Straßenrand ab. Sie stiegen aus und liefen zunächst einmal um das Hotel herum. Am Eingang schaukelten Lampions im Wind. Fetzen von Musik, Kreischen und Gelächter wehten ihnen entgegen.

Drinnen war ein Hochzeitsfest im Gange. Sie betraten das Hotel. Nirgendwo war ein Empfangschef oder ein Nachtportier zu sehen. Die Brüder zögerten und warteten im Foyer. Sie unterdrückten ihre Unruhe, indem sie in einem Reklameblättchen blätterten. Unterdessen unterzogen sie den Raum einer genauen Prüfung. Der Liftschacht war dunkel, die Treppe daneben mit einer roten geflochtenen Kordel abgesperrt. Ein Schild baumelte daran: *ZUGANG NUR FÜR HOTELGÄSTE.*

Harold spähte Arm in Arm mit Isabelle zur Saaltüre hinein. Das Fest neigte sich dem Ende zu. Die kleinen Kinder kämpften gegen den Schlaf und hielten sich mit Verfolgungsjagden wach. Die betrunkene Braut tanzte mit jedem, auch mit sich selbst, der Bräutigam musste seine Fliege ihren Freundinnen überlassen. Harold trat beiseite, um einen Ober mit einem Tablett leerer Gläser durchzulassen. Der Mann hielt inne, mit fragendem Gesichtsausdruck. Die Zielstrebigkeit, mit der sie eingetreten waren, fiel sofort auf. Sie brachten eine Stimmung mit, die nicht zu der Feier passte.

»Zweimal Wein, Weib und Gesang bitte«, witzelte Harold.

Der Mann nickte hastig und eilte an die Bar. Mit gespielt heiterem Lächeln musterten sie das Chaos.

»Am besten gehen wir über die Feuertreppe«, schlug Harold vor. »Hier läuft zu viel Personal herum.«

Wieder eilte der Ober herbei und blieb bei ihnen stehen. Sie nahmen zwei Gläser von dem vollen Tablett. Isabelle zog Harold am Ärmel.

»Wir bleiben hier«, sagte sie. »Die beiden kommen schon allein zurecht.«

Harold drehte sich um. Das Foyer war verlassen, die Brüder hatten den Weg nach oben gefunden. Er ließ sich von Isabelle in den Festsaal bugsieren und zusammen drängten sie sich an den Gästen vorbei zu einem ruhigen Eckchen. Harold schaute auf die Uhr.

»Zehn Minuten«, sagte er besorgt. »Mehr gebe ich ihnen nicht, um mit Zacharias fertig zu werden.«

Der DJ legte ein Medley von Schlagern ein, die lauthals mitgesungen wurden. Zwei übermütige Onkel waren auf ihre Stühle gestiegen und boten Arm in Arm eine Playbackshow dar. Das Publikum spornte sie an, winkten mit brennenden Feuerzeugen.

Harold trank sein Glas aus und grinste über das komische Duo.

»Wollen wir tanzen?«

Ein Mann mit gerötetem Gesicht überbrüllte die Musik. Sein Hemd, das von Bier und Schweiß durchnässt war, klebte ihm am Oberkörper.

»Aber nur Tango!«, rief Isabelle zur Antwort.

Der Mann fuhr zurück und zeigte mit dem Zeigefinger wie mit einem Pistolenlauf auf Isabelle.

»Abgemacht!«, rief er und begab sich leicht schwankend zum DJ.

»Der Brautvater, wetten?«, sagte Harold.

Er nahm ein zweites Glas Wein vom Tablett. Ihm war jede Ablenkung willkommen, egal wie peinlich sie war. Es war Francien gelungen, quer durch sein neues Leben zu donnern und eine Spur der Vernichtung zu hinterlassen.

Isabelle beobachtete inzwischen amüsiert den hochrot angelaufenen Dickwanst. Seine Gesten wurden ungehaltener, bis der DJ sich zu den CD-Behältern hinter ihm umwandte. Dann kehrte der Mann mit energischen Schritten zurück.

»Ich zahle hier alles«, sagte er. »Also wird auch gespielt, was ich will.«

Isabelle nickte zustimmend.

Schon greinten Geigen die ersten Takte von *La Cumparsita* über die Tanzfläche. Der DJ hatte nichts anderes als ein niederländisches Ersatz-Zigeunerorchester finden können, das seit zwei Generationen Tangos zu fidelen Poldermelodien einstampfte.

Rückwärts laufend winkte der Mann Isabelle mit knappen Handbewegungen herbei. Mit wiegenden Hüften betrat sie die Tanzfläche. An den Tischen stießen sich die Gäste amüsiert an. Man zeigte mit dem Finger auf das Paar, die Tanzfläche leerte sich.

Die Brüder waren jetzt seit fünf Minuten oben.

Der Mann zog seinen Bauch ein, ignorierte das Gelächter einer Gruppe halbwüchsiger Neffen und nahm Isabelle in den Arm. Er tanzte den *Ballroom*-Tango, diese Parodie auf den argentinischen, diese impotente Variante, die die Engländer Europa aufgehalst hatten. Der Mann kannte es nicht anders, er tanzte, wie er es vor vierzig Jahren gelernt hatte: Nase hoch, forscher Schritt, steifer Hals. Auch die unsinnigen, abrupten Wendungen fehlten nicht. Er beherrschte noch das gesamte Schrittrepertoire, und Harold musste zugeben, dass er trotz seiner Trunkenheit den Takt hielt. Am Rande der Tanzfläche, am Hochzeitstisch, von wo aus seine Frau zuschaute, ließ er Isabelle sich fast horizontal hintenüberbeugen. Er erntete Applaus und laute Anfeuerungsrufe.

Und was tat Isabelle? Sie balancierte auf ihren Absätzen, sprintete mit ihm quer über die Tanzfläche, drehte Pirouetten, ihr Rückgrat schien aus Gummi zu sein. Sie sprang schon hoch, sobald er Anstalten machte, sie zu heben, und es sah aus, als schwebe sie. Sie korrigierte seine Fehler mit eingeschmuggelten Zwischenschritten. Manchmal lief er mit breiten Schritten, wie ein Bauer über einen Matschweg. Kein Problem, Isabelle marschierte mit, wobei sich ihr Kleid um die Schenkel spannte und hochrutschte. Dann wieder hielt er inne, schwenkte sie herum, und gemeinsam dribbelten sie an Harold vorbei.

Der Mann nahm ihren *Pas de deux* jetzt bitter ernst. Was als spontane Laune begonnen hatte, entwickelte sich zu einem Glanzstück, über das man auf späteren Familienfesten noch lange reden würde. Isabelles Rocksaum wirbelte hoch, als sie im Zickzack einen *sur place* vollführte. Fotoapparate blitzten, ein Neffe mit einer Videokamera drängte sich nach vorn. Isabelle erlaubte dem Mann, sich wie ein Meister zu fühlen. Harold beobachtete, wie er wuchs, wie er sich aufblies wie ein Frosch, wie er ganz in seinem theatralischen Stil aufging. Isabelle ermunterte ihn mit koketten Kopfbewegungen, mit einem entzückenden Lächeln bei einer raschen Wendung, mit einem schüchternen Blick. Ja, das konnte sie, folgen wie eine zweite Haut ... Ja, verdammt, sie lockte ihn in die Falle seines eigenen Genusses und seiner Selbsteingenommenheit. Sie bot ihm die Möglichkeit, den Mann heraushängen zu lassen, der wusste und tat, was er wollte ... Das Publikum klatschte und pfiff, nachdem das Stück vorbei war, und schrie nach mehr. Der DJ gehorchte und reagierte mit *Olé Guapa* auf Lautstärke zehn.

Die Übelkeit, die Harold befiel, schrieb er zunächst der Hitze zu. Er suchte ringsum nach Kühle, sein Hals war wie zugeschnürt. Er zögerte, hätte gern auf Isabelle gewartet, bekam aber keine Luft mehr, er zuckte und konnte den Brechreiz nicht mehr unterdrücken. Mit der Hand vor dem Mund drängte er sich durch zum Eingang, störte ein knutschendes Pärchen und stieß die Toilettentür auf. Dann spuckte er Schleim in die Schüssel, mit beiden Händen drückte er seinen Magen hoch, aber übergeben konnte er sich nicht.

Es müsse Eifersucht sein, versuchte er sich weiszumachen, eine junge Liebe sei empfindlich. Doch es gab kein Entkommen vor der banalen Wahrheit, die ihn derart mit Ekel erfüllte: Er hatte nicht diesen großkotzigen Brautvater, diesen eitlen Fatzke mit den Herrscherallüren mit Isabelle tanzen sehen. Er selbst war das gewesen, dort auf der Tanzfläche!

Er blieb vornüber gebeugt stehen und schloss die Augen, um sein Spiegelbild in der Kloschüssel nicht sehen zu müssen.

Zacharias war in den Räumen untergebracht, die auf Schildern im Treppenhaus als Penthouse angepriesen wurden. Wie sich herausstellte, war es ein ausgebautes Dachgeschoss.

Isabelle klopfte in der obersten Etage an und meldete sich mit leiser Stimme. Alfonso öffnete die Tür und legte den Zeigefinger an die Lippen.

Zacharias war ein zart gebauter, jugendlicher Mann mit Flachshaaren und einem demütigen Augenaufschlag. Kein Gegner für Carlito und Alfonso; er blutete stark. Sein Hemd war rot durchweicht. Er hatte sich gewehrt, sein Bett war zerwühlt.

Carlito schaute nicht mal auf, als sie hereinkamen. Er stand über Zacharias gebeugt, der auf der Bettkante saß und etwas von einem Palmtop auf ein Blatt Papier übertrug. In gedämpftem Ton fragte Isabelle, wie die Lage aussehe. Alfonso flüsterte ihr etwas zu, woraufhin sie zufrieden nickte.

Von unten dröhnten die Bässe eines Sechzigerjahre-Medleys herauf. Zacharias tippte gehetzt auf seinem Computer herum und schrieb dann wieder etwas auf. Er schien ihr Hereinkommen nicht bemerkt zu haben. Aus seiner Nase tropfte Blut. Ab und zu schniefte er und wischte sich das Kinn ab.

»Alles zu dekodieren dauert lange«, murmelte er, als sich Carlito über ihn beugte.

Harold stand an der Tür. Die Brüder achteten nicht auf

ihn. Sie schauten hinunter auf Zacharias und sahen zu, wie er das Blatt Papier beschrieb.

»Was geht hier vor?«, fragte Harold Isabelle.

Sie bedeutete ihm mit einer Handbewegung, den Mund zu halten. Ihre ganze Aufmerksamkeit galt Zacharias, der ein beschriebenes Blatt an Alfonso weiterreichte und endlich aufblickte. Er schien erst jetzt zu merken, dass weitere Besucher eingetreten waren.

Alfonso inspizierte das Geschriebene. Er hatte keine Eile, er betrachtete es sorgfältig. Schließlich faltete er das Blatt zweimal zusammen und wechselte einen Blick mit Carlito, der sich hinter Zacharias gestellt hatte. Isabelle wandte sich ab. Zacharias saß in sich zusammengesunken da, abwartend.

Harold sah keine Waffe, merkte aber den beiden Brüdern an, dass sie nicht vorhatten, Zacharias lebend zurückzulassen. Als Alfonso das Papier an Isabelle weiterreichte und Harold mit einer Kopfbewegung zur Tür dirigierte, legte Carlito Zacharias die Hände auf die Schultern, dicht am Hals. Harold blieb stocksteif stehen.

»Nein!«, wollte er sagen, brachte aber nur ein Krächzen hervor.

Carlito hob erstaunt den Blick. Isabelle nahm Harold am Oberarm und drängte ihn zur Tür. Er schüttelte ihre Hand ab.

»Das ist doch überflüssig«, sagte er heiser.

Seine Stimme klang rau, aber deutlich. Alfonso schaute Isabelle verständnislos an. Carlito fuhr mit einer Hand in sein Jackett. Ja, ja, in den Pampas bevorzugte man eben simple Lösungen, dort rechnete das Messer mit Betrügern ab oder ein einsamer Schuss. Alfonso drückte die Türklinke herunter und öffnete die Tür.

»Amigo, komm, lass ihn …«

»Es reicht«, sagte Harold. »Ihr habt gefunden, was ihr gesucht habt.«

Vielleicht weil er ›ihr‹ anstatt ›wir‹ gesagt hatte oder weil er Zacharias wie hypnotisiert anstarrte: Plötzlich schien dieser zu begreifen, worum sich ihre Unterhaltung drehte, und sprang auf, doch Carlito hatte ihn in der Gewalt.

Alfonso legte den Arm um Harold.

»Komm, Amigo, deine Aufgabe ist erledigt. Überlass den Rest Carlito!«

Harold erstarrte, widersetzte sich. Alfonsos Arm wanderte zu seinem Hals, sein Griff wurde fester und Harold war gefangen zwischen dem angespannten zweiköpfigen Armbeuger und dem ebenso unbeugsamen langen Handflächenmuskel. Er wollte sich loswinden, doch Alfonso drückte seinen Kopf im Schwitzkasten nach unten und schleifte ihn mit wie ein widerspenstiges Kalb zum Brandeisen.

Harold hatte sich noch nie ernsthaft geprügelt, aber aus seiner Kindheit erinnerte er sich an einen Straßenkämpfertrick, den er instinktiv anwandte.

Er schlug Alfonso mit der flachen Rechten kräftig zwischen die Beine und hoffte, mit einem Griff seine Hoden zu erwischen. Ob er tatsächlich Alfonsos Eier oder nur seine Hose gepackt hatte, spürte er nicht, aber mit einem Schrei zerrte er, was immer er im Griff hatte, nach hinten und rammte Alfonso zugleich die linke Faust ins Gesicht.

Alfonsos Griff erschlaffte und Harold konnte sich losmachen. Alfonso stand vornübergebeugt da, das Blut schoss ihm ins Gesicht. Er richtete sich auf und machte sich zum Angriff bereit, doch Harold trat ihm mit der Ferse so fest in die Kniekehle, dass das Wadenbein krachte. Alfonso sank zu Boden, mit den Fäusten um sich schlagend. Harold hob den Fuß und wollte auf seinen ungeschützten Kopf treten, doch da war Carlito schon bei ihm und zerrte ihn von Alfonso weg.

Das war der Moment für Zacharias. Er riss die Gardinen beiseite und stieß die Türen zur Terrasse auf. Er handelte schnell, nur noch getrieben von seinem Überlebensinstinkt. Er sprang bereits die Feuertreppe hinunter, bevor Carlito über die Balustrade kletterte.

Harold sprang über Alfonso hinweg und rannte zum Treppenhaus. Aus den Augenwinkeln heraus sah er, wie ihm ein roter Schatten folgte. Keuchend erreichte er das Foyer, wo Isabelle mit ihm zusammenprallte, als er plötzlich stehen blieb. Aus dem Festsaal drang beruhigend chaotisches Stimmengewirr. Harold drehte sich um, nahm Isabelles Hände und führte sie auf dem Rücken zusammen. Sie konnte sich nicht rühren, und er küsste sie genauso grob, wie sie ihn geküsst hatte, nachdem die unschuldigen Stunden vorbei waren. Dann drängte er sie sanft in Richtung Tür und bedeutete ihr mit einer Kopfbewegung, sich zu beeilen. Sie zögerte, brauchte noch einen Schubs, bis sie reagierte. Sie wechselten kein einziges Wort.

An der Tür schaute sie sich um, als er in eine Telefonkabine neben den Toiletten schlüpfte. Er nickte ihr zu. Geh schon, geh … Dann sah er sie hinaustreten. Gleich darauf wählte er die Nummer von Elecom. Er hatte keine Wahl. So hart wie möglich, so sanft wie nötig …

»Euer Mann steckt in Schwierigkeiten«, sagte er.

»Geht in Ordnung«, erwiderte Elecom. »Sei vorsichtig, kümmere dich jetzt um dich selbst.«

Und er legte auf.

Die Hochzeitsgäste achteten nicht auf ihn, als er hinausrannte. Die Scheinwerfer seines Autos waren bereits eingeschaltet, und im Schutze einer Reihe Stechpalmen auf dem Bürgersteig beobachtete er, wie Isabelle wegfuhr. Er wartete, bis die Rücklichter hinter einem Hügel verschwunden waren.

Er rannte um die Ecke des Hotels. Die Nottreppe war verlassen und auch sonst war weit und breit niemand zu sehen. Er starrte über die Sandverwehung, suchte den Waldrand ab, lauschte auf ein Geräusch. Der Wind trieb ihm die Tränen in die Augen.

Auf gut Glück rannte er über die düstere Sandfläche. Am Hang der ersten Düne sank er tief ein. Auf allen vieren erreichte er den Gipfel. Außer Atem blieb er stehen.

Viel näher als erwartet, auf der anderen Seite der Sandmulde vor ihm, huschten zwei Schatten: vorneweg der schmale Zacharias, hinter ihm der stämmige Carlito. Harold sprang den Hang hinunter. Rasch näherte er sich Carlito, der zwar nicht schnell, aber äußerst ausdauernd war. Plötzlich erhellte grelles Licht den Sand. Harold hielt inne und schaute sich um. Am Rande der Sandgrube waren zwei Geländewagen mit eingeschaltetem Fernlicht aufgetaucht. Auch Scheinwerferbatterien auf den Autodächern leuchteten auf. Weder Carlito noch Zacharias schienen sich daran zu stören. Sie kletterten stur weiter.

Harold rannte ebenfalls weiter, während ihn die beiden Geländewagen links und rechts mit röhrendem Motor überholten. Im Licht ihrer Scheinwerfer sah er, wie Carlito stehen blieb und die rechte Hand hob. Die Schüsse aus seiner Pistole klangen wie ein ferner Peitschenknall.

Zacharias fiel, rappelte sich wieder auf, fiel wieder und rollte den Abhang hinunter. Erst als er still dalag, drehte Carlito sich um, die Hand noch immer erhoben. Dann wurde aus einem der Geländewagen geschossen, zwei kurze

Salven, die im Wind verwehten. Carlito ging langsam in die Knie. Auch er blieb reglos liegen. Die Geländewagen bremsten im aufwirbelnden Sand. Schatten sprangen heraus und rannten zu Zacharias.

Harold drehte sich um und wollte den Sandhang wieder hinaufklettern, zurück, weg von diesem trostlosen Szenario, sah sich aber plötzlich seinerseits von einer Reihe Scheinwerfern umringt. Er schirmte die Augen gegen das grelle Licht ab. Aus einem Megafon ertönte ein unverständlicher Befehl.

Zwei Gestalten stürmten auf ihn los, ein Kniestoß raubte ihm den Atem, ein Schlag mit einer Taschenlampe streifte sein Ohr. Er ließ sich fallen, verschränkte die Hände auf dem Hinterkopf und vergrub sein Gesicht tief im Sand. Man zerrte an ihm, jemand setzte ihm einen Stiefel in den Nacken, seine Füße wurden auseinander getreten.

Als er die Augen wieder öffnete, hatte ihm jemand brutal die Hände auf dem Rücken gefesselt. Boetelaar stand über ihn gebeugt, Hens schaute ihm über die Schulter. In einiger Entfernung erkannte Harold Elecoms Silhouette. Er wollte nach ihm rufen, musste aber erst den Sand im Mund ausspucken.

Boetelaar schrie ihm die Verhaftungsformel zu. Seine Worte flatterten an Harold vorbei wie Herbstblätter.

Ich war überall dabei, resümierte er. Aber ich habe nicht mitgemacht, ich habe nicht dazugehört.

25

Besiegelte Ehe

Liebe Luisa,
Boetelaar, den ich als erfahrenen Ermittler schätzen gelernt habe, erzählte mir in einem offenherzigen Moment, dass es manchmal nicht Unwille, sondern Ohnmacht sei, die einem Geständnis im Wege stünde. In einem solchen Fall hören sich die Verhörspezialisten einfach die Lügen des Verdächtigen an. Sie begleiten ihn in aller Seelenruhe durch sein Labyrinth der halben und ganzen Unwahrheiten und brauchen nur abzuwarten, bis er all seine betrügerischen Häute von selbst abgestreift hat. Die Lüge diene diesen Menschen als Sprungbrett für die Wahrheit, weil ein direkter Weg zu kurz gewesen wäre.

Du als Therapeutin bist natürlich mit den verschlungenen Pfaden vertraut, die zur Wahrheit führen, und ich vermute, dass du deshalb noch nicht auf meine Briefe eingegangen bist. Und wie Recht du hast, Luisa. Ich bin zwar kein geborener Lügner, aber auch kein geborener Wahrheitsfetischist.

Ada Gist, die Lebenslauf-Schnüfflerin, die den *Red Room* vor erpressbaren Mitarbeitern bewahrt, kam zu einem zweiten Gespräch.

Sie hatte Material ausgegraben, das ›gewisse Fragen‹ aufwarf. Es ging um den Unfall, bei dem Alice ums Leben gekommen war. In den Akten der Staatsanwaltschaft hatte sie entdeckt, dass Francien damals Anzeige gegen mich erstattet hatte, oder um genau zu sein: Sie hatte über einen Anwalt versucht, ein Strafverfahren gegen mich einleiten zu lassen. Francien, so Ada Gist, sei davon überzeugt gewesen, dass Alice' Tod kein Unfall gewesen war.

Ich war wie gelähmt und konnte sie nur anstarren, was sie als Bitte um Erläuterung auffasste. Offenbar hatte Alice Francien gegenüber durchblicken lassen, dass ich manchmal unberechenbar sei. Als Beispiel nannte sie meinen Epilepsieanfall nach dem Sportfest, an den sie nie wirklich geglaubt hatte. Gist berichtete weiter, dass die Kripo Ermittlungen eingeleitet habe, bei denen aber nichts Besonderes herausgekommen sei. Francien habe deshalb eine Detektei beauftragt.

Gist legte eine Mappe auf den Tisch, die Protokolle all meiner vertraulichen Gespräche aus jener Zeit enthielt, Aufzeichnungen sämtlicher Telefonate, Kopien meiner Korrespondenz und so weiter. Alles, was ich in jenem verwirrenden Jahr getan oder gedacht, gesagt oder gefühlt hatte, fand sich darin wieder. Vieles stammte aus ein und derselben Quelle: Francien.

Wie ich mein Entsetzen so schnell in eine Lüge verwandeln konnte, wundert mich bis heute, Luisa. Ich fing an zu lachen und sagte, diese Anzeige sei meine eigene Idee gewesen. Dass Francien auf mein Anraten einen Rechtsanwalt hinzugezogen habe. Dass wir beide diese Detektei beauftragt hätten, als die Polizei nichts finden konnte. Der Anlass, log ich, sei gewesen, dass Franciens Vater aufgrund der zahlreichen kursierenden Gerüchte unsere Beziehung zu hintertreiben drohte. Mithilfe der Berichte dieser Detektei habe man den Alten davon überzeugen können, dass mich keine Schuld an Alice' Tod traf. Mit Erfolg, wie man sah. Ende gut, alles gut.

Gist notierte meine Antwort und zog beruhigt von dannen.

Nach ihrem Aufbruch rannte ich in den Garten, um mich abzureagieren. Ich hackte, rodete und sägte bis zur totalen Erschöpfung, zum Schrecken einer Nachbarin, die mich dabei ängstlich beobachtete. Danach begann ich, mir Mut anzutrinken. Sobald Francien nach Hause kam, öffnete ich die Büchse der Pandora. Nicht mal aus Rache, und auch nicht aus Wut, es gab einfach keinen Weg mehr zurück: Ich gestand ihr, was sie zwölf Jahre zuvor so unbedingt aus mir hatte rauskriegen wollen.

Dazu müssen wir noch einmal auf mich und Alice zurückkommen und auf diesen kalten, düsteren Uferkai. Alice, die taktvolle Worte suchte, um mit mir Schluss zu machen, und ich, der nach Argumenten rang, um sie daran zu hindern. Ich zitterte und war nach der Konfrontation im Lokal noch immer außer mir. Wegen der Kälte ließ ich den Motor laufen. Sie erklärte mir, dass unsere Beziehung auch ohne Ricardo in die Brüche gegangen wäre. Was bei uns fehle, sei das Vertrauen, die Intimität. Und das äußere sich in diesen vermaledeiten Tangostunden, die jedes Mal zwangsläufig auf eine verzweifelte Schinderei und Stümperei hinausliefen, schloss sie. Dabei würde doch immer wieder bewiesen, dass wir nicht zueinander passten.

Meine Hoffnung auf Versöhnung wurde zunichte gemacht. Ich brach in Tränen aus und schlug mit dem Kopf aufs Lenkrad. Alice reagierte zutiefst erstaunt: Sie hatte ernsthaft geglaubt, nur ausgesprochen zu haben, was wir beide schon lange spürten. Ich bettelte und

flehte sie an, bei mir zu bleiben, eine andere Lösung zu suchen, aber sie blieb bei ihrem Vorsatz. Sie wollte sich von mir trennen.
In einem Versuch, mich zu trösten, umarmte sie mich, aber in blinder Wut wehrte ich sie mit Schlägen ab. Ich traf sie im Gesicht. Ihre Nase blutete, aber sie gab keinen Mucks von sich. Mit ein paar Papiertüchern aus dem Handschuhfach tupfte sie das Blut ab, den Kopf in den Nacken gelegt. Als sie sich wieder aufrichtete, ließ sie ihre Wut an mir aus. Ich solle sie sofort nach Hause bringen, sie wolle nichts mehr mit mir zu tun haben, mit mir sei sie fertig. Sie weckte meine innersten Ängste, als sie hinzufügte, für sie existiere ich nicht mehr.
Ich beschwor sie, dass es mir leid täte, ich wolle alles tun, um die Sache wieder gutzumachen, sie solle mich zum Ausgleich einfach auch schlagen. Sie fauchte mich an, sie habe genug von meinem armseligen Geheule, und jetzt solle ich gefälligst losfahren, sonst würde sie zu Fuß gehen. Als ich nicht sofort reagierte, löste sie den Sicherheitsgurt und stieß die Tür auf. Ich packte sie und zog sie zurück. Sie versuchte, sich loszureißen, aber ich gab Gas. Sie wurde wütend und befahl mir anzuhalten. Wir rasten an den Ausflugsdampfern vorbei. Als ich die Kaimauer nur knapp verfehlte, wagte sie einen neuen Fluchtversuch.
Ich lehnte mich an ihr vorbei und wollte die Beifahrertür zuziehen. Sie schubste meine Hand weg und wieder versetzte ich ihr einen Faustschlag ins Gesicht, härter als das erste Mal. Danach trat ich das Gaspedal bis zum Boden durch. Wir rasten am Wasser entlang, neunzig, hundert ... Sie war für einen Moment betäubt, aber dann fing sie an zu schreien, vor allem als sie begriff,

dass sie bei dieser Geschwindigkeit niemals wagen würde, aus dem Wagen zu springen. An der Nieuwe Brug schloss ich die Augen und stieß meinen Todesschrei aus. Ich riss das Lenkrad herum, genau auf den glatten, eisigen Fluss zu.

Den Rest kennst du, den Aufprall gegen den Pfahl, das hochspritzende Wasser, der zweite Aufschlag, die Dunkelheit, die überwältigende Kälte. Das Wasser strömte durch die offene Beifahrertür herein. Alice war aus dem Wagen geschleudert worden, als wir uns überschlugen.

Ich klammerte mich am Lenkrad fest, entschlossen, unterzugehen. Der Matrose musste mich bewusstlos schlagen, um meine Hände zu lösen.

Das Wasser spülte alles weg, die Papiertücher und das Blut. Und nur ich wusste, dass die violette Beule auf Alice' Stirn von meiner Faust stammte.

Mitten in diesem Bekenntnis stand Francien auf und holte Flappe aus dem Käfig. Mit dem Tier auf dem Schoß hörte sie weiter zu, als wolle sie einen Zeugen bei sich haben. Danach nahm sie Flappe mit nach oben und begrub sich unter der Bettdecke.

Am selben Abend rief ich Slemmen an. Er hatte eine Wohnung frei, ich konnte sofort einziehen. Es war noch dunkel, als Francien frühmorgens wieder nach unten kam. Sie nannte mich einen Feigling, als sie die gepackten Müllsäcke und Kartons sah. Ich protestierte nicht, schließlich hatte ich da bereits Isabelle kennen gelernt.

Heute Nachmittag stand ich wieder vor dem Polizeipräsidium, als freier Mann. Ich war tagelang verhört worden, diesmal nicht mehr wegen Franciens Tod, ob-

wohl auch der zur Sprache gekommen war. Die Herren von der Polizei wollten sichergehen, dass sie keinen international operierenden Straftäter auf freien Fuß setzten. Sie versuchten, sich einen Einblick in mein Verhältnis zu meiner Patientin Mevrouw Valdo, geborene Sluizenaar, sowie zu den beiden Herren in ihrer Begleitung zu verschaffen. Sie selbst konnten sie nicht dazu befragen. Isabelle war kurz nach Zacharias' Flucht vor ihren ›Brüdern‹ von der Bildfläche verschwunden. Mein Auto wurde in der Nähe von Zürich auf dem Langzeitparkplatz des Flughafens wiedergefunden.
Ob ich eine Ahnung habe, wo sich meine Tanguera aufhielte? Ich hätte ihnen raten können, sich in den Tangolokalen von Buenos Aires umzuschauen. Aber natürlich tat ich das nicht, schließlich wollte ich ihnen nicht meinen zukünftigen Wirkungskreis verraten.
Boetelaar und Hens waren ausgezeichneter Laune. Sie hatten den Fall Zacharias schnell gelöst, obwohl Täter wie Opfer tot waren. Man hatte Zacharias zwar am Leben erhalten können, aber nach einer Operation lag er im Koma und galt als hirntot. Sein Zustand würde sich vermutlich nicht mehr ändern. Carlito beging die Dummheit, seine Waffe auf eine Verhaftungseinheit zu richten, Anlass für die Herren, ihn mit ihren automatischen Waffen praktisch zu halbieren. Ich kann froh sein, dass ich noch lebe. Vielleicht hatte Carlito es einfach vorgezogen, sich Alfonsos Schicksal zu entziehen: Mein ehemaliger Freund wartet auf seine Auslieferung, allerdings ist noch nicht klar, in welches Land. Drei Kandidaten reißen sich um ihn und überall drohen ihm lange Gefängnisstrafen. Alfonso beruft sich auf sein Aussageverweigerungsrecht. Nicht mal seinen richtigen

Namen hat er preisgegeben, aber in den Fahndungsregistern war sein Foto oft genug registriert, um ihn mit Sicherheit identifizieren zu können. Er war übrigens nicht besonders erschüttert über Carlitos Tod, erfuhr ich, als ich vom Vernehmungszimmer zurück in meinen Zellenblock gebracht wurde. Verständlich, denn Carlito war gar nicht sein Bruder. Ganz nebenbei wurde mir mitgeteilt, dass auch keinerlei familiäre Beziehungen zwischen ihnen und Isabelle bestanden. Bei den ›Halbbrüdern‹ handelte es sich um zwei Auftragsleute, die erst vor Kurzem in den Niederlanden eingetroffen waren. Auch wenn Boetelaar in sehr gesprächiger Stimmung war: Welchen Auftrag das Duo erfüllen sollte, verriet er mir nicht.

Ich hielt mich an die Polopferde-Version, die sie überaus höflich zur Kenntnis nahmen. Es war natürlich barer Unsinn. Aus Franciens Akten wusste ich längst, dass es nie um Pferdehandel gegangen war.

Noch heute Morgen erzählte Boetelaar, dass Isabelle schon vor Wochen lange Gespräche mit Francien geführt hatte. Es war kurz nach Franciens Einstieg in den *Red Room*, und das sei ihr erster Fall gewesen, sagte Hens. Ob ich etwas darüber wüsste? Natürlich nicht, behauptete ich, wer im *Red Room* arbeitete, stand unter Schweigepflicht. Erstens wegen der heiklen Fälle, aber auch um Angehörige nicht mit Informationen zu belasten, die ihnen im Guten wie im Bösen von Kriminellen entlockt werden könnten.

Ich denke oft an den Abend mit Francien im Tangolokal zurück. Sie wollte, dass ich Isabelle kennen lerne, aber warum, ist mir ein Rätsel. Mit dieser Frage konnte ich mich nicht an Boetelaar und Hens wenden.

Sie quetschten mich über mein Verhältnis zu dieser merkwürdigen argentinischen Drei-Mann-Delegation aus. Ich wiederholte nur, was ich dir auch schon geschrieben habe: Ich lernte Isabelle beim Tanzen kennen und später als Patientin. Ihre ›Brüder‹ erhielt ich als Dreingabe dazu. Dass ich Zeuge ihrer geschäftlichen Probleme wurde, zähle ich zu den Nebenwirkungen meiner Verliebtheit. Ich wünschte, ich wüsste mehr, aber ich war nur dabei, ich war nicht beteiligt an ihrer Mission.

Und jetzt? Niemand hat mir verboten zu verreisen. Ich kann mich frei bewegen, ich kann zu Ende führen, was ich begonnen habe.

Slemmen hat mir gekündigt. In meiner Abwesenheit hat er die Wohnung ausgeräumt. Ich fand meine Kartons und Müllsäcke wieder an ihrem ursprünglichen Platz: in Franciens Diele.

Slemmen hat übrigens klar Schiff gemacht. In einem Entschuldigungsschreiben bekannte er, dass er Elecom an jenem Abend eingelassen hatte, an dem ich das Rückspiel pfeifen musste. Elecom behauptete, es handle sich um einen äußerst dringenden Notfall, er sei verzweifelt auf der Suche nach einer Akte, die in fremden Händen – meinen – eine explosive Wirkung entfalten könne. Deshalb dürfe ich nichts davon erfahren. Slemmen konnte sich nicht weigern, denn Elecom drohte ihm, andernfalls innerhalb einer halben Stunde mit einem Durchsuchungsbeschluss vor der Tür zu stehen, was bei seinen anderen Mietern, der Lehranstalt, gewiss keinen guten Eindruck hinterlassen hätte. Slemmen hoffte, ich würde nichts merken, aber als er sah, welches Chaos Elecom hinterlassen hatte, geriet er in Panik. Er klaute meinen Schlüssel im Umkleideraum von Hoogte-80, steckte ihn außen ins Haustürschloss und hoffte, ich würde die Junkies verdächtigen. Es täte ihm aufrichtig leid, und um es wieder gutzumachen, habe er die Thekenrechnung eines Damenfußballvereins für mich beglichen.

Dass er in Kürze selbst in die Wohnung einzieht, mit seinem Hund, ist dir wahrscheinlich nicht neu. Die vielen Gespräche mit seinem Paartherapeuten haben ihn schließlich nur davon überzeugt, dass er seiner Frau überhaupt nichts mehr zu sagen hat.

Isabelle hat bei ihrer überstürzten Abreise einige Dinge zurückgelassen. Ich habe mir vorgenommen, sie ihr zu bringen, obwohl ich bisher keinerlei Lebenszeichen von ihr erhalten habe. Ich habe ein paar Hinweise gefunden, über die ich sie vielleicht ausfindig machen kann: Notizen in ihrem Taschenkalender, Visitenkarten von Freunden und Bekannten. Und wenn es damit nicht klappt: Abends geht sie tanzen, sie wird in den Tanzlokalen zu finden sein.

Adiós, ich küsse und umarme dich, Harold

26

Zu neuen Ufern

Im Flugzeug tat Harold kaum ein Auge zu. Er hatte einen Fensterplatz ergattert und starrte an der zitternden Tragfläche vorbei auf die bizarren Wolkenlandschaften. Manchmal glitten sie an heftigen Geysireruptionen vorbei, dann wieder an Daunenrutschbahnen. Einmal erhaschte er einen Blick in die Schwindel erregende Tiefe und konnte nicht ausmachen, ob da unten das Meer oder eine weitere Wolkenwelt lag. Von den servierten Fertigmahlzeiten aß er nur den Früchtecocktail, den Rest ließ er zurückgehen.

Seit seiner Freilassung war er besessen von etwas, was er der Einfachheit halber als zielstrebige Unruhe bezeichnete. Er bereute seinen impulsiven Entschluss nicht, Isabelle hinterherzureisen. Hin und wieder musste er sich jedoch selbst einreden, dass Isabelle nicht anders gekonnt hatte, als die Flucht zu ergreifen. Dass ihre großen und kleinen Lügen gut gemeinte Versuche gewesen waren, ihn nicht mit ihren Problemen zu belasten, und sie sich jetzt aus Scham *incommunicado* hielt. Und außerdem, so argumentierte er gleich im Anschluss, würde er, wenn er nichts unternähme, wieder einmal in seine typische alte Bequemlichkeitsfalle tappen. Wieder einmal würde er nur, wie schon so oft, zum Spielball der Motive und Fehler anderer, so wie zuletzt bei der wahnsinnigen Aktion von Carlito und Alfonso. Wieder würde er der Bestimmung anderer folgen anstatt seiner eigenen. Nein, er wollte endlich Tatkraft beweisen, er musste seiner Intuition folgen, genau wie auf der Tanzfläche. Er würde Isabelle rundheraus fragen, warum um Himmels willen sie mit Francien gemeinsame Sache gemacht hatte, und er würde sie bitten, nein, von ihr verlangen, dass sie von nun an mit offenen Karten spielte. Zugegeben, noch befand er sich in einer Art Baugrube, räumte hauptsächlich Schutt beiseite, aber es würde, ja, es musste ein Palast der Liebe daraus emporwachsen ...

Mit diesen guten Vorsätzen schlief er ein und erwachte erst, als die Beleuchtung gedimmt wurde. Er lag mit dem Gesicht zum Fenster. Er öffnete die Augen, drehte sich rasch weg, hatte aber bereits in die bodenlose Dunkelheit geschaut. Gelassen stellte er sich seinen Ängsten, die ebenso melodramatisch anmuteten wie die Wolkenformationen von vorhin. Ja, er wurde in die Unendlichkeit hineingesogen, er würde den Verstand verlieren, sich in dieser astronomischen Einsamkeit verirren. Und wer garantierte ihm, dass das Flugzeug der Krümmung der Erdoberfläche folgte und nicht geradeaus ins tintenschwarze Vergessen hineinflog?

Er stand auf und ging zur Bordküche, wo er einen schläfrigen Flugbegleiter um etwas zu trinken bat. Die Alltäglichkeit dieser schäbigen kleinen Küche beruhigte ihn. Er erhielt eine Miniflasche süßen Brandy, die er auf dem Weg zurück zu seinem Sitz leerte. Er schob die Blende vor dem Fenster herunter und holte seine Reisetasche aus dem Gepäckfach. Dann schaltete er die Lampe über seinem Klapptisch ein und begann, aus den Papieren, die Isabelle zurückgelassen hatte, Adressen und Telefonnummern herauszuschreiben.

Auf dem Flugplatz stieg er als einer der Ersten aus. Es war Morgen, das Licht hell, die Luft frisch, auf der südlichen Erdhalbkugel herrschte Frühling. Da er außer seinem Handgepäck nichts bei sich hatte, konnte er sofort durch den Zoll gehen und sein Visum für Argentinien abgeben. Als Grund für seinen Besuch hatte er eingetragen: Liebes- und Existenzfragen. Der Zollbeamte legte seinen Zettel beiseite und stempelte seinen Pass ab.

Harold schwang sich die Reisetasche über die Schulter und betrat die Ankunftshalle, wo er sofort in einem Rudel von Taxifahrern stecken blieb. Die meisten hielten einen Zettel mit dem Namen des Passagiers hoch, den sie abholen sollten. Andere sprachen ihn an und schon hatte ihm einer die Tasche von der Schulter gerissen.

»No, gracias«, murmelte er und drängelte sich durch den Kordon. Nein, erst zu einem Telefon.

Er hatte eine ganze Reihe von Nummern zusammengestellt. Bei einigen stand ein Name dabei, aber ob es sich um Bekannte, Geschäftskontakte oder enge Freunde handelte, wusste er nicht. Der Mangel an Anhaltspunkten bedrückte ihn. Mithilfe eines Sprachführers hatte er einen spanischen Satz zusammengestrickt *(Ich bin auf der Suche nach Mevrouw Isabelle Valdo oder Sluizenaar, können Sie mir helfen, sie zu finden?)*, aber auch mit Englisch müsste er eigentlich ganz gut zurechtkommen.

Unter der ersten Nummer rasselte ein Anrufbeantworter eine unverständliche Botschaft herunter. Die zweite gehörte zu einem Mann, der mit schläfriger Stimme eine Frage brummte und sofort auflegte. Er versuchte es unter der dritten Nummer und ein Kind erzählte eine unverständliche Geschichte, woraufhin er von sich aus die Verbindung unterbrach. Dann eben die Nummer einer Zeitschriftenredaktion, da musste man Isabelle doch kennen. Er wurde ein paarmal weiterverbunden und wartete minutenlang, umringt von den aufdringlichen Taxifahrern.

Er erklärte sein Problem diverse Male und verlor allmählich den Glauben daran, dass seine englische Erklärung verstanden wurde. Dann teilte ihm eine barsche Männerstimme mit, dass sie grundsätzlich keine Informationen über Redaktionsmitglieder weitergäben, *you understand?* Da er so naiv war, mit einem spontanen *yes* zu antworten, schloss der Mann, dass er nichts mehr zu sagen hatte, und stellte ihn zurück zur Telefonistin, die ihn in die Warteschleife schickte. Schließlich legte er auf. Nach einigen weiteren Versuchen stellte er fest, dass sich die Argentinier, wie anglophil sie sich auch geben mochten, mit der englischen Sprache auf Kriegsfuß standen. Er war seine Liste inzwischen zur Hälfte durchgegangen, und als er Kaffee aus einer Bar roch, versprach er sich nach dem nächsten Telefonat ein *Continental Breakfast.*

Eine Frau meldete sich. Nach seinem spanischen Einleitungssatz bat sie ihn um einen *momentito.* Sie legte den Hörer ab, Schritte entfernten sich in einem leeren Raum und eine ferne Stimme antwortete, doch niemand näherte sich dem Telefon. Dann ein Seufzer.

»Hola?«

Es war Isabelle! Ihre Stimme war so nah, so lebendig, dass er sich umblickte, ob sie vielleicht in einer der Telefonzellen neben ihm stand.

»Ich bin's, Harold«, sagte er.

»Harold?«

»Sí«, sagte er, »Harold aus Holland.«

Erstaunt, nein, entzückt rief sie aus: »Harold! Ah, Harold … Ich wird' verrückt! Geht's dir gut? Von wo aus rufst du an?«

Sie wartete seine Antwort gar nicht erst ab, sondern informierte in begeistertem Spanisch die Frau, die den Anruf entgegengenommen hatte. Harold verstand, dass sie Patricia hieß, und zugleich wurde ihm ganz warm bei der Aufregung, die er verursachte. Wie erleichtert sie war! Seine Suche war in zweifacher Hinsicht ein Erfolg.

»Isabelle!«, rief er. »Ich bin ganz in deiner Nähe! Ich möchte dich küssen.«

Sie hörte ihn nicht, die Frauen berieten sich hastig.

»Harold, es ist so viel passiert, wir haben so viel mitgemacht. Wenn wir uns nur sehen könnten!«

»Aber *amor,* das können wir!«, rief er. »In einer Stunde bin ich bei dir, oder schon früher, wie lange braucht man mit dem Taxi vom Flughafen aus?«

Wieder ein ungläubiger Schrei.

»Nein! Du bist also tatsächlich frei!«

»Freier denn je.«

Er wartete ungeduldig, bis sie auch das ihrer unbekannten Freundin übersetzt hatte, die in ein schrilles Kichern ausbrach. Isabelle fiel hicksend in ihr Lachen ein, nein, sie schluchzte, nein, beides zugleich.

»Harold, das ist ja fantastisch«, brachte sie hervor. »Du hast es geschafft. Wie hast du das bloß angestellt?«

»Ich habe mich blind und taub gestellt«, antwortete er. »Und ich habe nichts gesagt.«

»Unglaublich.«

Stille. Natürlich, sie musste ja erst verarbeiten, dass sie sich an diesem ganz gewöhnlichen Frühlingstag in die Arme schließen konnten.

»Wo bist du?«, fragte er. »Gib mir deine Adresse, hier stehen dutzende Taxifahrer um mich herum, die darauf brennen, mich zu dir zu bringen.«

»Ich bin momentan in Barrio Norte«, sagte sie. »Ich wohne bei einer Freundin ... es ist unruhig in der Stadt, es gibt Demonstrationen und Krawalle. Äh, warte mal, Harold, *mi amor ...*«

Obwohl sie die Hand auf den Hörer legte, hörte er sie hektisch reden. Sie traf Regelungen, erteilte Aufträge und feuerte Fragen auf Patricia ab, die sie mit ihrer Aufregung anzustecken schien.

»Harold, du kannst nicht hierher kommen«, sagte sie schließlich. »Das ist viel zu gefährlich. Carlitos Freunde sind in Alarmbereitschaft. Und Alfonso ist auch nicht zurückgekehrt ... Seine Freunde sind wütend.«

»Alfonso wird an eines eurer Nachbarländer ausgeliefert«, sagte er.

Isabelle antwortete mit einem ungeduldigen Brummen. In der Stille, die darauf folgte, beschloss Harold, die Lüge mit den ›Brüdern‹ für später aufzuheben.

»Wir haben vieles zu bereden«, sagte sie entschlossen. »Aber erst musst du eine sichere Unterkunft haben. Nimm ein Taxi und fahre zu der Adresse, die ich dir jetzt gleich durchgebe. Versprich mir, dass du dort bleibst. Geh nicht aus dem Haus. Ich komme so schnell wie möglich zu dir.«

»Ist die Lage wirklich so ernst?«, fragte er.

»Warum, glaubst du wohl, bin ich seit Wochen nicht an der frischen Luft gewesen?«, fragte sie. Er erkannte diesen kleinen Kiekser in ihrer Stimme wieder, diesmal jedoch nicht vor Entzücken, sondern vor Wut.

»Hier herrschen andere Zustände als in Holland«, warnte sie ihn. »Hör mal, ruf jetzt mal einen von den Taxifahrern ans Telefon. Ich erkläre ihm, wo er hinfahren soll, dann kann ich sicher sein, dass du gut ankommst. Und du ebenfalls.«

»Eine Adresse kann ich mir wohl noch merken!«, entgegnete er.

Sie seufzte über sein mangelndes Verständnis: »Ich sage im Hotel Bescheid, dass du im Anmarsch bist. Mehr kann ich im Moment nicht tun. Jetzt komm schon!«

Harold winkte den nächstbesten Taxifahrer heran und drückte ihm den Hörer in die Hand. Der Mann meldete sich mit gedämpfter Stimme und nahm Isabelles Auftrag mit ernstem Gesicht entgegen. Zum Schluss bestätigte er grinsend, dass er sie verstanden habe. Er hängte ein, bevor Harold noch einmal mit Isabelle reden konnte.

»Fifty Dollars«, sagte er und griff bereits nach Harolds Reisetasche.

Harold fasste in seine Innentasche.

Später, bedeutete ihm der Taxifahrer.

»Sí, sí«, antwortete Harold.

Er war aufgeregt. Noch keine Stunde in Argentinien, schon hatte er sie gefunden. Unterwegs, als sie an blühenden Jacarandabäumen vorbei durch eine überraschend weite Landschaft fuhren, wuchs sein Stolz: Ja, er hatte wirklich ein neues Leben angefangen. Nur einen Wermutstropfen gab es: Ihre Adresse – er hatte vergessen, danach zu fragen.

Sobald sie sich den endlos wuchernden Vorstädten näherten, schaltete der Fahrer das Radio ein und zwar auf volle Lautstärke, als wolle er einen Geräuschwall aufwerfen gegen die verrußten Häuserwände, an denen sie manchmal nur ganz knapp vorbeirasten. Eine aufgeregte Männerstimme schepperte aus dem kleinen Lautsprecher direkt neben Harolds Ohr, aber ob es um ein Fußballspiel ging, einen Livebericht von Ausschreitungen oder einen langatmigen Reklamespot, blieb ihm verborgen. Auf der Fahrt sah er immer wieder verfallene Balkone mit trocknender Wäsche, herumlungernde Männer in schmuddeligen Hemden und Kinder, die sich in der Morgensonne wärmten.

Als die Straße anstieg, entdeckte Harold schwarze Rauchwolken im Zentrum der Stadt. Fragend deutete er darauf.

Der Fahrer antwortete mit einer wegwerfenden Geste.

»La política …«

Harold erwiderte weltgewandt sein Grinsen. Tja, die Politik, dieses notwendige Übel, an das wir unsere eigene Ohnmacht delegieren …

Im Zentrum rasten sie Boulevards entlang, bis eine Straßensperre der Polizei sie an der Weiterfahrt hinderte. Der Fahrer schoss in eine Seitenstraße hinein, nahm einem Bus die Vorfahrt, stieß aber auf die nächste Straßensperre. Er fuhr auf einem Umweg zurück, passierte eine Bahnunterführung, und plötzlich waren sie von einer Gruppe Demonstranten umringt, die mit Löffeln und Trommelschlegeln auf Teller und Topfdeckel einschlugen. Der Fahrer zog bei laufendem Motor die Handbremse an. Der Krawall wurde lauter, Knüppel wurden geschwungen, ein Straßenschild sauste knapp über die Motorhaube des Taxis hinweg und schlug ein Schaufenster ein. Ein Gemischtwarenhändler ließ eilig die Metallrollläden herunter. Ein Mann tauchte darunter hindurch, eine Lage Joghurtbecher unter dem Arm. Er zog einen barfüßigen Jungen hinter sich her. Ein Jogurt fiel, der Junge rutschte auf dem Glibber aus, stürzte auf den Karton mit den Bechern, und die Tränen flossen schon, bevor der Händler die Gelegenheit nutzte und seine Ware zurückholte. Der Mann rannte weiter, der Junge hinterließ eine weiße Tropfspur.

Der Fahrer blickte die ganze Zeit über schweigend geradeaus. Das Chaos legte sich genauso schnell, wie es begonnen hatte, und sobald die Straße wieder frei war, löste der Fahrer die Handbremse.

Inzwischen hatte Harold in seinem Sprachführer einen Satz gefunden, mit dem er das ungemütliche Schweigen brechen konnte.

»Wo ist die Polizei?«

»La policía … pffft«, lautete der Kommentar.

Der Fahrer bog noch ein paarmal rechts und links ab und fuhr schließlich in eine Tiefgarage. Mit quietschenden Reifen nahm er die Kurven der gewundenen Einfahrt und hielt vor einer Lifttür an. Er zeigte auf die erleuchteten Namensschilder.

»Hotel *Libertad*«, sagte er und deutete auf das oberste.

Harold zählte fünf Zehn-Dollar-Scheine ab und holte seine Tasche vom Rücksitz. Der Fahrer steckte das Geld ein, ohne nachzuzählen. Er legte die Fingerspitzen aneinander und vollführte eine obszöne Stoßbewegung. Harold nickte nur, als der Fahrer viel sagende Schmatzgeräusche hervorbrachte. Glücklicherweise öffneten sich hinter ihm die Lifttüren. Ein Mann in weißem Sommeranzug ließ einer jungen Frau den Vortritt. Der Fahrer wartete – jeder Fahrgast war ihm willkommen – und Harold trat in den Aufzug.

Das Hotel *Libertad* befand sich auf der obersten Etage. Aus dem Aufzug heraus gelangte man direkt zur Rezeption: ein Brett, das quer vor eine Mauernische geschraubt war. Ein Telefon und eine Kasse standen darauf. An einem Brett dahinter hingen die Zimmerschlüssel. Soweit Harold in der Eile sehen konnte, waren es zehn, zwölf, vierzehn. Die meisten hingen an ihrem Platz.

Die Frau, die ihn eincheckte, begrüßte ihn mit einem freundlichen Lächeln. Sie war stark geschminkt und trug ein mit glitzernden Glastropfen besticktes, auffälliges Kleid. Als er seinen Pass hervorholte, winkte sie ab. Was sie sagte, verstand er nicht, aber er begriff, dass alles geregelt war. Keine Pässe, sehr vernünftig, Isabelle.

Die Frau zeigte auf das Telefon, nannte Isabelles Namen und reichte ihm einen Schlüssel vom Brett. Anschließend schrieb sie Datum und Zeit seiner Ankunft auf. Er lächelte dankbar und ließ sich zu seinem Zimmer bringen, den Flur entlang, an der Feuertreppe rechts und dann zwei Stufen hinunter. Die Frau – *my name: Elisana* – öffnete das Fenster. Als er den Kopf hinaussteckte, blickte er acht Stockwerke tiefer auf einen winzigen Innenhof. Sie war verschwunden, bevor er ihr ein Trinkgeld geben konnte.

Prunkstück des Zimmers war ein Himmelbett, das drei Viertel des Raumes beanspruchte. Harold grinste in sich hinein. Verstehe, Isabelle, wir wollen nachholen, wozu es in den Niederlanden nie gekommen ist. Ein Fernseher auf einem schwenkbaren Arm hing an der Wand neben dem Badezimmer. Zwei Küchenstühle komplettierten das Mobiliar.

Als Harold sich auf das Bett fallen ließ, sah er sich von Spiegeln im Baldachin fünffach reflektiert. Er streckte sich selbst den erhobenen Daumen hin. Ja, er war zu Hause angekommen, jetzt brauchte er nur noch auf Isabelle zu warten. Innerhalb weniger Minuten schlief er ein.

Harold lag noch immer auf dem Rücken. Ein Schrei hatte ihn geweckt, so dachte er jedenfalls. Er passte zum letzten Teil seines Traums, in dem er mit Alice in stockdunklem, eiskaltem Wasser schwamm.

Er blieb reglos liegen und lauschte. Das Herz klopfte ihm bis zum Hals. Er schwitzte, das Hemd klebte ihm an der Brust. Das Geschrei ging in ein rhythmisches Stöhnen über. Ein Mezzosopran, konstatierte er, der einen halben Meter von ihm entfernt, nur durch eine mit Vorkriegstapete beklebte Bretterwand von ihm getrennt, eine Liebesarie anstimmte.

Er schaute auf die Uhr. Drei Uhr nachmittags. Ein Sonnenlichtquadrat leuchtete auf den rot lackierten Fußboden. Zu dem Mezzosopran gesellte sich eine zweite Stimme, ein pumpender Bass, der die Frau zu einer Reihe hoher Noten führte. Harold stand auf und schloss mit einem Knall die Fensterläden. Doch das Duo im Nebenzimmer verstummte nicht, sondern begann hingebungsvoll mit einem neuen Duett, das langsam zum Fortissimo anschwoll.

Auf der Bettkante sitzend hörte er zu, bis er auf einem der Küchenstühle die Fernbedienung des Fernsehers entdeckte. Im ersten Programm erschienen Bilder, die genau zu den Geräuschen im Nebenraum passten. Harold schaltete weiter, doch auf jedem Kanal tummelten sich ausschließlich nackte Menschen.

Im Badezimmer ließ er sich Wasser übers Gesicht laufen. Er zog ein sauberes Hemd an, und da er in seinem Zimmer kein Telefon entdeckte, beschloss er, an der Rezeption nachzufragen, ob Isabelle angerufen hatte.

Er traf die Frau an, die ihn eingecheckt hatte. Mit dem kleinen Sprachführer in der Hand stellte er seine Frage.

Nein, niemand habe für Señor Daver angerufen.

Auch keine Nachricht für ihn?

No, señor, nada.

Ob er von hier aus telefonieren könne?

In der Straße gäbe es einen Telefonladen.

Nur ganz kurz.

Nein, es täte ihr leid, das sei nicht erlaubt.

Dies sei doch ein Hotel?

Das Gesicht der Frau hellte sich auf. Sie lachte, als habe er einen guten Witz erzählt.

»Sí, un albergo transitorio.«

Er blätterte rasch das Büchlein durch.

Ich befinde mich in einer Notsituation und muss …

Ein Paar trat aus dem Aufzug und unterbrach sein Ersuchen. Die Frau wählte einen der Schlüssel hinter der Theke und nannte die Zimmernummer. Sie wechselte ein paar Worte mit den Gästen und notierte sich Zeit und Datum in einem Heft.

Dann schob sie Harold wortlos das Telefon zu und drückte eine Taste.

»Okay, tres minutos«, mahnte sie.

Harold wählte die Nummer von Patricia. Er ließ das Telefon acht, neun, zehn Mal klingeln und wollte schon auflegen, als plötzlich ein Klicken ertönte.

»Hola?«

»Bist du das, Patricia? Ich bin's, Harold, der von heute Morgen. Ist Isabelle zu Hause?«

Die Stimme murmelte eine Antwort. Stille.

»Isabelle?«, fragte er.

Niemand antwortete. Es dauerte noch eine quälende Minute, bis Isabelle sich meldete.

»Harold?«, fragte sie.

Er konnte einen Seufzer der Erleichterung nicht unterdrücken.

»Isabelle, ich möchte dich sehen, wir müssen uns …«

»Harold, von wo aus rufst du an?«, unterbrach sie ihn ruhig.

»Aus dem Hotel. Hör zu, nimm ein Taxi und komm hierher, es besteht keine Gefahr, hier stellt niemand Fragen.«

»Damit würde ich nur uns beide in Gefahr bringen. Harold, ich versuche zu arrangieren, dass wir beide auf der Farm meines Vaters bleiben können. Auf der *estancia* sind wir sicher.«

»Wo liegt sie denn?«

»In Tres Arroyos, fünfhundert Kilometer südlich von hier.«

»Aber wer weiß denn, dass ich hier bin? Und warum gehen wir nicht einfach zur Polizei?«

»Ach, du grüne Neune, Dummerchen, das würde alles noch schlimmer machen. Du bist hier in Südamerika, hier regiert nur das Gesetz des *dinero.*«

»Wie lange muss ich hier bleiben? Ich will …«

»Amor!«, rief sie. »Natürlich habe ich auch Sehnsucht nach dir, ich möchte dich berühren, mir wird schon ganz heiß, wenn ich deine Stimme höre. Aber versprich mir, das Hotel nicht zu verlassen und niemandem zu trauen. Hörst du? Es geht mir um dich … *salud!*«

Harold erhaschte den Blick der Frau, die ihn unbefangen anstarrte. Sie hielt die Hand nach dem Hörer auf. Als sie eingehängt hatte, strich sie ihm über den Handrücken.

»She comes?«

Er strich sein Sakko glatt.

»Yes, I think so.«

Zurück in seinem Zimmer stellte er sich lange unter die Dusche. Auf der Suche nach frischer Unterwäsche stieß er auf ein Päckchen Pfefferminzpastillen. Er nahm ein paar heraus und legte sich auf das Bett. Gut, er würde diese freiwillige Gefangenschaft erdulden, in den vergangenen Wochen hatte er Schlimmeres mitgemacht. Sie hatte natürlich Recht, ihre Mission hatte in einer Katastrophe geendet, obwohl … Isabelle hatte sich bestimmt nicht umsonst sein Auto ausgeborgt und war damit in die Schweiz gefahren. Pferdehandel, der Gedanke brachte ihn zum Grinsen. Wann würde sie zugeben, dass es um Dollar-Devisenschmuggel ging? Der Rest war unbedeutend, kleine Lügen, vor denen sie ihn ja schließlich gewarnt hatte. Sobald sie in ruhigeres Fahrwasser gelangt waren, würde er mit ihr durchsprechen, was sich in den letzten Wochen wirklich abgespielt hatte. Und was in der Zeit davor geschehen war. Auf der Ranch ihres Vaters würden sie Gelegenheit dazu haben, er würde seine Fragen stellen, seine Vermutungen äußern. Wenn nötig, würde er ihr dabei helfen, auszusprechen, was sonst ewig zwischen ihnen stünde. Nein, wie mit Alice würde es nicht ablaufen – dieses Gespenst, dem er jahrelang erlaubt hatte herumzuspuken.

Auf einmal krampfte er sich zusammen und brennender Schweiß brach ihm aus. Sein Atem stockte. Alfonso war gar nicht ihr Bruder ... Er sah sie nackt im Hotelzimmer vor sich, in dieser intimen Atmosphäre ... Gut, in Gedanken setzte er das mit auf die Tagesordnung. Ja, auch er würde seine dunkle Seite, sein Misstrauen zugeben.

Er schüttelte die Beklemmung ab und stand auf. Aus dem Zimmerfenster blickte man auf die Rückseite eines Mietshauses. Sämtliche Läden waren geschlossen und die Balkone verbargen sich hinter heruntergelassenen Markisen. Nur die Geräusche drangen zu ihm herüber. Streitende Kinder, klapperndes Spielzeug, Beton, der geschrubbt wurde. Wenn er sich hinauslehnte, konnte er einen Blick auf die Straße werfen.

Es war eine verkommene Wohngegend, in der er sich einquartiert hatte. Die Häuser waren entweder noch nicht fertig gebaut oder halb abgerissen. Hunde schnupperten an Exkrementenhaufen, Müllsäcke lagen wild durcheinander am Rande des Bürgersteigs, im Pflaster klafften Löcher. Ein schäbiger Mann verkaufte von einem kleinen Karren aus Wasser an Passanten. Er war von Männern umringt, die ihre Becher nachfüllen ließen und an einem Zaun gelehnt mit Röhrchen daraus schlürften. Sie tranken Maté, so hatte er im Reiseführer gelesen, das Nationalgetränk.

Er zog sich zurück, als ein Polizist vorbeischlenderte.

PFA stand auf seinem Rücken, und um die Taille hatte er ein beeindruckendes Waffenarsenal gegürtet. Ihm schien nicht zu warm zu sein in seiner kugelsicheren Weste. Er verschwand hinter einem Bretterzaun und kehrte kurz darauf wieder zurück. Nur ein Streifenpolizist, beruhigte sich Harold.

Eine Windböe trug Essensduft von der gegenüberliegenden Seite zu ihm herüber. Er schnupperte, der Geruch hatte etwas Vertrautes, erinnerte an die Geborgenheit einer Familie, einer unerschütterlichen Fürsorglichkeit, und plötzlich stieg ein Schluchzen in ihm auf. Er holte ein paarmal tief Luft, bis in die Zehenspitzen, wie er seinen Patienten zu raten pflegte. Er blätterte seinen Sprachführer durch und suchte unter der Rubrik *Restaurant* nach den passenden Ausdrücken.

An der Rezeption saß immer noch dieselbe Frau. Sie schien froh zu sein, dass er auf ein Schwätzchen vorbeikam. Den ersten Satz hatte er auswendig gelernt. »Kann ich etwas zu essen bestellen?«

Sie schüttelte den Kopf, aber so bedächtig, dass sie offensichtlich gleichzeitig nach einer Lösung suchte. Er zog einen Zehn-Dollar-Schein aus dem Portmonee.

»Ich möchte etwas Einfaches essen«, las er vor. »Ein paar belegte Brötchen und dazu ein Bier.«

»Por favor«, fügte er hinzu.

Sie musste über seine künstliche Art zu reden lachen und verstaute die Dollarnote in einer Schachtel unter dem Tresen. Dann griff sie zum Telefon, bückte sich und holte ein Heft mit Telefonnummern aus einer Tasche. Harold stellte fest, dass ihr Dekolletee faltig war und sie auf dem Oberkopf kahl zu werden begann. Er errötete, als sie aufblickte.

Zu seiner Erleichterung erschienen der Mann und die

Frau, die er vor einer Stunde hatte hereinkommen sehen. Ihre Haare waren nass und sie rochen nach der Seife, die auch er auf seinem Waschtisch vorgefunden hatte. Der Mann legte den Schlüssel hin und bezahlte. Dann murmelten sie einen Gruß und betraten den Aufzug.

Die Rezeptionistin bedeutete ihm, er solle zurück auf sein Zimmer gehen. Sie hielt zehn Finger hoch und zeigte auf die Uhr hinter ihr.

»*Wait. Ten minutes.*«

Eine halbe Stunde später klopfte ein magerer Teenager an Harolds Tür. Er trug Sportschuhe, eine Trainingshose und ein T-Shirt der *Boca Juniors*.

Harold nahm die Plastiktüte an, die der Junge ihm hinhielt.

»*Tú fútbol?*«

Der Junge nickte misstrauisch. Harold zeigte auf sich.

»*Yo árbitro.*«

Der Junge hob den Zeigefinger, als erinnere er sich erst jetzt daran, dass er noch eine Nachricht abzuliefern hatte. Aus seiner Hosentasche holte er einen zerknitterten Umschlag hervor.

»*Señor Daver*«, las er vor.

Harold stellte das Essen auf die Türschwelle und riss den Umschlag auf. Ein kurzer Brief, von Isabelle.

Er hielt dem Jungen eine Fünf-Dollar-Note hin.

»*Where is she?*«, fragte er. »*Is she here?*«

Er schob den Jungen beiseite und schaute den Gang hinunter.

»*The lady … was she here?*«, fragte er nochmals drängend.

Der Junge zuckte mit den Schultern.

»*Wait!*«, befahl Harold.

Er griff rasch nach seinem Sprachführer auf dem Bett, blätterte hastig darin herum, doch die Fragen, die er suchte, fand er nicht.

Er gab dem Jungen das Geld und schloss die Tür. Verdammter Sprachführer.

Die Frau an der Rezeption erklärte, ein Taxifahrer habe dem Jungen den Brief gegeben, und der habe ihn dann mit heraufgebracht. Isabelle war also nicht selbst hier gewesen. Das beruhigte ihn, denn das hätte wieder neue Fragen aufgeworfen.

Während er langsam seine mit Huhn gefüllten Empanadas aß und dazu kleine Schlucke aus der Bierflasche trank, las er den Zettel noch einmal. Sie bat ihn, ihr ihre Sachen zu schicken. Sie brauche dringend ihren Taschenkalender im Zusammenhang mit er-wisse-schon. Die Rezeptionistin sei informiert, er brauche nur alles in eine Tüte zu stecken und abzugeben. Plus zehn Dollar für ein Taxi. Und sie würde ihm morgen Bescheid geben, wie weit die Vorbereitungen gediehen seien. Sie schloss mit einer Umarmung und einem Kuss.

Isabelle musste unter Druck stehen, schlussfolgerte er. Sie hatte Angst und vertraute ihm nicht. Für sie war er nicht mehr als ein Landei, das in einer so großen Stadt mir nichts, dir nichts unter die Räder kam. Unsinn, er hatte in den letzten beiden Wochen so viel durchgestanden, ihm machte keiner mehr so schnell etwas vor!

Als er die letzten Krümel verspeist hatte, holte er dennoch ihre Sachen aus der Reisetasche und lieferte sie bei der Frau an der Rezeption ab, die sie mit einem wissenden Lächeln entgegennahm. Er versuchte, mithilfe seines Sprachführers ein Schwätzchen zu halten, aber aus dem Lift traten immer neue Gäste, um die sie sich kümmern musste.

Er verzog sich auf sein Zimmer und legte sich wieder aufs Bett. Er lauschte den Geräuschen des Hauses. Ein Fenster wurde zugeschlagen, ein Rollladen heruntergelassen. Eine gurgelnde Dusche, eine Toilettenspülung, aber vor allem quietschende Betten und erregtes Gekicher. Manche hatten einen Pornosender auf volle Lautstärke gestellt, sodass ihre eigenen Schreie von denen der Profis überstimmt wurden. Es war, als sei er in einem Bordell gelandet, aber dann hätte man ihm sicherlich Damen angeboten. Er hörte die Gäste kommen und gehen, sie blieben ein, zwei Stunden, nie länger als eine Mittagspause.

Abends lutschte er die letzten Pfefferminzbonbons und setzte sich, an die Brüstung gelehnt, vor das offene Fenster. Auf der anderen Seite waren inzwischen die meisten Markisen hochgekurbelt und die Läden geöffnet worden. Er hatte freie Sicht auf die gerade mal zehn Meter entfernten Mietwohnungen. Aus den Küchen, wo gebraten, gekocht, geschmort und gegrillt wurde, wehten Essensdünste zu ihm herüber. Niemand schien ihn zu bemerken. Der Verkehr raste durch die engen Straßen. In der Geräuschkulisse konnte er drei verschiedene Kindersendungen ausmachen. Er hörte einen unaufhörlich kläffenden Hund und eine Percussion-Band, die im nahe gelegenen kleinen Park endlos einen exotischen Rhythmus variierte. Manchmal gab es irgendwo einen lauten Knall und ein Polizeihubschrauber dröhnte im Tiefflug über die Dächer hinweg.

Hier gehöre ich also hin, dachte er, und wurde plötzlich von einer Welle des Glücks erfasst. Durch einen bösen Zufall habe ich jahrein, jahraus am falschen Ort gelebt, und durch einen glücklichen Zufall bin ich nach Hause gelangt. Er warf den Kopf in den Nacken. Die Wolken hingen so tief, dass sie die Lichter der Stadt reflektierten. Sie glühten hellrosa vor dem sich rasch verdunkelnden Himmel. Minutenlang blieb er zurückgelehnt sitzen, bis sich seine Nackenmuskeln verkrampften. Er richtete sich auf und studierte die gegenüberliegende Wohnung. Im Wohnzimmer erkannte er die Umrisse zweier Frauen, die kurze Kleider anprobierten, er sah die Männer, die ruhelos vom Wohnzimmer in die Küche wanderten, etwas an den Jalousien reparierten, eine Glühbirne ersetzten, Kinder, die auf ihren Fahrrädern über die Balkone fuhren.

Eine Etage darüber war die Markise noch bis dicht über das Geländer heruntergelassen. Zwei Frauenbeine in einer kurzen Sporthose zeichneten sich deutlich vor dem Neonlicht in der Küche ab. Ein Mann stellte sich neben die Frau. Ihre Oberkörper blieben unsichtbar hinter dem gestreiften Stoff. Sie wandten sich einander zu. Was sie da taten, einander reglos gegenüberstehend, konnte er nicht erkennen. Sich küssen, einen Pickel ausdrücken oder eine Zigarette rauchen … Ihre Beine bewegten sich nicht. Er lachte leise: In seiner Welt, der Welt des Tangos, sagten Beine alles. Er betrachtete das Paar eine Weile, in der Hoffnung, ihre Beine würden ihre Geschichte verraten. Er zündete sich eine Zigarette an und wartete, bis seine Aufmerksamkeit vom Nebenzimmer angezogen wurde, wo bunte Lichter wie in einer Disco flackerten.

Ohne es zu merken, hatte er wieder begonnen zu schwitzen, und er knöpfte sein Poloshirt auf. Er zog den Ausschnitt über die Nase und blies über seinen klatschnassen Bauch. Sein warmer Atem brachte keine Erleichterung.

Er reckte sich. Die Stadt war dunkel, er war hellwach, sein Kopf klar. Es wurde Zeit, dass er seinen neuen Lebensraum erkundete. Die Freunde von Carlito und Alfonso konnten ihm mal den Buckel runterrutschen, mit denen würde er schon fertig werden. Er war nicht schuld am Missgeschick der beiden, er hatte ihnen sogar geholfen, wo er nur konnte. Er war ein Tanguero. Und obendrein kannte ihn hier niemand.

Er suchte sein schwarzes Hemd und seinen schwarzen Anzug heraus und zog sich um. Ein alter Mann hatte die Frau an der Rezeption abgelöst und erlaubte ihm ohne Weiteres, zu telefonieren. Wieder meldete sich diese Patricia.

Er würde gerne mit Isabelle sprechen.

Isabelle schlafe, sie müsse sich ausruhen.

Sag ihr, ich bin im Salon ... *Confitería Ideal,* er nannte einfach einen der Namen, die Isabelle einmal aufgezählt hatte. Das wäre alles. Gracias.

Er ging zur Vordertür hinaus. Er sprang die Marmortreppen hinunter und bog mit federndem Schritt um die Ecke in Richtung Park, wo die Trommler inzwischen den Höhepunkt erreicht hatten. Ein Hubschrauber flog dicht über ihn hinweg.

Er nahm sich vor zu tanzen, bis die Splitter aus dem Parkett flogen, eine Wahnsinnsnacht sollte es werden und am nächsten Morgen würde er mit Isabelle noch einmal von vorn anfangen. Er hielt ein Taxi an. Die Fahrer kurvten genauso halsbrecherisch durch den brodelnden Verkehr wie alle anderen hier.

Und so musste das Leben auch sein!

27

Blinder Wachtposten

Im Erdgeschoss der *confitería* kippte man bereits die Stühle gegen die Tische. Ein älterer Kellner schüttelte abweisend den Zeigefinger. *No señor,* wir haben geschlossen.

La Ideal war ein Nachmittagssalon, ein Treffpunkt für die allerältesten Tangorentner und für Touristen, die auf ein rührendes Schauspiel aus waren. Wegen der Krawalle in der Stadt schloss der Laden jetzt noch früher.

Das erfuhr Harold von der 48-jährigen Gisela aus Hamburg. Sie kam gerade die Treppe herunter, denn der Aufzug funktionierte schon seit Jahren nicht mehr. Vermutlich hatte er einen hilflosen Eindruck gemacht, denn sie erklärte ihm unaufgefordert, das *Canning* sei momentan der In-Schuppen in der Stadt und es habe bis Tagesanbruch geöffnet.

»Da tanzen heute die großen Tangueros«, sagte sie. »Es gibt Schautänze und ab etwa drei Uhr spielt ein Tango-Orchester.«

Sie schlug vor, sich ein Taxi zu teilen, worauf er gerne einging. Wenn das *Canning* der zentrale Treffpunkt war, würde Isabelle bestimmt dort aufkreuzen.

Einen Moment lang erwog er, eine Nachricht für sie an den Rollladen aufzuhängen, die soeben rasselnd vor dem *Ideal* heruntergegangen waren, doch Gisela hatte bereits ein Taxi angehalten.

Unterwegs erzählte sie ihm, dass sie seit drei Monaten in der Stadt wohne. Sie habe ihren Beruf als Lehrerin aufgegeben, um sich ganz dem Tango zu widmen.

»Mein Kopf war so müde von dem vielen Unterrichten«,

sagte sie. »Und mein Körper schleppte sich einfach nur noch hinterher. Er machte nicht mehr richtig mit.«

»Und hier?«

»Hier lebt er auf. Und ich auch. Der Tango ist mein Lebenselixier und ...«, sie berührte sein Bein, »... hier findet man den Tango in Reinkultur. Hast du schon Unterricht gehabt?«

Harold beichtete, dass er erst heute Morgen frisch aus dem Flugzeug in die Welt des Tangos hineingestolpert war.

»Wie lange bleibst du hier?«

»Bis ich den Tango kenne.«

»Haha, wie viele Leben hast du eingeplant?«

Gisela war also eine Glaubensschwester. Allerdings von der fanatischen Sorte. Sie besaß den zarten Körper einer Ballerina, wie ihn Harold von den magersüchtigen Patientinnen aus seiner Praxis kannte, einen Körper, den sie ausschließlich mit Crackern, Wasser und Vitaminpillen ernährte, wie sie erklärte.

»Was bedeutet das Tanzen für dich?«, fragte er.

»Es ist meine Bestimmung«, antwortete sie nachdrücklich. »Was meinst du wohl, warum wir Deutschen so verrückt nach dem Tango sind? Beim Tango müssen wir uns unserer Schwermut nicht schämen. Ja, unser Leiden wird zur unerlässlichen Zutat, und im Austausch dafür schenkt uns der Tango die Leichtigkeit wieder, die uns irgendwann einmal von dem Gott Martin Luthers genommen wurde. Wir können uns endlich der Lebensfreude hingeben, um die wir unsere französischen Nachbarn seit jeher beneiden.«

»Ihr zollt also dem Tangogott Tribut, der euch von diesem ewigen Weltschmerz erlöst?«

»Einerseits ja«, erwiderte sie nachdenklich. »Andererseits schuldet er uns aber auch etwas. Das Bandoneon, das dem

Tango erst seinen typisch melancholischen Klang gibt, stammt nämlich ursprünglich aus Deutschland.«

»Gehst du jeden Abend tanzen?«, fragte er.

»Und jeden Nachmittag«, ergänzte sie. »Außer ...«

Sie wurde von einem Seufzer des Taxifahrers unterbrochen. Eine Straßensperre der Polizei, die eine Demonstration auflöste, hinderte sie an der Weiterfahrt. Bedrohliches Trommeln, lautes Knallen wie von Feuerwerkskörpern, skandierte Parolen. Der Fahrer fluchte, als die Polizisten Gasmasken aufsetzten und ihre Granatwerfer luden. Er steckte den Kopf aus dem Fenster und schrie dem Taxifahrer hinter ihnen etwas zu. Dann griff er nach dem Funkgerät und beriet sich mit der Zentrale.

»Er überlegt, wo wir stattdessen langfahren können«, übersetzte Gisela, die an solche Verzögerungen gewöhnt zu sein schien und gelassen zurückgelehnt sitzen blieb, obwohl man inzwischen Glas splittern hörte. Das war das Zeichen für einen kollektiven Rückzug der Autoschlange, an deren Spitze sie standen. Der Fahrer schaltete den Rückwärtsgang ein. Stoßstange an Stoßstange wichen sie zurück, während die ersten Tränengasgranaten abgeschossen wurden.

»Das ist der Nachteil am Einbahnstraßenverkehr«, bemerkte Gisela, als sie in eine Seitenstraße abbogen, wo von dem Aufruhr nichts mehr zu spüren war. »Man kann nicht einfach wenden und so den Problemen ausweichen.«

Stimmt, dachte Harold, und so muss es auch sein. Er hatte schon zu oft kehrtgemacht, sobald es schwierig wurde.

»Die Bevölkerung protestiert zu Recht«, fuhr Gisela fort. »Erst wurden zwangsweise sämtliche Dollarguthaben in Pesos umgetauscht und kurz darauf der Peso auf ein Viertel des Dollarkurses abgewertet. Anschließend wurden sämtliche Konten eingefroren, sodass man pro Woche nur noch ein Minimum für den Lebensunterhalt abheben konnte. Es ist zum Verrücktwerden! Nur die Reichen erfuhren rechtzeitig von der Geldentwertung und konnten ihre Dollars ins Ausland schleusen.«

Harold schaute aus dem Fenster. Sie fuhren jetzt schon kilometerweit an Restaurants, Cafés, Theatern und CD-Läden vorbei, für die keine Ladenschlusszeiten zu gelten schienen.

Er wusste, wie sich die Geschichte mit den Dollars abgespielt hatte, er hatte es in Franciens Akten gelesen.

»Dann muss das Leben für Ausländer hier ja wesentlich billiger geworden sein«, entfiel es ihm.

Über eine Antwort nachzudenken blieb Gisela erspart, da der Fahrer vor einem Baldachin anhielt, der quer über den Bürgersteig reichte.

Gisela überließ das Bezahlen Harold und wartete hinter der schweren Eingangstür auf ihn.

Zusammen betraten sie das Gebäude und gingen zu einem Saal am Ende eines langen Flures. Gisela passierte ohne zu zögern den kleinen Tisch am Eingang des Saals. Der Kartenverkäufer starrte Harold unverwandt an. Harold blieb stehen, ließ sich zwei Eintrittskarten in die Hand drücken und bezahlte. Er eilte hinter seiner Führerin her, die bereits von einem Mann mit einem Whiskeyglas in der Hand geküsst wurde.

»Heute Nacht werde ich dich verwöhnen«, hörte Harold ihn auf Englisch sagen. »Ich schenke dir den Himmel auf Erden.«

Gisela lachte laut.

»Erst tanzen wir«, antwortete sie gebieterisch, aber der Mann ging mit einer abfälligen Geste weiter. Nur mit der Unterlippe lispelte er den Text der Musik mit.

Fünf Minuten lang schlenderte Gisela an Tischen entlang und verteilte Küsschen. Harolds Blick wurde von der Tanzfläche angezogen. Es war voll, man tanzte dicht gedrängt.

Das Publikum sah genauso aus, wie er es sich vorgestellt hatte: Die Frauen waren in Glitzerroben gekleidet, mit bis über die Hüfte geschlitzten Röcken – ja, auf beiden Seiten –, tiefen Ausschnitten und nacktem Rücken. Ihre Schuhe hatten ausnahmslos hohe Absätze. Die Männer trugen schwarze Bundfaltenhosen und schwarze Polo- oder Oberhemden. Harold starrte die Tänzer an, die ohne zusammenzustoßen teils rasend schnell über die *Pista* wirbelten, dann wieder sekundenlang stehen blieben, wobei nur ein sanftes Wiegen verriet, dass sie überhaupt noch tanzten, ein Wiegen, das am ehesten einem Atmen glich.

Er wunderte sich über die ungleichen Paare, junge Mädchen, die sich an uralte Männer schmiegten, um den Rhythmus von sechzig, siebzig Tangojahren zu spüren, die ihre zähen Körper in sich trugen. Er verfolgte die selbstbewussten Tänzer, die nach rechts und links grüßend den Saal durchquerten und mit einem Blick ihre Wahl trafen, eine Wahl, die stets auf Zustimmung stieß. Sie tanzten leicht nach vorn geneigt, das Kinn hochgereckt, die Brust nach vorn gewölbt. Die Frauen schmiegten sich mit dem Oberkörper an sie, den Hintern ein wenig herausgestreckt, um die Beine frei bewegen zu können. Er betrachtete voller Bewunderung ihre Ruhe, ihr Timing, die präzise gesetzten Schritte, die langen Zwischenpausen, den gewagten Spannungsaufbau, gefolgt von einer explosiven Vitalität. Und obwohl er am Seitenrand stand, spürte er die Energie, die von diesen Tänzern ausging.

»Der Salon wurde nach dem englischen Diplomaten Canning benannt«, erzählte ihm Gisela. »Die Straße hieß früher auch so, wurde aber während des Falkland-Krieges nach einem nationalistischen Autor umgetauft. Den Salon hat man dabei allerdings vergessen … Kannst du die mal kurz halten?«

Sie drückte ihm ihre Tasche in die Hand und betrat die Tanzfläche. Ein Mann, der einen Kopf kleiner war als sie, näherte sich, sprach kurz mit ihr und zog sie an sich. Sein Kinn ruhte an ihren Brüsten. Kurz darauf waren sie in der Menge verschwunden.

Harold blickte sich im Salon um. Es war ein hoher, quadratischer Raum mit Holzverkleidung an den Wänden. Ein großes Plakat von Carlos Gardel, der aus vollem Halse zur Gitarre singend in einer dunklen Gasse stand, erinnerte daran, dass der Tango aus dem Volk stammte. Hoch über der *Pista* schwebte ein Riesenglitzerball, der dermaßen verstaubt war, dass er die Scheinwerfer kaum noch reflektierte. Große Standventilatoren sorgten dafür, dass es auf der Tanzfläche kühler war als an den Tischen, an denen Frauen darauf warteten, dass ihr Blick beantwortet wurde. Die, die tanzen wollten, saßen aufrecht da wie Pin-up-Girls, die Beine übereinander geschlagen, die Hände auf den Knien verschränkt. Aus den Lautsprechern in allen vier Ecken der Tanzfläche schallten Orchester-Tangos.

Isabelle, wo bleibst du denn? Hast du meine Nachricht nicht erhalten? Hat Patricia dich mit meiner spontanen Einladung geweckt?

Er behielt den Eingang im Auge. Plötzlich entstand ein Gedränge an der Tür, Gäste verteilten sich küssend und plaudernd über den ganzen Saal. Es war inzwischen nach ein Uhr und der Laden füllte sich. Die Serviererinnen bemühten sich im Laufschritt, die Neuankömmlinge zu ihren reservierten Tischen zu bringen.

»Die sind den bedeutendsten Tänzern vorbehalten«, erklärte Gisela, die nach vier Stücken zurückgekehrt war. »Schau, da kommt El Gato.«

»El Gato?«

Harold sah einen jungen Mann mit indianischen Zügen hereinkommen, der einen weißen Pullover um die Schultern trug. Er ließ sich küssen und nahm unterdessen rasch den Saal in Augenschein.

»Alle großen Tänzer tragen Spitznamen. Er tanzt so geschmeidig und lautlos wie eine Katze auf Samtpfoten. So ... mmmm.« Sie schlug verzückt die Augen auf. »Und er gibt fantastischen Unterricht, was gar nicht so selbstverständlich ist. Ein guter Tänzer muss noch lange kein guter Lehrer sein. Seine Schule ist keiner von diesen Supermärkten, wo man die Figuren am laufenden Meter kauft, so ein Touristennepp ...«

Wieder hatte sie Glück und betrat die Tanzfläche. Diesmal hatte ein Mann um die sechzig sie mit trägem, freundlichem Augenaufschlag zu sich gelockt. Er bot ihr seine Arme und ließ sie die Distanz bestimmen. Da die Fläche überfüllt war, geriet das Karussell kurz ins Stocken. Der ältere Herr tanzte sehr beherrscht, mit knappen Bewegungen, obwohl die Musik schneller geworden war. Sobald er einen freien Quadratmeter entdeckt hatte, wirbelte er Gisela mit kleinen Schrittchen um sich herum.

Sie meldete sich mit roten Wangen zurück.

»Ach, dieser Mann tanzt mit einer solchen Ruhe, so voller Spannung, obwohl man kaum Platz hat«, seufzte sie. »Man kann sich ihm ganz hingeben. Schade, dass die Sets nur vier Stücke dauern.«

»Aber man kann doch zwei oder drei Sets hintereinander tanzen«, sagte er.

»Mehr als ein Set bedeutet hier, dass man mit jemandem ins Bett will!«

Der DJ entschied sich für *La Yumba* und sorgte damit für etwas mehr Schwung. Gisela war schon verschwunden, bevor Harold Anstalten machen konnte, sie aufzufordern. Da er sowieso auf Isabelle wartete, folgte er mit den Augen dem alten Meister, mit dem Gisela getanzt hatte. Er verpasste kein einziges Set. Aus den Frauen, die ihm Blicke zuwarfen, wählte er jeweils diejenige, die ihm am besten zum jeweiligen Tango zu passen schien. Für das Pugliese-Stück suchte er sich eine selbstbewusste Partnerin aus, die mit gespieltem Widerstand auf seine Aufforderung einging und ihre brennende Zigarette ganz einfach unter den Stuhl warf. Für einen Tango-*Vals* wählte er eine schüchterne ältere Frau, die bei einem schnellen *Giro* sogar den Kopf hintenüberhängen ließ. Bei heißen *Milongas* musste es eine Balletttänzerin sein, die sein clowneskes Schulterzucken mit einem koketten Lächeln beantwortete.

Wie Harold feststellte, war er Gisela endgültig los. Man hatte sie eingeladen, sich mit an einen der Tische in der vordersten Reihe zu setzen, und ihre Augen wanderten hierhin und dorthin, nur nicht in seine Richtung.

Auf dem Podium bereiteten sich Musiker vor. Er entdeckte den Mann wieder, der El Gato genannt wurde. Er war höchstens dreißig und schlenderte scheu und zurückhaltend von einem Tisch mit Bekannten zum anderen. Er begrüßte alle mit Kuss auf die rechte Wange und Handschlag und unterhielt sich kurz mit ihnen. An jedem Tisch dasselbe Ritual, doch er tanzte nicht. Nachdem er seine Runde beendet hatte, verschwand er in Richtung Ausgang.

Harold hatte sich inzwischen in eine Ecke nahe der Bar verzogen, von wo aus er den Eingang im Auge behalten konnte. Es war heiß geworden und das Orchester hatte noch immer nicht angefangen zu spielen. Er schwitzte und bedeutete einer Kellnerin, ihm eine Flasche Wasser zu bringen, er wollte einen klaren Kopf behalten. Inzwischen war es drei Uhr morgens, seine Tanzschuhe drückten und das Hemd klebte ihm am Rücken, dabei hatte er noch keinen Schritt getanzt.

Als die Musik verstummte, bildete das Publikum einen Kreis um die *Pista.* Die Musiker hatten Platz genommen, und nach einer ellenlangen Ankündigung des Saalmanagers begriff er, dass ein Schautanzen stattfinden würde.

Am Eingang bildete sich ein Spalier. Zögernder Applaus setzte ein, der laut aufbrandete, als sich zwei Gestalten aus der Menge lösten: El Gato und ... und ... – er reckte sich, blinzelte den Schweiß aus den Augen – ... und Isabelle.

Er drängte sich nach vorn, die gezischelten Schimpfworte – *stupid gringo!* – ignorierend. Isabelle, Isabelle, du, du ... Am Rand der Tanzfläche stolperte er über eine Tasche, jemand drückte ihn an den Schultern runter und er ging in die Knie, um in der Hocke mit anzusehen, wie sich El Gato und Isabelle einander gegenüberstellten, sich in die Augen schauten und Tanzhaltung einnahmen. Das Orchester setzte ein. *Chique,* ein Stück der neuen Schule, die die heißen Rhythmen des alten Tangos jedoch nicht verschmähte. Reglos standen die beiden da, während die Musik anschwoll.

Bevor er sie mit einem Ruf anfeuern konnte, legten sie los. Sie beschrieben die Tanzfläche mit ihrer Geschichte. Eine Geschichte mit komplizierten Wendungen und perfekt simultanen Tempuswechseln, eine Geschichte, die mit gewagten Sprüngen und gegensätzlichen Drehungen begeisterte. Eine Geschichte, die überraschte, als Isabelle sich halb umwandte und sich rücklings den Impulsen ihres Partners hingab, aber auch einer Geschichte, die provozierte, als nach einem Positionswechsel Isabelle führte und El Gato folgte. Das Publikum pfiff und feuerte sie an, denn Isabelle führte wie eine Kriegerin, bestimmte unfehlbar Rhythmus und Richtung! Sie war unwiderstehlich, mit einer Urkraft, die direkt aus ihrer Brust, ihrem Bauch, sämtlichen Eingeweiden strömte, eine Demonstration von genussvoller und zugleich fürsorglicher Macht. Sie zähmte El Gato und dabei war ihr Blick die ganze Zeit über in sich gekehrt, ganz bei der Musik.

Und Harold las ihre Geschichte, er musste, er konnte nicht anders, er las mit verzehrender Eifersucht. Ach, könnte auch er irgendwann so mit ihr tanzen, unter den Jubelschreien des Publikums bei einer Schwindel erregend schnellen Schrittkombination oder dem Applaus nach einem quälend tiefen und trägen *Voleo,* bei dem ihr Fuß einen weiten Bogen beschrieb, fast bis zum Spagat, und ihr Bein fast bis zum Oberschenkel unter dem Kleid hervorschaute! War das dieselbe Isabelle, mit der er auf Stahlplatten am Rheinufer getanzt hatte, auf dem Fliesenboden des Hotels und bei den Hippies in *Het Hof,* die Isabelle, mit der er tanzen wollte, bis dass der Tod sie schied? Ja, das war die Isabelle, mit der er Liebe und Leben im Tango vereinen wollte, um sich nicht im Sumpf da draußen zu verirren.

Steif erhob er sich, als das Stück endete. Sein Klatschen ging unter in Applaus und Geschrei.

»Isabelle!«, rief er.

Sie stand Hand in Hand mit El Gato in der Mitte der Tanzfläche, nahm mit gesenktem Haupt den Jubel entgegen. Sie zeigte auf das Orchester, zum Dank an die Musiker. Nein, sie hörte ihn nicht, oder doch, für den Bruchteil einer Sekunde huschten ihre Augen zu ihm herüber, gefror ihr selbstsicheres Lächeln, aber für einen gehauchten Kuss reichte es nicht und für einen Schrei der Wiedersehensfreude schon gar nicht.

Natürlich nicht, sie bereitete sich ja schon auf den nächsten Tanz vor, eine *Milonga,* zu der sie zweifellos eine derblustige Geschichte erzählen würden. El Gato hatte bereits einen Gangsterhut aufgesetzt und Isabelle spielte lockend mit einer Federboa.

Harold wollte ihren zweiten Triumph nicht mit ansehen und zog sich langsam hinter die Ränge der Zuschauer zurück. An der Bar überließ er es dem Lärm, seiner Fantasie frische Nahrung zu geben.

Gegen Morgen stieg allmählich die Wut in ihm hoch. Es war zwar nicht galant, so zu denken, aber waren es denn nicht seine knetenden Finger, seine pressenden Handballen gewesen, die ihr das Tanzen überhaupt wieder ermöglicht hatten? Er, Harold Daver, Physiotherapeut, hatte sie eigenhändig topfit gemacht für diesen Siegeszug, ihm hatte sie es zu verdanken, dass sie auf diese Weise an den Tischen vorbeiwirbeln konnte und keinen Tanguero abzuweisen brauchte. Aber wie ernsthaft war ihre Verletzung eigentlich gewesen?

Er verbrachte die ganze Zeit an der Bar, wo er seine Bitterkeit mit einem Getränk löschte, das noch am meisten billigem Branntwein ähnelte. Einmal gelang es ihm, Isabelles Blick zu erhaschen. Er nickte ihr zu, doch sie senkte den Kopf, verbarg sich hinter der Schulter ihres Partners, und kurz darauf wippten ihre Locken in dem endlosen Karussell der Tanzfläche auf und davon.

Er versuchte, ruhig und gelassen zu bleiben. Isabelle hatte ihn gewarnt, und er musste zugeben, dass er diese Stadt und ihre Gefahren nicht kannte, gewiss nicht in diesen unruhigen Zeiten, in denen die Polizei sich nicht mal auf der Straße blicken ließ, wenn die Plünderungen einsetzten. Und er hatte selbst gesehen, wozu Carlito und Alfonso im Stande waren – ihre Freunde gingen vermutlich auch nicht zartfühlender vor. Er hätte ebenso vorsichtig sein müssen wie Isabelle ... Aber wie auch immer er es sich zurechtlegte, die aufkommende Traurigkeit konnte er nicht länger bezwingen.

Schließlich wandte er sich dem Spektakel rund um die Tanzfläche zu. Mittlerweile erkannte er die Schaumschläger, die an den Tischen entlangflanierten und mit tiefen Blicken die Touristinnen aufforderten. Der Mann mit dem Whiskeyglas war einer von ihnen, und auch ein kleiner alter Mann mit Hut war darunter, der einen Schlüsselbund vor dem Schritt klimpern ließ. Er forderte eine hochgewachsene Amerikanerin auf, deren aufgeregtes, breites Englisch bis in Harolds Ecke drang. Der kleine Mann tanzte eckig, wedelte dabei mit der linken Hand albern in der Luft herum. Die Frau wedelte gelassen mit. Über seinen Hut hinweg hielt sie den Blick auf die Discokugel gerichtet. Harold erkannte die einsamen Besucher, die herausgeputzt waren wie er, kaum tanzten und sich aufs Zuschauen beschränkten. Er erkannte auch die Paschas, Männer, die einen Tisch reserviert hatten und von Frauen umringt waren, denen sie abwechselnd ihre Gunst erwiesen, indem sie mit ihnen tanzten.

Und er sah ... Isabelle! Sie ging an ihm vorbei, nickte ihm kurz zu und begab sich zum Ausgang. Sie wollte gehen ... Er stellte sein Glas ab und folgte ihr so beherrscht wie möglich. Am Kassentisch hielt sie ein Schwätzchen, nahm einen der stapelweise herumliegenden Handzettel mit und ließ sich von den Kassierern etwas erklären. Er zögerte. Sie lachte laut und ließ sich küssen. Er hielt sich an einer Stuhllehne fest. Das Branntweinzeug stieg ihm zu Kopfe. Als er aufblickte, war Isabelle verschwunden.

Er fluchte unterdrückt. Wehe, sie wagte es, mit einem von diesen Machos durchzubrennen ... Er stolperte, als er hinter ihr hereilte, ignorierte Giselas winkende Hand. Kurz darauf stand er im Flur und erkannte am Ende die Silhouette von Isabelle, die ein Taxi heranwinkte.

»Señor!«

Er blickte sich um. Die Kellnerin hielt sein Jackett hoch. *O, stupid gringo ...* Er kehrte hastig zurück, dankte ihr und rannte hinaus unter den Baldachin. Keine Isabelle.

Dutzende Taxis sausten auf der Avenue vorbei. Er musste eines anhalten, sie konnte noch nicht weit sein ... Nein, vielleicht wartete sie ein paar Meter weiter ... Langsam ließ er sich von dem Strom der Passanten bis an die Straßenecke treiben. Dort standen vier, fünf Taxis vor einer roten Ampel, doch in keinem saß Isabelle. Lautes Hupen scheuchte ihn zurück auf den Bürgersteig und er wollte schon seine Ohnmacht verfluchen, als er plötzlich ganz aus der Nähe Isabelles Stimme hörte: »Kommst du zu mir?«

Zu seiner eigenen Sicherheit habe sie das Taxi erst eine Runde drehen lassen, sagte sie und ließ sich an ihn sinken. Sie lachte ihm ausgelassen ins Ohr.

»Endlich!«, sagte er. »Du warst ja ziemlich reserviert.«

»Und du ziemlich unvernünftig«, entgegnete sie. »Was tust du hier?«

»Ich wollte nochmal ganz von vorn anfangen«, antwortete er.

Sie drückte seinen Arm.

»Den Luxus heben wir uns für später auf.«

Er legte ihr die Hand in den Nacken und hätte sie am liebsten an sich gezogen und geküsst. Doch sie beugte sich nach vorn und instruierte den Fahrer, der mit einem kurzen

Nicken reagierte. Er suchte einen Radiosender und kurz darauf kam das hektische Gequassel der neuesten Nachrichten über die Krawalle durch die Lautsprecher.

»Wohin fahren wir?«, fragte Harold.

Sie passierten ein ausgebranntes Hamburger-Restaurant. Der Fahrer fuhr langsam und vorsichtig daran vorüber, nach Angreifern Ausschau haltend. Schutt und Glasscherben knirschten unter den Reifen.

»Wir fahren einen Umweg«, antwortete Isabelle auf Harolds Frage. »Wir nehmen die Straße am Hafen entlang, da sind wir sicher. Dort patrouilliert das Militär.«

»Können wir offen reden?«, fragte Harold mit einem raschen Blick auf den Fahrer.

»Na weißt du, Niederländisch ist keine Weltsprache«, erwiderte sie. »Solange wir keinen niederländischen Fußballer erwähnen, der bei der Weltmeisterschaft 1978 dabei war, interessiert es unseren *taxista* keinen Deut, wovon wir reden.«

»Dann lass uns über Francien sprechen«, sagte er. »Du hast sie schon gekannt, bevor wir uns trafen.«

»Natürlich«, antwortete sie. »Wir hatten ein kleines Komplott unter Frauen geschmiedet. Francien lotste dich in das Tanzlokal, weil ich dich dort sehen sollte.«

»Und deine Knieverletzung? Hat sie dich damit zu *De Ster* geschickt?«

»*Sí, amor,* und ich muss zugeben, dass ich die Schmerzen ein bisschen übertrieben habe. Francien wollte durch dich mit mir in Kontakt bleiben.«

»Warum konnte sie das nicht persönlich?«

»Hör zu, die hatten mich nach Holland geschickt, damit …«

»Wer sind ›die‹?«

»Die *Sociedad Rural de Argentina* von Tres Arroyos, unser einflussreicher Landwirtschaftsverband. Vor einem halben

Jahr tauchten plötzlich Gerüchte über eine Entkoppelung des Pesos vom Dollarkurs auf. Die Bauern nahmen es zunächst gelassen hin: Für den Export war das nur günstig. Doch niemand hatte mit der zweiten Maßnahme der Regierung gerechnet, durch die zwangsweise sämtliche Dollarkonten auf Pesos umgestellt wurden. Eine Katastrophe, denn nun war abzusehen, dass der Pesokurs ins Bodenlose abstürzen würde. Auf einen Tipp hin beschlossen mein Vater und eine Gruppe weiterer Farmer, ihre Dollars in Sicherheit zu bringen.«

»Und Zacharias war der Kurier«, sagte Harold. »Er tätigte häufig Geschäfte mit euch. Polopferde, Getreide, Leder, Schlachtvieh, ein echter Allround-Geschäftsmann.«

»Wir hatten nur wenige Tage Zeit. Zacharias war ein Insider und wir verließen uns auf ihn, weil er mit allen geschäftlich zu tun hatte«, fuhr sie fort. »Zacharias wurden viele Millionen Dollar anvertraut. Aber kaum war er in Europa angekommen, verschwand er spurlos.«

»Und du wurdest losgeschickt, um ihn aufzuspüren? Du sprichst Niederländisch. Aber Zacharias war bereits wegen groß angelegten Betrugs am niederländischen Fiskus eingebuchtet worden. Francien hatte den Auftrag, seine Betrügereien aufzudecken, und so bist du an sie geraten.«

»Ich hatte keine andere Wahl, als Anzeige zu erstatten, nachdem herausgekommen war, dass Zacharias einsaß. Anfangs beschäftigte sich Francien ernsthaft mit der Sache. Doch das änderte sich, als Zacharias vom Verdächtigen zum Kronzeugen wurde. Francien beantwortete meine Anrufe nicht mehr, sie fragte nicht weiter nach Informationen, und das Ende vom Lied war, dass sie den Fall ruhen lassen musste. Es war eine politische Entscheidung. Mithilfe von Zacharias konnte ein ganzes Netzwerk entwirrt werden, aber es wurmte Francien, dass man über einen Betrug hinwegging, um einen anderen restlos ausleuchten zu können. Zacharias rettete seine Haut, indem er einen Tauschhandel vorschlug. Allem Anschein nach sollte er unser Kapital als Bonus für seine Mitarbeit erhalten.«

»Wer traf diese Entscheidung?«

»Laut Francien zog ihr Chef die Fäden. Er wollte sich durch die Aufdeckung dieses internationalen Skandals einen Namen machen.«

»Und ich?«

»Francien wollte über dich mit mir in Verbindung bleiben, für den Fall, dass nützliche Informationen für uns herauskämen. Ihr wurde der Kontakt zu mir untersagt, nachdem sie mich zu Zacharias ins Gefängnis gebracht hatte, damit ich mit ihm reden konnte. Aber wir kamen sowieso zu spät. Man hatte ihn bereits an einen geheimen Ort verlegt. Es hätte sie beinahe ihren Job gekostet.«

»Dann habe ich also richtig gesehen! Du saßt mit Francien zusammen in einem Polizeifahrzeug auf dem Weg in den Knast nach Arnheim-Süd?«

»Ja, und weißt du, was das Bizarre war? Ich habe an diesem Abend tatsächlich festgesessen! Es gab einen Defekt am Eingangstor des Gefängnisses, sodass wir nicht mehr herauskamen …«

»Waren deine Brüder zu der Zeit schon in den Niederlanden?«

Er stellte die Frage so nebenbei, dass sie mit einem abfälligen kleinen Lachen antwortete: »Ach, meine Brüder … Sie stammen wirklich aus Tres Arroyos. Sie haben niederländische Eltern, sind aber als Teenager nach Buenos Aires abgehauen, weil sie keine Lust hatten, die *estancia* von ihrem Vater zu übernehmen. Sei froh, dass ich dich angelogen habe, das hat dir eine Menge Kopfzerbrechen erspart, so eifersüchtig, wie du bist. Carlito und Alfonso wurden über Nacht eingeflogen, kurz bevor Zacharias in sein sicheres Versteck überwechselte. Sie hatten eindeutige Instruktionen. Und um deine Frage schon im Voraus zu beantworten: Nein, am Abend des Mordes waren sie nicht mal in der Nähe deines Hauses. Sie klapperten ganz Deutschland ab auf der Suche nach Zacharias.«

»Wusste Francien davon?«

»Auf dem Weg ins Gefängnis habe ich ihr erzählt, dass Verstärkung geschickt worden war.«

Sie wandte sich mit einem Ruck um.

»Ihr braven Holländer! In eurem unbedeutenden kleinen Ländchen haltet ihr unverdrossen das Märchen von den unbestechlichen Gesetzeshütern aufrecht. Ihr schaut doch nicht weiter als bis an den Rand eurer eigenen Gutgläubigkeit, obwohl der Rest der Welt es als völlig normal betrachtet, dass man sich sein Recht erkaufen muss. Ist es dir nie in den Sinn gekommen, dass Elecom selbst Appetit auf unser Kapital bekommen und sich mit Zacharias geeinigt haben könnte? In unserem Land wäre das eine hundertprozentig plausible Erklärung dafür, warum eine Anzeige unter den Teppich gekehrt wird. Und was wäre, wenn Francien ihm dabei in die Quere gekommen wäre? Und gehen wir noch einen Schritt weiter: Wenn sie seine Machenschaften aufgedeckt und mich eingeweiht hätte? Wenn sie Elecom in die Pfanne hauen wollte?«

»Elecom war ihr Geliebter«, erwiderte er.

»Von wem weißt du das? Lass mich raten ... Hast du von dir aus denn je etwas bemerkt?«

Harold tat so, als müsse er nachdenken.

»Nein«, bekannte er und fügte ihr zum Gefallen lächelnd

hinzu: »Jetzt verstehe ich, warum Carlito und Alfonso so aus der Haut gefahren sind, als ich vorschlug, mich an Elecom zu wenden.«

Eine Zeit lang fuhren sie an den Kais entlang. Verborgen in den Seitenstraßen standen Jeeps und Armeelastwagen mit ausgeschalteten Scheinwerfern. Auf den Ladeflächen glühten Zigaretten auf. Jetzt wurde ihm klar, warum Elecom so viel daran gelegen war, Franciens persönliches Archiv in die Hände zu bekommen.

»Wusste Francien von uns?«, fragte er.

»Vom ersten Moment an«, antwortete sie. »Aber wissen ist nicht das richtige Wort, sie spürte es. Sie war sich lediglich der Risiken bewusst, die sie einging. Hast du mal darüber nachgedacht, dass sie vielleicht eure Ehe auf die Probe stellen wollte?«

Sie näherten sich einer Straßensperre und passierten ein Spalier von Polizeifahrzeugen mit blinkendem Blaulicht. Einige Sekunden lang wurden sie von einem Dutzend Polizisten kritisch beäugt.

»Aber du hast es geschafft, oder?«, fragte er. »Du warst in der Schweiz. Du hast Zacharias' Nummernkonto leer geräumt und das Geld in Sicherheit gebracht.«

»Apropos, schulde ich dir eigentlich noch etwas dafür, dass ich mir dein Auto ausgeliehen habe?«

Der Fahrer hielt vor einem großen Garagentor, das sich langsam öffnete. Sie fuhren in die Tiefgarage des Hotels *Libertad* hinein.

»Ich möchte lieber bei dir wohnen«, sagte er. »In diesem Bumshotel werde ich noch verrückt.«

Sie zog ihn an sich und küsste ihn auf den Mund.

»Ich rufe dich an, sobald wir nach Tres Arroyos können«, versprach sie. »Bei mir bist du deines Lebens nicht sicher.«

»Ich möchte morgen Abend mit dir ausgehen, aber nicht so wie heute. Ich möchte, dass alle Welt sieht, dass wir zusammengehören.«

Sie versetzte ihm einen scherzhaften Schubs.

»Haha, du verrätst dich doch, sobald du die Nase zur Tür hinaussteckst. Du guckst brav nach rechts und links, bevor du die Straße überquerst, dabei gibt es bei uns nur Einbahnstraßen.«

Er konnte seinen Zorn nicht länger unterdrücken.

»Aber zu Hause war ich dir zum Tanzen nicht zu schade? Außerhalb der *Pista* hast du mich zwar an der Nase herumgeführt, aber du hast mit mir getanzt, als seien wir beide auf ewig miteinander verbunden.«

»Auf der *Pista* tanzen wir Tango«, antwortete sie. »Außerhalb davon überleben wir.«

Sie grub ihre Nägel in seinen Unterarm, als der Fahrer die Tür öffnete.

»Harold, wen hast du angerufen, nachdem du mir deine Autoschlüssel gegeben hattest?«

Er konnte es ihr nicht verraten, denn auch er hatte außerhalb der *Pista* so seine Überlebensstrategien.

Im Hotelzimmer starrte er seine Spiegelbilder über dem Bett an, bis die Morgensonne den Raum in eine rosige Glut tauchte, die gut zur verräucherten Tapete mit den hunderten Cupidos und zu dem purpurroten Boden passte, auf dem für den Liebesgott regelmäßig Liebestropfen vergossen – und nie aufgewischt – wurden. Seine Gedanken dagegen waren weniger rosig.

Er befand sich näher an seinem Ziel und dennoch weiter davon entfernt denn je. Er atmete aus bis in die Zehenspitzen.

Na, Harold, aber was hattest du denn erwartet? Dass du problemlos von dem einen ins andere Leben hinüberwechseln könntest? Dass du dein altes Leben abstreifen könntest wie eine abgestorbene Haut? Komm schon, Harold, du weißt es besser, du musst kämpfen. Der Unterschied ist nur der, dass du jetzt weißt, mit wem, wann und wo und vor allem warum du den Kampf wagst. Zugegeben, du hättest etwas mehr Initiative zeigen können. Du hast dem Kämpfer, der sich in dir verbirgt, keine echte Chance gegeben. Wie Luisa bereits in der kerzenlosen Kirche bemerkt hatte: Er hielt seinen Harnisch ängstlich vor sich, anstatt ihn anzulegen und den Kampfplatz zu betreten.

Und Isabelle, lieber Himmel, was für ein Schneid! Die wusste genau, was sie wollte. Sie hatte ihn durchschaut und sie hatte verdammt Recht: Bisher hatte er Elecom als langweiligen Griffelpisser betrachtet, einen Buchhalter mit der Fantasie eines Goldfischs. Dass gerade er das alles auf dem Gewissen hatte … Er musste unbedingt noch einmal alle Einzelheiten mit Isabelle durchgehen.

Ach, Isabelle … Sie war wirklich nicht leicht zu durchschauen. Man musste sie nach und nach erforschen. Um sie für sich zu gewinnen, würde er erbittert kämpfen müssen, wie ein Gaucho, so wie sie es gewöhnt war. Er würde sie erobern müssen, notfalls überwältigen. Auch außerhalb der *Pista* würde er die Führung übernehmen müssen. Und mal ehrlich, Harold: Du hast sie erfolgreich dazu gebracht, mit offenen Karten zu spielen. Du hast ihr den Weg gewiesen, indem du die richtigen Fragen stelltest. Sie hat nicht gelogen und auch das ist dein Verdienst.

Er streckte seinen Spiegelbildern beide Daumen entgegen. Nein, er sollte diesen ersten Abend nicht als Misserfolg betrachten, eher als Erkundungsoperation.

Gegen Mittag weckte ihn die Hitze. Er war in Schweiß gebadet. Er schnäuzte sich den Staub aus der Nase und spritzte sich Wasser ins Gesicht. Aus dem Hahn über dem Waschbecken plätscherte nur ein magerer Strahl. Es war Mittagspause, die Zimmer mussten gut besucht sein, denn die Lustschreie gellten nun in Stereo durch die Lüftungsschächte zu ihm herüber.

Dieses Land bumst, bläst und leckt sich von der einen Krise in die andere, dachte er brummig, während er sich Rasierschaum ins Gesicht sprühte, da helfen auch keine Währungsdekrete und keine Weltbankkredite und eine Geldentwertung ist nur ein Tropfen auf den heißen Stein.

Erst gegen drei Uhr wurde es ruhiger. Er wusch sein Tanzhemd aus und setzte sich wieder ins Fenster. Der Heißwasserverkäufer hatte sich unter seinen Sonnenschirm verzogen und kontrollierte das Butangas unter dem Kessel. Der Müll am Straßenrand war inzwischen zu einem kleinen Wall angewachsen. Ein paar Männer in Unterhemden stocherten mit Stöcken darin herum und untersuchten den Inhalt.

Als er sich vornüberbeugte, sah er eine Rauchwolke dort, wo er das Stadtzentrum vermutete. Aus den offenen Türen gegenüber plärrten die Nachrichten in Sensationslautstärke.

Er schlenderte zur Rezeption, wo dieselbe Frau wie gestern hinter dem Brett saß. Glücklicherweise erinnerte er sich an ihren Namen, doch sie beantwortete seine Bitte, ihm etwas zu essen zu besorgen, mit einem Kopfschütteln. Überhaupt tat sie so, als sähe sie ihn zum ersten Mal. Er versuchte es noch einmal mit seinem Sprachführer, aber noch bevor er ausgeredet hatte, überschüttete sie ihn mit einem Strom von Erwiderungen, aus dem er hauptsächlich *no posible* heraushörte.

Er zeigte fragend auf das Telefon. Erneut hielt sie ihm einen Vortrag in lispelndem Spanisch. Aus ihrem wiederholten Fingerschnippen schloss Harold, dass das Telefon nicht funktionierte. Bevor er fragen konnte, wo er denn sonst telefonieren könne, öffneten sich die Aufzugtüren hinter ihm und Señora Elisana richtete ihre Aufmerksamkeit auf die neuen Gäste. Da riss ihm der Geduldsfaden. Gut, wenn der nächstbeste geile Chef mit seiner aufgedonnerten Sekretärin wichtiger war als ein ständiger Gast, konnte sie eben auf seine Dollars pfeifen.

Er drehte sich um und betrat entschlossen den Aufzug. Lächerlich, dieses Versteckspiel. Und selbst wenn jemand nach ihm suchte, wer wollte ihn in dieser Millionenstadt finden?

Als er das Parkhaus verließ, stach ihm das Sonnenlicht in die Augen. Ihm wurde rasch warm und er hängte sich sein Jackett über die Schulter. Zuerst musste er jetzt etwas zu essen auftreiben. An einem Kiosk kaufte er Plätzchen und ein paar Dosen Bier. Während er die Zellophanverpackung aufriss, entzifferte er diverse Zeitungsschlagzeilen. Bei den Krawallen hatte es Tote und Verletzte gegeben. Auf einem Foto erkannte er das ausgebrannte Hamburger-Restaurant wieder. Er schlenderte weiter, vorbei an einem Supermarkt, der von einem schwer bewaffneten Posten bewacht wurde. Er bog um die Ecke und kam ganz in der Nähe des Wasserverkäufers heraus. Auf der gegenüberliegenden Seite musste sich sein Hotel befinden … Zu dumm, er wusste nicht mal die Adresse. In dem Meer von Mietshäusern konnte er auch sein Zimmer nicht entdecken.

Das Gattertor hinter dem Heißwasserverkäufer führte zu einem staubigen kleinen Park. Am Eingang stand eine Reiterstatue. Harold las die Plakette und erfuhr, dass es sich um den Gründer der Stadt handelte. Ein paar Meter weiter setzte er sich auf den Boden und schaute sich ein Fußballspiel auf einem Sandplatz an. Junge, braun gebrannte Talente in alten Turnschuhen, die sich voller Hingabe in das Spiel stürzten. Nicht wie diese blasierte Truppe von Hoogte-80, für die er sich die Hacken ablief und die sich mehr über einen Elfmeter als über ein Tor freute. Einmal eingebürgert, konnte er sich hier als Schiedsrichter melden. Vielleicht konnte er ein Hilfsprojekt ins Leben rufen, schließlich hatten die Niederlande fußballerisch einen Ruf zu verlieren ... Er erschrak, als eine Katze an seinen Waden entlangstrich, ein mageres Vieh mit langen Beinen. Weitere Katzen näherten sich, sie kamen aus aufeinander gestapelten Kisten unter den Bäumen. Er grinste, sogar die Katzen wohnten hier in Mietskasernen.

Er fasste sich an die Fußknöchel. Flöhe.

Er stand auf und schüttelte die Hosenbeine aus. Die Katzen ergriffen die Flucht, nicht vor ihm, sondern vor einem Hund, der auf ihn zugetrottet kam.

Er schüttelte die Reste seines Frühstücks auf den Boden, wo das Tier sie knurrend auffraß. Dann spazierte Harold weiter in den Park hinein. Erschrocken drehte er sich um, als sich von hinten Pfotengetrommel näherte. Es war der Hund, er rannte fröhlich an ihm vorbei und lief ihm von nun an voraus. Dabei schaute sich das Tier ab und zu um, ob Harold ihm noch folgte. Am Ausgang versuchte Harold, ihn mit freundlichen Worten loszuwerden, er mahnte ihn, sein Herrchen zu suchen oder zumindest im Park bei den überquellenden Abfalleimern zu bleiben. Doch es half nichts, im Gegenteil, es schien, als labe sich der Hund an der Freundlichkeit in seiner Stimme. Je mehr er redete, desto halsstarriger blickte sich das Tier jedes Mal nach ihm um, wenn es gegen einen Pfahl pisste oder auf der Suche nach Essbarem ein Stück Papier beschnüffelte. Als Harold Anstalten machte, die Straße zu überqueren, schoss der Hund ihm voraus auf die Fahrbahn und schlängelte sich durch den Verkehr. Harold befürchtete, er würde überfahren werden, aber zu seiner Erleichterung entdeckte er ihn kurz darauf zwischen den Passanten auf der anderen Seite, erwartungsvoll nach ihm Ausschau haltend.

Bleib da!, dachte er, und als der Hund wieder auf die Straße sprang, lief er weg, zurück in den Park. Keuchend rannte er in ein Pissoir, um das Tier von seiner Spur abzubringen. Er erschrak, als er Schritte auf dem feuchten Beton hörte.

Plötzlich fiel ein dunkler Schatten herein. Im Eingang standen zwei junge Männer – nackte Oberkörper, muskulös, Sporthosen, Turnschuhe, Fußballer von vorhin? Einer holte über Kopf mit einem Knüppel aus, der am Ende etwa Rundes hatte.

Er ließ ihn durch die Luft sausen. Harold fuhr zurück, noch konnte er leicht ausweichen, der Junge stand zu weit von ihm entfernt. Doch das runde Ende des Knüppels erwies sich als Bleikugel, die aus einem Lederfutteral herausschlüpfte. Harold fühlte das Gewicht an seinem Ohr vorbeisausen, dann traf es sein Schlüsselbein. Der Junge holte erneut aus, der andere sprang auf ihn los und versuchte, Harold das Jackett aus den Händen zu reißen. Harold rutschte aus, rappelte sich auf und hechtete unter seinem Arm hindurch nach draußen. Die Kugel an der Feder sauste wieder heran und prallte an seinem Hinterkopf ab. Er spürte den vollen Schmerz nicht gleich, er entfaltete sich erst, als er flüchtete.

Die Jungen rannten hinter ihm her, sie hatten Beute gewittert, gefühlt, dass eine Brieftasche in seiner Jacke steckte. Beim Heißwasserverkäufer trat ihm einer gegen die Ferse.

Er stolperte und fiel gegen den Wasserkarren. Scheppernd und krachend stürzte die ganze Bude auf den Bürgersteig.

Das durfte doch nicht wahr sein! Am helllichten Tag, unter den Augen all dieser Passanten, wurde er angegriffen! Er presste seine Jacke an sich, aber sie hatten einen Ärmel erwischt und zerrten daran, bis er abriss. Harold schrie um Hilfe und kroch unter den Karren, um der sausenden Kugel auszuweichen, doch er konnte den Arm nicht schnell genug wegziehen.

Der Wasserverkäufer war aufgestanden, drehte den Deckel von einem der Behälter und leerte ihn über Harolds Verfolgern, so achtlos, als kippe er einen Eimer Wasser auf balgende Hunde. Fluchend sprangen die Jungen zur Seite und ergriffen die Flucht, als der Mann nach dem zweiten Behälter griff.

Harold stand auf und befühlte seinen Kopf. Halb betäubt ließ er die Flut von Beschimpfungen über sich ergehen. Der Wasserverkäufer wies auf die Scherben seiner Teebecher, die Tüten kandierter Erdnüsse, die Kaugummipäckchen auf dem Boden. Er zeigte ihm den leeren Kessel und Harold begriff, dass er Schadenersatz forderte.

»*Sí, sí*«, sagte er beschwichtigend und zückte seine Brieftasche.

Nachdem er dem Mann eine Fünfzigdollarnote in die Hand gedrückt hatte, rannte er im Laufschritt zurück zu seinem Hotel.

Da auch Señora Elisana einsah, dass es sich um eine *emergencia* handelte, erlaubte sie Harold, einen Anruf zu tätigen. Inzwischen wusste Harold Patricias Nummer auswendig. Erst nach zehn, elfmal klingeln nahm sie ab. Sie hörte sich verschlafen an.

Er sei überfallen worden, meldete er, aber noch einmal mit dem Leben davongekommen. Er habe keine Ahnung, ob das mit sie-wisse-schon zu tun habe oder ob es ein gewöhnlicher Raubüberfall gewesen sei. Er sei allerdings verletzt. Er blute aus einer Wunde am Hinterkopf, Gott sei Dank nichts Ernstes, aber er habe überall Schürfwunden, seine Hose sei kaputt, seine Jacke zerrissen, und jetzt wolle er bitte Isabelle sprechen, denn sie müssten gemeinsam überlegen, wie sie dieses Problem …

Isabelle sei abgereist.

Abgereist?

Ja, heute Morgen habe sie ihre Sachen in einen Koffer gepackt und sei mit einem Taxi weggefahren.

Was? Warum um Himmels willen?

Ein Hinweis, sagte Patricia. Die Regierung sei hinter Devisenschmugglern her, um die Demonstranten zu beschwichtigen. Sie habe Verhaftungen angekündigt, als Beruhigungspille für das Volk, als Beweis, dass etwas gegen die Korruption unternommen würde. Isabelle habe eine Nachricht für Harold hinterlassen. Sie lese sie ihm gerne vor: *Well, dear Harold …* Patricia rasselte den Text herunter. Isabelle riet ihm, ebenfalls so schnell wie möglich das Land zu verlassen. Zwar habe er nichts mit den geretteten Dollars zu tun, doch sollte sein Name in irgendwelchen Ermittlungen auftauchen, könne es Monate dauern, bis er seine Unschuld bewiesen habe. Und warnend fügte sie hinzu, dass in argentinischen Gefängnissen die Häftlinge selbst für ihre Verpflegung sorgen müssten. Sie gehe jedenfalls keinerlei Risiko ein und tauche deshalb unter. Eine Umarmung *for ever*, sie käme nach, so bald wie möglich, Isabelle, *tu corazón.*

Wo Isabelle denn untergetaucht sei?

O, in Chile, glaubte Patricia, irgendwo im Norden, da

wohnten Verwandte von ihr. Oder in Uruguay, mit dem Schnellboot sei man in einer Stunde drüben. Vielleicht sei sie auch nach Venezuela gegangen, Frauen wie Isabelle kämen überall zurecht.

Wann sie zurückkehre?

Sobald die Lage sich normalisiert habe, glaubte Patricia. Oder schon früher oder erst später. Bei Isabelle wisse man nie. Sie sei schon kurios, aber vielleicht sollte sie das nicht sagen ...

Ob Isabelle eine Adresse hinterlassen habe? Oder eine Telefonnummer?

Patricia gähnte. Nein, natürlich nicht, das wäre unter diesen Umständen äußerst unvernünftig.

In die Stille hinein, die anschließend eintrat, sagte Patricia, es täte ihr leid, aber sie müsse jetzt zur Arbeit. Sie legte auf, bevor Harold eine weitere Frage stellen konnte, eine der vielen, die ihm im Kopf herumschwirrten.

Als er an jenem Abend das Hotel verließ, hatte er – nach oben aufgerundet – einunddreißig Stunden dort gewohnt. Das wusste er deshalb so genau, weil ihm einunddreißigmal fünfzehn Dollar berechnet worden waren. In dieser Art Hotel wurden die Zimmer pro Stunde vermietet.

Es gelang ihm gerade noch, in dem kleinen Büro der Fluggesellschaft einen Rückflug für den frühen Morgen des nächsten Tages zu buchen.

Die Nachtstunden bis zum Abflug verbrachte er auf einem Plastiksitz in der Flughafenhalle. Mehrmals wurde er von einem uniformierten Wachtposten geweckt, der sein Ticket zu sehen verlangte.

Die Klimaanlage lief auf vollen Touren, er wurde stocksteif vor Kälte, aber er wagte es nicht, das Jackett mit dem abgerissenen Ärmel anzuziehen. Mit seiner Hinterkopfverletzung und den Schürfwunden sah er auch so schon aus wie ein Stadtstreicher. Der fehlende Ärmel war eigentlich ganz praktisch, denn er musste ohnehin andauernd seine Ellenbogensehne massieren, genau am Knochenansatz, wo er die Bleikugel abgekriegt hatte.

28

Wo ist er?

Im *Café Crusoe* trafen sich hauptsächlich junge Künstler, Studenten der Kunsthochschule. Sie kleideten sich in Grau und Schwarz und schminkten sich dick mit Kajal.

Das Café befand sich ganz in der Nähe seiner ehemaligen Wohnung. Elecom hatte es als Treffpunkt vorgeschlagen. Er wohne doch noch da? Harold hatte die Frage auf sich beruhen lassen. Er fühlte sich ausgelaugt, aber nicht müde, denn nach seiner Rückkehr hatte er vierundzwanzig Stunden am Stück geschlafen. Er hatte Elecom unter seiner Privatnummer angerufen. Selbstverständlich müssten sie sich treffen.

Harold wählte einen Platz nahe am Eingang, am Ende eines langen Holztischs. Am anderen Ende tranken drei junge Frauen Bier aus der Flasche. Sie unterhielten sich angeregt und unterstrichen ihre Worte mit ausdrucksvollen Gesten.

Elecom stand auf einmal neben ihm.

Er schüttelte Harold flüchtig die Hand und legte seinen marineblauen Regenmantel auf einem freien Stuhl ab. Obwohl Herbstschauer gegen die großen Scheiben prasselten, war sein Gesicht gebräunt.

»Möchtest du etwas essen oder trinken?«, fragte er, wandte sich zur Bar und winkte der Bedienung. Er hatte es eilig, wahrscheinlich opferte er seine Mittagspause.

»Schön, dich gesund und wohlbehalten wiederzusehen«, sagte er gut aufgelegt, nachdem er sich Harold gegenübergesetzt hatte. »Aber was ist das denn?« Er zeigte auf Harolds Armschlinge. »Stammt das noch von der Begegnung mit unseren Freunden und Helfern?«

»Nein«, erwiderte Harold. »Ich wurde …« Die Bedienung kam und unterbrach seine Erklärung.

»Kaffee, einen Schinken-Käse-Toast mit Blauschimmelkäse und ein Glas Orangensaft«, bestellte Elecom.

Harold beschränkte sich auf Kaffee.

»Ich habe die Einladung zur Beerdigung gefunden«, begann Harold. »Ein tragischer Zufall, dass ich nicht dabei sein konnte, wirklich tragisch.«

»Es sind viele Leute gekommen«, sagte Elecom. »Mehr als bei der Trauerfeier. Es war ein Abschied …« Er suchte in Gedanken nach dem richtigen Wort: »… in Würde.«

»Das beruhigt mich«, sagte Harold. »Wenn ich doch nur gewusst hätte …«

Das klang blöde, deshalb ließ er es zu, dass Elecom ihn unterbrach: »Francien musste so lange darauf warten. Sie haben sie die ganze Zeit festgehalten, und wozu?«

Er schaute Harold an, als sei es seine Schuld, dass Franciens Leichnam wochenlang in der Gerichtsmedizin verbleiben musste. Harold griff nach einem Bierdeckel und spielte damit herum.

»Du hast sie gefunden«, sagte er. »Hatte sie dich angerufen?«

»Ja«, antwortete Elecom. »Sie hat mich an jenem Abend angerufen. Und weißt du, was das Merkwürdige war?«

Er wartete, bis die Bedienung den Kaffee gebracht hatte.

»Sie stellte mir dieselbe Frage wie du: Wo ist Zacharias? Aber ich konnte es ihr nicht sagen, denn ich wusste es nicht!«

Er riss das Zellophan eines Kaffeeplätzchens auf, tunkte den Keks in den Kaffee und steckte ihn in den Mund.

»Du wusstest es nicht?«, fragte Harold. »Aber du leitest die Ermittlungen, ihr habt die Verlegung in eine angenehmere Unterkunft beantragt.«

»Wir sind nur Hilfstruppen, Harold«, verteidigte sich Elecom. »Wir sind zur Unterstützung da, aber Einblick in die vorderste Front erhalten wir selten. Außerdem war die Kripo für Zacharias' Sicherheit verantwortlich. Francien ließ nicht locker, sie wollte unbedingt wissen, wo er untergebracht war.«

»Und das hat dich misstrauisch gemacht?«

»Nicht sofort«, antwortete Elecom. »Ich dachte zuerst, sie bohre so hartnäckig, weil sie sich einsam fühlte und Aufmerksamkeit brauchte. Erst später fiel mir der verzweifelte Unterton in ihrer Stimme auf. Und es beunruhigte mich auf einmal, dass sie mich noch zu dieser späten Uhrzeit angerufen hatte. Da habe ich sie zurückgerufen, um zu fragen, ob alles in Ordnung sei, aber sie meldete sich nicht mehr.«

Harold echote: »Sie meldete sich nicht mehr?«

»Deswegen bin ich zu ihr gefahren. Als sie nicht aufmachte, bin ich reingegangen.«

Während die Bedienung ihm seinen Schinken-Käse-Toast hinstellte, sagte er: »Sie hatte mir einen Schlüssel gegeben.«

Elecom dankte der Serviererin und bat sie, gleich die Rechnung zu bringen. Harold stellte seine Tasse ab.

»Francien war in einem schlimmen Zustand«, fuhr Elecom fort. »Ich habe sofort den Notarzt und die Polizei gerufen. Sie konnte nicht mehr sprechen. Tut mir leid, ich durfte dir vorher nichts sagen. Einzelheiten, die nur der Täter wissen konnte.«

Er schnitt die Ränder seines Toasts ab und schob sie beiseite zur süßsauren Dekoration.

»Alles andere weißt du«, sagte er. »Anschließend haben sie dich gesucht.«

»Und mich der Einfachheit halber gleich verhaftet«, sagte Harold. »Hattest du sie mir auf den Hals gehetzt?«

»Nein, das ist die übliche Vorgehensweise, wenn ein Opfer Beziehungsprobleme hatte«, erklärte Elecom. »Streitigkeiten zwischen Partnern sind nun mal das häufigste Mordmotiv.«

Er biss ein Stück von seinem Toast ab. Kauend schaute er hinaus.

Harold suchte vergeblich nach einer Spur von Unsicherheit in seinen kräftigen Kieferbewegungen.

»Ich habe Franciens Akte gefunden«, sagte er. »Nach der du so hartnäckig gesucht hast.«

Elecom aß weiter.

»Und, hast du sie mitgebracht?«, fragte er, erstickte diskret ein Aufstoßen mit der Serviette und spülte den Mund mit einem Schluck Saft.

»Du hast deine Suche wirklich äußerst gründlich betrieben. An dem Morgen nach meiner Freilassung zum Beispiel, das erste Mal, meine ich, da war ich in unserem Haus. Kann es sein, dass ich dich da nur ganz knapp verpasst habe?«

Ein dümmliches Grinsen huschte über Elecoms Gesicht.

»Warst du das, der Franciens Daten so gründlich von ihrem Computer gelöscht hat? Und der die Mailbox ihres Handys abgehört hat?«

»Das sind so die Kleinigkeiten, die zwar jeder notwendig, aber niemand anständig findet.«

»Nachdem man mich freigelassen hatte, hast du gehofft, ich hätte die Akte gefunden, und du könntest sie ohne Weiteres mitnehmen. Von der Kripo wusstest du mittlerweile, dass die sie nicht entdeckt hatten ...«

Elecom gab Harold mit einer Geste zu verstehen, dass er auch damit Recht hatte.

»Ich konnte dein Auto durch den Türspion nicht richtig erkennen, als du dich aus dem Staub gemacht hast. Ich habe die Scheinwerfer auf dem Dach mit einer Fahrschulreklame oder einem Blaulicht verwechselt.«

Elecom neigte den Kopf, als habe er Verständnis für diesen Irrtum. Harold klopfte ungeduldig mit dem Löffel auf den Tisch.

»Lieber Harold«, sagte Elecom. »Vergiss nicht, dass wir mit Ermittlungen auf internationaler Ebene betraut sind, die fast sämtliche EU-Länder betreffen. Francien hatte eine Menge explosiver Informationen gesammelt. Wenn die vorzeitig bekannt werden, waren all unsere Bemühungen umsonst. In einem solchen Fall muss man eingreifen, das kann man nicht der Polizei überlassen, die für jedes gelöschte Byte erst einen dreifachen Antrag ausfüllen muss. Wirklich Harold, aus diesem Grund konnte ich dir gegenüber nicht mit offenen Karten spielen.«

»Dann muss es dir ja einen ganz schönen Schrecken eingejagt haben, als Isabelle und ihre Brüder das Hotel verließen und bei mir einzogen. Deine zukünftigen Opfer so dicht an der Quelle ... Du hättest fast die Kontrolle verloren, richtig?«

Er beugte sich vor und fuhr mit gedämpfter Stimme fort: »Du hast sie beobachtet, stimmt's? Oder du hast jemanden damit beauftragt. War es der Portier oder ein Zimmermädchen? Du bist ziemlich rasch aufgekreuzt an jenem Abend. Gutes Timing. Du wolltest wohl sichergehen, dass sie keine Einsicht in die Akte erhielten?«

Elecom schob seinen Teller weg.

»Es handelt sich immerhin um eine Akte, die Eigentum der Firma ist, Harold, und überdies streng geheim. Vielleicht verstehst du nichts davon, aber frag mal deinen Rechtsberater, was auf Diebstahl beziehungsweise Öffentlichmachung solcher Papiere steht. Wenn du sie also bei dir hast, solltest du sie mir jetzt übergeben.«

»Slemmen hat mir in einem Brief gebeichtet, dass du meine Wohnung durchwühlt hast«, fuhr Harold fort.

Elecom zuckte mit den Schultern.

»Es war einen Versuch wert«, sagte er. »Außerdem hat uns dein Vermieter persönlich Zutritt verschafft. Ich hätte mir auch einen Durchsuchungsbeschluss besorgen können. Dir ist anscheinend immer noch nicht klar, worum es hier eigentlich geht. Der Staat wurde um Millionen geprellt und Zacharias war der Torwächter dieses kriminellen Netzwerks.«

Elecoms jungenhaft frisierte Tolle, die im Übrigen blondiert war, wippte auf und nieder, während er Harold erklärte, dass sie erst einen losen Faden herausgezupft hätten und noch zahlreichen Verzweigungen nachgehen müssten.

»Zacharias selbst kann uns zwar nicht mehr weiterhelfen, aber mit seinem Erbe können wir schon sehr viel anfangen. Deshalb muss ich dich ernsthaft ersuchen, Franciens Akte ihren rechtmäßigen Eigentümern zurückzugeben.«

Harold fing zu seinem eigenen und Elecoms Erstaunen an zu lachen.

»Sag bloß nicht, Francien hätte das so gewollt«, warnte er.

Elecoms Frage klang ernst gemeint: »Warum nicht?«

»Weil sie mir nicht umsonst diese Akte zugespielt hat«, erwiderte Harold. »Sie hat sie zu meinen Sachen gesteckt, die ich bei ihr abholen wollte, in einen Müllsack.«

»Ein Versehen«, behauptete Elecom. »Ein paar Tage zuvor hatten wir eine Haussuchung durchgeführt und dabei wird alles in Müllsäcken verstaut. Francien hatte ein paar davon mit nach Hause genommen, um das Material durchzuarbeiten. An dem Abend haben wir die Sachen abgeholt, und dabei muss ihr Ordner versehentlich zwischen deinen Krempel geraten sein.«

»In ihren Unterlagen berichtet sie, dass Zacharias eine

riesige Menge Dollars in Sicherheit bringen sollte. Er deponierte das Geld auf einem Schweizer Nummernkonto und verschwand, wurde aber unglücklicherweise wegen einer anderen Sache verhaftet: eurem Fleischhandelsbetrug. Isabelle Sluizenaar erstattete Anzeige wegen der verschwundenen Dollars, doch ihre Anzeige wanderte unverzüglich ins Archiv, sobald Zacharias signalisiert hatte, dass er alles über den EU-Betrug ausplaudern wollte. Ich bezweifle, dass ein Staatsanwalt von der Anzeige erfahren hat, denn in sämtlichen Aufzeichnungen Isabelles erscheinst du allein als Verantwortlicher für sämtliche Entscheidungen. Weißt du, ich glaube, die Anzeige ist bei der Justiz noch nicht mal aktenkundig, sondern im *Red Room* bei *Fennek & Weergang* hängen geblieben.«

Er keuchte ein wenig und musste sich zwingen, langsamer zu reden. Elecom zeigte auf die Tassen und bedeutete der Bedienung, frischen Kaffee zu bringen.

»Harold«, sagte er. »Ich möchte wirklich nichts Negatives über Francien sagen, aber sie war eine Anfängerin in ihrem Fach, nun ja, auf diesem Spezialgebiet. Der Umgang mit Zacharias beruhte auf einem strategischen Konzept, nicht auf Emotionen. Francien nahm sich das Schicksal Isabelles mehr zu Herzen, als sie sich erlauben konnte.«

»Also können die düpierten Emigrantenbauern sehen, wo sie bleiben, damit *Fennek & Weergang* Triumphe bei der Europäischen Kommission einheimsen kann? Das wird die Medien bestimmt brennend interessieren«, sagte Harold.

Zum ersten Mal in diesem Gespräch zeigte sich ein Riss in Elecoms Gleichmut.

»Francien war vielleicht eine Anfängerin, aber du bist von Grund auf naiv. Hast du eigentlich mal nachgeprüft, mit wem du es überhaupt zu tun hattest, Harold? Mal ein bisschen Ahnenforschung betrieben? Jemals ins Telefonbuch von Tres Arroyos geschaut? Kein Sluizenaar weit und breit! Ja, von Akkerman bis Zandstra, eine ganze Liste urholländischer Bauernnamen. So weit stimmt die Hintergrundgeschichte, dort wohnen lauter aus Holland und Friesland emigrierte Landwirte, aber keine Spur von einer Familie Sluizenaar.«

»Vielleicht verbietet ihnen ihre Konfession einen Telefonanschluss.«

Elecom zog einen Organizer aus der Innentasche und schlug ihn auf.

»Das wäre dann ein ganz neuer orthodoxer Nebenzweig, aber sogar das haben wir in Erwägung gezogen, Harold. Im Computer des Stadtarchivs von Tres Arroyos taucht weder der Name Sluizenaar noch der Name Valdo auf. Auch nicht bei der *Sociedad Protestante de Sud,* nicht bei der *Sociedad Rural de Tres Arroyos* und auch nicht bei den Damen von der *Beneficiencia,* aber vielleicht erlaubt Isabelles Konfession ihr ja keine Wohltätigkeit. Wir haben sämtliche Angaben vom niederländischen Konsul vor Ort überprüfen lassen, der ebenfalls noch nie von einer Familie Sluizenaar gehört hatte. Willst du die Mail lesen?«

Er hielt den Organizer einladend vor Harolds Gesicht.

»Und ihre so genannten Brüder ... Kriminelle, denen in Buenos Aires der Boden unter den Füßen zu heiß wurde, aber das weißt du ja schon. Nach Mevrouw Sluizenaar wird noch gesucht, aber die ersten Berichte sind nicht viel versprechend, Harold ...«

»Was dir ganz gut in den Kram passt ...«

»Sie ist seit ihrer Geburt in Buenos Aires gemeldet«, fuhr Elecom ungerührt fort. »Ihr Vater war ein niederländischer Geschäftsmann, die Mutter die Nichte irgendeines Gouverneurs der nördlichen Provinz. Das erklärt vielleicht ihre

Affinität zur Kapitalflucht, durch die reiche Argentinier momentan mehr Geld in Dollars auf Auslandskonten lagern, als die gesamten Auslandsschulden Argentiniens betragen. Wenn du Franciens Aufzeichnungen sorgfältig gelesen hast, ist dir gewiss aufgefallen, wie sehr die Dame bei ihrer Anzeige gegen Zacharias auf Diskretion drängte.«

Harold schwieg.

»Wie es scheint, warst du in Argentinien«, sagte Elecom. »Ich kenne das Land nicht, aber wir erhalten Berichte von der Botschaft. Mag in unserem braven Polderländchen teilweise die Grenze zwischen Legalität und Illegalität fließend sein, dort ist alles noch viel diffuser, wenn es überhaupt eine Grenze geben sollte.«

Lass ihn nur reden, beschwor sich Harold, er wird sich schon noch verraten. Ein falsches Wort, ein Zögern würde reichen.

Elecom dämpfte die Stimme. Er wandte den Blick ab, schaute zu Boden.

»Ich müsste mich selbst dafür verachten, dass ich gerade etwas Schlechtes über den Menschen sage, den ich geliebt habe. Und der sich nicht mehr verteidigen kann.«

Harold saß reglos da.

»Ich musste Francien vor sich selbst schützen. Ich erlegte ihr ein Kontaktverbot zu der Sluizenaar auf, aber vergebens, wie ich im Nachhinein feststellen musste. In unserem Fach geht es um immens viel Geld und nicht jeder ist gegen die Versuchung gefeit. Ich würde meine Hand nicht dafür ins Feuer legen, dass Francien keine geheimen Absprachen mit der Sluizenaar getroffen hat.«

»Hast du Beweise für diese Theorie?«

Elecom näherte seinen Zeigefinger Harolds Adamsapfel, berührte ihn jedoch nicht.

»Dich.«

Harold zuckte mit den Schultern. »Na schön, du wirst dir die Wahrheit schon nach deinen Wünschen zurechtbiegen.«

»Sie hat dich als Handlanger benutzt, du warst nichts weiter als ein besserer Botenjunge«, sagte Elecom. »Du hattest nur eine Aufgabe: dafür zu sorgen, dass die angeblichen Brüder an Zacharias herankamen, ohne dass sie Verdacht schöpften. Um die Informationen aus ihm herauszuquetschen, mit denen Isabelle das Nummernkonto plündern konnte.«

»Und den Gewinn sollte sie mit Francien teilen? Meinst du das?«

Harold legte seine Hände auf den Tisch und betrachtete sie.

»Na ja, schließlich sind die drei bei dir eingezogen. Und Francien hat dich mit ihnen in Verbindung gebracht, stimmt's?«

»Ich habe ihnen nur Unterschlupf gewährt.«

»Du meinst, sie sind bei dir untergetaucht.«

Verbissen starrten sie sich an, bis die Bedienung den Kaffee hinstellte. Elecom wollte sofort bezahlen.

»Warum habt ihr erst so spät eingegriffen?«, fragte Harold. »Warum habt ihr zugelassen, dass sie alles aus Zacharias herausquetschten, was sie brauchten?«

Elecom verzog keine Miene.

»Frag das Verhaftungsteam. Ich glaube, die Genehmigung des zuständigen Ministers für den Einsatz automatischer Waffen ließ auf sich warten.«

»Du hast dir also nicht erst einen Schnaps eingegossen und deine Frau gefragt, was sie davon hielt?«

Elecom schüttelte müde den Kopf. »Eins muss man dir lassen«, sagte er. »Dass du mich an dem Abend angerufen hast, war ein verdammt kluger Schachzug. Du hast dich ordentlich abgesichert. Das hat dich vor Boetelaar und seinen Kollegen gerettet.«

»Du hast sie zurückgehalten«, beharrte Harold. »Sodass die Brüder ihre Arbeit beenden konnten und das Geld zum Greifen nahe lag. Aber Isabelle war schneller als du. Sie ist dir entwischt und hat die Informationen mitgenommen, nach denen du so hartnäckig gesucht hast. Und für den Fall, dass dich die gute Nachricht noch nicht erreicht hat: Sie hat ihr Geld zurückerhalten.«

Elecom stand auf.

»Tut mir leid, Harold«, sagte er. »Das hat einfach keinen Sinn. Wenn ich dir einen guten Rat geben darf ...«

»Nein«, fauchte Harold ihn an. »Von wandelnden Rechenmaschinen lasse ich mir überhaupt nichts sagen.«

Elecom schlüpfte eilig in seinen marineblauen Mantel.

»Du hast dich wirklich nicht lange geziert, Zacharias' Adresse herauszurücken«, zischte Harold ihm hinterher. »Passt es dir etwa nicht gut in den Kram, dass er jetzt nur noch Gemüse ist?«

»Du unterschätzt deine Überzeugungskraft«, antwortete Elecom. »Außerdem war das Material wirklich eine kleine Indiskretion wert. Und du hast Recht: Wir kommen auch ohne Zacharias prima zurecht.«

Er legte das Geld für das Mittagessen hin.

»Wegen der Akte schicke ich jemanden vorbei.«

Harold blieb noch eine Weile sitzen. Die Bedienung setzte ihm automatisch noch eine Tasse Kaffee vor und ließ eine Bemerkung über das schlechte Wetter fallen. Er weckte mütterliche Gefühle, auch das noch. Vielleicht sollte er den Laden zu seinem Stammlokal machen, es gefiel ihm ganz gut, dieses künstlerische Chaos, die Verheißung, die hier in der Luft lag.

Er lauschte dem Gespräch der drei jungen Frauen am anderen Ende des Tisches. Sie redeten über ihre Faszination für Licht und Schatten, ihr ungestümes Verlangen, auf Waldspaziergängen Kälte und Wärme zu spüren, und ihren Hang zu ursprünglichen Formen. Natürlich verkündeten sie ihre Interessen mit einer gewissen Wichtigtuerei. Sie waren stolz auf ihre Entdeckungen, aber vor allem auf deren Reinheit, in der sie sich selbst widergespiegelt wähnten. Besonders faszinierend fand Harold die Unkompliziertheit ihres Begehrens, als stehe nichts und niemand zwischen diesen Frauen und ihren frisch erwachten Empfindungen, als könne nichts und niemand dazwischen stehen.

Minutenlang starrte Harold eine wochenalte Zeitung an, während er den Berichten über ihre Einkäufe, ihre Freunde, ihre Dozenten, ihre Hausarbeiten lauschte.

Jedes Detail hielten sie für immens wichtig, jedes Erlebnis barg eine Bedeutung, die darüber hinauswies, und verkörperte ein intensives Bewusstsein, in dem nichts trivial war oder sein durfte.

War denn alles nur eine Illusion gewesen? Schließlich hatte er Zacharias' Tochter gerettet! Und was war mit Isabelle? Sie würde zurückkehren in das Land ihrer Ahnen.

Nicht Luisa, sondern Wanderfreundin Anja brachte ihn an jenem Nachmittag zu Franciens Grab. Sie stand plötzlich vor seiner Tür, die er erst eine Viertelstunde zuvor hinter sich zugeschlagen hatte (er hatte sich beherrschen müssen, nicht laut zu rufen, dass er zu Hause sei).

Wer ihr Bescheid gesagt habe? Sie tat seine Frage rasch ab. »Intuition.«

Sie lief neben ihm her an den Gräbern entlang, ließ ihn jedoch vorausgehen, als sie die frisch angelegten Grabstätten erreichten. Am Waldrand lagen drei Hügel, die mit Kränzen und Blumen bedeckt waren. Sie zeigte auf den letzten.

»Da«, sagte sie. »Dort wurde Francien gestern beerdigt.«

Obwohl Anja ihn nie gemocht hatte, klammerte sie sich schluchzend an ihn.

»Du hättest dabei sein müssen, Harold«, wiederholte sie. »Das hätte sie so gewollt.«

Er nahm sie in den Arm. Sie hatte eine rote Nase, die gegen seinen schmerzenden Arm drückte.

»Wir haben dich überall gesucht, aber du warst unauffindbar«, heulte sie. »Dré Slemmen hat behauptet, du seist untergetaucht. Elecom glaubte, du säßest noch im Blue-Band-Knast und Luisa war sich sicher, dass du in Buenos Aires warst. Wir haben sogar die Botschaft in Argentinien angerufen.«

»Es ist meine Schuld«, sagte er. »Ich war dort, aber ich war unerreichbar.«

Er bückte sich und sie ließ ihn los. Er legte einige Trauerschleifen zurecht und überflog sie rasch. Von *Fennek & Weergang,* früheren Kommilitonen, ihrer Squashmannschaft. Er stach sich, als er auf einer Karte seinen eigenen Namen las. Entgeistert schaute er auf und steckte sich den Finger in den Mund.

»Wir haben alle gebeten, Rosen mitzubringen«, sagte Anja. »Weil … na ja, weil Francien doch Rosen so liebte.«

»Jemand war so aufmerksam, in meinem Namen einen Strauß zu besorgen«, sagte er.

»Wir haben getan, was wir für das Beste hielten«, antwortete sie mit verbissenem Pflichtbewusstsein. Wer ›wir‹ waren, wollte er gar nicht wissen. Er hob einige Sträuße hoch.

Auf den Karten standen die Namen der Nachbarn von gegenüber, von Franciens früherem Dozenten (nicht jedoch von dessen Frau), ihren früheren Arbeitskollegen und auch von Ada Gist.

»Wir wussten ja nicht, wann du wiederkommen würdest«, sagte sie.

Er ließ sich auf die Knie fallen. Francien, in was bist du da hineingeraten? Wer hat dich für seine Zwecke missbraucht?

Hatte er es laut ausgesprochen? Anja trat diskret einen Schritt zurück.

Er hätte gern hier gelegen, in diesem windstillen, abgelegenen Winkel, wo die Herbstblätter leise niederfielen.

»Wie sah sie aus?«, stieß er plötzlich hervor.

»Sie ist nicht schnell gestorben ... Sie wurde nicht einfach niedergestochen, sie war furchtbar zugerichtet.«

Er ließ sich nach vorn auf die Hände fallen, mit gesenktem Kopf.

»Entschuldige, die haben wirklich nichts erzählt bei der Kripo, oder?«

»Sie hofften, ich würde etwas sagen, das mich verriete.«

»Jemand vom Bestattungsunternehmen hat sie ein bisschen hergerichtet.«

Er betrachtete noch einmal die Karte mit seinem Namen. Es hätte fast seine Handschrift sein können, in der geschrieben stand: *BIS DASS DER TOD ...*

»Wer hat sich diesen Text ausgedacht?«, fragte er. » War das Elecom?«

»Ich fand's geschmacklos«, sagte sie.

»Er war ihr Liebhaber.«

Sie lachte kurz auf.

»Nein, keineswegs«, erklärte sie, als er sie erstaunt ansah. »Frans Elecom hat sie immer abgewiesen. Francien hat sich wirklich abgemüht, ihn herumzukriegen, aber er gab keinen Fingerbreit nach. Er begehrte sie einfach nicht.«

»Und das hat sie dir unterwegs auf euren Wanderungen erzählt?«

»Ja. Sie ging sogar zum Squashtraining, um ihn außerhalb der Arbeit zu treffen. Sie hoffte, dass er dort zugänglicher wäre. Aber auch da hatte sie keine Chance.«

»Und was hat sie dir über ihre Arbeit erzählt?«

»Nichts, genau wie dir. Sie nahm ihre Schweigepflicht sehr ernst.«

Er ließ sich von Anja hochziehen.

Unterwegs nach Hause erzählte sie von der Beerdigung, der Andacht, den Reden, der Musik, der Sonne, die durch die Wolken brach, dem anschließenden Essen mit ein paar Getreuen. Ihm lag die Frage auf der Zunge, wer das gewesen sei. Aber sie fuhr rasch fort und sprach darüber, welche deutlich spürbare Lücke sein Fehlen verursacht habe und wie sehr er, ja er, Harold, dennoch präsent gewesen sei.

Zu Hause spielte er sämtliche Möglichkeiten durch. Er war benutzt worden, ja, gewiss, von Elecom, aber doch nicht von Francien und Isabelle? Ja, er hatte sich Isabelle und ihren Begleitern gegenüber hilfsbereit gezeigt, er hatte sie zu Zacharias gebracht. Und Isabelle, es konnte doch nicht sein, dass … Wieder fuhr ihm ein schmerzhafter Stich durch die Brust.

Plötzlich fiel ihm auf, dass Elecom niemanden des Mordes an Francien beschuldigt hatte. Wagte er es nicht? Oder wusste er mehr? Oder lag die Antwort in Franciens Aufzeichnungen verborgen? Vielleicht war darin auch ein Hinweis zu finden, wo er Isabelle jetzt erreichen konnte …

Er stand auf und eilte in den Keller. Elecom redete doch

nur irgendetwas daher, er war der geborene Manipulator, er vernebelte die wirklichen Ereignisse, um seine eigene Haut zu retten.

Harold warf den Deckel der Tiefkühltruhe auf und räumte mit beiden Händen den Inhalt aus. Schachteln mit Gemüse, Lammfleischstücke, Eisbomben, Behälter mit Suppe. Francien, die Kontrollwütige, immer auf eine Invasion von Gästen vorbereitet.

Der Ordner lag ganz unten auf dem Boden, unter einer Plastiktüte, die ihm aus den Händen glitt. Der Inhalt rutschte zurück in die Truhe, er ließ die Tüte zu Boden fallen und griff nach der Keule, die aus der Kälte ragte.

Er hielt zwei Pfoten in der Hand, aneinander gelegt, gefroren. Wild ... Das konnte nicht sein, das sah Francien gar nicht ähnlich, sie ekelte sich vor dem strengen Wildgeschmack. Er hielt das steife Tier an den Hinterpfoten hoch.

Es war ein Kaninchen.

Er zog die Kellerglühbirne an der Fassung heran und hielt sie näher an den Kopf.

Es war Flappe.

Sein rostbraunes Fell war weiß vereist, aber sein Name stand in Filzstiftbuchstaben auf dem Halsband. Dummes Kaninchen, wie bist du um Himmels willen hier hineingeraten? Er packte das Tier am Nackenfell und näherte den Kopf der Lampe. Schwarzes, gefrorenes Blut klebte an seiner Schnauze, die viel zu spitz aussah. Er wischte die Eiskristalle weg.

Harold fing an zu zittern. Der kleine Schädel war platt gedrückt, die Augen traten ihm aus dem Köpfchen, im Unterkiefer grinsten krumm und schief die Zähne, die Nasenknochen waren auf beiden Seiten eingedrückt. Er ließ das Tier in die Kühltruhe fallen und wich zurück.

Eine Vision, gegen die er sich nicht wehren konnte: eine bärenstarke Hand, die den Schädel zerdrückte.

Ihm drehte sich der Magen um, er stieß einen heiseren Schrei aus.

Er unterdrückte sein Stöhnen nicht, im Gegenteil, er holte immer schneller Luft, um das Echo in seinem Kopf zu übertönen.

Wo ist er?

Begriffe aus dem argentinischen Tango

Barrida: Fegen. Den Fuß des Partners aktiv mit dem eigenen Fuß(-rücken) wegschieben.

Boleo: Schleuderbewegung. Typisches Bewegungsmuster der Beine. Unzählige Varianten und Formen. Wird manchmal auch als *Voleo* ausgesprochen.

Cortado: Abkürzung für *Ocho Cortado*, abgebrochene Acht. Figur, die mit der Einleitung in einen *Ocho* beginnt. Der Schritt wird nach der Hälfte der Bewegung abgebrochen und erfährt eine Richtungsänderung.

Gancho: (Bein-)Haken. Das unbelastete Bein (Spielbein) schwingt um das Bein des Partners und umhakt es dabei kurz.

Giro: Drehung.

Medialuna: Halbmond. Schritte im Halbkreis. Ein Teil der *Molinete*, deren Schrittfolge das Bild eines Halbmonds zeichnet. Vor 1940 stand dieser Begriff für alle Drehbewegungen.

Milonga: a) auch: *Tango-Milonga.* Sehr rhythmusbetonte Vorform des Tango (2/4-Takt). Deutlich afrikanische Einflüsse. b) *Milongas* heißen in Buenos Aires und Montevideo jene Tanzsäle, in denen Tango getanzt werden kann.

Molina/Molinete: Windrad. Drehung. Schrittfolge (in der Regel der Frau) rück-seit-vor-seit usw. Kann auch von beiden gleichzeitig getanzt werden.

Ocho: Acht. Das Tanzpaar beschreibt auf dem Parkett eine Acht, vorwärts oder rückwärts.

Pista: Parkett; Tanzfläche.

Sacada: Weghebelung des Beins. Wird als *tiefe* (mit dem Fuß) oder *hohe Sacada* (mit der Wade oder dem Oberschenkel) ausgeführt. Weichheit ist dabei wichtig.

Sandwich (auch: *Mordida* oder *Sanguichito*): Der Mann legt seine Füße um einen Fuß der Frau.

Tango nuevo: der Neue Tango, auch *Tango vanguardístico*, der avantgardistische Tango. Obwohl sich diese Tendenz in der Tangomusik bereits früher abzeichnete, kam es erst in den 1950er Jahren zu spürbaren Änderungen in den Arrangements einzelner Musiker und Orchesterleiter. Pionier des Neuen Tangos war der Meister-Bandoneonist Astor Piazzolla. Im Neuen Tango experimentierte man u.a. mit einer Verschmelzung von Tango-Komponenten mit Elementen des Jazz, der modernen Balladenmusik, der Kammermusik usw.

Traspie: Stolperschritt. Unzählige Varianten von Trippelschritten, um die synkopische Musik zu interpretieren.

Vals: Rhythmisch dem Wiener Walzer entlehnt. Die heitere Sonderform des *Tango argentino*.

Krimis von Jac. Toes

Auf der Strecke geblieben

Ein Fall für Fred Benter und Donald de Wacht
Aus dem Niederländischen von Stefanie Schäfer ISBN 3-89425-506-4

Der Anwalt Fred Benter und der Journalist Donald de Wacht kommen einer vertuschten Affäre aus den Achtzigerjahren auf die Spur und geraten dabei selbst in Lebensgefahr.

»Subtil die Morde, subtil aber auch die Personen, die letztlich für Aufklärung sorgen. Toes baut dabei Spannung auf, die den Leser fesselt, ihn nicht mehr loslässt.« Emsdettener Volkszeitung

Tief gesunken

Der zweite Fall für Fred Benter und Donald de Wacht
Aus dem Niederländischen von Stefanie Schäfer ISBN 3-89425-516-1

In der Arnheimer Mafia rollen Köpfe. Eine Abrechnung unter Kriminellen? Oder hat die Polizei ihre Finger im Spiel?

»Der Leser wird durch eine hervorragend konstruierte und entwickelte Handlung geführt, die fast atemlos geschilderte Einsatzszenen ebenso enthält wie absolut glaubwürdige Psychologisierungen der handelnden Personen.« Bergsträßer Anzeiger

Verrat

Der dritte Fall für Fred Benter und Donald de Wacht
Aus dem Niederländischen von Stefanie Schäfer ISBN 3-89425-528-5

Der Tod einer jungen Prostituierten führt Fred Benter nach Südamerika. Währenddessen steckt Donald de Wacht in einer schweren Lebenskrise.

»Toes liefert mit ›Verrat‹ eine unterhaltsame, spannende, aber auch Hintergründe aufzeigende Story mit reichlich Action. Die Probleme bleiben nicht oberflächlich, ihnen geht er nach.« NRZ

Fotofinish

Aus dem Niederländischen von Stefanie Schäfer ISBN 3-89425-534-X

In vier Marathonläufen kämpft Stan Dewende um den ersten Platz – und um das eigene Überleben.

»Diese genial konstruierte Erzählung ist viel mehr als bloß ein Krimi.« Badische Neueste Nachrichten

Spannung aus den Niederlanden

Jacob Vis: Der Kopf von Ijsselmonde

Aus dem Niederländischen von Stefanie Schäfer
Deutsche Erstausgabe ISBN 3-89425-538-2

In einem Wald bei Ijsselmonde findet ein Arbeiter den abgetrennten Kopf eines Farbigen. Wer der Mann ist, erfahren Inspecteur Ben van Arkel und sein Team noch am selben Tag, doch warum Ronnie van Splunter umgebracht wurde, bleibt im Dunkeln. Der Schlachthofangestellte Mulder will der Polizei einen heißen Tipp geben, doch das bekommt ihm nicht gut: Mit einer Sendung tiefgekühlter Schweine verschwindet er nach Italien – fachkundig in zwei Hälften zerlegt.

»Ein äußerst clever konstruierter, dabei spannender und fesselnder Kriminalroman mit einer überaus überraschenden Schlusspointe.«
Bergsträßer Anzeiger

Jacob Vis: Silvesterknaller

Aus dem Niederländischen von Stefanie Schäfer
Deutsche Erstausgabe ISBN 3-89425-546-3

Ijsselmonde, Silvesterabend: Eine Frau stürzt vom Balkon ihrer Wohnung auf das Auto eines jungen Pärchens. Sie war die Geliebte des Schlachthofdirektors Carlo van Breuningen, dessen Leiche die Polizei im Schlafzimmer der Toten findet.

Henk Apotheker: Ayse ist weg

Aus dem Niederländischen von Stefanie Schäfer
Deutsche Erstausgabe ISBN 3-89425-511-0

Arnheim: Ein vierjähriges türkisches Mädchen wird vermisst. Die Kripobeamten Klein Drienen und Peter Kressen beginnen mit den Nachforschungen im so genannten ›Türkenhaus‹ – und stoßen auf eine Mauer des Schweigens.

»Apothekers Schreibkunst, die auch eine Heilkunst ist, hat einen lebenswarmen Kern: Es ist das Mitgefühl mit ihren Figuren. Die Geschichte geht anders als erwartet aus, auf berückende Weise gut, ohne Happy End. Ein Kind ist gestorben, ein anderes wird geboren. Das gab es noch nie im Krimi: Das Timing wird bestimmt vom Verlauf einer Schwangerschaft.« Die Zeit

grafit

Krimis von Pentti Kirstilä

Tage ohne Ende

Aus dem Finnischen von Regine Pirschel
Deutsche Erstausgabe
ISBN 3-89425-537-4

Lauri Hanhivaara, Kriminalhauptmeister bei der Kripo in Tampere, freut sich auf eine ungestörte Mittsommernacht allein in seiner Stadtwohnung. Doch seine Freundin Maija überredet ihn, mit ihr in das nahe gelegene Sommerhaus ihres Bruders zu fahren. Er wäre besser standhaft geblieben, denn am nächsten Morgen stolpern die beiden bei einem Waldspaziergang über eine Leiche.

»Der Finne Pentti Kirstilä ist unter den nordischen Krimiautoren der Franzose. Durch Selbstironie und -reflexion signalisiert er dem Leser: Achtung, hier wird scharf mit Platzpatronen geschossen!«
Die Zeit

»Tage ohne Ende *ist ein Meisterwerk!«*
Badische Zeitung

»... ein derart raffiniertes Strickmuster für eine Geschichte gibt es tatsächlich nur selten... Autor Kirstilä setzt auf den großen Bluff - und der Rest ist Staunen.«
Westdeutsche Zeitung

»Wer dieses Buch zur Hand nimmt, sollte es an einem Tag tun, an dem er genug Zeit hat, es ohne Unterbrechung in einem Schlag auszulesen.«
Deutsch-Finnische Rundschau

Nachtschatten

Aus dem Finnischen von Gabriele Schrey-Vasara
Deutsche Erstausgabe
ISBN 3-89425-548-X

Ein bizarres Schauspiel im nächtlichen Tampere: Ein Mann und eine Frau reden miteinander, plötzlich tritt der Mann hinter die Frau, schlitzt ihr die Kehle auf und verschwindet. Ein Schock für den Augenzeugen. Denn er erkennt in Täter und Opfer zwei Bekannte. Anstatt die Polizei zu informieren, beschließt der heimliche Beobachter, sein Wissen für eigene Zwecke zu nutzen. Kommissar Hanhivaara verdächtigt natürlich den Exmann, aber der präsentiert ein Alibi …